COMPTE-RENDU

DE

L'EXPOSITION

UNIVERSELLE

DE DIJON

PAR CHARLES NOELLAT

(HOMME DE LETTRES)

PRÉCÉDÉ DE DOCUMENTS OFFICIELS ET D'UNE INTRODUCTION

PAR J. SOUBIE

DIRECTEUR DU MONITEUR DE L'EXPOSITION

PRIX : 5 FRANCS.

DIJON

EN VENTE CHEZ LES AUTEURS :

IMPASSE SAINT-MICHEL, 4.   RUE VAUBAN, 11.

1859

COMPTE-RENDU

DE

L'EXPOSITION UNIVERSELLE

DE DIJON.

COMPTE-RENDU

DE

L'EXPOSITION

UNIVERSELLE

DE DIJON

Par

CHARLES NOELLAT

HOMME DE LETTRES;

PRÉCÉDÉ DE DOCUMENTS OFFICIELS ET D'UNE INTRODUCTION

Par

J. SOUBIE

DIRECTEUR DU MONITEUR DE L'EXPOSITION.

PRIX : 5 FRANCS.

DIJON

EN VENTE CHEZ LES AUTEURS :

IMPASSE SAINT-MICHEL, 4. | RUE VAUBAN, 11.

1859

DIJON

IMPRIMERIE ET LITHOGRAPHIE DE J. SOUBIE

Impasse Saint-Michel, 4.

AVANT-PROPOS.

En publiant ce livre, nous ne nous flattons pas d'avoir écrit une œuvre scientifique, mais nous croyons avoir donné tout ce que nous avions promis à nos souscripteurs.

Nous avions annoncé que nous passerions en revue tous les produits qui ont obtenu des récompenses ; malgré les difficultés inhérentes à un travail si compliqué, chaque exposant aura son compte-rendu, plus ou moins détaillé, selon l'importance de son exhibition ou de son établissement ; enfin , pour rendre cet ouvrage complet, les produits non médaillés ont été eux-mêmes cités pour mémoire.

Nous ne nous sommes pas jetés dans des considérations géné-rales, souvent très longues, mais aussi peu ou pas lues ; nous nous sommes contentés d'exposer, dans un langage clair, précis et méthodique, ce qui avait été soumis à notre jugement. Notre travail a été divisé par classes ; et, dans chacune d'elles, les expo-sants ont été à leur tour passés en revue par ordre alphabétique.

Pensant que nos souscripteurs ne liraient pas sans quelque

plaisir les détails se rattachant à l'inauguration et à la clôture
de notre grand Concours, nous avons joint à cette relation quelques pages d'introduction qui seront, pour ainsi-dire, l'historique de l'Exposition Dijonnaise.

Si souvent la science, dans une tâche aussi ardue, nous a fait
défaut, nous avons du moins la consolation d'être toujours
demeurés de bonne foi dans nos appréciations. Pour arriver à
la vérité, nous nous sommes souvent défiés de notre jugement,
et nous n'avons pas craint de recueillir l'opinion d'hommes
éclairés et compétents. Puissions-nous ne pas nous être trop
éloignés du but que nous nous proposions !

INTRODUCTION.

I.

Il en est des villes comme des peuples, chaque époque amène des changements dans les habitudes, dans les mœurs, dans les usages, et la marche civilisatrice, cette loi suprême du progrès, subit des alternatives, des transformations dignes de fixer l'attention des hommes sérieux.

Ce sont ces phases variées et multiples de la civilisation par lesquelles notre cité est passée, qu'il est bon d'esquisser brièvement, pour bien comprendre l'idée qui a présidé à l'Exposition dijonnaise.

Si nous jetons un coup-d'œil en arrière, nous trouvons que Dijon, depuis sa création, a reçu, à chaque âge du progrès et de la civilisation, une nouvelle auréole de gloire.

Au Moyen-âge, sous les ducs héréditaires, Dijon, capitale de la Bourgogne, devient presque le centre du monde politique d'alors; les grands ducs d'Occident, Philippe-le-Hardi et Jean-Sans-Peur, soutiennent des guerres opiniâtres contre les Anglais et les Gantois; leurs successeurs Philippe-le-Bon et Charles-le-Téméraire font pâlir, par l'éclat et la magnificence de leurs cours, la gloire des autres maisons impériales et royales d'Europe.

Le XIVᵉ siècle est l'âge d'or de l'architecture religieuse et de la sculpture monumentale, et Dijon, qui paraît absorber tout ce qui se fait de grand en Europe, arrive à une ère de puissance, de somptuosité, de renommée qu'aucune capitale du monde ne peut alors égaler.

Après la mort de Charles-le-Téméraire, la Bourgogne perd son existence indépendante; mais Dijon, forcé de subir un rôle secondaire, aide puissamment encore au développement de la civilisation.

Au XVIᵉ siècle, sous les gouverneurs envoyés par le roi de France, le Parlement et les Etats viennent donner un nouvel éclat à la cité deshéritée de sa gloire militaire.

Aux XVIIᵉ et XVIIIᵉ siècles, les esprits, plus tranquilles, se tournent vers les arts de la paix : la littérature, les sciences, la peinture et la sculpture fournissent des noms à jamais illustres.

Ce mouvement littéraire et artistique se ralentit pendant la Révolution; mais bientôt Dijon, sous l'Empire, reprend son ancienne splendeur. Napoléon 1ᵉʳ, plein de sollicitude pour l'ancienne capitale de la Bourgogne, la dota des grands ressorts judiciaires, universitaires et militaires.

Sous la Restauration, pendant le gouvernement de Juillet et surtout sous le second Empire, le progrès commercial et industriel se fait jour; il croit avec les années, et bientôt il se manifeste plus évidemment par l'idée d'une Exposition.

II.

Le Concours régional de 1856, celui des Orphéons en 1857, avaient été en quelque sorte les avant-coureurs de notre belle Exposition. Aussi, lorsque la Société permanente des Amis des Arts de Dijon, la Chambre de Commerce de la Côte-d'Or et le Comité central d'Agriculture du même département, représentés par leurs délégués, sous la présidence de M. le Maire de Dijon, eurent décidé qu'un Concours des beaux-arts, de l'industrie, des produits, machines et instruments agricoles, s'ouvrirait le 8 juillet 1858, l'opinion publique acclama cette décision.

III.

Certes, c'est un grand et magnifique spectacle que celui où l'on voit affluer, de toutes les parties du monde civilisé, les produits de l'industrie et de l'intelligence. Le champ est vaste et fécond; il y a là, réuni dans un centre commun, ce que chacun peut faire; la comparaison s'établit; on voit, on juge, et nécessairement *le progrès* sort triomphant. Londres et Paris ont donné au monde un exemple grandiose de ce qu'on peut faire en pareille matière; jusqu'à ces dernières années, ces deux *cerveaux* de l'univers ont tout accaparé, tout monopolisé; là seulement, toute chose nouvelle recevait sa sanction, et il n'y avait pas de progrès, quelque légitime d'ailleurs, qui ne fût obligé d'y aller chercher sa consécration.

En France, depuis quelques années, le joug la centralisation se faisait trop rudement sentir; de temps à autre il s'est fait des tentatives plus ou moins heureuses; chaque ville un peu importante a voulu aussi être un centre vers lequel convergeraient les intérêts de tous. Il ne faut pas se dissimuler que le temps est encore éloigné où chaque ville jouira d'une vie indépendante; mais ce temps arrivera comme toutes les choses *nécessaires*; ce n'est qu'après plusieurs siècles qu'il nous a été permis d'inscrire en grandes lettres l'égalité morale et politique au premier paragraphe de notre *Constitution.*

Les Expositions départementales sont une preuve flagrante de cet esprit d'indépendance qui a *mordu* la province; Toulouse, Limoges, Angers ont eu l'initiative; Dijon les a suivi de près, et il nous est permis d'affirmer que nulle part ailleurs il n'a été fait une tentative sur une échelle aussi vaste.

IV.

La France toute entière avait été appelée à envoyer les produits de son industrie, les œuvres de ses artistes; elle a noblement répondu à l'ancienne capitale de la Bourgogne. Les produits de l'Algérie, cette France moderne, qui doit un jour, par l'importance de ses vignobles, devenir la sœur de la Bourgogne, figuraient à notre Exposition. L'Italie, le Piémont, la Suisse, la Belgique, l'Angleterre, l'Allemagne, la Suède même étaient représentées, et si d'autres pays ne sont pas venus s'associer à l'œuvre que nos concitoyens ont si courageusement entreprise, c'est que le temps seul leur a manqué pour rendre possible leur coopération.

L'Exposition de Dijon comptait près de 1,800 exposants pour les trois sections : des Beaux-Arts, de l'Industrie et et de l'Agriculture; et les produits exposés atteignaient le chiffre de 2,570.—Le département de la Côte-d'Or était représenté à lui seul par 650 exposants.

Pour placer tous les produits, en dehors des trente-deux salles du palais des Ducs de Bourgogne affectées à l'Exposition, trois annexes avaient été construites : la première sur la place du Théâtre, pour recevoir les machines industrielles; la seconde, sur la place des Ducs, était destinée à la machinerie agricole; enfin la troisième, celle de la place d'Armes, a permis, au moyen de pavillons, de relier entre elles les deux ailes du palais.

V.

Avec de modiques ressources, la Commission avait fait les choses grandement, et l'hospitalité préparée aux exposants était en tous points digne de l'antique réputation de la cité dijonnaise.

Le concours des Orphéons, la Cavalcade historique du 16 août, les Concerts donnés avec le concours de Roger et de Mmes Ugalde, Duprez, Miolan-Carvalho et Werthember, vivent encore dans le souvenir de tous ceux qui ont assisté à ces brillantes fêtes.

Dijon semblait être en ce moment le centre de la France, le rendez-vous des dernières découvertes de l'industrie, des plus belles productions de l'art moderne et des plus grandes espérances de l'agriculture.

Après deux mois d'un succès jusque là inconnu dans les annales de la province, l'Exposition de Dijon terminât sa glorieuse carrière par la distribution solennelle des récompenses, sous la présidence d'un conseiller aimé de l'Empereur, S. E. le ministre de la guerre, notre compatriote le maréchal Vaillant.

VI.

Dans la classification des produits exposés, on avait suivi l'exemple donné par la Commission impériale, en 1855, et l'Exposition se trouvait divisée en 14 classes.

Le chiffre des récompenses décernées aux exposants s'élevait, pour les trois divisions : Beaux-Arts, Industrie et Agriculture, à 924, savoir :

MÉDAILLES DE L'EMPEREUR.	3
MÉDAILLES D'HONNEUR.	39
MÉDAILLES de 1re classe.	149
MÉDAILLES de 2e classe.	249
MÉDAILLES de 3e classe.	250
MÉDAILLES de 4e classe.	112
MENTIONS honorables	152
	924

Le chiffre des récompenses décernées aux coopérateurs s'élèvent à 120, savoir :

MÉDAILLES D'ARGENT.	15
MÉDAILLES DE BRONZE.	105
	200

Dijon et la Côte-d'Or ont eu une large part dans ces distinctions ; les Beaux-Arts ayant enlevé pour leur part 23 récompenses et l'agriculture 34, le chiffre de 336 reste acquis à l'industrie.

VII.

Nous ne discuterons pas sur le plus ou moins d'inventions nouvelles qui se sont produites à l'Exposition de Dijon, ce que nous nous attacherons à constater, c'est que ce grand concours a imprimé le plus heureux mouvement à notre industrie locale, en mettant en lumière une foule d'industriels qui doutaient encore d'eux mêmes.

Rapprocher les producteurs en rapprochant les productions de leur intelligence, créer ces rapports qui facilitent les échanges et ouvrent de nouvelles voies à l'écoulement des produits, telle est la pensée qui a présidé à la création de l'Exposition dijonnaise ; telles sont les vues qui ont dirigé la Commission de l'Exposition dans tous ses travaux. Les conséquences de cette manifestion sont de la plus haute importance pour l'avenir de notre industrie, et doivent donner une puissante impulsion au mouvement commercial dijonnais.

Depuis l'établissement du chemin de fer de Paris à Lyon, les affaires ont pris une extension considérable dans la Côte-d'Or et à Dijon en particulier. L'Exposition de 1858 augmentera encore ce mouvement, cette marche ascendante du progrès commercial.

Car, il faut le reconnaître, malgré certaines hésitations, malgré de nombreux tâtonnements, l'éducation industrielle se poursuit sans relâche dans notre ville ; à l'indifférence a succédé une grande sympathie pour toutes les questions se rattachant plus ou moins directement aux intérêts spéculatifs.

Notre cité a enfin compris qu'elle devait marcher en avant et prendre la place que la nouvelle géographie des voix ferrées lui avait assignée ; elle a compris qu'elle devait grandir sa réputation industrielle et commerciale et l'élever à la hauteur de celle qu'elle s'est faite dans les arts et les sciences.

VIII.

En terminant cette introduction déjà bien longue, nous n'oublierons pas qu'il nous reste encore un acte de justice à remplir envers la Commission de l'Exposition, dont le zèle désintéressé n'a pas toujours reçu les éloges qu'il méritait.

Devant l'importance du résultat obtenu, toutes les questions personnelles doivent s'incliner, toutes les questions d'amour-propre doivent s'effacer ; il ne faut pas s'inquiéter si chacun était réellement à sa place, ou si de plus dignes ont été laissés dans l'ombre, tout a été fait et à peu près bien fait ; d'autres auraient-ils mieux réussi ? C'est encore une question, et, somme toute, ne sommes-nous pas fort heureux que quelques hommes actifs aient consacré leurs loisirs à l'accomplissement d'une œuvre d'où est ressorti manifestement l'intérêt commun ?

Si nos souvenirs ne nous trompent pas, c'est dans le sein de la *Société permanente des Amis des Arts* qu'a germé l'idée dont nous avons pu voir l'heureuse réalisation ; que cette société reçoive nos premiers remerciments, et que ce juste hommage lui soit une compensation au rôle plus que modeste qui lui a été assigné dans l'accomplissement de l'œuvre commune.

Parmi les membres de cette société qui se sont plus particulièrement fait remarquer par leur activité et leur dévouement, nous citerons MM. Hippolyte CUGNOTET, JOLIET et MILSAND; bien que tous les trois représentants de l'élément bourgeois, ils n'ont pas hésité à s'associer de tout cœur à la manifestation progressive émanant de la grande idée locale qui venait de se faire jour.

Dans la section de l'agriculture, nous rencontrons le nom de M. LADREY, chimiste distingué, travailleur infatigable, à qui nous sommes redevables de la rédaction du Catalogue et du classement des produits envoyés.

Si nous avons à regretter que l'on ait accordé une place si petite à l'industrie et au commerce dans la composition de la Commission, nous devons reconnaître que tous les industriels et notables commerçants qui en faisaient partie ont dignement rempli leur mandat.

MM. CELLARD, DUNOYER, MANUEL, POISELET et ROBIN, tous membres de la Chambre ou du Tribunal de Commerce, ont été à la hauteur de la mission qu'ils avaient acceptée, et on peut dire que c'est à leur concours toujours actif et empressé, que nous devons la complète réussite de notre Exposition.

Ces éminents services ne sont pas oubliés, et notre population, qui a le souvenir de la reconnaissance, saura se rappeler, lorsque les-circonstances se présenteront, les hommes dévoués qui ont soutenu si courageusement et si dignement ses intérêts.

Que M. VERNIER, l'honorable président de la Commission, reçoive aussi nos sincères remerciments pour les soins éclairés qu'il a apportés à l'accomplissement de ce grand projet.

Grâce à cette union du chef de l'Administration municipale et de la Commission, toutes les difficultés ont été vaincues, et l'Exposition de Dijon a déjà sa place marquée dans les annales bourguignonnes. N'est-ce pas la plus grande fête que Dijon ait jamais célébrée en l'honneur du travail?

OUVERTURE ET CLOTURE

DE

L'EXPOSITION DE DIJON EN 1858

CÉRÉMONIE D'INAUGURATION.

C'est le jeudi 8 juillet 1858, qu'a eu lieu, la cérémonie d'inauguration de l'Exposition de Dijon.

Dès le matin, les abords de la Place d'Armes et du Palais des Etats étaient encombrés par une foule immense et avide d'assister à l'ouverture des portes. Les rues de Condé, Guillaume, Bossuet et Rameau, la place Saint-Etienne et la rue Chabot-Charny, sillonnées en tous sens d'étrangers et d'exposants, étaient pavoisées de drapeaux et d'oriflammes. Chacun voulant célébrer, en ce jour, la fête du travail, avait décoré les comptoirs et les devantures de sa boutique, et disposé de magnifiques étalages. Il fallait que les vitrines de la rue puissent rivaliser avec celles des salles de l'Exposition.

A onze heures, la musique des pompiers et celle du 87e de ligne faisaient entendre, dans la cour d'honneur du Palais des Etats, des morceaux d'harmonie.

A midi précises, les tambours ont battu aux champs, et aussitôt les autorités, qui s'étaient réunies à l'Hôtel-de-Ville, sont descendues prendre place sur l'estrade qui leur avait été préparée.

Pour éviter l'encombrement, on avait ouvert les portes à onze heures aux personnes invitées. Sous une vaste tente placée au centre de la cour, en face le perron de la Mairie, se pressait une société nombreuse et d'élite, où les dames n'étaient pas en minorité. Nous avons remarqué également, sur le passage des autorités, la plupart des membres de la Société des Amis des Arts et un grand nombre d'exposants étrangers. Les sapeurs-pompiers formaient la haie.

Ont pris place sur l'estrade : MM. le baron de Bry, préfet de la Côte-d'Or; le général Picard; Muteau, premier président à la cour d'appel; Mongis, procureur général; Cournot, recteur; Ouvrard, député au Corps législatif; Saverot, procureur impérial; Léjéas, premier adjoint; Guillemot, secrétaire général de la préfecture; etc., etc.; enfin, les autorités militaires et le Conseil municipal, puis tous les membres de la Commission de l'Exposition, son président en tête.

M. le Préfet ayant déclaré l'Exposition de Dijon ouverte, M. Vernier, membre au Corps législatif, maire de Dijon, président de la Commission, prit la parole, et d'une voix ferme et accentuée, prononça le discours suivant :

MESSIEURS,

Mon premier devoir, dans la solennité qui nous rassemble, est de payer un juste tribut d'éloges et de remerciements aux personnes dévouées qui ont bien voulu se charger d'organiser tous les détails de notre Exposition.

Témoin des mille difficultés qui ont environné une pareille entreprise, j'ai pu, mieux que personne, voir et apprécier tous les louables et utiles efforts qui devaient les surmonter. C'est une tâche qui, acceptée avec empressement et remplie avec intelligence et courage, a été terminée avec honneur. Grâce à la Commission, notre ville peut encore prouver aujourd'hui, comme elle le prouvera toujours, je l'espère, qu'elle sait se maintenir à la hauteur que lui ont assignée les époques passées.

Car les expositions, Messieurs, ces grands spectacles de la production humaine, sont, dans les contrées où elles se produisent, un signe incontestable de prospérité et de grandeur; elles marquent avec éclat que la population qui les encourage a l'intelligence des besoins de son temps.

Conséquence nécessaire des facilités que donnent, pour ces grandes agglomérations d'expériences et de faits, les voies ferrées, la vapeur et la télégraphie nouvelle, les expositions occupent une large place dans le progrès général du siècle. Cause et effet tout à la fois, si elles empruntent leur prestige aux Beaux-Arts, à l'Industrie et à l'Agriculture, elles leur rendent bien en comparaisons et en études fécondes tout ce qu'elles en reçoivent.

Aussi, Messieurs, que de vérités utiles ont pris naissance dans ces vastes collections de produits en tous genres! que de perfectionnements en sont sortis pour toutes les inventions du passé!

A leur suite, une active émulation fait sentir partout, et dans toutes les branches, sa bienfaisante influence, en utilisant tous les éléments de la richesse publique; le Commerce étend sa sphère; l'Industrie agrandit son domaine par d'incessantes conquêtes; l'Agriculture, cette aînée de toutes les sciences, n'agite plus les redoutables questions dont les derniers retentissements ne sont pas encore bien loin de nous, et les progrès de chaque jour, en augmentant l'abondance et la variété de ses produits, semblent défier le retour des disettes.

Tout marche et s'améliore. La vapeur, dont la course à pas de géant paraissait devoir satisfaire à jamais toutes les impatiences, commence à être accusée de lenteur; et le génie des hommes demande déjà à d'autres agents des ailes plus rapides.

Sous la main intelligente du mécanicien, la matière prend vie et réclame les fonctions qui semblaient réservées à l'homme ou aux auxiliaires vivants que lui avaient donnés le Créateur.

Les Beaux-Arts, qui parlent à l'âme comme aux yeux, les Beaux-Arts, ces brillants interprètes des grands sentiments et des grandes pensées, de la piété, de la reconnaissance, de la gloire et de la bienfaisance, voient s'accroître chaque jour la magnificence de leur langage.

Et, en présence d'un pareil spectacle qui va, dans un moment, se dérouler devant vos yeux, on entend encore des voix prévenues ou mécontentes, qui ne craignent pas d'exprimer sur l'avenir du pays de sinistres présages!... Comme si les développements de l'intelligence dans l'Agriculture, l'Industrie et les Arts, en favorisant le bien-être de tous, ne façonnaient pas aussi les esprits et les cœurs aux grandes vérités religieuses et morales!.... Ah! Messieurs, disons-le avec une juste fierté, nous sommes toujours la grande nation, nous le sommes dans les labeurs de la paix, comme nous l'étions, hier encore, dans les rudes travaux de la guerre.

Mais, Messieurs, que le sentiment de légitime orgueil qui naît au milieu de ces fêtes de l'Industrie, où se réunit l'élite des représentants de la production, ne nous laisse point perdre de vue qu'une main glorieuse et tutélaire est au fond de toutes ces merveilles; et saluons, en finissant, de nos respects et de notre affection, celui qui a reçu et si parfaitement rempli la mission providentielle de protéger, de seconder l'essor du génie national.

Cette éloquente improvisation fut couverte par d'unanimes applaudissements.

Après M. Vernier, M. le baron de Bry, préfet de la Côte-d'Or, lut le remarquable discours que nous nous empressons de mettre sous les yeux de nos lecteurs :

MESSIEURS,

Quand l'impartiale histoire retracera les événements mémorables de notre temps, elle dira qu'un des grands bienfaits du règne de Napoléon III est d'avoir rendu aux provinces de France la vie et l'activité qui semblaient s'être retirées d'elles pour se concentrer à peu près exclusivement dans le sein de la capitale.

Trop longtemps, en effet, le mouvement de l'esprit humain avait été pour ainsi dire, suspendu partout ailleurs qu'à Paris.

La plupart des œuvres de l'intelligence française, qu'elles s'appelassent Littérature, Sciences, Beaux-Arts, Industrie, n'avaient de valeur incontestée qu'à la condition d'être nées dans la grande ville ou d'avoir obtenu des lettres de naturalisation parisienne; et l'on sait trop à quels mécomptes était parfois exposé le mérite provincial qui cherchait à se produire sur ce théâtre!

Le résultat inévitable d'un tel état de chose devait être de décourager, sinon d'éteindre entièrement toute activité morale ou matérielle en dehors de la sphère privilégiée.

Qui peut dire, aussi, combien de talents en germe, combien d'inventions utiles, de progrès sérieux ont été étouffés par ce fatal système?

Ses vices ne pouvaient échapper à la sagacité de l'Empereur. Dès lors, de grandes mesures, habilement calculées, ont tendu, chaque jour, à diminuer les inconvénients d'une situation si préjudiciable aux intérêts de la France, et à rétablir une plus juste répartition d'avantages entre tous ses habitants.

Paris, la capitale du monde civilisé, doit rester, sans aucun doute, le centre et l'arbitre du goût.

L'Empereur a tout fait pour qu'elle continuât à être l'objet de l'attraction universelle, pour la rendre de plus en plus digne de la France.

Mais si nos populations continuent à lui payer un juste tribut d'admiration et à concourir à ses splendeurs, elles ne lui laisseront plus confisquer à son profit et sans réciprocité tous les éléments de gloire et de prospérité, tous les talents, tous les mérites si multipliés que recèlent les différentes parties de notre pays.

Il y aura, dorénavant, un échange de services et de bons procédés; inventeurs, artistes, fabricants, hommes d'intelligence de Paris et des autres grandes villes, ne dédaigneront plus de se présenter sur de plus petits théâtres que le leur, pour soumettre leurs œuvres à l'appréciation de juges et de rivaux dignes d'eux.

C'est ainsi que l'on se conformera à la haute pensée de décentralisation générale dont l'Empereur poursuit l'application sous toutes ses formes, et qui aura pour résultat non de déposséder les uns au profit des autres, mais de servir les intérêts de tous par la suppression d'un monopole blessant.

Déjà surgissent sur tous les points de la France ces exhibitions de richesses de toute espèce, qui étonnent comme s'il s'agissait de la découverte d'un monde nouveau, car elles étaient à peine connues, si ce n'est par les hommes spéciaux, même après les expositions universelles de Londres et de Paris, où elles se trouvaient presque perdues.

Ce mouvement, Messieurs, n'est qu'à son début; l'avenir nous réserve d'autres surprises, de plus grandes satisfactions.

Dès aujourd'hui, cependant, vous pourrez nous dire, avec un sentiment de juste fierté, que notre ville, depuis longtemps célèbre à tant de titres variés qu'on pouvait, sans trop de présomption l'appeler l'Athènes de la Bourgogne, est entrée avec éclat, ainsi que le département si bien nommé dont elle est le chef-lieu, dans la carrière nouvelle qui lui est ouverte, et où elle occupera une place exceptionnelle.

Après avoir joui du spectacle merveilleux auquel vous allez assister, nul d'entre vous ne sera disposé à contester la justesse de mon appréciation et à l'attribuer aux préventions favorables qu'un long séjour dans ce beau département aurait pu inspirer au Préfet pour ses administrés.

MESSIEURS LES MEMBRES DE LA COMMISSION,

M. le Maire de Dijon, votre Président, qui a pu juger, en surveil-
lant et partageant vos travaux, du zèle et du dévouement persévérant
que vous avez mis à vous acquitter de votre pénible tâche, vous a décerné,
au nom de vos concitoyens, dont il est l'organe, le juste tribut d'éloges
que vous avez mérité.

Je viens à mon tour, en ma qualité de représentant et au nom du
Gouvernement, vous remercier de tous les efforts que vous avez faits,
avec un plein succès, pour assurer l'achèvement de cette belle œuvre
qui, grâce à vos soins, a pris des proportions inattendues et nous a
prouvé le concours de la plus grande partie de la France.

Que M. le Maire, que l'administration municipale toute entière veuil-
lent bien également agréer ici l'expression de ma reconnaissance pour
les soins de chaque instant qu'ils ont donnés à l'ensemble et aux détails
de cette grande solennité qui laissera de profonds souvenirs dans tous
les esprits.

L'Empereur, vous le savez, Messieurs, est toujours disposé à accorder sa haute protection aux projets dont l'exécution doit faire honneur
au pays et servir ses grands intérêts.

Sur la demande directe de M. le Maire de Dijon, il lui avait déjà
envoyé une médaille d'or et deux médailles d'argent pour récompenses
aux exposants.

Je suis heureux d'avoir à vous annoncer que M. le Ministre d'Etat et
de la maison de l'Empereur m'a fait connaître hier que Sa Majesté,
voulant donner un nouveau témoignage d'intérêt aux départements
appelés à concourir à l'Exposition, a daigné mettre à ma disposition
trois autres médailles d'or qui devront être décernées comme *prix de
l'Empereur* aux exposants reconnus les plus dignes par le jury de
chaque division.

Ce discours, aussi bien écrit que sagement pensé, fut accueilli avec enthou-
siasme par les nombreux spectateurs qui assistaient à la cérémonie d'inauguration.

Immédiatement après, les autorités se rendirent dans les galeries de l'Exposition, et commencèrent à visiter les immenses salles du Palais des Etats et les
non moins vastes annexes des Place d'Armes, du Théâtre et des Ducs de Bourgogne, où se trouvaient exposés les nombreux et magnifiques produits envoyés
à Dijon.

A deux heures, les portes ayant été ouvertes au public, qui attendait depuis
le matin, l'Exposition a été littéralement envahie. Cette immense affluence de
visiteurs n'a cessé qu'à la nuit close. Un temps magnifique a favorisé pendant
toute la journée cette belle fête, organisée en l'honneur du travail et de l'industrie.

DISTRIBUTION SOLENNELLE DES RÉCOMPENSES.

Cette distribution avait attiré un immense concours de population qui, malgré l'incertitude du temps, n'a cessé de parcourir nos rues, nos promenades, et surtout les salles de l'Exposition, jusqu'à l'heure où a été célébrée la messe en musique de M. Dietsch.

Par une coïncidence assez singulière, la fête de Notre-Dame de septembre tombait le jour de la distribution. — Monseigneur l'Evêque de Dijon a officié pontificalement. Disons tout de suite que cette messe, avait attiré une masse de fidèles et de curieux, pour qui notre vaste cathédrale a été trop étroite. L'orgue a été magistralement tenu par M. Charles Poisot. M. Dietsch conduisait lui-même les chœurs, composés de notre Société chorale et des enfants de la Maîtrise.

A onze heures, les sapeurs-pompiers, musique en tête, se rendaient à l'Hôtel-de-Ville pour y prendre les autorités. La foule, malgré la pluie qui commençait à tomber, s'est portée en masse au rond-point du Parc et a envahi le vaste hippodrome de cette promenade. Des bancs avaient été placés pour recevoir MM. les Exposants et leurs familles, en face de l'estrade destinée aux autorités. De chaque côté de cette estrade, décorée de drapeaux tricolores et surmontée de l'aigle impériale, on avait établi des gradins pour les personnes invitées ; dans le fond se trouvait l'emplacement réservé au public. A midi et demi, S. E. le maréchal Vaillant descendait de voiture, et les tambours battaient aux champs.

A l'entrée de l'hippodrome, la Commission, son président en tête, a alors reçu le maréchal et l'a conduit au fauteuil d'honneur. S. E. le maréchal Vaillant était en habit de ville ; sous son habit était placé le grand cordon de la Légion-d'Honneur. A côté de lui ont pris place M. le baron de Bry, préfet de la Côte-d'Or, le général Picard, MM. les Conseillers de préfecture, M. le Maire de Dijon, le Conseil municipal, la Commission de l'Exposition, les membres du Jury.

La séance ayant été ouverte, S. E. le maréchal s'est levé, et s'étant approché sur le bord de l'estrade, a prononcé le discours suivant :

MESSIEURS,

A l'appel de deux grands peuples qui tour à tour ont convié le monde entier à un concours mémorable, nous avons vu les merveilles industrielles de tous les points du globe affluer dans l'enceinte cosmopolite des Palais de Londres et de Paris.

Aujourd'hui, ce ne sont plus les nations rivales de la France, c'est la France elle-même, plus particulièrement représentée par ses provinces du centre et de l'est, qui étale ses richesses dans l'antique demeure des ducs de Bourgogne, lice ouverte par la ville de Dijon au pacifique tournoi de l'industrie.

Ici, comme à Paris et à Londres, devant cette agglomération si belle et si variée des trésors de la nature et des œuvres de l'homme, je bénis la Providence dont les bienfaits sont répandus avec tant de largesse sur la surface de la terre, et je me sens, en même temps, pénétré d'admiration pour le génie du chétif ouvrier que le travail a fait roi de la création.

Il s'est trouvé cependant, Messieurs, des esprits chagrins et injustes qui n'ont voulu voir dans ces fêtes qu'une glorification de la matière, qu'un culte rendu aux passions égoïstes et avides d'une société absorbée dans la poursuite de la richesse, dominée par la soif du bien être, et livrée aux appétits sensuels.

Au nom de l'industrie, Messieurs, au nom de l'art et de la science, d'où elle émane et dont elle est comme la consécréation et le couronnement social, je repousse ces calomnies et je veux en faire justice.

Si l'industrie n'était que matière, s'il était vrai qu'elle fût le symbole de la cupidité, de la sensualité, de l'égoïsme, que son culte fût le culte du veau d'or et ses fêtes le triomphe des instincts grossiers, vous tous, honnêtes gens qui m'écoutez, vous ne rempliriez pas aujourd'hui cette enceinte, et moi, l'un des chefs de notre généreuse armée, moi le représentant d'un corps où le désintéressement, l'abnégation et le dévouement sont une loi et une religion, je ne me ferais pas un honneur de présider cette solennité.

Messieurs, que vos consciences se rassurent! votre instinct ne vous a pas trompés; vous n'êtes pas venus encenser ici, une idole abjecte; ce que vous honorez, ce que vous respectez est digne d'honneur et de respect : ce n'est pas la matière, c'est l'esprit que vous glorifiez!

Certes! je m'incline devant l'homme sublime qui, dans ses conceptions hardies, s'élevant au-dessus de sa condition terrestre, démêle d'un coup d'œil les grandes lois de l'univers, recule les limites de la science et ouvre au génie humain de nouveaux horizons.

Mais je n'ai pas une moindre estime pour celui qui, non content de rechercher la vérité dans les domaines de l'abstraction, la poursuit et sait l'atteindre sur le terrain de la réalité; qui, dans sa lutte opiniâtre avec la nature, lui arrache ses secrets, la dompte et l'asservit; et qui, traçant un sillon dans les champs de l'étude jusque-là stériles, l'ensemence et le fertilise pour le bonheur de l'humanité.

Eh bien? Messieurs, ce produit de la nature, fécondé par l'intelligence, ce fruit de la science, c'est l'industrie.

De même, bien que l'essence de l'art soit le culte idéal de la beauté pure; bien qu'il ait sa vie propre dans la conception, innée à l'esprit humain, de cet immuable type de perfection, d'ordre, d'harmonie et de convenance qui est la loi de la nature et l'aspiration de notre intelligence, il n'en est pas moins vrai que, pour se produire, l'art, cette âme immortelle, doit quitter les régions célestes qu'il habite, descendre sur la terre et y prendre un corps visible, palpable, sensible; il faut, si j'ose ainsi parler, que le Verbe se fasse chair ; et cette incarnation de l'art, c'est encore l'industrie.

Et qu'on ne m'accuse pas de méconnaître ici le rôle de l'art et sa grandeur, et de confondre sous le même niveau ce qu'il y a de plus humble et de plus élevé. L'art est un, quelle que soit son expression. Qu'il parle avec le pinceau, avec l'ébauchoir, avec le marteau ; qu'il anime la toile, le bois, la pierre ou les métaux, c'est toujours à quelque matière qu'il s'applique, et peu importe la substance qu'il met en œuvre. Ce n'est pas là qu'est sa mesure, elle est toute entière dans la satisfaction qu'il donne à notre amour pour la beauté.

Aussi, Messieurs, qui pourrait marquer la limite précise où s'arrête l'art, où finit la science, où commence l'industrie ? Quand Papin, Watt et Fulton utilisaient la vapeur, quand Jacquard fabriquait son métier, quand Philippe de Girard inventait la machine à filer le lin, ces grands hommes faisaient-ils œuvre de science ou d'industrie ? Et Boulle, l'ébéniste, et Bernard de Palissy, le potier, et Benvenuto Cellini, l'orfèvre, étaient-ils des artistes ou des industriels ? Lorsque l'industrie, qui n'est autre chose que l'activité de l'homme mise au service de ses besoins, s'applique à satisfaire ceux de notre esprit bien autrement exigeant, Dieu soit loué ! que notre corps ; lorsqu'elle nous dispense ses pures jouissances dont notre amour du vrai et notre instinct du beau nous rendent si avides, elle se confond intimement avec la science et l'art, c'est-à-dire avec ce qu'il y a de plus noble et de plus élevé sous le ciel.

Quant à cette part de l'industrie qui s'attache plus spécialement à pourvoir aux nécessités de notre vie animale, je rends pleine justice à son caractère d'utilité pratique et j'applaudis hautement à ses progrès. J'y applaudis, parce que c'est aux vivifiantes mamelles de la science et de l'art qu'elle va puiser, elle aussi, la nourriture qui la soutient et qui la grandit ; parce que tout en poursuivant l'utile, elle se préoccupe de plus en plus d'atteindre le beau et que cette recherche l'anoblit.

J'y applaudis, parce que l'amélioration qu'elle apporte aux conditions matérielles de notre existence ne peut que favoriser le développement de l'intelligence humaine. J'y applaudis, surtout à cause des bienfaits qu'elle prodigue aux classes pauvres avec une libéralité toujours croissante.

Messieurs, il y a deux cents ans à peine, au milieu de la plus brillante époque d'un des plus grands règnes de notre histoire, un moraliste célèbre dépeignait comme il suit le sort de nos populations rurales :

« L'on voit certains animaux farouches, des mâles et des femelles,
» répandus par la campagne, noirs, livides et tout brulés du soleil,
» attachés à la terre, qu'ils foulent et qu'ils remuent avec une opiniâ-
» treté invincible ; ils ont comme une voix articulée, et quand ils se
» lèvent sur leurs pieds, ils montrent une face humaine, et, en effet,
» ils sont des hommes ; ils se retirent la nuit dans des tannières, où ils
» vivent de pain noir, d'eau et de racines ; ils épargnent aux autres

» hommes la peine de semer, de labourer et de recueillir pour vivre,
» et méritent ainsi de ne pas manquer de ce pain qu'ils ont semé. »

Est-il un seul trait de ce sombre et cruel tableau auquel nous puissions reconnaître aujourd'hui les habitants de nos riches campagnes? Et s'il est vrai que l'heureuse transformation qui les a régénérés est surtout l'œuvre de l'industrie, rendons grâce à cette magicienne bienfaisante dont la baguette guérit les souffrances du pauvre, et qui lui rend la dignité de l'homme en affranchissant son esprit du joug dégradant de la misère.

Telle est, Messieurs, la raison de cette fête et sa moralité. Voilà pourquoi j'ai le droit de dire, et je dis avec conviction que les hommes honorables qui ont eu l'idée première de ce concours, que les habiles fonctionnaires qui l'ont organisé avec tant de zèle, ont bien mérité de leur pays.

Beau pays, terre généreuse que celle où tant de riches moissons ont germé! Dignes enfants d'un tel sol ceux qui les ont récoltées!

> Salve, magna parens frugum, Saturnia tellus,
> Magna virum!......

Messieurs, au moment où le poëte saluait ainsi les champs de sa patrie, Rome, naguère ébranlée par de terribles secousses, s'était rassurée sur ses fondements. Entouré d'un cortège de rois qui étaient venus sceller la paix du monde au Capitole, l'héritier de César fermait le temple de Janus. Cependant, un jeune enfant de la race d'Iule commençait à répondre au sourire de sa mère; et, tandis que l'enceinte agrandie de l'ancienne ville de Quirinus se couvrait de monuments superbes, les campagnes qu'avait dévastées la discorde, voyaient l'abondance renaître avec la sécurité. Attirés par les faveurs d'Auguste, les savants et les artistes rivalisaient d'efforts; et, comme autrefois dans l'Athènes de Périclès, les disciples se pressaient aux leçons de maîtres illustres. Les grands jours promis par la sybille s'étaient enfin levés : le nom romain était respecté dans l'univers entier; et, de l'Italie, centre et foyer du monde, la civilisation se répandait sur tous les peuples.

Ainsi florissait Rome au temps des Césars.... Mais, quelle que fût alors sa splendeur, nous n'avons rien à lui envier, et la France n'en saurait être jalouse au siècle des Napoléons.

Ce magnifique discours, digne de l'homme illustre qui l'a prononcé, a été interrompu plus de dix fois par des salves d'applaudissements répétées. Alors le ministre de l'Empereur s'est approché de M. Vernier, l'a nommé officier de la Légion-d'Honneur et lui a donné l'accolade. M. Jobard de Bruxelles a été aussi décoré. Ensuite S. E. a encore remis les insignes de la Légion-d'Honneur à M. Maître, manufacturier, puis a fait approcher M. Meugniot, fabricant d'instruments aratoires, et lui a promis la croix au nom de l'Empereur. Les noms de ces deux exposants ont été salués d'unanimes bravos.

M. Vernier, maire de Dijon, a alors pris la parole et a prononcé le discours qui suit :

MESSIEURS,

Les plus belles choses ont un terme : c'est la loi de ce monde. Mais
l'Exposition de Dijon n'est appelée à finir dans quelques jours, au milieu
d'une curiosité qui est loin d'être épuisée, que pour prendre sa place
dans cet ensemble de faits importants qui composent la glorieuse tradi-
tion de notre ville.

L'Exposition de 1858 va finir, mais c'est pour vivre dans le souvenir
de tous ceux qui s'intéressent à la marche des connaissances humaines ;
c'est pour vivre dans l'esprit de ceux qui la prendront comme point de
départ pour de nouvelles études, pour de nouveaux travaux ; c'est pour
vivre, en un mot, dans les annales du progrès universel.

Oui, Messieurs, au milieu du mouvement qui se produit dans la
province et qui attire sur elle une attention trop longtemps détournée
au profit de la grande ville, l'Exposition de Dijon a fixé tous les regards.
Plus de cent vingt mille visiteurs n'ont cessé, pendant deux mois, d'en
parcourir les galeries avec intérêt ; — et dans ce nombre, relativement
si considérable, une foule d'étrangers de tous pays sont venus voir et
s'instruire, et ont répandu au loin le sentiment d'admiration, disons le
mot, qu'ils en ont emporté. Des hommes renommés dans la science en
ont hautement approuvé l'organisation ; les industriels les plus haut
placés dans la fabrication des objets qui font le plus d'honneur à notre
siècle, sont accourus à grands frais pour enrichir nos collections de
leurs produits ; ceux-là même qui, ayant été couronnés à la grande
Exposition de 1855, semblaient n'avoir plus rien à demander pour leur
gloire, sont venus avec empressement aspirer à nos lauriers bourgui-
gnons ; — et, dans la série des fêtes qui ont accompagné cette grande
démonstration, nous avons eu l'heureux privilège de voir, au milieu de
plusieurs autres, trois grands artistes se dérober un moment à leur
triomphe de chaque jour pour venir, au nom de la bienfaisance, nous
enchanter de leur mélodieuse union, en nous fournissant l'occasion
d'une bonne action de plus.

Cette affluence d'hommes et de choses, ce mouvement des esprits les
plus distingués dans notre ville, ce courant comme on dit, qui semble
s'établir vers la province, ne voudraient-ils pas dire qu'on s'aperçoit des
richesses immenses en tous genres que recèlent nos départements dans
leurs entrailles ? Commencerait-on à comprendre sérieusement que la
concentration excessive qui s'opère au sommet, au grand dommage de
l'édifice, pourrait bien menacer d'en affaiblir la base ? — Verrait-on,
enfin, qu'à côté de ce sol si tourmenté de la capitale, où les idées sont
remuées et agitées sans cesse jusqu'à la fièvre, se trouve dans le reste

de la France un sol vaste et reposé qui n'attend que la semence pour produire des merveilles de toute nature?

Je ne sais si je me trompe, en exprimant ces quelques pensées qui me sont inspirées par le sérieux succès de notre exposition; — mais j'en ressens une impression irrésistible qui équivaut, pour moi, à une vérité démontrée, quand, spectateur lointain, je me rappelle le voyage de l'Empereur en Bretagne. Malgré la centralisation dans son gouvernement de tout ce qui peut intéresser les populations, il s'est imposé, dans sa toute-puissance, le devoir, comme il le dit lui-même, de visiter, d'examiner en personne et sur place tout ce qui touche au bonheur de l'empire. — Aussi, Messieurs, de quelle immense explosion de reconnaissance et de dévoûement l'accomplissement de ce devoir a été l'occasion!... et l'Empereur a pu envisager, dans tout son éclat, le prodigieux appui que la province offrait à une dynastie qui veut régner par le courage, la justice, la générosité et le développement de tout ce qui concourt le mieux à la gloire et au bien être du pays.

Si occupé qu'ait été l'Empereur des grands intérêts qui ont rempli le voyage dont je viens de parler; il a connu et suivi l'Exposition de Dijon avec le haut intérêt qu'il donne aux entreprises utiles, et je ne puis résister au plaisir de vous dire, dussé-je paraître indiscret, que l'Empereur a été très satisfait en apprenant de la bouche même d'un de ses conseillers les plus autorisés, tout ce que le zèle, le dévoûement et l'intelligence de la Commission dijonnaise sont parvenus à improviser, pour ainsi dire, de beau et d'imposant dans notre ville. *C'est qu'en effet*, voulait bien m'écrire ce ministre de la couronne, *il est impossible d'imaginer quelque chose de plus complet, de mieux ordonné, de plus capable de réjouir un cœur bourguignon.*

A ce dernier trait, Messieurs, vous reconnaissez facilement l'illustre Dijonnais qui a consenti à s'arracher aux travaux des deux ministères dont il est en ce moment chargé, pour assister à la distribution de nos récompenses. — Et qu'on ne croit pas que le sentiment de prédilection qu'il a conservé pour son berceau l'ait rendu facile à la louange; non, Messieurs, toute la France sait que, parvenu aux plus hautes dignités par ses propres forces, notre compatriote s'est toujours fait une loi, *dura lex* quelquefois, de placer les intérêts de la justice et de la vérité au-dessus de ses plus chères affections.

Et maintenant, Messieurs, artistes, industriels, et agriculteurs, en emportant les récompenses qui vont vous être décernées, préparez-vous pour l'avenir à de nouveaux concours. Le mouvement est imprimé partout; et bientôt, je le sais, plusieurs villes importantes, à l'exemple de Dijon, vont convier à d'autres fêtes vos pinceaux, vos machines, vos produits, vos instruments agricoles. Perfectionnez sans relâche toutes ces œuvres variées de l'esprit et de la main qui ont fait l'honneur de l'Exposition qui va se clore. — Partout nous vous suivrons avec un véritable bonheur, et si, comme on doit l'espérer vos travaux engendrent ailleurs un éclat qui dépasse celui que vous nous avez donné, croyez-le-bien, loin de nous en montrer jaloux, nous applaudirons vos succès à distance. — Vos succès, Messieurs, ne sont-ils pas aujourd'hui une des gloires de la France?

Cette dernière harangue a reçu, elle aussi, de chaleureux applaudissements.

MM. Joliet, Ladrey, le baron Pichot-l'Amabilais, Sangnier, Coffin et Brullé, membres du Jury, ont lu tour à tour la liste des récompenses.

Les médailles d'honneur et les médailles de 1re classe ont été seules distribuées, afin d'abréger la cérémonie. Chaque exposant recevait la récompense qui lui était décernée de la main de S. E. le maréchal.

Le nom qui a été le plus acclamé parmi tous, est sans contredit celui de M. Robin, filateur, membre de la Commission. Chacun s'empressait de donner un témoignage non équivoque de sympathie à l'homme qui pendant six mois s'est dévoué avec tant de zèle aux intérêts de l'Exposition. Remercions-le donc au nom des exposants dont nous sommes ici les interprètes, du dévouement qu'il a apporté à l'œuvre commune. Et nous aussi, dans notre modeste sphère, payons à cet honorable industriel la dette de reconnaissance que nous lui devons pour le concours obligeant qu'il a toujours bien voulu prêter à la presse.

A trois heures, la distribution étant terminée, S. E. le maréchal a pris place dans la calèche de la Préfecture pour retourner de suite à Paris où l'appelaient ses graves et importantes fonctions.

A six heures et demie, a eu lieu, dans une des salles de l'École normale, le banquet des exposants organisé par les soins de la Commission.

Le service était fait par Dastier; la Société Christofle avait mis obligeamment à la disposition de ce restaurateur sa belle orfèvrerie; aussi la table offrait-elle un coup-d'œil splendide.

Nous avons remarqué à côté de M. Vernier, président du banquet, M. le baron de Bry, le général Picard, Monseigneur de Dijon, enfin la plupart des autorités civiles et militaires.

Ce banquet, où la plus franche cordialité n'a cessé de régner, s'est prolongé jusqu'à onze heures. La Fanfare et la Chorale sont venues exécuter plusieurs morceaux de leur répertoire, qui ont été accueillis avec une faveur marquée.

Au dessert, plusieurs toasts ont été portés par M. le Préfet, par M. le Maire, par M. Léouzon Le Duc, délégué de la presse parisienne, enfin par M. Christofle.

Jamais l'Industrie et les Beaux-Arts n'ont encore été convoqués en province à une fête aussi brillante; aussi l'Exposition de Dijon laissera-t-elle derrière elle de longs et durables souvenirs que rien ne pourra effacer.

DEUXIÈME CLASSE [1].

BEAUX·ARTS INDUSTRIELS.

Orfévrerie — Poterie artistique — Bronzes — Chefs-d'œuvre et Objets d'art.

NOMBRE DES EXPOSANTS. 49
NOMBRE DES PRODUITS EXPOSÉS. 59

COMPOSITION DU JURY.

PRÉSIDENT : M. Jouffroy, chevalier de la Légion d'Honneur, membre de l'Institut.

VICE-PRÉSIDENT : M. Perignon, chevalier de la Légion d'Honneur, président de la Société des Amis des Arts, directeur du Musée et de l'Ecole impériale des Beaux-Arts de Dijon.

SECRÉTAIRE : M. Scheffer, architecte municipal.

MEMBRES : MM. Coffin, ingénieur — Coste, ancien bijoutier — Maitre, libraire-éditeur — baron Pichot-l'Amabilais, propriétaire — C Pierrot, directeur de la Société des Fanfares de Dijon — Susse, négociant à Paris.

BARBIZET, place du Trone, 17,

PARIS.

Médaille de troisième classe.

La poterie artistique tient une assez belle place à l'Exposition. Celle de M. Barbizet n'est pas la moins soignée. Ces chinoiseries peuvent très bien ne pas plaire à tout le monde, d'autant plus que le prix en est assez élevé, mais toujours est-il qu'il y a po-

---

(1) La première classe comprenant les Beaux-Arts (Peinture et Sculpture) a été l'objet d'un travail spécial que nous avons publié sous le titre : *Le Salon de 1858 à l'Exposition de Dijon.*

terie et poterie, comme Sganarelle prétendait qu'il y avait *fagots et fagots*, et celle de
M. Barbizet est pleine d'élégance et de bon goût. Nous signalerons une série de plats
décorés d'ornements, de fleurs, de fruits, de poissons, qui ont un excellent cachet.

BARRÉ, ouvrier couvreur, rue Proudhon, 21,
DIJON.
Mention honorable.

Le chef-d'œuvre en ardoise de M. Barré est un modèle de goût ; ce charmant clo-
cheton aux minces arrêtes, cette petite flèche à jour, ces aiguilles élancées, cette toiture pleine de légèreté, font de l'ensemble de cet ouvrage un vrai bijou. Que de temps,
de patience et de talent M. Barré a-t-il dû dépenser avant d'achever ce brillant morceau ? L'imagination s'en effraye rien que d'y songer.

BUDKER, conducteur des ponts et chaussées à Mâcon
(Saône-et-Loire).
Médaille de quatrième classe.

Certainement le jury, en n'accordant qu'une récompense de cet ordre à M. Budker,
pour ses chefs-d'œuvre, s'est montré bien sévère. M. Budker expose deux temples en
ivoire et en bois exotique. Ces ouvrages, qui ont été menés à bonne fin, sont gracieux ; l'assemblage des pièces qui les composent a dû demander un temps inouï.

BUFFET, sculpteur,
RUE SAINT-MARTIN, 35, DIJON.
Médaille de deuxième classe.

M. Buffet, membre du jury de la 5e classe et dont personne ne contestera le talent,
s'est contenté d'exposer une Assomption : c'est le modèle réduit de l'Assomption de
l'église Notre-Dame de Dijon, ce beau morceau de sculpture de Dubois. Disons tout
de suite que M. Buffet n'est pas resté au-dessous de son modèle, et que son travail a
été justement admiré des véritables connaisseurs.

CHRISTOFLE (Charles) et Compagnie,
56, RUE DE BONDY, PARIS.
Médaille d'honneur.

La magnifique orfévrerie de la Société Christofle, placée dans la salle des Beaux-
Arts industriels, se fait remarquer par les surtouts de table et les services de dessert.
Avant de parler des produits argentés par les procédés électro-chimiques, nous voulons attirer l'attention sur les belles pièces en *aluminium* exposées par elle. Nos lecteurs connaissent les difficultés que présentait le travail de l'aluminium, nous n'en
parlerons pas ; seulement les personnes capables d'apprécier ces difficultés matérielles
regarderont comme un tour de force l'exhibition de cette fabrique. Citons tout d'abord
une coupe Louis XVI à trois femmes, le groupe d'enfants à la Colombe de Clodion ; ce
sont les chefs-d'œuvre de bon goût réussis on ne se peut plus heureusement. Nous
trouvons encore en aluminium un chevreuil et un bison d'une ressemblance parfaite,
et une charmante paire de flambeaux représentant un satyre monté sur une tortue, offerts à la loterie de l'Exposition par M. Christofle, œuvre fort estimée des amateurs.

Parmi les pièces d'orfévrerie en argenture dignes de remarque, nous signalerons un
surtout Louis XVI, des candélabres même style à deux femmes, d'autres candélabres
encore même style à médaillons d'un travail exquis, un sceau à glace Médicis. A côté
d'un riche service à thé et d'un autre joli modèle d'un genre tout nouveau, nous avons
admiré un splendide service Louis XIV, frises d'enfants, bas-reliefs imitant le vieil or
et le vieil argent, un pot à bière même style, riche hanap d'un margrave.

Là, les richesses se trouvent amoncelées les unes sur les autres, et on ne sait vraiment sur quoi fixer son attention : près de cette belle bouilloire en argent émaillé, nous trouvons une tasse et une soucoupe émaillée sur argenture d'un goût exquis, un sucrier Victoria, ainsi désigné parce que le même a été fait pour la reine d'Angleterre, des plateaux d'une exécution soignée, les deux admirables coupes de Benvenuto-Cellini, un pistolet en bronze d'aluminium remarqué par le maréchal Vaillant, et une foule d'objets trop longs à citer.

L'orfévrerie obtenue par la galvanoplastie est d'un travail parfait ; nous citerons les médaillons des quatre saisons, d'un *repoussé* surprenant, le groupe rond-bosse d'enfants à la branche de Clodion ; des plateaux en galvanoplastie solidifiée accusant un relief qu'il serait impossible d'obtenir aussi facilement par la ciselure, enfin les médaillons fidèles, représentant l'empereur et l'impératrice. Je ne saurais passer sous silence les garnitures pour meubles en galvanoplastie massive ou solidifiée, qui se font remarquer par la variété, la richesse et le fini des modèles : ces produits, qui remplacent si avantageusement les bronzes fondus, ne coûtent que 20 fr. le kilog.

Pour nous résumer, nous devons dire que nous n'avons jamais vu d'aussi belles pièces d'orfévrerie que celles exposées par la Société Christofle. La célébrité de cette maison s'explique facilement à la vue de tant de chefs-d'œuvre : élégance, bon goût, richesse, ces qualités si recherchées dans ce genre de travail, nous les retrouvons toutes dans ces admirables modèles. Ce qui fait aussi la gloire de cette manufacture, chargée de fournir les services de l'Empereur, c'est qu'elle ne s'endort pas sur ses succès ; puissante par sa remarquable valeur artistique et industrielle, elle innove tous les jours ; les autres maisons la suivent et l'imitent : elle, toujours à la recherche des progrès nouveaux, maintient dignement sa réputation par des productions utiles et glorieuses.

Comment se fait-il qu'il ait fallu une Exposition, heureusement aussi complète que celle de Dijon, pour faire connaître dans un pays comme le nôtre, ami des arts et des sciences, une industrie si belle et déjà répandue dans toutes les villes du monde ?

COFFIGNON frères, rue Beaurepaire, 8,

PARIS.

Médaille de deuxième classe.

Dans leur modestie, MM. Coffignon s'intitulent simplement fabricants de bijoux ; ils devraient prendre le nom d'artistes en bijouterie et joaillerie, et personne ne leur contesterait ce titre. Leur vitrine est une des étoiles de notre Exposition, et on ne se lassera pas de l'admirer. C'est que la diversité de la fabrication de ces industriels est excessivement étendue et qu'elle comprend tous les genres. Nous trouvons des bénitiers de toutes sortes d'un égal mérite ; jamais le commerce n'a possédé des pièces d'un aussi bon goût et d'un prix aussi bas. Parmi ces bénitiers, les uns en argent, les autres en bronze argenté ; dans ces derniers, nous avons remarqué le *Christ à émail bysantin* d'un travail achevé ; le bénitier *Vierge-Mère*, celui *Croix-attribut*. Une belle pièce qui attire l'attention des connaisseurs, est la coupe qui représente une sirène avec roseaux en argent ; l'exécution en est riche malgré les difficultés du travail. Citons encore des coffrets en ébène avec rapports en bronze argenté, des cachets de toutes sortes, des serre-papiers, etc.

Presque toutes les pièces de bijouterie de MM. Coffignon frères sont dignes de remarque : dans leurs bijoux bysantins, égyptiens, moyen-âge, renaissance, Louis XIII, Louis XIV, Louis XV, etc., les époques et les styles sont suivis avec une exactitude et une sévérité qui dénotent des connaissances exactes et ne détruisent en rien le cachet de bon goût que nous avons signalé dans les grandes pièces. En un mot, tout ce qui sort de chez MM. Coffignon est d'une bonne exécution et d'un travail achevé dans les plus intimes détails.

MM. Coffignon ont exposé plusieurs bijoux en *aluminium*. La réputation de ce métal à la mode est si bien établie, qu'il nous sera difficile de l'attaquer. Pour l'orfèvre et le bijoutier, c'est un vilain et désagréable métal qui se détruit par tous les salins ; la sueur de certaines personnes le ronge. Nous croyons que MM. Coffignon ont tiré de l'*aluminium*, pour la fabrication des bijoux, le meilleur parti possible ; pour le ronger on emploie l'esprit de sel, pour le nettoyer on use de l'eau acidulée de potasse ; quand il est travaillé, on le savonne avec du savon de toilette ; au travail, le déchet est incroyable, à la fonte il crasse comme le plomb. Aussi les bijoutiers sont-ils obligés de le compter 50 c. le gramme pour établir leurs prix de revient. C'est en le passant a l'eau potassée qu'on lui enlève ce ton terne qui paraît lui être naturel et qui est tout simplement une crasse qu'il faut supprimer. Cette opération accomplie, l'*aluminium* acquiert tous les tons qu'on veut lui donner.

Nous ne finirons pas cette notice sans faire remarquer que les petits bijoux de MM. Coffignon, tout en étant mieux réussis que ceux de la maison Rudolphi, sont vendus moitié moins cher que ces derniers. Nous exprimerons aussi un regret : c'est de voir MM. Coffignon attacher si peu d'importance à la venue des acheteurs particuliers, et négliger la clientèle courante pour ne s'occuper, presque exclusivement, que de la vente marchande.

COMPAGNONS Charpentiers de Lyon.

Médaille de deuxième classe.

Sur l'escalier d'honneur de la salle de la Société Philharmonique, nous avons remarqué le chef-d'œuvre des compagnons charpentiers de Lyon. Ce beau travail se signale par l'originalité de la forme, la difficulté vaincue des coupes et un ensemble sévère, mais harmonisé de façon à plaire aux yeux des plus habiles connaisseurs. Le chef-d'œuvre des charpentiers de Lyon ayant obtenu une médaille d'honneur à l'Exposition de Toulouse, n'avait été exposé à Dijon que pour montrer le savoir-faire de ces excellents ouvriers.

COURQUIN, rue Notre-Dame-de-Nazareth, 23,

PARIS.

Médaille de première classe.

La sculpture sur nacre est un art comme la sculpture sur toute autre matière, mais c'est un art dont le travail s'augmente dans la pratique de toutes les difficultés que présente un corps miroitant, où les lignes semblent se déplacer à mesure qu'on le change de position ; ces difficultés s'aggravent encore par la dureté inégale du coquillage, par sa composition en couches superposées d'une cohésion imparfaite, enfin par la fragilité de la matière que la moindre incertitude de la pointe fait voler en éclat.

M. Courquin n'a pu être arrêté par aucun de ces obstacles. Il les a tous surmontés avec une grande habileté, et les objets par lui exposés attestent un travail et une patience d'artiste ; chacun peut s'en assurer en visitant sa vitrine. M. Courquin choisit de préférence les sujets compliqués, les plus propres à faire ressortir son talent, et il y réussit parfaitement. Son exhibition arrête bien des gens qui n'ont pas besoin d'être connaisseurs pour admirer ce qui est beau, et certes, les produits de M. Courquin ont un trop remarquable degré de perfection pour n'être pas dignes d'attention.

DÉTHY, marbrier et fabricant de Bronzes,

RUE GRAND-PRIEURÉ, 7, PARIS.

Médaille de deuxième classe.

M. Déthy a exposé des bronzes artistiques qui ne sont pas sans valeur. L'ensemble de son exposition atteste un soin particulier dans le choix des sujets, toujours heureusement modelés et placés dans de bonnes positions. Certaines pièces sont vraiment dignes d'être recommandées par le bon goût qui a présidé à leur fabrication.

Correspondant à Dijon : BONNARD, horloger, place d'Armes.

DEVILLENEUVE, rue de l'Asile-Popincourt, 5,

PARIS.

Médaille de troisième classe.

Nous ne saurions trop apprécier la charmante petite jardinière de M. Devilleneuve ; c'est un élégant modèle de tonneau décoré avec goût ; les ornements sont fins et délicats. Le bénitier en bois sculpté du même exposant est très remarquable, tant au point de vue de la forme que de l'exécution.

ECK et DURAND, fabricant de Bronzes d'art,

RUE DES TROIS-BORNES, 15, PARIS.

Médaille d'honneur.

Nous trouvons dans la salle de Flore les bronzes d'Eck et Durand : ce sont les deux premiers chefs-d'œuvre de Rude, cet artiste à jamais regrettable ; nous voulons parler du Mercure remettant ses talonnières et de l'Enfant à la tortue. Nous signalerons encore, dans la salle 9 du Musée, le buste de Rude d'un bon modèle. MM. Eck et Durand, qui dirigent une des industries les plus importantes de la capitale, ont envoyé des bronzes parfaitement réussis ; du reste, la réputation de cette maison déjà ancienne nous dispense de faire ici l'éloge des deux reproductions du statuaire bourguignon.

FAYE, fabricant de Bronzes,

RUE CHARLOT, 24, PARIS.

Médaille de quatrième classe.

Les bronzes de M. Faye se distinguent par une richesse peut-être trop luxueuse ; ils ont l'air d'être plutôt fabriqués en vue de l'apparence que du travail artistique. C'est un tort pour une Exposition que de produire des sujets de ce genre : c'est ce qui a fait que M. Faye n'a pas obtenu la récompense que l'importance de son établissement semblait lui avoir acquis.
Correspondant à Dijon : BONNARD, horloger.

FLEUTIAUX cadet, fabricant de Pendules et de Bronzes,

RUE DE BRETAGNE, 57, PARIS.

Médaille de quatrième classe.

Parmi les pièces les plus remarquables de l'exposition de M. Fleutiaux, je trouve la Chaurette de Rouen, le Cheval du trompette, le Mendiant et la Mendiante, le Printemps, etc., tous sujets de pendules en bronze ou imitation de bronze. Ces objets, charmants d'exécution, sont d'un bon marché excessif. Ainsi la Marchande de plaisir, petit sujet en bronze avec une devanture de cuivre, ne coûte que quatre francs. Quel est donc l'amateur qui peut résister à ces deux annonces que lui présente M. Fleutiaux : *Art et bon marché ?*

FREMOTTE, peintre

A NEUFCHATEAU.

Médaille de quatrième classe.

Les peintures sur verres de M. Frémotte méritent d'être signalées. Nous regrettons pourtant que la place assignée par la Commission à cette exhibition ne soit pas de nature à faire ressortir tout leur mérite. Les vrais amateurs ont pu seuls admirer cette excellente exécution, cette franchise de coloris qui certainement ont mérité à M. Fremotte la récompense qu'il a obtenue.

FRÉMONT (Claude), tourneur, rue Cazotte, 13,

DIJON.

Médaille de quatrième classe.

Le chef-d'œuvre de tourneur exposé par M. Frémont de Dijon a des parties fort remarquables ; les différents morceaux qui composent l'assemblage renferment des difficultés de détails qui ne peuvent être appréciées que par des personnes compétentes.

GRILLOT (Philippe), RIGOLET et Compagnie,

RUE SAINT-GILLES, 12, PARIS.

Médaille de troisième classe.

Les bronzes stannifers qu'expose la maison Grillot et Cⁱᵉ de Paris, ont été l'objet d'une attention spéciale de la part des visiteurs. Il y a dans cette exposition des choses charmantes que la variété des sujets rend encore plus attrayantes. Exécution irréprochable, élégance et solidité, telles sont les qualités qui distinguent les produits sortis de cette maison.

LAURIN et CHAPELET,

GRAND'RUE, 17, BOURG-LA-REINE (Seine).

Médaille de deuxième classe.

MM. Laurin et Chapelet avaient d'abord une fabrique de faïence blanche. Ce n'est que depuis six ans et après une longue étude des procédés chimiques, que ces industriels ont voulu régénérer ces belles faïences des 16ᵉ et 17ᵉ siècles, abandonnées depuis la mort de leur auteur, le célèbre Bernard Palissy. — Le public, en voyant ces charmantes faïences, est loin de se douter des angoisses dans lesquelles se sont trouvés leurs auteurs quand ils les ont faites. Confiés à des feux de 12 à 15 degrés, ces objets en sortent souvent avariés : quelquefois la couleur a disparu, ou bien l'émail s'enlève en feuilles ; alors il faut recommencer jusqu'à ce que l'on soit parvenu à un meilleur résultat. Il faut de la patience et du travail ; heureux quand on finit par réussir.

Tous ces objets sortent de l'Exposition de Versailles et du palais de l'Industrie. Ils sont à l'épreuve des acides les plus violents. Leur sonorité est remarquable, elle imite parfaitement une cloche.

LEMAIRE, fabricant de Bronzes, rue Saint-Ange, 10,

PARIS.

Médaille de troisième classe.

Les bronzes d'art exposés par M. Lemaire sont les dignes rivaux de leurs voisins déjà cités : les louanges n'ajouteraient rien à leur mérite. Dire que M. Bonnard est le correspondant de cette maison, c'est assez en faire l'éloge. On sait, en effet, que M. Bonnard ne possède que des objets d'art de choix, et qu'il soutient dignement, par la représentation de bonnes maisons, sa propre réputation.

MANCELLE-BRÉCHEUX, boulevard Saint-Denis, 9,

PARIS.

Médaille de troisième classe.

Les charmants éventails qu'expose M. Mancelle-Brécheux, par la variété des modèles, par les dessins, les peintures, ont fait l'envie de plus d'une de nos élégantes visiteuses, toujours empressées à s'arrêter devant la vitrine si riche de M. Hippolyte Degrond. Nous ne pouvons que remercier M. Mancelle-Brécheux d'avoir bien voulu nous adresser ses remarquables produits.

MARTENOT, fabricant de Poterie,

BEAUNE.

Mention honorable.

M. Martenot, fabricant de poterie à Beaune, avantageusement connu pour ses excellents travaux, expose des vases Médicis qui se trouvent sur la place d'Armes. Le même exposant nous a aussi adressé des vases potiches qui ne sont pas sans valeur. Toutes ces productions attestent un travail artistique recherché.

MERCIER, fabricant de Bronzes,

RUE VIEILLE-DU-TEMPLE, 110, PARIS.

Médaille de deuxième classe.

Dans la section des bronzes, M. Mercier de Paris est, sans contredit, un des plus méritants. Au milieu de tant de produits similaires, qui remplissaient la salle des Beaux-Arts industriels, les sujets exposés par M. Mercier ont vivement attiré notre attention, tant pour le fini de l'ouvrage que pour sa remarquable réussite. Nous ne pouvons que donner une approbation complète à la récompense décernée à cet exposant.
Correspondant à Dijon : M. BONNARD.

MOIGNIEZ, fils, rue Charlot, 48,

PARIS.

Médaille de deuxième classe.

Les bronzes de M. Moigniez sont très bien montés; les sujets exposés sont gracieux et élégants; on n'a que l'embarras du choix. La réputation de M. Moigniez comme monteur nous dispense de faire l'éloge de ses produits, que tous les connaisseurs ont appréciés à leur juste valeur artistique.
Correspondant à Dijon : M. BONNARD.

PICKARD et PUNANT, fabricants de Bronzes,

RUE PONT-AUX-CHOUX, 17, PARIS.

Médaille de troisième classe.

Comme travail artistique, les lustres de MM. Pickard et Punant méritent une attention toute particulière. Ces belles suspensions sont d'une élégance de forme, d'une richesse de dorure qui les recommandent à l'attention de tous les connaisseurs. Les bronzes d'art qu'expose cette maison, qui fournit le roi de Portugal et l'empereur du Brésil, ne sont pas au-dessous des lustres dont nous venons de parler; ils ont droit aux mêmes éloges.
Correspondant à Dijon : M. BONNARD.

RAULIN-BIGOT, fabricant de Bronzes, rue Chaume, 15,

PARIS.

Médaille de troisième classe.

Encore un fabricant de bronzes dont les produits méritent d'être signalés. Les détails d'exécution sont bien observés, les sujets eux-mêmes, styles Louis XV et Louis XVI, sont choisis avec bonheur. Le jury, en décernant une récompense de troisième ordre à M. Raulin-Bigot, s'est montré excessivement juste, car il est certain que cette maison soutient dignement son renom au milieu de tant et de si redoutables rivaux.
Correspondant à Dijon : M. BONNARD.

RUDOLPHI, bijoutier,

BOULEVARD DES CAPUCINES, 23, PARIS.

Médaille d'honneur.

Nous ne saurions donner trop d'éloges au talent de l'artiste qui a exposé des chefs-d'œuvre comme ceux que nous remarquons dans la vitrine de M. Rudolphi ; son ange aux formes si élégantes, à la pose si naturelle, est en *repoussé ;* ses deux boucliers et son beau vase placé au Musée font également l'admiration de tous les connaisseurs capables d'apprécier le travail immense qu'exigent de semblables pièces. Citons également son coffre bysantin, son vase en émail, d'une difficulté d'exécution incroyable ; ses bijoux-émaux bysantins, remarquables par leurs richesses et leur bon goût ; enfin, un ciboire digne de fixer l'attention, et une paire de flambeaux en argent et en lapis de Californie d'un travail exquis. Il nous est pénible, à côté de toutes ces beautés, de dire que les petits bijoux en argent oxydé, qui ornent le devant de la vitrine, sont d'une moindre valeur : ces articles de fantaisie ne sont pas *retouchés,* et comme l'argent vient généralement mal à la fonte, les *reprises* en sont mal faites. Ce défaut ne proviendrait-il pas de ce que M. Rudolphi, comptant un peu trop sur sa valeur artistique, ne surveille pas assez le travail de ses ciseleurs ? M. Rudolphi, à qui le savoir, Dieu merci, ne manque pas, ne ferait-il pas trop d'économie sur la main d'œuvre ? Pourquoi rapporter au Concours de Dijon des pièces que nous avons déjà vues figurer à l'Exposition de 1855 ?

SCHMOLL, fabricant de Bronzes,

RUE SAINT-LOUIS, 45 (au Marais), PARIS.

Mention honorable.

On s'arrête toujours avec plaisir devant les produits de cette fabrique qui, à côté d'autres objets remarquables, ne perdent rien de leur agrément. Un peu plus de fini, des sujets mieux traités et M. Schmoll arrivait au premier rang.

Correspondant à Dijon : BONNARD.

SEMPREZ fils, vitrier, rue Musette,

DIJON.

Médaille de quatrième classe.

Dans la salle 10, au milieu des mille objets d'art qu'elle renferme, nous appelerons l'attention des visiteurs sur deux charmants vitraux en verre de couleur, de la façon de M. Simprez fils. Les connaisseurs admirent la coupe heureuse du verre ; l'agencement général de ces vitraux atteste un excellent travail. Nous sommes heureux d'avoir à constater ici le talent de M. Simprez fils, qui est le seul de sa partie à Dijon qui ait entrepris d'exposer.

SERVANT fils et DEVAY,

RUE VIEILLE-DU-TEMPLE, 137, A PARIS.

Médaille de troisième classe.

Les bronzes de MM. Servant et Devay peuvent être cités parmi les plus beaux produits de cette salle qui renferme tant d'objets dignes d'attention. L'exécution des sujets traités par ces exposants ne laisse rien à désirer, et on les examine toujours avec plaisir. Cette maison sera remarquée et notre Exposition lui attirera des chalands. Tant mieux, ce sera justice et nous le lui souhaitons sincèrement.

SOCIÉTÉ des MENUISIERS de Marseille (Compagnons du Devoir),

CHEZ M. PAYANT, RUE DE L'ACADÉMIE, 11.

Médaille de première classe.

Le chef-d'œuvre des Compagnons menuisiers du Devoir, placé dans la salle des orfèvres, est un travail achevé et parfait, représentant un monument modèle, gracieux et élégant dans ses proportions, délicat dans sa construction par les pièces minutieuses qui le composent, et combiné pour vaincre toutes les difficultés du trait, possédant dans son intérieur un escalier qui répond à son ensemble, pièce de géométrie descriptive, réduite dans toutes ses proportions. C'est l'art du trait poussé dans ses dernières limites; en un mot, c'est un bijou de menuiserie placé parmi de véritables bijoux.

Cette pièce, construite avec les plus grands sacrifices par la Société des Compagnons menuisiers du Devoir pour y puiser de profondes études du trait dont la géométrie est l'âme, lui a valu, après la description la plus détaillée faite au jury de l'Exposition, les plus grands éloges; et, placée dans la première catégorie des produits industriels, une médaille de première classe.

Sèvres (Manufacture impériale de).

Hors concours.

Dans la salle du Musée, à côté des batailles de Gagneraux et de la statue de l'*Amour* de Rude, nous avons remarqué un magnifique vase porcelaine peinte sorti de la manufacture impériale de Sèvres. Ce chef-d'œuvre, qui représente le siècle de Louis XIV, est d'un prix inestimable; aussi ne saurait-on trop remercier le maréchal Vaillant d'en avoir fait don à la ville.

TAGINI, antiquaire, rue Condé,

DIJON.

Médaille d'honneur (hors concours et hors classe).

Nous regrettons, dans l'intérêt des visiteurs, que l'inventaire succinct du salon meublé et orné par MM. Tagini ne se trouve pas à la fin du livret de l'Exposition comme celui du cabinet de M. Sangnier. Bien des gens parcourent cette magnifique salle, s'exclament à chaque pas sur les beautés qu'elle renferme, et, en définitive, s'en vont n'ayant que des idées confuses de ce qu'ils ont vu. Nous allons essayer de combler cette lacune.

Commençons par les meubles. Cinq consoles, deux meubles d'appui, une table oblongue, un bureau étagère, une jardinière, des fauteuils et des chaises composent l'ameublement.

Deux consoles appartiennent à l'époque Louis XIV; elles se font pendant; un enfant, d'une pose heureuse, supporte la tablette, entourée d'un lambrequin. Ces meubles, qui attestent leur époque, sont des modèles de bon goût. Les trois autres consoles, style régence, sont parfaites au point de vue de l'exécution; les ornements sont en bois sculpté et doré, et d'un riche travail. — Les deux meubles d'appui en marqueterie sont encore du style Louis XIV; on y reconnaît le genre Boule, comme dans la charmante table du milieu, également en marqueterie, mais incrustée d'écaille et de cuivre. Les bronzes dorés qui garnissent ce meuble luxueux à tous égards sont d'un travail que nous apprécions moins. Le buffet-étagère, digne complément de ce splendide ameublement, est aussi en marqueterie : c'est un meuble élégant et d'une haute valeur. La jardinière pourra plaire à quelques personnes, elle ne saurait être de notre goût. Les fauteuils et les chaises-fauteuils, bien que dans le style de l'époque, sont loin d'être à la hauteur des richesses dont nous venons de parler.

Sans glaces ni tableaux, le plus bel appartement du monde ferait une assez triste figure; MM. Tagini qui, dans leurs riches magasins, possèdent des beautés de premier ordre, ne les ont pas épargnées pour compléter la décoration.

Le papier du salon est grenat, et ses portières en velours sont de la même couleur; aussi les glaces font-elles merveille sur ce fond un peu sombre. Celle qui attire tout d'abord l'attention est une glace de Venise entourée d'un bizeau azur; les verres sont taillés et gravés, le cadre est en ébène; sur ce cadre reposent des bronzes *repoussés* d'un travail exquis. Nous devons encore signaler deux autres glaces de Venise : la première avec sa console en bois sculpté comme le cadre, époque Louis XIV; la seconde, qui est plus grande, est moins riche, le bois moins fouillé, l'exécution n'est pas si achevée. Les deux glaces françaises, style régence, se distinguent surtout par l'ornementation des cadres.

Le meilleur des tableaux exposés par M. Tagini est, sans contredit, son Tempesta. Ce paysage d'animaux est fait de main de maître. La Nativité, de l'école flamande, est surtout remarquable par des effets de clair-obscur assez bien réussis. Les portraits ont moins nos sympathies. Quant aux deux originaux du peintre hollandais Dyrck-Maas, représentant un départ et un retour de chasse, nous ne pouvons que les louer sans restriction. Ce sont des toiles d'un fini parfait et que tous les véritables connaisseurs ont en grande estime.

Le buste en marbre représentant Napoléon 1er avec le costume romain est bien ressemblant ; nous ne pouvons en dire autant du buste en bronze de Napoléon III appartenant au Conseil municipal et placé dans ce salon. Je préfère de beaucoup la galvanoplastie de la maison Christofle placée dans la salle des orfèvres ; comme travail, exécution, ressemblance, il est bien supérieur au buste du salon Tagini.

Nous avons encore à citer, pour compléter notre statistique, des vases porcelaine de Chine, des vases porcelaine de Japon, des vases florentins en bronze, enfin un joli bronze représentant un jeune enfant jouant avec une colombe.

Ce salon, qui sort des magnifiques magasins de curiosités et d'antiquités de MM. Tagini, fait l'admiration de tous les visiteurs, et l'exquis bon goût qui a présidé à la composition et à l'agencement de ce riche mobilier, témoigne hautement en faveur de cette maison.

THOURET, orfèvre, place de la Bourse,

PARIS.

Médaille de première classe.

M. Thouret est l'heureux rival de M. Christofle. Après avoir obtenu une médaille de prix à l'Exposition universelle de 1851, à Londres, une médaille de première classe lui a aussi été décernée en 1855. Cet industriel a envoyé à l'Exposition de Dijon de fort belles pièces d'orfévrerie de tous genres ; les modèles sont variés, l'exécution soignée, la fabrication excellente. Son surtout est d'une excellente composition, les groupes sont habilement ciselés, les candélabres sont hardis et les enfants parfaitement réussis. L'orfévrerie de la maison Thouret est argentée au moyen des procédés Ruolz ; on garantit la charge d'argent dont elle est revêtue ; une marque indique le nombre de grammes d'argent fin déposé sur chaque pièce. Un service de 12 couverts pour la grosse orfévrerie s'élèvera à 2,334 fr., pour les couverts et la petite orfévrerie à 825 fr. 50 c., pour le service de salon à 1,040 fr. Nous recommandons d'une façon spéciale les produits de cette maison.

VILLARD, marchand de Fontes d'ornement, quai Saint-Antoine, 34,

LYON.

Médaille de première classe.

M. Villard a exposé des ornements en fonte de fer d'un très beau style : ornements pour jardins, des coupes, vases, jardinières, bancs, tables ; ornements pour églises, parmi lesquels nous avons remarqué un bénitier gothique d'un goût très fin ; de très grandes et magnifiques plantes en feuilles de cuivre, une jolie collection de plantes plus petites, également en cuivre, toutes peintes et d'une imitation tellement vraie, que mêlées avec des plantes naturelles, il eût été difficile de les reconnaître comme imitation.

M. Villard a également exposé une très belle statue de la Vierge immaculée, reproduction de *Notre-Dame-de-Fourvières*, modèle créé par M. *Fabisch*, professeur à l'École des Beaux-Arts. M. Villard, comme cessionnaire de M. Fabisch, est le seul qui ait le droit de reproduire cette statue.

La maison Villard, ainsi que l'indique son prospectus, tient tout spécialement les fontes de la Haute-Marne et de la Meuse; elle a dignement figuré aux Expositions de Paris, Lyon et Dijon; elle y a obtenu une médaille d'or, cinq médailles d'argent, dont deux de première classe, et trois médailles de bronze.

Ont exposé :

BECKER, *chef graveur des verreries de Walsch* (Meurthe) : des verres gravés et portraits sur verre; — HEYNEMANS, *professeur de dessin, rue Buffon, à Dijon* : des porcelaines peintes; — ALEXANDRE, *boulevard Montmartre, 6, Paris* : un éventail d'art; — BOUCHER, *de Dijon* : un chef-d'œuvre dans une carafe; — CORDONNIER, *mouleur à Dijon* : une croix en zinc, chef-d'œuvre de moulage; — DUPLAN et SALLES, *rue de Bondy, 32, Paris* : des bronzes d'art et d'ameublement; — GUÉRRE, *menuisier à Santenay* : un objet en cailloutage; — GUILLERI et VINCENT, *rue Saint-Louis, 37, Paris* : des statuettes et médaillons artistiques; — LAGOUTTE, *de Dijon* : un chef-d'œuvre en stuc rouge; — MAUZI, *sergent au 87e de ligne* : un damier en papier composé de 23,840 pièces; — MOUTIER, *mécanicien à Dijon* : un petit navire; — OUIN, *sculpteur sur ivoire, Grand'Rue, 45, Dieppe* : un Christ, un bénitier, et divers ouvrages sculptés en ivoire *(médaille de 1re classe, section de la sculpture)*. — PAILLARD, *de Paris* : des bronzes d'art; — PEIGNOT (Émile), *à la manufacture de Rioz* (Haute-Saône) : des animaux en terre cuite *(voir 10e classe)*. — POUCHETTY, *rue Chabot-Charny, Dijon* : divers objets d'art; — ROYER, *sculpteur à Reims* : une couronne en bois sculpté; — SACLIER, *à Saint-Jean-de-Lône* : un chef-d'œuvre de charronnage; — LA SOCIÉTÉ DES TAILLEURS DE PIERRES *de Dijon* : un chef-d'œuvre de taille et architecture.

TROISIÈME CLASSE.

INSTRUMENTS DE MUSIQUE.

~~~~~~~~

Instruments à vent à clavier et sans clavier — Instruments à cordes à clavier et sans clavier — Fabrications élémentaires et Accessoires.

NOMBRE DES EXPOSANTS. 34
PRODUITS EXPOSÉS. 52

COMPOSITION DU JURY.

PRÉSIDENT : M. Jules MERCIER, compositeur, membre de l'Académie des sciences, arts et belles-lettres de Dijon.
VICE-PRÉSIDENT : M. Charles POISOT, compositeur.
SECRÉTAIRE : M. Paul LENIEPT, artiste musicien, direct^r de la Société chorale de Dijon.

MEMBRES : MM. COFFIN, ingénieur — FÈGE, facteur de pianos à Lyon — LISSAJOUX, professeur à Paris — PERROT, chef de musique du 12e régiment d'artillerie — Jules SÉNART, artiste musicien — VIÉ, chef de musique du 87e régiment de ligne.

ALEXANDRE père et fils, inventeurs de l'Orgue-Mélodium,
37 ET 39, RUE MESLAY, A PARIS.

Médaille d'honneur.

Tous les journaux de la France et de l'étranger ont applaudi aux succès de l'*Orgue Alexandre.* Cette vogue est justement méritée : aucun facteur n'a donné autant de soin à la fabrication, aucun facteur n'a fait autant pour perfectionner l'orgue et le piano, qui, par leurs travaux, est arrivé au plus haut degré de perfection, sous la forme du piano-orgue à double et triple claviers.

MM. Alexandre père et fils ont résolu le difficile problème d'obtenir du piano, comme de l'orgue, la prolongation du son, et tous les instruments qui sortent de leurs ateliers sont de véritables orchestres réduits à la plus simple expression possible, qui met leurs ressources variées à l'infini, à la portée de tous. La chaise pour piano exposée par MM. Alexandre est d'une commodité qui sera appréciée des personnes qui en feront l'acquisition.

On trouve chez le correspondant de la maison Alexandre, à Dijon, MM. CHANAT père et fils, l'assortiment le plus complet d'orgues pour chapelles et salons, pianos-orgues, accordéons, etc.

AVISSEAU aîné, fabricant de Pianos,
BOULEVARD SAINT-DENIS, 24, PARIS.

Médaille de quatrième classe.

M. Avisseau expose deux pianos, l'un oblique, se recommandant par la jolie qualité de ses sons veloutés, l'autre à cordes droites. M. Avisseau est un exposant sérieux, et ses instruments ont une haute valeur. Sa manufacture de pianos droits en tous genres jouit d'une grande réputation. Ex-fournisseur de la maison d'Orléans, M. Avisseau est aujourd'hui membre de la société syndicale des fabricants de pianos de Paris : ce sont deux titres dont on doit tenir compte à M. Avisseau. Les pianos qui sortent de ses ateliers sont d'une grande solidité; ils résistent à toutes les températures; on les garantit pour cinq ans. Nous ne saurions donc trop recommander les produits sortant de la manufacture de M. Avisseau.

Représentant à Dijon : M. MOREAU, rue Condé, 54.

BATAILLE (Alexandre) et Cie,
BOULEVARD SAINT-MARTIN, 37, PARIS.

Médaille de troisième classe.

Le piano a été, dans ces derniers temps, l'objet des efforts constants d'un grand nombre de facteurs, et on ne peut refuser à M. Alexandre Bataille d'être un de ceux qui s'en sont occupés avec le plus de succès. Après s'être livré longtemps à la fabrication de tous les genres de pianos, M. Alexandre Bataille, élève d'Érard et de Pape, s'est attaché depuis quelques années, d'une manière toute spéciale, à perfectionner les pianos droits, les seuls aujourd'hui qui soient appelés à devenir d'un usage général.

Personne n'ignore que les qualités indispensables d'un piano peuvent se réduire à trois principales : *la solidité*, la force et la bonne qualité du son, la petitesse du volume. Les efforts de M. Alexandre Bataille se sont portés sur ces trois points à la fois, et il est arrivé à des résultats qui motivent, à juste titre, la confiance que le public accorde à ses produits.

La manufacture de pianos de M. Alexandre Bataille et Cie est divisée en deux parties. Les gros ouvrages, c'est-à-dire le barrage et toute l'ébénisterie se fait dans de vastes ateliers situés 60, Chaussée Ménilmontant, à Belleville, construits exprès pour ce genre d'industrie, et confiés à l'habile direction de M. Bataille père, ex-chef d'atelier de la Maison Pleyel pendant quinze années. Cet établissement remarquable est peut-être le plus complet pour la fabrication des pianos, surtout pour la partie qui tient à la préparation des bois. L'installation de ces ateliers a produit les plus heureux résultats et procure à cette maison un avantage immense pour leur fabrication. L'instrument construit, mais brut encore, est transporté dans les ateliers et magasins de la rue Meslay, 28, et boulevard Saint-Martin, 37, où on lui donne ce fini qui distingue si particulièrement les instruments qui sortent de cette manufacture.

Les pianos de M. Alexandre Bataille et Cie, que l'exportation répand surtout les points du globe, sont construits dans des conditions de solidité et de durée qui offrent les meilleures garanties dans les climats les plus extrêmes. Indépendamment de la perfection du travail, qu'un acquéreur sensé doit rechercher avant tout, les prix de la maison Bataille et Cie sont des plus avantageux.

M. Alexandre Bataille a envoyé à notre Exposition un orgue-harmonium et deux pianos droits.

Correspondant à Dijon : HUSTACHE, rue Chabot-Charny.

BAUDASSÉ-CAZOTTES,

A MONTPELLIER.

Médaille de troisième classe.

M. Baudassé-Cazottes, dont nous aurons à reparler, expose des cordes harmoniques pour tous les instruments de musique : beauté et solidité, justesse et sonorité, telles sont les qualités qui signalent les produits de cette maison. M. Baudassé-Cazottes, fournisseur du Conservatoire et du luthier de l'Empereur, avait obtenu, en 1855, une mention très honorable. M. Baudassé-Cazottes, qui a obtenu, cette année, une médaille d'argent de 1re classe, jouit d'une réputation incontestée à l'étranger, où ses cordes rivalisent heureusement avec ce qui se fait de mieux en Italie.

BAUER, fabricant de Pianos,

STRASBOURG.

Mention honorable.

M. Frédéric Bauer de Strasbourg nous a envoyé deux pianos grand et petit format. Les instruments sortis de cette manufacture sont fort estimés, et M. Richert, le digne représentant de cette maison, a su en faire apprécier des véritables connaisseurs toutes les qualités et tous les avantages. M. Bauer est un facteur consciencieux qui se ferait un scrupule de livrer un piano mal réussi ; aussi tout ce qui sort de ses ateliers est-il d'une facture parfaite. Un de ses beaux pianos, qui se recommandent par la modicité de leurs prix, a été acheté de suite.

Correspondant à Dijon : M. Richert, rue Vauban, 14.

BEAUVAIS, fabricant de Pianos,

RUE DES PETITES-ÉCURIES, 2, PARIS.

Médaille de troisième classe.

Le piano droit demi-oblique, exposé par M. Beauvais, est fort apprécié des véritables amateurs ; du reste, cela ne nous étonne pas, sachant toute l'importance de cette manufacture de pianos. Nous n'avons qu'un regret à exprimer, c'est que M. Beauvais n'ait pas cru devoir envoyer plusieurs instruments, aussi bons et aussi solides que le piano dont nous venons de parler.

BESSON, fabricant d'instruments,

RUE DES TROIS-COURONNES, 7, PARIS.

Médaille d'honneur.

Si les instruments de M. Besson coûtent plus cher que ceux de ses concurrents, il faut reconnaître qu'ils sont d'une facture supérieure ; la Fanfare de Dijon, qui est pourvue de ces beaux instruments, nous a fait connaître leurs principaux mérites, lors du Concours orphéonique : tout le monde a pu apprécier l'intensité du son et l'égalité parfaite du timbre des produits de la maison Besson. — Parmi les instruments nombreux et variés qu'expose cet habile fabricant nous avons remarqué, un cor à pistons pour fanfare de cavalerie : le pavillon qui est en l'air doit donner un son très éclatant ; un cornet à quatre pistons, la trompette-renommée, un cornet russe sans pavillon dont le son s'entend à un kilomètre ; enfin les cors et trompettes en caoutchouc papier et plomb sur lesquels notre excellent corniste, M. Pierrot, exécute ses délicieuses mélodies. M. Besson, qui a déjà obtenu plus de 20 médailles dans divers concours et notamment aux Expositions de Paris et de Londres, s'est étudié à perfectionner les instruments en cuivre avec une sollicitude et une persévérance rares ; il a pleinement réussi ; aussi est-il le fournisseur breveté de la musique des guides, des régiments de la garde et de presque toutes les fanfares de cavalerie.

Correspondant à Dijon : M. Pierrot, directeur de la *Fanfare.*

Manufacture de Pianos de BLONDEL,
53, RUE DE L'ÉCHIQUIER, A PARIS.

Médaille de deuxième classe.

Les pianos Blondel ont une réputation que nous ne croyons pas usurpée ; les deux modèles envoyés par cette maison ont eu beaucoup de succès à l'Exposition.

Nous regrettons que ce facteur n'ait pas pu envoyer également quelques instruments nouveaux de son invention, tels que le *piano-orgue* et le *pianoctave*.

Le *piano-orgue* à un seul clavier, ayant tous les avantages d'un excellent piano réunis aux poétiques et expressives couleurs de l'orgue, résume tous les progrès accomplis dans cette réunion des sonorités mordantes du piano avec les sonorités mélodieuses de l'orgue expressif ; cet instrument, du même format que les pianos droits à trois cordes ordinaires, est tour à tour, au gré de l'exécutant, un piano simple, comme M. Blondel sait les faire, et un orgue complet avec toutes ses ressources, quand il n'est pas les deux à la fois.

Le *pianoctave*, piano joué à deux mains, produit l'effet de quatre mains :

Nouveau mécanisme applicable à tous les pianos, au moyen duquel toutes les notes exécutées sur les touches seules se font entendre avec leur octave inférieure pour les basses, et avec leur octave supérieure pour les dessus, sans que pour cela le clavier soit mis en mouvement.

Cette maison, déjà ancienne, produit des instruments supérieurs qui se recommandent à tous les artistes.

BIDELLER, fabricant de Pianos,
RUE IMPÉRIALE, LYON.

Mention honorable.

M. Bideller, de Lyon, a envoyé deux pianos, un droit et un oblique, justement estimés des amateurs. Ce facteur nous a démontré que l'on exécutait aussi heureusement à Lyon qu'à Paris, bien qu'en n'ayant pas sous la main tous les éléments nécessaires à une parfaite réussite.

Correspondant à Dijon : MONNIER-FINCK.

A. BORD, boulevard Bonne-Nouvelle, 35,
PARIS.

Médaille de deuxième classe.

La maison Bord, qui a obtenu une médaille de 1re classe à l'Exposition universelle, expose deux pianos droits et un piano à queue ; ces instruments sont d'une solidité à toute épreuve et d'une puissance de sons remarquable. Nous ne pouvons que regretter la décision du jury, qui n'a pas cru devoir accorder une récompense analogue à ces beaux instruments.

Correspondant à Dijon : Hippolyte MOREAU, rue Condé.

BOURGEOIS, luthier à Châlon-sur-Saône.

Médaille de quatrième classe.

La musette de M. Bourgeois est tout simplement un instrument à vent et à anche, avec des trous et une clef ; quant à la vessie et aux chalumeaux traditionnels, il n'en est pas question. M. Bourgeois expose encore un violon et une basse qui ne sont pas sans valeur.

CHALLIOT, mécanicien, rue Saint-Roch, 11,
PARIS.

Mention honorable.

M. Challiot expose un tableau où nous trouvons des anches libres et des anches battantes, ainsi que des outils et accessoires pour facture d'orgues d'églises. Ces produits sont de choix ; aussi jouissent-ils d'une juste célébrité.

M. Challiot présente encore une trompette-signal avec languette en aluminium du prix de 6 fr. Cette trompette, qui a une portée de son de 1,200 mètres, est spécialement destinée aux cantonniers des chemins de fer. Nous signalerons, comme sortant des mêmes ateliers, une cisaille portative coupant toute longueur de bande de métal sans la cintrer ni la ployer.

DEBAIN, facteur d'Orgues-Harmoniums,
24 ET 26, PLACE LAFAYETTE, PARIS.
Médaille d'honneur.

En 1842, M. Debain créa l'harmonium. Cette invention consiste dans la réunion des divers timbres d'instruments d'orchestre produits seulement par des anches libres résonnant dans des cases sonores de différentes formes et proportions, qui en modifient le son, et dont les effets nombreux et variés s'obtiennent à l'aide de registres agissant chacun sur un demi-jeu. L'ingénieuse application de la percussion de Martin, de Provins, ajouta encore une qualité de plus à l'harmonium, en lui donnant l'attaque de la note et plus d'instantanéité dans l'émission du son. L'harmonicorde, sa dernière création, complète l'harmonium, sur lequel il l'emporte par la puissance, la richesse et la diversité des timbres. M. Debain est le fournisseur de l'Empereur et de la Reine d'Angleterre.

Correspondant à Dijon : HUSTACHE, rue Chabot-Charny.

ELCKÉ, rue de Babylonne, 47,
PARIS.
Médaille de première classe.

La manufacture de M. Elcké, une des plus importantes de la capitale, nous a envoyé trois excellents pianos qui font l'admiration de tous les connaisseurs. Le jury de cette section n'a accordé qu'une seule médaille de première classe, et elle a été décernée à M. Elcké pour la qualité de ses beaux instruments.

Correspondants à Dijon : MM. CHANAT père et fils, rue Piron.

GAUTROT, aîné, rue Saint-Louis, 60,
PARIS.
Médaille de deuxième classe.

M. Gautrot aîné expose plusieurs instruments qui attirent, par leurs innovations, notre attention. Citons d'abord les *Duplex-Pelliti*, invention due à M. Pelliti de Milan. Ces instruments à deux pavillons offrent l'avantage de faire entendre deux sons de timbres complètement différents, et sont appelés à rendre de grands services aux petites musiques : la trompette-alto et le trombonne-basse qu'expose M. Gautrot sont des modèles de ce genre. Citons encore le cor transpositeur en dix tons, sans tons de rechange, le trombonne ophicléïde, une grosse caisse nouveau modèle, des timbales nouveau système à une seule vis, la clarinette Bhœm, etc., etc. Des instruments encore peu connus sont les nouvelles clarinettes en cuivre verni en noir et couleur cuivre; c'est une heureuse idée de substituer ce genre de clarinettes aux clarinettes de bois qui, par l'humidité, offraient de grands inconvénients. — Les instruments de la maison Gautrot, qui ont déjà obtenu de nombreuses récompenses dans nos Expositions, se recommandent par la modicité de leurs prix ainsi que par leur excellente facture.

Correspondant à Dijon : M. HENRY-LAPOSTOLET, luthier.

HENRY (Joseph), facteur d'Archets, rue des Vieux-Augustins, 8,
PARIS.
Médaille de troisième classe.

M. Henry est un de nos facteurs d'archets les plus en renom; il expose des archets de violons et de basses, façon Tourte, garnis or, argent et écaille. M. Henry, qui a l'honneur de faire les archets du célèbre Vieuxtemps, a travaillé dans toutes les pre-

2

mières maisons de la capitale; aussi ses produits, qui ont obtenu une mention honorable à l'Exposition universelle, ont-ils une vogue justement méritée auprès de tous nos artistes en réputation.

Correspondant à Dijon : M. HENRY-LAPOSTOLET, luthier.

HENRY-LAPOSTOLET, luthier, rue des Etioux,

DIJON.

Médaille de troisième classe.

Les deux violons exposés par M. Henry-Lapostolet, et faits par lui-même, sont des copies de Guarnerius et de Stradivarius. Ces instruments, qui ont été essayés par plusieurs artistes distingués, sont déjà vendus. Pourquoi M. Henry ne s'attache-t-il pas plutôt à la fabrication qu'à la réparation? Ses produits, fabriqués avec conscience et très bien réussis, trouveraient un écoulement facile. Nous l'engageons à entrer dans cette voie. M. Henry, nous le savons, s'acquitte avec une rare habileté de toutes les réparations des instruments, soit en bois, soit en cuivre, à vent ou à cordes; mais un luthier de talent comme lui doit-il s'en tenir là?

HENRY et J. MARTIN, rue de Rivoli,

PARIS.

Médaille de deuxième classe.

Ces deux fabricants d'instruments, qui avaient à soutenir l'ancienne réputation de la maison Darche, exposent des instruments du système Sax avec pavillon en l'air. Nous signalerons les petits bugles, contralto si-bémol, ténor mi-bémol et fa, alto mi-bémol, une basse 4 cylindres, une contrebasse monstre en si-bémol grave, des trompettes, des trombones, des ophicléides, des cors d'harmonie et à pistons, un cornet argenté et autres modèles divers; une grosse caisse, et un tambour, spécialité de la maison. MM. T. Henry et J. Martin livrent leurs instruments, qui sont bons et solides, à des prix très modiques.

Correspondant à Dijon : M. HENRY-LAPOSTOLET, luthier.

LAPRÉVOTTE, luthier, à Paris.

Mention honorable.

M. Laprevotte, luthier à Paris, a exposé deux violons à voûte cylindrique qui doivent favoriser l'émission du son. Bien qu'arrivés à la fin de l'Exposition, ces deux instruments n'en ont pas été moins observés de tous ceux qui s'intéressent au perfectionnement de l'art musical.

MARTIN-THIBOUVILLE, rue des Vieux-Augustins, 69,

PARIS.

Médaille de troisième classe.

Les flûtes, clarinettes et flageolets exposés par M. Martin-Thibouville se font remarquer par les qualités suivantes : sonorité et justesse. La facture est bonne; les prix sont modérés.

Correspondant à Dijon : CHANAT, rue Piron, 20.

PLEYEL, WOLFF et Cie, rue Rochechouart, 22,

PARIS.

Hors concours.

Si la maison Pleyel avait voulu entrer dans la lice, nul doute qu'elle n'eût remporté e premier prix; son ancienne réputation, les récompenses déjà obtenues, notamment en 1834 et 1855, les améliorations successives apportées à la facture des pianos droits la plaçaient tout naturellement en première ligne. M. Pleyel, Wolff et Cie se sont mis hors concours à notre Exposition. Les deux magnifiques pianos qu'ils ont envoyés n'ont pas disputé la palme à leurs concurrents. Nous ne pouvons que féliciter ces industriels de cette digne et louable résolution.

Correspondant à Dijon : Hustache.

RODOLPHE (A.), facteur d'Orgues-Harmoniums,

RUE AMELOT, 64, PARIS.

Médaille de deuxième classe.

Je ne puis dire que du bien, et beaucoup de bien de l'orgue-harmonium-transpositeur de M. Rodolphe. Ce bel instrument à cinq jeux et seize registres se recommande par une jolie qualité de sons, de la sonorité et le bon marché. Je donnerai cependant ma préférence, au point de vue de l'utilité, à l'orgue-harmonium accompagnateur du lutrin et transpositeur. Cet orgue à deux jeux et cinq registres se distingue par une grande puissance de sons; un prix à la portée des églises de campagne et des écoles communales le rend d'une vente facile. Nous devons savoir beaucoup de gré à M. Rodolphe d'avoir compris qu'un instrument de ce genre manquait, et d'en avoir entrepris la fabrication.

Seul dépositaire, pour le département : Moreau, rue Condé.

SCHOLTUS, rue Bleue, 1, Paris.

Médaille de quatrième classe.

M. Scholtus expose deux pianos : l'un à cordes droites, modèle ordinaire, l'autre grand format, avec crampons en fer : ce dernier se distingue par une solidité à toute épreuve et se fait remarquer par ses sons moëlleux. M. Scholtus expose également un tabouret-casier d'une utilité incontestable; il sert tout à la fois de siège et de meuble pour renfermer la musique.

Correspondant à Dijon : Moreau.

Ont exposé :

Buck, *rue du Faubourg-Poissonnière, 114, Paris* : un piano; — Coviaux-Lippi, *luthier, rue Paradis, 18, Marseille* : un cordier préservateur pour les violons; — Dietsch-Favotte (J.), *facteur d'orgues, rue Verrerie, Dijon* : une machine à accorder; — Gervex, *rue de Buffaut, 22, Paris* : un piano; — Gradé, *rue Saint-Laurent, 4, Paris* : un piano; — Leroux (Alexandre), *rue de Malte, 51, Paris* : divers accordéons; — Simoutre père et fils, *luthiers, place des Dômes, 3, à Strasbourg* : trois violons et un alto.

QUATRIÈME CLASSE.

DESSIN APPLIQUÉ A L'INDUSTRIE, IMPRIMERIE, RELIURE.

Ecriture — Dessin — Peinture —
Lithographie — Autographie — Gravure — Photographie — Plastique —
Moulage — Estampage — Imprimerie — Librairie — Reliure.

NOMBRE DES EXPOSANTS. 84
PRODUITS EXPOSÉS. 96

COMPOSITION DU JURY.

PRÉSIDENT : M. Susse, négociant à Paris.
VICE-PRÉSIDENT : M. De la Cuisine, officier de la Légion d'Honneur, président à la Cour impériale, président de l'Académie des sciences, arts et belles-lettres de Dijon.
SECRÉTAIRE : M. Coffin, ingénieur.
MEMBRES : MM. Billet, professeur de physique — Chevreul fils — Lamarche, libr.- éditeur — Auguste Luchet, homme de lettres — Milsand, secrétaire de la Société des Amis des arts — Perignon, chevalier de la Légion d'Honneur, président de la Société des Amis des arts, directeur du Musée et de l'Ecole impériale des Beaux-Arts de Dijon — C. Pierrot, directeur de la Société des Fanfares de Dijon.

AMOUROUX frères, peintres-photographes,

A AURILLAC (Cantal).

Mention honorable.

Les photographies de MM. Amouroux frères ont de la valeur, beaucoup de valeur, bien que les teintes ne soient peut-être pas toujours nettes. On est arrivé à un tel degré de perfection en photographie, que l'on est devenu excessivement exigeant. Quoi qu'il en soit, l'exposition de MM. Amouroux frères est sérieuse.

F. APPEL, rue Vieille-du-Temple, 64, Paris.

Médaille de deuxième classe.

Cet industriel a exposé des impressions lithographiques et chromo-lithographiques, des étiquettes en or, en argent ou en couleur, et des reproductions de plantes et de feuillages par un nouveau procédé. Tous ces objets sont portés à un remarquable degré de perfection, et attestent que ce qui sort des presses de M. Appel a un cachet de bon goût qui n'exclut pas l'originalité.

BEAUJEARD, imprimeur-lithographe,
NUITS (Côte-d'Or).

Médaille de troisième classe.

M. Beaujeard expose des pierres lithographiques qui sont appelées à une vogue justement méritée par leur excellente qualité. Le grain en est fin, le dessin s'exécute bien et l'impression ne laisse rien à désirer. — Ces pierres, qui proviennent d'une carrière près de Nuits, se vendent moitié prix des pierres de Munich, dont on se sert journellement en lithographie.

BERTHIER (Lazare), typographe de l'imprimerie Rabutôt,
RUE DES BONS-ENFANTS, 2, DIJON.

Médaille de deuxième classe.

La partie la plus saillante de l'exhibition de l'imprimerie Rabutôt est, sans contredit, la reproduction de vignettes et caractères d'imprimerie par la galvanoplastie. Tous les clichés exposés sont assez bien réussis : c'est l'ouvrage de M. Berthier, typographe de goût, et qui a sa place marquée, avec MM. Vallot et Moissenet, ouvriers de la même maison, dans les premiers établissements de la capitale. Les deux collègues de M. Berthier ont obtenu des médailles de bronze comme contre-maîtres.

CLERGET, professeur d'Écriture, rue Buffon,
DIJON.

Médaille de première classe.

La méthode d'écriture de M. Clerget comprend deux tableaux dont nous faisons le plus grand cas. Il y a là un savoir faire digne d'éloges. M. Clerget étant le professeur d'écriture des élèves de l'Ecole normale de Dijon, nous ne saurions passer sous silence les travaux entrepris sous sa direction. A côté de tableaux d'écriture et de dessin linéaire, nous remarquons des dessins à la plume qui ne sont pas sans mérite. Parmi les plus dignes de fixer l'attention, nous citerons : le puits de Moïse, l'église Saint-Bénigne, la maison Deschamps, à Dijon ; le retable de la chapelle de Pagny-la-Ville, enfin, l'arc de triomphe de Trajan.

CURMER, rue Richelieu, 47, Paris.

Médaille de première classe.

La librairie Curmer expose sa magnifique édition artistique de l'*Imitation de Jésus-Christ*, qui vaut à elle seule toutes les exhibitions typographiques qui se trouvent à l'Exposition. Rien de plus remarquable que ses charmantes pages imprimées avec luxe, décorées, suivant le goût du temps, de gravures et images aux mille couleurs. La vieille réputation de cette librairie nous dispense d'autres éloges.

Correspondant à Dijon : Mme Décailly, place d'Armes.

DE LA BLANCHÈRE, boulevard des Capucines, 39,
PARIS.

Médaille de troisième classe.

La première place parmi les photographes appartient sans conteste à M. de la Blanchère. Ses épreuves approchent de la perfection ; car il y a là plus que du savoir-faire. Ses portraits sont largement traités, l'expression en est toujours heureuse; on sent, sans les voir, que ce sont là des images fidèles. C'est de la photographie artistique par excellence. Du reste, le mérite de M. de la Blanchère est bien établi; une médaille de première classe lui a été décernée à l'Exposition des beaux-arts de Paris, en 1857.

DECONCLOIS, artiste peintre et photographe,

SEURRE.

Médaille de quatrième classe.

M. Deconclois est un artiste qui n'est pas sans talent; ses photographies peintes à l'huile, ses épreuves positives, directes sur verre, attestent que M. Deconclois a fait des études sérieuses et approfondies. Les sujets auraient pu cependant être mieux choisis.

DESJARDINS, rue de l'Ouest, 94, Paris.

Médaille de deuxième classe.

M. Desjardins expose des imitations de tableau qui, à s'y méprendre, peuvent passer pour des originaux. Son aquarelle est moins de notre goût; toutefois nous ne pouvons cependant disconvenir que l'ensemble de son exposition était fort remarquable et digne en tous points de la récompense qui lui a été décernée par le jury.

DEVILLIERS (Ernest), libraire-papetier, fabricant de Registres,

MULHOUSE.

Médaille de première classe.

Voici une exhibition sérieuse. Nous trouvons dans la jolie vitrine de M. Devilliers des registres perfectionnés, un grand livre monstre destiné à une maison d'Alsace, un registre à souches pour échantillons de tissus où toutes les difficultés du travail du relieur et du régleur ont été surmontées, enfin d'autres registres de grand format dans de bonnes conditions; nous avons encore remarqué des copies de lettres à la presse, de l'encre violette à copies, des enveloppes toiles à l'usage de la banque, des portefeuilles écheanciers à cases mobiles d'un nouveau système, des classeurs à timbre destinés au commerce, des serviettes rouleaux et grands portefeuilles pour notaires, avoués et avocats.

Les produits les plus dignes de fixer l'attention, au milieu de tant d'objets, sont certainement les registres; ils sont confectionnés avec une solidité qui n'exclut cependant pas l'élégance. Cette importante fabrique a obtenu, en 1855, une médaille de 1re classe, et vient à notre dernière Exposition d'avoir semblable encouragement par une médaille de même valeur.

DOYEN et GRANDIDIER,

TURIN (Piémont).

Médaille de première classe.

Les lithographies de ces deux artistes mériteraient une place à côté des meilleurs tableaux de notre Salon. Impossible de voir des dessins plus parfaits : bon goût, élégance, travail fini, telles sont les principales qualités de ces belles lithographies, auxquelles appartient le premier rang, sans conteste. Nous ne saurions trop louer ces travaux, qui peuvent rivaliser avec tout ce qui se fait de mieux à Paris et en Angleterre.

Correspondant : GRANDIDIER père, à Dijon.

ÉLÈVES (les) au Lycée impérial de Dijon.

Mention honorable.

Les dessins, lavis, cartes exposées par les élèves du Lycée de Dijon laissent beaucoup à désirer au point de vue de la correction; toutefois, nous devons signaler quelques bons lavis.

ÉMERY-DUFOUR, photographe,

PLACE SAINT-JEAN, DIJON.

Médaille de troisième classe.

M. Emery expose d'excellentes épreuves : sa vue de Saint-Michel, la reproduction de *Jacquemart*, sont fidèles. Nous aimons beaucoup la teinte légèrement claire des photographies de cet artiste ; ses différents portraits bien réussis méritent une mention spéciale.

FERRIER, photographe,

RUE COQUILLIÈRE, 8, PARIS.

Médaille de deuxième classe.

La spécialité de M. Ferrier, un de nos photographes les plus méritants, est la photographie stéréoscopique. Ses vues sur papier et sur verre sont très bien exécutées. Nous retrouvons différentes vues prises pour la plupart en Suisse, en Italie, sur les bords du Rhin et en Angleterre.

Correspondant à Dijon : MATHONNET-DUVALDESTIN, opticien.

GUEIDON (Alexandre), imprimeur,

RUE SAINT-THÉODORE, 1, MARSEILLE.

Mention honorable.

M. Gueidon, de Marseille, l'intelligent éditeur du *Plutarque provençal*, avait adressé à notre Exposition un bel ouvrage dont deux volumes ont déjà paru. Nous ne saurions trop recommander cette patriotique publication, ouvrage supérieurement imprimé, orné de portraits, mais surtout rédigé avec un vrai talent par toutes les notabilités littéraires du Midi. Dire que MM. Thiers, Louis Reybaud, Poujoulat, Ortolan, Barthélemy, Léon Gozlan ont approuvé et donné leurs adhésions à ce *Plutarque provençal*, c'est assez en faire l'éloge. Nous ne saurions passer sous silence l'*Almanach de la Provence* qui consigne la nécrologie des personnes notables du pays mortes dans l'année : cet ouvrage doit être recommandé par nous d'une façon toute particulière, tant pour les services qu'il est appelé à rendre aux bibliographes futurs que pour les excellents soins apportés à l'exécution typographique.

GROSSELIN,

RUE SERPENTE, 25, PARIS.

Médaille de première classe.

M. Grosselin expose des globes terrestres en cristal et diverses méthodes d'enseignement auxquelles nous ne saurions accorder trop d'éloges.

L'importance de cette maison, l'exécution parfaite des produits exposés justifient parfaitement la récompense de premier ordre qui lui a été décernée.

HABERLIN, rue Verrerie, 43,

DIJON.

Mention honorable.

M. Haberlin, attaché à la succursale de la Banque de France, présente un tableau d'écritures de caractères variés, donnant les noms des membres de la Commission de l'Exposition. Ce joli travail, exécuté avec soin, a le mérite à nos yeux d'être très bien réussi.

JOBARD, imprimeur-lithographe, rue Guillaume,

DIJON.

Médaille de troisième classe.

La maison Jobard fait bien et travaille avec conscience ; les épreuves d'impression lithographiques et chromo-lithographiques sorties de ses presses sont là pour l'attester.

M. Jobard expose aussi quelques pierres qui ne sont pas sans valeur : nous avons remarqué la cathédrale d'Autun, l'église de Semur-en-Brionnais , des planches lithographiées , des actions de l'Exposition , des planches transportées , etc., etc.

M. Henri Guasco, frère de M. Jobard, expose quelques produits de galvanoplastie appliquée à la typographie , et quelques essais de galvanographie.

JOURDAIN, artiste-graveur, rue Racine, 9,

PARIS.

Médaille de deuxième classe.

Voici un artiste que nous avons laissé échapper et dont personne, pendant son séjour à Dijon, n'a su apprécier le mérite. Depuis qu'il est parti, on a senti sa valeur et on le regrette. M. Jourdain, qui a beaucoup de travaux à Paris, n'a cependant pas voulu laisser notre Exposition se terminer sans envoyer quelques-unes de ses belles gravures. — Les quatre épreuves envoyées par M. Jourdain sont des reproductions obtenues par la photographie de tableaux de maîtres : deux Rubens, un Raphaël et un Carle Vanloo. Ces belles gravures, qui ont paru dans *l'Illustration,* sont burinées avec une habileté, un savoir-faire qui annoncent chez M. Jourdain un talent très remarquable.

LANDA (L.), lithographe,

CHALON-SUR-SAONE.

Médaille de deuxième classe.

Nous nous occuperons seulement, dans cette classe, des travaux lithographiques de la maison Landa, nous réservant de revenir plus tard sur les deux machines envoyées à l'Exposition par cet imprimeur. — L'exposition de M. Landa comprend des travaux chromographiques et chrysochromes. — L'importance de cette maison mérite que nous nous arrêtions quelques instants sur ces brillants produits. Les travaux chromographiques sont bien traités ; il y a des difficultés de tirage qui ont été habilement surmontées dans un vaste tableau imprimé pour le corps impérial des Ponts et Chaussées. — Quant aux impressions de luxe chrysochromes — or, argent et couleurs — nous ne pouvons qu'en dire beaucoup de bien. C'est de l'excellent travail. Pour nous résumer, l'exposition de la maison Landa est sérieuse et mérite de fixer l'attention.

LAMARCHE, libraire-éditeur,

PLACE SAINT-ÉTIENNE, A DIJON.

Hors concours.

M. Lamarche aurait pu apporter cent volumes plus brillants que ceux qu'il a exposés ; pour cela, il n'aurait eu qu'à prendre au hasard dans ses beaux magasins. Il s'est contenté d'exhiber modestement quelques éditions dont il est l'éditeur. Citons entre autres les Mémoires de la Commission des Antiquités de Dijon, les Noëls d'Aimé Piron, les Lettres de Gabriel Peignot, l'Histoire de Bourgogne, etc., etc. M. Lamarche ayant accepté les fonctions de membre du jury de la quatrième classe, s'est placé naturellement hors concours.

LEROY, lithographe,

RUE SAINT-BÉNIGNE, 7, DIJON.

Médaille de deuxième classe.

M. Leroy est un artiste sérieux, et dont les travaux chromo-lithographiques méritent certainement des éloges. Sa reproduction de la grande tapisserie de Dijon, dite *des Suisses,* imprimée en vingt couleurs, est un travail artistique d'une haute valeur. Le dessin reproduit à la perfection le caractère de l'époque et des personnages ; quant au coloris, c'est l'expression fidèle de la tapisserie. Cette planche doit être donnée en prime aux souscripteurs du *Trésor archéologique de la Bourgogne.* La première livraison de cet important ouvrage doit paraître très-prochainement. Les portraits de Saint-

Seine et du chancelier Nicolas Rollin, qui feront partie du *Trésor,* sont traités de main de maître. Notre attention s'est également fixée sur des pages de livres d'heures choisies tirées des manuscrits de la bibliothèque Baudot. Nous croyons que cet ouvrage, qui faisait défaut à la librairie, est appelé à un immense succès. Nous citerons encore la copie d'un vitreau représentant Saint-Georges terrassant un dragon, travail inachevé ; les reproductions d'une tapisserie du XVIᵉ siècle, conservée au trésor de la cathédrale de Sens, et de la châsse de Nesle-la-Reposte, appartenant au trésor de la cathédrale de Troyes.

Tous les dessins dont nous venons de parler sont exécutés par M. Leroy, et par lui seul. Travailleur infatigable, habile écrivain, homme de goût avant tout, M. Leroy est un artiste dans toute l'acception du mot. Nous ne doutons pas que les deux ouvrages qu'il vient d'entreprendre ne mettent le sceau à sa réputation et ne placent son jeune établissement au premier rang, parmi les maisons les plus célèbres. Du reste, M. Leroy a obtenu, à l'Exposition universelle de 1855, une médaille de 2ᵉ classe pour ses travaux chromo-lithographiques. A l'Exposition de Dijon, après MM. Doyen et Grandidier, de Turin, la première place, parmi les lithographes, revient de droit à M. Leroy.

LESTERLING (Jules), à Is-sur-Tille.
Mention honorable.

Les deux tableaux à la plume d'acier, exposés par M. Jules Lesterling d'Is-sur-Tille, reproduction de gravures du temps, ont certainement du mérite, bien que le dessin soit un peu raide. Si nous nous montrons sévères à l'égard de M. Lesterling, c'est que nous lui reconnaissons un talent sérieux et réel et qu'il est de notre devoir de ne pas laisser s'égarer.

LOYDREAU (Edouard), à Chagny
(Saône-et-Loire).
Médaille de quatrième classe.

M. Edouard Loydreau, docteur-médecin très-distingué, s'occupe de photographie pour son agrément et comme amateur. Les épreuves qu'il nous a adressées sont d'une bonne exécution, les teintes sont souvent très-heureuses et l'effet cherché presque toujours obtenu. C'est avec plaisir que nous voyons un homme de science pratique accorder les loisirs que lui laisse sa profession à d'agréables et utiles travaux, et obtenir une telle réussite.

MAITRE (Antoine), libraire,
DIJON.
La Croix de chevalier de la Légion d'Honneur et une Médaille d'honneur.

Nous aimons peu les gens qui cassent des encensoirs sur le nez des personnes, sous le fallacieux prétexte de louer leurs produits. S'il y a un industriel qui soit digne de recevoir la croix d'honneur, assurément c'est M. Maitre, personne ne le conteste ; mais la demander si tant et à cris, comme l'ont fait certains journaux de la localité, c'est enlever à M. Maitre la moitié de l'honneur qu'il va recevoir. Rendez justice à l'homme de mérite, rien de mieux ; mais soyez dignes et ne vous applatissez pas. Pourquoi donc fouiller dans la vie privée de M. Maitre pour faire l'éloge de sa maison ? L'industriel et ses produits, voilà ce que doit apprécier l'écrivain : rien de plus, rien de moins.

M. Maitre est le fils de ses œuvres. Depuis vingt-huit ans, il poursuit avec une persévérance que tout le monde a pu apprécier la tâche qu'il s'est imposée ; aujourd'hui, bien que sa fortune soit faite, il tient à honneur de donner une extension encore plus large à l'industrie qu'il a créée ; c'est beau, c'est noble, et certes bien peu d'industriels imiterait ce bel exemple. M. Maitre occupe annuellement trois cents ouvriers et ouvrières, et dans les nouveaux ateliers qu'il fait construire à la Porte-Neuve, il en aura le double : ce sera un des plus vastes établissements que l'on ait vu, puisqu'il n'aura pas moins de 60 mètres de façade en tous sens.

Pour occuper un personnel aussi considérable , il fallait des débouchés; c'est encore à l'intelligence et à l'habileté de M. Maitre qu'est dû l'établissement de ces relations si difficiles. Aujourd'hui vous trouvez les produits de M. Maitre non-seulement en France , mais dans toute l'Europe.

Ces produits comprennent deux grandes divisions : l'industrie *polyergatique* et la librairie de luxe. Voici les objets que nous trouvons dans l'industrie polyergatique : des albums , des buvards , des carnets pour voyageurs de commerce , des portefeuilles , des porte-cartes de visite , des nécessaires de voyage , des porte-monnaie , des chemises de musique , des pupitres de bureau. Tous ces articles sont faits avec des peaux de couleurs ou chagrinées ; aussi y en a-t-il de toutes formes, de toutes grandeurs , de tous genres. Un cachet de bon goût domine dans ses productions ; car M. Maitre a toujours su heureusement allier la solidité à l'élégance, sans que cependant ses prix en aient à souffrir.

La librairie de luxe de M. Maitre est encore plus particulièrement l'objet de tous ses soins. Pour innover ou perfectionner , rien ne lui coûte, et il a raison : c'est au prix des sacrifices bien entendus que l'on se fait un renom et que l'on se tient à la hauteur du progrès. M. Maitre édite lui-même; sa librairie est généralement bien imprimée et sa reliure est encore plus luxueuse. A côté de reliures simples, nous appellerons l'attention des visiteurs sur les reliures en nacre , en écaille , en ivoire , en cuir de Russie , en velours , en chagrin , etc., etc., qui attestent un travail riche et de mérite.

Pour nous résumer , nous dirons que la vitrine de M. Maitre répond dignement à l'importance de son établissement , et qu'elle occupe un des premiers rangs parmi les exibitions artistiques et industrielles de notre Exposition.

MAMIOT, fabricant de Cartonnage,

PLACE DU MORIMONT , DIJON.

Médaille de troisième classe.

On a beau habiter une ville depuis de longues années, on y découvre toujours du nouveau , et les Expositions ont cela de bon , qu'elles vous aident à faire des découvertes en industrie. Ainsi, nous sommes peut-être passé mille fois sur la place du Morimont, et nous avouons que nous ne soupçonnions pas l'existence de M. Mamiot. Il fabrique pourtant des choses dignes d'attention. Je ne parle pas de ses cartonnages , pour lesquels d'autres lui font une rude concurrence , mais de ses objets façonnés uniquement avec des feuilles de carton, tels que table, pendule, foyers, porte-cigarres , etc., etc. Nous engageons le lecteur à visiter ses ateliers et à bien examiner la façon de tous ces produits. Cela vaut la peine d'être vu.

MASSÉ, payeur au chemin de fer de Paris à Lyon,

RUE DES CHARBONNIERS, 16 , PARIS.

Médaille de deuxième classe.

M. Massé expose des photographies. Ce sont des vues prises sur le chemin de fer de Paris à Lyon et ses embranchements. Tous ces objets attirent le public qui ne se lasse point d'admirer ces ouvrages exécutés avec un soin délicat et une entente parfaite de l'art photographique.

MARIELLE, papetier-relieur, place Saint-Jean, 2,

DIJON.

Médaille de deuxième classe.

M. Marielle , un de nos bons relieurs, n'expose qu'un seul registre : c'est un grand livre à dos en caoutchouc durci. Ce qui sort des ateliers de M. Marielle est solide et de qualité; nous ne saurions donc trop recommander les produits de cette estimable maison.

MICOLCI (Charles), relieur-doreur breveté de Paris,
ACTUELLEMENT A CHATILLON-SUR-SEINE.

Médaille de deuxième classe.

M. Micolci, qui dirige un établissement important pour les nombreuses reliures que confient à son habileté MM. les libraires, a aussi un atelier spécial pour les amateurs et bibliophiles.

Assurément il est difficile de trouver quelque chose de plus parfait, de plus fini, en un mot, et de mieux exécuté à tous les points de vue que les différentes reliures qu'expose M. Micolci. Nous avons remarqué un plat tout entier, doré aux petits fers, qui est un véritable modèle du genre. M. Micolci, en vue de l'Exposition, avait préparé un grand nombre de volumes depuis les plus simples jusqu'aux plus riches. Un seul album in-f°, les *Châteaux des bords de la Loire*, valait, pour la reliure seule, 500 fr. Le feu, dans un incendie qui éclatait dans la nuit du 19 au 20 mai dernier, a tout dévoré. Les reliures que nous avons remarquées à l'Exposition ont été faites depuis cette époque; et, malgré l'espace de temps très restreint, toutes les dorures sont aux petits fers; les reliefs de fantaisie, ainsi que les découpures, ont été obtenus à le main. Ce qui fait le mérite de cette exhibition, c'est que rien n'a été obtenu par le frappage ou la reproduction du balancier, pas plus qu'au moyen de plaques.

MILLET, professeur de Photographie, rue Montesquieu,
PARIS.

Médaille de deuxième classe.

M. Millet expose des photographies où l'on voit que le savoir-faire se le dispute à l'art. C'est expressif, c'est vivant au possible. Certains portraits sont magistralement reproduits. M. Millet est certainement un des plus sérieux représentants de l'art photographique que nous ayons rencontrés à notre Exposition.

MORE, à Gray (Haute-Saône).

Médaille de quatrième classe.

M. More a exposé un globe flexible et une carte mappemonde, deux objets soignés et dignes d'attention des personnes qui s'occupent de géographie et de recherches topographiques.

Représentant à Dijon : MATHONNET-DUVALDESTIN, place d'Armes.

PELLION (Mlle), libraire-éditeur, rempart de la Miséricorde,
DIJON.

Médaille de première classe.

Si la première place appartient à M. Maître pour ce genre d'industrie, sachons être justes et reconnaissons que la seconde revient de droit à Mlle Pellion : nous parlons ici de l'importance des maisons, et non pas de celle des produits.

Les deux vitrines se trouvent dans la même salle; comparez et jugez. La vitrine de Mlle Pellion renferme des beautés de premier ordre; à côté de ces paroissiens aux tranches si belles et si variées, on peut admirer d'admirables reliures artistiques, en ivoire, en écaille, en velours, en maroquin avec fermoirs et coins incrustés. Quoi encore de plus coquet et de plus gracieux que ces jolis paroissiens, façon chagrin gaufré, en creux ou en relief! Nous avons surtout remarqué d'admirables reliures dorées aux petits fers d'un goût exquis; nous voulons parler de l'*Imitation* de Jésus-Christ, édition Curmer, de l'*Histoire du Parlement de Bourgogne* avec la représentation des armes de Dijon sur la tranche, enfin d'une magnifique édition du Dante destinée au roi de Portugal.

On a fait un titre de gloire à la maison Pellion d'avoir fait le premier emploi du format in-32 de Jésus; le vrai titre de gloire de Mlle Pellion est d'éditer de nombreux ouvrages qu'elle répond dans tout le monde catholique. Les impressions de Mlle Pellion, qui sortent pour la plupart de la maison Chalandre de Besançon, sont exécutées avec soin.

L'établissement de Mlle Pellion, qui tous les jours prend de l'extension, n'occupe pas moins de 75 ouvriers et ouvrières que dirigent deux habiles contre-maîtres. Lorsqu'on songe que Mlle Pellion est à la tête de cette maison seulement depuis six ans, on est tout surpris de voir cette industrie si bien prospérer entre ses mains ; c'est qu'il est peu de femmes qui aient une habileté et une entente aussi parfaite des affaires que Mlle Pellion, peu de femmes qui puissent joindre à tant d'activité et de zèle une volonté aussi ferme de réussir.

PETIT-LE-GENISEL, photographe,
LANGRES.
Médaille de troisième classe.

Les épreuves photographiques de M. Petit sont destinées au stéréoscope. Les points de vue sont bien choisis et rendus avec une fidélité qui n'exclut pas le soin de l'exécution.

PEUTET-POMMEY, imprimeur, rue des Godrans,
DIJON.
Médaille de deuxième classe.

Dans l'exhibition de M. Peutet-Pommey, imprimeur de la mairie et de la préfecture, nous avons remarqué un bon ouvrage, préférable certainement, au point de vue typographique, à tout ce qui est sorti des autres imprimeries de Dijon : c'est une édition du Dante exécutée pour M. de Mongis. M. Peutet expose aussi différents ustensiles pour la fonte des caractères d'imprimerie, des types mobiles pour la musique, un tableau fait au mouton et des impressions liturgiques.

POPP, ancien contrôleur du cadastre,
BRUGES.
Médaille de première classe.

M. Popp expose un plan parcellaire de la ville de Bruges, un atlas cadastral de la Flandre occidentale, une carte topographique de la province de Flandre occidentale. Toutes ces cartes sont établies avec un soin qui atteste un travail sérieux et estimé des connaisseurs. Du reste, il n'est personne qui ne sache que M. Popp est l'un des trois géomètres qui, seuls en Europe, sachent lever un plan, le graver et l'imprimer sans aide.

PRALON frères, lithographes, Folie-Méricourt, 32,
PARIS.
Médaille de quatrième classe.

Sur l'escalier de l'aile orientale, MM. Pralon frères, lithographes à Paris, ont placé une exhibition qui certainement attirera l'attention des connaisseurs ; nous signalerons d'abord une imitation de photographie si bien réussie qu'il faut pousser l'examen de bien près pour reconnaître une lithographie dans cette tête de Vierge. Nous citerons encore une coupe (modèle de la maison Christofle) où la vigueur et la netteté du dessin n'a rien enlevé cependant au fini de l'exécution et à la délicatesse des détails ; enfin, nous terminerons cette rapide revue en mentionnant trois planches de l'*Histoire des Peintres* imprimées en couleurs (marbre et imitation de chromo-lithographie), qui placent leurs auteurs au niveau des meilleurs lithographes.

RABUTOT (J.-E.), imprimeur, place Saint-Jean,
DIJON.
Médaille de première classe.

M. Rabutôt est imprimeur depuis à peine trois mois ; aussi ne comprenons-nous pas quel motif l'a décidé à exposer. Est-ce pour montrer ses connaissances typographiques ? Mais de semblables connaissances, tout le monde le sait, ne s'acquièrent pas en un espace de temps si restreint. Est-ce pour faire valoir le mérite des impressions sorties des presses de la maison Loireau-Feuchot, auquel M. Rabutôt a succédé ? Mais alors, si mérite il y a, il revient de droit à M. Loireau-Feuchot. M. Rabutôt objectera peut-être que depuis plus d'un an il avait la direction de l'imprimerie Loireau : tant pis pour lui, car c'est justement depuis cette époque que cet établissement produit moins bien. Qu'un homme compétent et du métier examine l'impression du *Parlement de Bourgogne*, — ouvrage d'une grande valeur et qui fait honneur à l'habile et savant magistrat qui l'a écrit,—il remarquera des pages où, à côté des lignes complètement grises, on voit des lignes noires et empâtées ; cette observation peut être faite à plusieurs endroits. Le *Girart de Roussillon* est très-ordinaire : les pages sont trop longues, et les marges ne sont pas faites selon les règles de la typographie ; le paroissien in-18, violet et noir, est de mauvais goût ; l'encadrement violet des pages ne laisse pas assez de jour et de marge. Un petit paroissien in-32, et un petit volume imprimé en 1853, *Le nouveau guide du voyageur à Dijon,* sont ce que nous trouvons de moins mauvais au milieu de toutes ces impressions.

RENAUD père et fils, à Moret
(Jura).

Mention honorable.

Ces exposants présentent des dessins inaltérables reproduits sur l'émail par le crayon. Nous avons été étonné de ce merveilleux tour de force qui a singulièrement surpris plus d'un visiteur. Le jury nous a semblé avoir été bien sévère pour MM. Renaud, qui certainement méritent mieux qu'une mention honorable.

SORRIEU, lithographe,
RUE DE LAMARTINE, 26, PARIS.

Médaille de deuxième classe.

M. Sorrieu expose des lithographies, images fidèles des photographies qui leur ont servi de modèles. On est étonné d'une reproduction aussi parfaite ; les nuances, les teintes, les effets sont rendus avec une exactitude qui dénote que l'on fait bien chez cet habile lithographe.

TAMISIER-DUGUET, géomètre,
A SAINTE-SABINE-EN-AUXOIS (Côte-d'Or).

Médaille de troisième classe.

La profession de géomètre présente des difficultés qui ne peuvent pas toujours être surmontées. M. Tamisier-Duguet expose des plans et des bornages faits dans d'excellentes conditions. On retrouve là beaucoup de talent allié a beaucoup de savoir.

TESSIER, relieur-papetier, rue Vauban,
DIJON.

Médaille de quatrième classe.

M. Tessier, un de nos bons relieurs, expose un grand livre grand format et quelques volumes reliés aux petits fers, qui attestent un excellent travail. Cette maison très recommandable s'occupe aussi de la fabrication des registres et tient les articles de papeterie.

THÉNARD, graveur,
GALERIE MONTPENSIER, PALAIS-ROYAL ; 47, PARIS.

Médaille de première classe.

M. Thénard est un graveur émérite ; les armes d'Angleterre et de France, avec coins, sont d'un travail exquis et attestent une main très exercée. Nous avons aussi admiré de charmants cachets-fleurs et des cachets religieux d'un goût sévère et recherché. Tous ces objets, qui ont fait la réputation de M. Thénard, ont largement contribué aussi à lui faire obtenir la distinction honorifique dont notre Exposition l'a honoré.

THURY, ingénieur-géographe,
RUE DE L'ÉCOLE-DE-DROIT, 51, DIJON.
Médaille de première classe.

M. Thury, qui a donné son nom à la sphère terrestre qu'il expose, ainsi que des cartes de France en relief, doit recevoir ici une mention très honorable. Ces travaux ont obtenu l'estime de tous les gens qui ont des connaissances spéciales en géographie. Le succès de la sphère de M. Thury est désormais un fait notoire.

TINOT, relieur,
RUE DE L'ÉCOLE-DE-MÉDECINE, 5, REIMS.
Médaille de première classe.

M. Tinot expose des reliures dorées aux petits fers, qui ont une grande valeur; quelques livres même méritent d'être placés au premier rang par la perfection qui a présidé aux dorures, au frappage et à la reproduction très nette des repoussés ou du creux.

VAGNER, imprimeur-libraire, rue du Manège, 3,
NANCY.
Médaille de quatrième classe.

M. Vagner expose un volume intitulé : *Fleurs de l'Inde*. L'impression est bonne, et les soins typographiques apportés à l'agencement général de l'ouvrage en font une édition de luxe digne en tous points de la récompense que le jury lui a accordée. Au milieu des pauvretés de la section de l'imprimerie, c'est un des bons volumes que nous ayons à signaler.

VALLUET jeune, imprimeur et lithographe,
BESANÇON.
Médaille de deuxième classe.

Nous trouvons dans cette salle l'exposition de M. Valluet jeune, dessinateur et graveur-lithographe et géographe : tous les genres de lithographie, plans, dessins, écritures de commerce, etc., etc., attestent que dans cette maison les travaux des graveurs et des imprimeurs sont scrupuleusement exécutés.

Ont exposé :

BUGNOT (Mme), *cour de l'Ancien-Evêché, 21, Dijon* : des dessins de broderies; — CHAPUSOT, *à Plombières-les-Dijon* : des plans; — CHOUILLOUX-DES-RADRETS, *professeur de calligraphie, rue Montmartre, 108, Paris* : un tableau de calligraphie; — DORLHAC-DE-BORNES, *au Puy* : des dessins d'architecture; — DUTHU fils, *rue Notre-Dame, 6, Dijon* : un tableau d'écriture; — ESPINASSE, *ingénieur-mécanicien, rue Pétrelle, 9, Paris* : le dessin d'un moulin à vent; — FEBVRE (Philibert), *rue des Tanneries, Dijon* : dessin d'un moulin à tan; — GAY aîné, *rue de l'Argenterie, 12, à Montpellier* : des dessins pour broderies; — MARIOTTE, *professeur d'écriture, rue Berbisey, 120, Dijon* : calligraphie; — PERRIER (J.-B.), *menuisier à Belan* : le dessin d'une tour ovale à guillocher et à copier; — BELNET, *dessinateur, rue de l'École-de-Droit*, *Dijon :* une nouvelle carte de France accompagnée d'une carte de l'Algérie et des colonies ; — BOULAY, *graveur, rue du Plâtre-Saint-Jacques, 14, Paris :* des impressions lithographiques et typographiques exécutées en plusieurs couleurs simultanément ; — FOIX frères, *à Auch :* des impressions lithographiques et autographiques ; — GOUT père, *papetier, à Montpellier :* réparation et nettoyage des anciennes gravures ; anciennes gravures blanchies ; — PAILLET, *maître des travaux graphiques au lycée impérial, rue Vannerie, 36, Dijon :* une carte géologique de la France en chromo-lithographie, réduite de celle de MM. Dufrénoy et Elie de Beaumont, le jeu du tonneau, et le buffet d'orgue de la cathédrale ; — GUIPET, *à Dijon :* des photographies ; — MAGY-BERTHIER, *à Dijon :* des photographies ; — TRUCHETET, *rue de l'Arsenal, 7, à Besançon :* des photographies ; — FOURNIER, *inspecteur de l'Instruction primaire, à Tournon (Ardèche),* une carte de France en relief ; — PARIS, *professeur de musique, place Saint-Etienne, Dijon :* albums et méthode de musique ; — DESSAUX, *imprimeur à Dijon :* des impressions ; — ROCHETTE et Cie, *rue d'Assas, 22, Paris :* des impressions chromo-lithographiques ; — BRIOTET, *rue d'Auxonne, 10 :* des dorures sur tranche ; — CHANAT, *à Dijon :* un Manuel musical ; — DÉCAILLY (Mme veuve), *libraire, à Dijon :* un Guide du voyageur à Dijon et le plan de cette ville ; — FACIOT, *relieur, rue du Palais-Grillet, 14, Lyon :* des reliures de luxe ; — JOUFFROY, *relieur, rue Porte-d'Ouche, Dijon :* divers volumes reliés ; — NACHMANN, *rue Montmartre, 77, Paris :* un registre perfectionné avec dos à mouvement relié ; — NOBLET, *rue de Seine, 41, Paris :* la Ruche parisienne, journal illustré ; — RICHERT, *professeur de musique à Dijon :* un exemplaire de sa musique vocale.

CINQUIÈME CLASSE.

AMEUBLEMENT ET DÉCORATION.

Ebénisterie — Meubles — Dorure —
Tentures — Objets divers d'Ameublement — Tabletterie — Petits Meubles —
Objets de Fantaisie, etc.

NOMBRE DES EXPOSANTS. 130
NOMBRE DES PRODUITS EXPOSÉS. 164

COMPOSITION DU JURY.

PRÉSIDENT : M. Cugnotet fils, propriétaire.

VICE-PRÉSIDENT : M. Robin, membre de la Chambre de commerce.

SECRÉTAIRE : M. Suisse, architecte du département.

MEMBRES : MM. Bossu, ébéniste — Buffet, sculpteur — Charbonneau, maître de forges — Joliet, ancien notaire — Théophile Kiéner, manufacturier à Paris — Scheffer, architecte municipal — Tacini fils aîné, antiquaire.

Allez frères, quai de Grèves, 2, Paris.

Médaille de troisième classe.

MM. Allez avaient déjà exposé des bancs et des boules à Panorama à l'Exposition d'horticulture; sur la place d'Armes, les produits de cette maison occupent un emplacement important.

A côté des bancs de jardin droits et cintrés, nous trouvons d'élégants bancs-fauteuils, chaises et tabourets en fer avec siéges grillagés et perforés. Les suspensions et les corbeilles ne sont pas moins jolies que les tables et les cages. Près des boules à panorama, on admire des vases, coupes et corbeilles en fonte de fer décorée et ouvragée. Que citer encore? Voici des tuyaux en toile avec raccords et lames en cuivre

3

pour arrosement ; des sacs à raisin , toiles gommées et crin; des baignoires à gorges avec cylindre et réservoir à vapeur pour chauffer le linge; des fourneaux de cuisine en fonte polie, brûlant tous les combustibles avec une économie incontestable. La maison de MM. Allez frères est l'une des plus anciennes de Paris et la plus importante dans le commerce de la quincaillerie parisienne : les magasins qu'elle occupe, quai de Grèves, rue Saint-Martin et avenue Victoria, ont une étendue considérable.

ARMÉ (Médard), sculpteur, place Grolier,
LYON.
Médaille de troisième classe.

L'exhibition de M. Armé ne fait pas de tapage, et cependant comme sculpture sur bois, je ne vois rien de plus beau et de plus achevé. M. Armé est un artiste dans toute l'acception du mot ; son cadre gothique, où on peut admirer des branches de vigne et des grappes de raisin habilement fouillés, est un chef-d'œuvre de composition et d'exécution. Ses deux groupes de natures mortes sont parfaits. La table à ouvrage qui supporte un coffret gothique d'un bon goût exquis, les fragments d'un buffet Louis XIV, deux chaises même style, viennent appuyer et confirmer l'opinion que nous avons émise sur le talent de M. Armé. Nous ne saurions donc trop recommander aux visiteurs l'exposition du sculpteur lyonnais.

ARNAUD-GAIDAN (J.) et Cie, à Nîmes
(Gard).
Médaille de première classe.

M. Arnaud-Gaidan, qui a obtenu en 1855, une médaille de 1re classe pour ses remarquables produits, expose à Dijon des tapis riches, haute laine qui , par la variété des dessins , la diversité des couleurs , ont attiré les regards des connaisseurs. Cette importante maison a une succursale à Paris, rue du Sentier, 34.
Correspondant à Dijon : MASSON aîné , tapissier.

ARTHOT (J.-D.), fabricant de chaises,
RUE JEANNIN, 7, CHEZ M. FAIVRE, DIJON.
Mention honorable.

La chaise-chauffeuse et le prie-Dieu de M. Arthot , ouvrier de M. Faivre, sont deux petits chefs-d'œuvre de bon goût et d'élégance qui méritent d'être signalés aux amateurs.

BADET, tapissier, rue Jeannin , 7,
DIJON.
Médaille de troisième classe.

Le divan-lit de M. Badet, qui contient sommier, matelas, traversin, draps et oreiller, ce meuble est d'un usage précieux; la journée, vous avez un canapé qui décore et orne votre salon ; le soir , vous trouvez un lit suffisamment spacieux où vous pouvez vous reposer confortablement. Le divan-lit de M. Badet, un de nos jeunes et habiles tapissiers, se recommande par sa commodité et son excellente confection ; aussi croyonsnous ce meuble appelé à une grande vogue.

BÉGUE, 31, avenue Saint-Denis, à Passy-lez-Paris
(Seine).
Mention honorable.

M. Bégue est l'inventeur d'un nouveau jeu de salon, l'hélice aérienne ; on peut se procurer ce charmant jouet d'enfant chez M. Verreaux, rue Verrerie, 7, à Dijon.

BECKER et OTTO, rue du Temple, 79,

PARIS.

Médaille de deuxième classe.

Lorsque vous voudrez offrir un cadeau à une dame, vous ne pourrez mieux choisir que de faire l'acquisition de ces charmants et mignons petits meubles qui sont à la devanture de M. Degrond. Ils sortent de chez MM. Becker et Otto, deux fabricants émérites qui façonnent des coffrets en bois de chêne et de rose ou en thuia avec une rare élégance. Pour notre part, nous ne craignons pas d'avouer que plusieurs de ces jolies productions nous ont violemment tentés.

BINTZ, faubourg Saint-Antoine, 246,

PARIS.

Médaille de troisième classe.

M. Bintz expose un meuble très ingénieux, il contient un mobilier à l'usage des salles d'asile, qui est d'une véritable utilité pour les personnes appelées à la direction des enfants en bas âge.

BIZOUARD, place d'Armes, Dijon.

Médaille de troisième classe.

Les ouvrages en cheveux de M. Bizouard sont fort appréciés; une mention honorable a été décernée en 1855, à l'Exposition universelle, à cet industriel, qui a encore perfectionné ses produits depuis cette époque; ses perruques pour femmes sont bien réussies; celles pour hommes, au nombre de six, ne laissent rien à désirer. Nous ne saurions donner trop d'éloges à ce genre de travail, si utile et si nécessaire à toutes les personnes atteintes d'une calvitie précoce ou momentanée.

BLANC, rue Condé, Dijon.

Médaille de troisième classe.

Parmi les multiples ouvrages en cheveux qu'expose M. Blanc, nous signalerons la réduction du monument de Fixin, quelques jolis tableaux et des perruques faites avec art. M. Blanc est un artiste capillaire d'un véritable mérite.

BOULANGER frères, faubourg Saint-Denis, 74,

PARIS.

Médaille de quatrième classe.

MM. Boulanger frères présentent des caves à liqueurs de diverses grandeurs et de divers genres, articles dont ils ont fait une spécialité de leur maison. Nous ne pourrions, sans être taxés d'injustice, faire autrement que de reconnaître l'élégance unie à la solidité de ces élégants produits.

Correspondant à Dijon : CHAUSSENOT-LEGROS.

BOUTET-HÉNAULT, rue Rameau, 4,

DIJON.

Médaille de troisième classe.

Les ombrelles de M. Boutet-Hénault sont charmantes; entre les deux marquises blanches ornées l'une d'écossais, l'autre d'effilés de soie, nous avons remarqué une délicieuse ombrelle en soie rose recouverte de dentelles noires. Nous avons aussi à signaler deux marquises violettes d'un joli modèle. Toutes ces ombrelles et marquises sont en possession du nouveau système à manche mobile inventé par M. Boutet-Hénault, et appelé par sa simplicité, sa commodité et son bon marché, à une vogue justement méritée.

BOUVIER-ENFEST, place Saint-Jean, 6,
DIJON.

Médaille de troisième classe.

Nous préférons les fruits en cire et en plâtre de M. Bouvier-Enfest à ses fleurs, qui sont pourtant belles. Nous trouvons dans la même vitrine trois chapeaux qui ne sont pas sans quelque mérite. Cette maison, qui est encore jeune, peut déjà compter parmi nos établissements appelés à de légitimes succès.

BRAILLARD-FISTET, rue Condé, 19,
DIJON.

Médaille de troisième classe.

Nous signalerons, dans la vitrine de M. Braillard-Fistet, des parures de bal montées en chèvrefeuilles et en roses, des bouquets montés, des roses à bâtons en pots. Toutes ces fleurs sont bien réussies et attestent, de la part de la personne qui les a fabriquées, un véritable talent.

BUFFET fils, tapissier, fabricant de Meubles,
RUE CHAUDRONNERIE, DIJON.

Médaille de troisième classe.

M. Buffet expose une bibliothèque en palissandre formant bureau et commode; ce meuble a été exécuté par M. Cottereau, ouvrier de la maison. Le style en est simple mais sévère, l'exécution, qui est parfaite, fait le plus grand honneur à l'habileté de M. Cottereau. Ce beau meuble a été acheté par M. le marquis de Saint-Seine — La chaise antique, couverte de cuir en relief de Martella, a un mérite à nos yeux, c'est de rappeler son époque. Nous aimons moins l'ottomane-coquille, bien que la confection de ce meuble soit soignée.

BULLIER, fabricant de Brosses,
A ARNAY ET RUE DU CLOITRE SAINT-MÉRY, 6, PARIS.

Médaille de deuxième classe.

M. Bullier, dans une vitrine sans prétention, expose des brosses et des pinceaux en tous genres. Ces produits, justement estimés, ont valu à son fabricant une médaille de deuxième classe à l'Exposition de 1855. M. Bullier, qui a un dépôt rue du Cloître-saint-Méry, 6, à Paris, occupe une maison importante à Arnay-le-Duc.

CALMELET-DAUSSY, ébéniste, rue Jeannin, 2,
DIJON.

Médaille de quatrième classe.

L'ameublement complet en palissandre, style Louis XV, exposé par M. Calmelet-Daussy, est remarquable à tous égards. Les coupes sont excellentes, le travail est fini et achevé. Cet ameublement qui a été fait en vue de l'Exposition, atteste que l'on peut faire des meubles riches et de prix dans les ateliers du Bazar dijonnais. Si j'avais le choix, je ne sais vraiment à quelle partie de cet ameublement je donnerais ma préférence; le bureau ferait mon bonheur, une coquette préférerait l'armoire à glace, l'ouvrier qui jugera le travail choisirait le lit, la commode ne manquerait pas d'amateurs si elle était encore à vendre. Quoiqu'en ait dit un de nos confrères, ces beaux meubles n'ont rien de funèbre, et nous croyons que s'ils décoraient son appartement, le sourire s'épanouirait plus d'une fois sur son visage en les contemplant.

CAPPUS (Mme), rue de la Préfecture, 30,
DIJON.

Médaille de première classe.

Je ne trouve rien de plus frais, de plus gracieux et en même temps de si bien réussi que l'énorme bouquet de roses de Mme Cappus. Dans cette précieuse corbeille, qui fait l'admiration de tous les visiteurs, nous trouvons toutes les espèces de roses. L'ensemble de ce délicieux travail atteste plus que du talent. Du reste, plaisons-nous à le reconnaître, Mme Cappus occupe le premier rang dans sa salle.

CHATAIGNIER (Mme), place Saint-Jean,
DIJON.
Mention honorable.

Mme Chataignier expose des fleurs en cuir obtenues par la mimosculpture; ses ornements de glace et son fronton de buffet donnent d'excellents résultats. C'est un genre qui doit être signalé et qui fera une rude concurrence à la sculpture sur bois.

CHATAIGNIER, place Saint-Jean,
DIJON.
Médaille de deuxième classe.

Le billard de M. Chataignier est superbe; cet ouvrier habile a dignement mis le sceau à sa réputation en exposant un aussi beau meuble. La coupe du bois est sévère, et rien n'est sacrifié à l'harmonie décorative. On voit que c'est simple, mais riche. M. Chataignier a fait un billard de salon modèle; les effets obtenus par les bandes sont dit-on merveilleux : les bandes elles-mêmes sont perfectionnées d'après un nouveau système. Que manque-t-il donc à ce bel instrument pour être complet? les exercices savants de Berger ou le jeu élégant de Jantet.

CHÉTY (Mme), à Auxonne.
Mention honorable.

La vitrine de Mme Chéty contient trois ombrelles : la première bordée de rubans écossais — l'écossais est de mode cette année; — la seconde est grise : la troisième est en noire antique blanche avec petit plissé à la vieille en crêpe violet. Ces articles se recommandent par leur bon marché.

CHOLLET, tourneur, rue de l'Ecole-de-Droit,
DIJON.
Médaille de quatrième classe.

M. Chollet est un tourneur d'un talent modeste mais réel; les pieds tournés qu'il expose sont d'une exécution parfaite; nous avons admiré son pied torse à jour, ses pommes de pin, ses pointes de diamant à doucine. Tous ces modèles, qui relativement au travail artistique, sont d'un bon marché étonnant, vaudront à leur auteur une mention spéciale.

COULET (Frédéric), à Nîmes
(Gard).
Médaille de deuxième classe.

M. Coulet de Nîmes dirige une manufacture de tapis très-importante : tapis de table en tous genres, foyers divers, tapis-reps; nous trouvons tous ces genres et ces variétés dans son exposition. La fabrique de M. Coulet ne le cède en rien à celles de ses confrères de Nîmes : il livre autant et d'aussi bons produits. Dépôt, à Paris, chez M. Demollin, rue Saint-Fiacre, 3, et à Dijon, chez M. Masson aîné.

COURTE, ébéniste, rue Chabot-Charny, 67,
DIJON.
Médaille de première classe.

Le buffet en chêne, style Louis XIII, de M. Courte, mérite des éloges. Le style de cette époque est correct mais un peu massif; c'est ce qui a fait dire à bien des personnes qui jugent superficiellement, que ce meuble était lourd. Les détails sont d'une exécution parfaite; les lignes sont pures et harmonieuses. Le bureau-piano en palissandre est moins de notre goût. Le fauteuil à pièces rapportées, d'un travail difficultueux mais réussi, n'est plus à vendre.

DEMESMAY (Mlle Marie), Grand'Rue, 126,
BESANÇON.
Médaille de quatrième classe.

La corbeille de fleurs en perles de Venise de Mlle Demesmay est un travail nouveau créé par la personne elle-même qui l'expose. L'idée de confectionner des fleurs en perles, nous paraît judicieuse; de cette façon, l'on obtient des couleurs plus éclatantes, et les matières premières étant plus solides, il s'ensuit que les produits sont plus durables. Il ne faut pas se dissimuler que ce genre de travail a dû présenter à son auteur des difficultés de tous genres : le choix des nuances, leur assortiment dans la construction des tissus, la forme des fleurs offraient des obstacles qui ont été heureusement surmontés. Mlle Demesnay, avec le temps, est parvenue à donner la pose, la grâce et les couleurs appropriées aux fleurs de sa corbeille; de sorte qu'elle a fait l'admiration d'un grand nombre de visiteurs. Le jury, en accordant une médaille de quatrième classe, a prouvé une fois de plus que cette industrie naissante, qui pourrait devenir l'ornement des salons et ajouter un éclat de plus aux brillantes parures des soirées, avait fixé son attention d'une manière sérieuse.

DIETSCH, ébéniste, Colmar
(Haut-Rhin).
Médaille de quatrième classe.

L'armoire à glace de M. Dietsch est un meuble d'une valeur réelle : les sculptures du dessus représentent le prince impérial et les armes de l'Empire. Le bois est magnifiquement veiné, et travaillé avec un soin extraordinaire. La coupe est bonne et les proportions bien observées. Les colonnettes, style XIIIe siècle, sont bien réussie. L'ensemble de cette armoire attire l'attention. Au moyen d'un mécanisme nouveau on peut ouvrir la porte des côtés; une fois ouverte on ne saurait ni ouvrir ni fermer la serrure.

DULUD, rue Vivienne, 14,
PARIS.
Médaille de deuxième classe.

M. Dulud est le digne rival de M. Martella; ses cuirs en reliefs pour meubles et tentures sont d'un travail remarquable; ses dessins variés à l'infini peuvent satisfaire aux goûts les plus difficiles. Ce qui a surtout fait l'admiration de tous les connaisseurs, c'est un charmant petit tableau en cuir repoussé, qui, par le relief, imite à s'y méprendre la sculpture sur bois; si ce n'était un morceau de cuir déchiré sur le coin, nous y eussions été trompé comme la plupart des visiteurs.

DUPIN, rue Louvois, 12, Paris.
Médaille de deuxième classe.

Je ne saurais donner trop d'éloges au genre de fleurs fabriquées par M. Dupin : ce sont des fleurs en plumes d'une délicatesse extrême. J'ai surtout remarqué les bluets, les coquelicots et les bruyères, spécialités de la maison. Les éventails-bouquets de M. Dupin sont charmants; les herbes et plumes, toutes préparées pour fleurs, qui ornent le fond de la vitrine, forment un ensemble original qui attire l'attention.

DVORJACK, rue de l'École-de-Droit,
DIJON.
Médaille de troisième classe.

M. Dvorjack, dont la réputation comme doreur est depuis longtemps établie, nous a envoyé une magnifique glace avec encadrement, style Louis XIV, d'un travail exquis.

Dorure forte et solide, étamage sans reproche, telles sont les qualités que nous remarquons en général dans les produits sortant de cette excellente maison.

FAIVRE (J.-B.), fabricant de Chaises,

RUE JEANNIN, 7, DIJON.

Mention honorable.

M. Faivre expose une chaise-chauffeuse, un fauteuil, une chauffeuse, une chaise en canne et une chaise en paille d'une exécution soignée. Nous recommandons les produits de cet industriel, qui sont bien faits et bon marché. Le jury, en n'accordant qu'une mention honorable à M. Faivre, nous a semblé très rigoureux à son égard.

GANÉE (Louis), place du Morimont,

DIJON.

Mention honorable.

M. L. Ganée, entrepreneur du travail dans les prisons de Lyon, présente des mètres d'un bas prix extraordinaire. Les modèles sont variés et de toutes grandeurs. Cette industrie naissante était digne en tous points de la récompense qui lui a été décernée.

GAUTHIER, rue des Bons-Enfants, 8,

DIJON.

Médaille de troisième classe.

M. Gauthier, un de nos bons doreurs, avait exposé trois belles glaces d'un excellent travail. On ne saurait donner trop d'éloges à M. Gauthier pour les soins minutieux apportés par lui à l'exécution de sa dorure. Les encadrements et ornements sont bien soignés, peut-être même ont-ils un peu trop de recherche. Mais ce n'est là qu'une critique de détail et d'appréciation qui nous est propre.

GIBOUR, rue Jeannin, 26,

DIJON.

Mention honorable.

M. Gibour expose des médaillons en cheveux et un ouvrage de patience, le palais des Etats, parfaitement réussi. Ces ouvrages ne sont pas au-dessous de la réputation de cet artiste capillaire.

HAFFNER frères, passage Jouffroy,

PARIS.

Médaille de première classe.

Depuis que les caissiers disparaissent si rapidement, et que les voleurs sont si habiles, les manieurs d'argent, pour nous servir de l'expression de M. Oscar Devallée, ont été forcés de se munir de coffres-forts. Il n'y a pas un banquier, pas un notaire, qui ne s'empresse de faire l'acquisition d'un coffre-fort, soit chez Huret, soit chez Fichet, soit chez les frères Haffner. — Les coffres Haffner, dont nous avons à nous occuper, sont incrochetables et incombustibles, les prix varient selon les grandeurs, de 350 à 25 fr.; à côté des coffres en fonte et en fer, nous avons les serrures de sûreté de la même maison. MM. Haffner ont obtenu en 1855 à Amsterdam, en 1854 à Bordeaux, des médailles de bronze; à Paris, en 1855, une médaille de 1re classe; de la Société d'encouragement de Londres et de l'Académie nationale de Paris en 1857, 2 médailles d'or.

JACQUEMAIN (L.), rue de Sèvres, 101,

PARIS.

Médaille de quatrième classe.

Les travaux de M. Jacquemain sont de véritables chefs-d'œuvre, et dignes en tout point de la réputation de cet artiste. Il y a vraiment du mérite à travailler avec autant d'élégance ces minutieux et délicats ouvrages en cheveux.

JACOTOT (Ch.), doreur, rue Rameau,

DIJON.

Médaille de troisième classe.

La psyché de M. Jacotot, au point de vue de la dorure, a du mérite ; un peu plus de fini ne nuirait pas à ce beau travail d'ornementation qui fait l'envie de plus d'une coquette ; malheureusement M. Jacotot n'a pu achever ce qu'il avait si bien commencé, pressé par le temps.

JAILLET, rue Rameau,

DIJON.

Mention honorable.

Au milieu de l'élégante vitrine de Mme Jaillet nous voyons une magnifique marquise en soie grise, avec manche sculpté en ivoire et monture d'argent du prix de 160 fr. ; à côté s'étagent des ombrelles rose, violette, jaune, verte d'un bon goût parfait. Nous avons vu aussi quatre parapluies avec manche d'ivoire sculptés, d'un travail consciencieux. Tous ces articles de luxe gagneraient à être placés près de produits plus communs : nous ne savons trop pourquoi Mme Jaillet a négligé ce contraste.

JAVELLE, fabricant de Chaises,

RUE DES TONNELIERS, 40, CHALON-SUR-SAONE.

Mention honorable.

Les deux chaises exposées par M. Javelle sont de forme ordinaire mais à roulettes. Le dossier ainsi que le siège se plient et se renversent à terre à volonté et forment un escabeau à quatre marches. Ce nouveau modèle de chaises est d'une utilité incontestable dans un magasin de nouveauté, chez un pharmacien ou pour une bibliothèque : nous le signalons aux amateurs.

JULY, à Sombernon (Côte-d'Or).

Mention honorable.

Les meubles rustiques de M. July ont une certaine valeur artistique, mais ils sont chers : cet exposant nous a adressé cinq fauteuils de divers modèles et deux jardinières ; l'une de ces jardinières qui renferme un jet d'eau est du prix de 150 fr.

KAPP et STANDENGER, rue du Temple, 157,

PARIS.

Médaille de quatrième classe.

Voici encore de charmants meubles et des coffrets en thuia ; ils sortent, ainsi que les garnitures en bronze doré qui les accompagnent, de la maison Kapp et Standenger. Nous ne pouvons que féliciter ces exposants d'avoir confié le dépôt de leurs élégants produits à M. Hippolyte Degrond ; il les a dignement représentés.

KRANTZ (Mme Marie), rue des Novices, 12,

DIJON.

Médaille de troisième classe.

Après Mme Cappus, je donnerai la seconde place, sans hésiter, à Mme Marie Krantz pour ses charmantes fleurs artificielles ; si j'ai admiré les roses de la première, j'ai fort apprécié les délicieux buissons ou tramailles de murs édifiées avec des roses de haies et du jasmin de la seconde. — Mme Marie Krantz excelle dans les parures de mariées et les couronnes de baptême : élégance, grâce, bon goût, nous trouvons toutes ces qualités réunies dans ses charmantes productions. Je signalerai encore dans cette vitrine deux parures de bal, quatre bottes de fleurs, six bouquets divers, et une parure de mariée, montée dans un vase sous cylindre, qui, certainement, fera l'envie de plus d'une jeune fille. Je me ferai un véritable plaisir de recommander la maison de Mme Marie Krantz.

LATERRIÈRE et Cie (J. de), place du Palais-Royal, 2,

PARIS.

Médaille de troisième classe.

Les sommiers Tucker, qui ont une réputation européenne, sortent des ateliers de M. de Laterrière, de Paris. Leur solidité, leur propreté, et aussi leur démontage facile, en font un article de literie indispensable.

Correspondant à Dijon : Mme veuve LÉCHENET, place des Ducs.

LAVRAND (Jacob), négociant-fabricant,

CHALON-SUR-SAÔNE.

Médaille de quatrième classe.

Les fabricants de brosses sont peu nombreux à notre exposition ; les produits de M. Lavrand, qui ne peuvent être assimilés à ce que nous avons vu autre part, sont très soignés. Cette vitrine est pleine de brosses de nouveaux modèles. Nous ne saurions trop recommander cet industriel à MM. les marchands en détail.

LÉON (Adolphe), fabricant de Papiers peints, rue de l'Ecole-de-Droit,

DIJON.

Médaille de troisième classe.

A côté des brillantes tentures de M. Martella, les papiers peints de M. Léon palissent un peu ; cependant nous devons reconnaître que cet industriel a exposé de fort beaux papiers de sa fabrication ; ses modèles attestent du goût, les couleurs, bien que de nuances vives, ne blessent pas les yeux. Nous nous ferons un devoir de recommander les produits de M. Léon ; son industrie, dont il s'occupe avec un zèle persévérant, mérite des encouragements.

LIMONET (Alfred), fabricant de Brosses, Lons-le-Saulnier,

(Jura).

Médaille de quatrième classe.

M. Alfred Limonet, qui a succédé à M. Clertan dans la fabrication des brosses, se livre surtout au commerce des brosses de chiendent. Ces produits, d'un bas prix extraordinaire, sont d'une solidité à toute épreuve. Le choix des matières premières est excellent ; le travail de confection ne laisse rien à désirer. Aussi recommanderons-nous d'une façon toute spéciale cet exposant aux personnes qui auraient besoin de ce genre de brosserie.

MABBOUX-STROMBERG (le chevalier), avenue Montaigne, 14,

PARIS.

Mention honorable.

Le chevalier Mabboux-Stromberg expose des fleurs en cire, des truffes artificielles, qui ont le mérite d'être très ressemblantes. Ses petits souvenirs de l'exposition sont de délicieux petits pots que chacun emporte avec plaisir. La corbeille de fruits en cire de son fils est assez jolie.

MARCELLIN, chez M. Lucan, orfèvre,

DIJON.

Médaille de troisième classe.

M. Marcellin, expose divers ouvrages en cheveux qui attestent soin et solidité, deux qualités qui ne se rencontrent pas toujours dans des objets d'un travail aussi minutieux. M. Marcellin est du reste un artiste très distingué qui a publié un excellent manuel de l'artiste en cheveux, ouvrage qui lui fait le plus grand honneur.

MARÉCHAL et LEMAIRE, fabricants de Toiles cirées,

RUE DE REUILLY, 30 ET 32, BERCY, ET PASSAGE DU CAIRE, PARIS.

Médaille de deuxième classe.

MM. Maréchal et Lemaire exposent une belle collection de toiles cirées de divers modèles; les toiles pour parquets sont superbes. Nous avons à signaler également de la toile pour manteau que tout le monde a remarquée à cause de sa finesse. Cette importante maison a sa fabrique à Bercy et son dépôt général à Paris.

MARIOLLE fils, fabricant de Meubles à Saint-Quentin

(Aisne).

Médaille de troisième classe.

M. Mariolle expose un charmant bureau en loupe d'orme et bois de rose à pans coupés. Ce meuble se signale par la richesse du bois et l'élégance de la forme; il offre aussi un avantage que les amateurs apprécieront : en baissant l'abattant, la tablette se développe et les tiroirs du casier, fermés dessous par des loqueteaux, se trouvent ouverts par l'échappement de la tablette; si on redresse la fermeture, les tiroirs sont pris par les ressorts et le meuble représente alors le piano ordinaire. Les serrures construites à quatre ressorts jouant les unes après les autres par le tour de clef, sont incrochetables. Ce meuble, d'un travail fini, fait honneur à M. Mariolle; du reste cet habile ébéniste a déjà obtenu une médaille d'argent qui lui a été décernée en 1850 par l'Empereur; en 1853, à l'Exposition d'Arras, ces beaux travaux lui ont mérité une médaille de bronze. Ce sont là des titres de recommandation très honorables.

MARMORAT-BOUVET (veuve), à Cîteaux

(Côte-d'Or).

Médaille de quatrième classe.

Cette maison expose des soies préparées pour brosses et de la brosserie. La fabrication des brosses se fait dans la colonie de Cîteaux; on utilise, par ce genre de travail, le temps des jeunes détenus. La brosserie de Mme veuve Marmorat-Bouvet nous a paru bien conditionnée; nous regrettons de ne pas connaître les prix de tous ces petits articles de première nécessité.

MARTELLA, rue du Rocher, 40,

PARIS,

Médaille de deuxième classe.

La restauration des anciennes tentures dites de *Cordoue*, à laquelle se livre M. Martella depuis vingt ans, l'a mis à même de reproduire dans leurs plus minutieux détails, et avec leur caractère et leur nature, ces riches tentures qu'affectionnaient nos ancêtres, et dont la beauté et la durée étaient à peine altérées par le temps. Il a réussi par divers procédés, à imiter ces produits qui parfois offrent une réduction de 60 pour 100 sur les cuirs véritables, et sont, par ce fait même, à meilleur marché que certains papiers peints. Quant à ses productions et imitation d'anciens cuirs, ils ne laissent rien à désirer sous le rapport de leur effet et de leur nature, et la société centrale de MM. les architectes, qui a bien voulu les examiner, a appuyé ces produits de sa recommandation et d'un rapport qui en constate le mérite. M. Martella a obtenu en 1855, pour ces beaux produits qu'il perfectionne tous les jours, une mention honorable.

MEURIÉ fils, à Mâcon (Saône-et-Loire).

Mention honorable.

Près des beaux zincs de Grados, au milieu de la place d'Armes, s'élève un pavillon rustique avec table et chaises : cette construction, élégante et gracieuse, sort des ateliers de M. Meurié fils, fabricant de rustiques en tous genres, à Mâcon.

MORIZOT, fabricant de Bronzes, rue Ceriseie, 12,

PARIS.

Médaille de première classe.

Les chenets en bronze doré que présente M. Morisot sont tout simplement magnifiques. Cette important établissement s'occupe de la fabrication des galeries de cheminées, des gardes-feux, des porte-pelles et pincettes, des feux grecs, Louis XIII, etc., etc. M. Morisot avait déjà obtenu plusieurs récompenses pour ses beaux produits et notamment, à l'Exposition de 1855, une médaille de deuxième classe.

OUDIN, tapissier, rue Chaudronnerie,

DIJON.

Médaille de troisième classe.

Nous avons remarqué le lit Pompadour exposé par M. Oudin. Ce lit, élégamment garni, ne laisse rien à désirer : la coupe est excellente et l'ensemble des étoffes du meilleur goût. La teinte rosée de la doublure vient se marier agréablement avec les rideaux blancs, et les draperies, habilement disposées, tombent avec une grâce qui donne à l'agencement général un aspect de fraîcheur et de coquetterie. L'académie nationale, agricole, manufacturière de Paris a décerné à M. Oudin une médaille de distinction pour cet excellent travail.

POCHET et Cie, fabricant de Tapis à Ceyzérieu

(Ain).

Médaille de quatrième classe.

On fabrique à Ceyzérieu et Culoz, des tissus en duvet qui imitent à s'y méprendre les tapis de pelleterie ; on fabrique également des robes à volants, des doublures, des pelisses, des tapis, des couvertures de voyage, etc., etc. Le duvet ou la plume se trouvent tissés comme la laine. Aussi les moquettes, les descentes de lit, et surtout le tapis représentant la croix de la Légion d'Honneur, placé le long de l'escalier de la salle Philharmonique, envoyés par M. Pochet, attirent l'attention des visiteurs.

POINSOT, marchand de Meubles, rue de l'École-de-Droit, 54,

DIJON.

Mention honorable.

M. Poinsot expose des meubles modernes ; citons sa table portefeuille triangulaire à quatre faces, son bureau à cylindre, son fauteuil Louis XIII. Tous ces meubles sont faits dans de bonnes conditions.

RAMONET, ouvrier tapissier, rue de Ponthieu, 17,

PARIS.

Médaille de quatrième classe.

Sous un lit élégant dont les rideaux ont été cousus par une machine-couseuse, nous remarquons trois modèles de chaise-toilette exposés par M. Ramonet. Sa chaise-toilette est destinée à remplacer dans un appartement : la toilette, la table de nuit, le séchoir. — A l'état de chaise pour chambre ou de bureau, elle peut être changée de place sans danger pour les objets en porcelaine et cristaux qui y sont contenus. La nuit elle sert également de console sur laquelle on peut placer une lampe, un livre et un verre d'eau. La chaisse-toilette est un meuble très élégant qui peut très bien trouver sa place dans le plus riche salon.

REDOND, tapissier, Paris.
Médaille de troisième classe.

M. Redond expose des chaises canées, modèles riches : citons sa chaise dorée Louis XV, sa chaise Louis XIV avec petits cailloux en nacre ; des chaises anglaises à filets d'or ; des chaises dessins chinois et à fleurs, une chaise gondole à médailles en chêne, une chaise bambou. Le travail qui a présidé à la fabrication de ces divers articles d'ameublement est excellent : solidité et élégance, telles sont les qualités qui distinguent les chaises de M. Redond de Paris.
Correspondant à Dijon : M. REDOND, 26, rue Chaudronnerie.

REQUILLART, ROUSSEL et CHOCQUEEL, fabricants de Tapis,
A TURCOING (Nord), A AUBUSSON (Creuse), ET RUE VIVIENNE, 20, PARIS.
Médaille d'honneur.

Ce qui frappe tout d'abord les yeux en entrant dans la salle 28, c'est le magnifique tapis d'Aubusson, représentant le *Jardin des Amazones*, placé entre deux statues. Ce tableau en tapisserie, où tout est vivant, où la décoration du jardin sourit riante et gracieuse, a cependant un rival, c'est le panneau en tapisserie dit *Panneau de Léon X*, sorti de la même maison.
Ces deux tapis, dans des genres différents, attirent vivement l'attention des connaisseurs et font l'envie de plus d'une de nos belles dames. Malheureusement, il n'y a que bien peu de fortunes qui puissent payer à leur valeur ces splendides fantaisies artistiques. Quoiqu'il en soit, on peut dire que l'exhibition de MM. Requillart, Roussel et Chocqueel, qui sont les fournisseurs de l'Empereur et l'Impératrice, est une des plus brillantes de l'Exposition. Ces industriels, qui ont obtenu une médaille d'honneur à l'Exposition de 1855, viennent d'obtenir un rappel de cette médaille à l'Exposition de Limoges. A la suite de l'Exposition de Londres, M. Requillart, qui est à la tête de cette importante manufacture depuis trente ans, fut fait chevalier de la Légion d'honneur. Le jury de Londres s'exprimait ainsi sur les produits exposés : « Les *spécimens de tapis moquettes* exposés par MM. Requillart, Roussel et Chocqueel l'emportent sur tous les autres par la richesse artistique des dessins et la beauté des couleurs. »
Correspondant à Dijon : MOISSON, tapissier.

RIBAILLER et MAZAROZ, fabricants de Meubles en chêne sculpté,
BOULEVARD DES FILLES-DU-CALVAIRE, 20, PARIS.
Médaille d'honneur.

Si les meubles de MM. Ribaillier et Mazaroz au point de vue de la sculpture sont remarquables à tous égards, nous n'en pouvons dire autant en ce qui touche l'ébénisterie : les coupes sont faibles. Quoiqu'il en soit, dans le grand buffet étagère à chasse, natures vivantes, la sculpture est vigoureuse ; l'attitude des chiens et du singe est vraie. L'armoire à glace à deux portes pleines avec attributs emblématiques de la Diane de Poitiers est d'un style sévère ; ce meuble a un caractère de grandeur qui plaît. Toutes nos préférences se portent sur le meuble-médailler, avec crédence surmonté d'une réduction de la Diane de Gaby en bronze : la sculpture principale est d'un travail exquis. Les deux albums qui reproduisent par la photographie les modèles des meubles façonnés par MM. Ribailliez et Mazaroz complètent parfaitement l'Exposition de cette maison, qui a obtenu en 1855 une médaille de 1re classe.
Représentant à Dijon : BUFFET, rue Chaudronnerie.

ROUSSEL, rue Bourbon-Villeneuve, 37,

PARIS.

Mention honorable.

Les fleurs de M. Roussel sont placées dans une suspension et dans une jardinière; travaillées avec conscience, ces charmantes productions flattent agréablement la vue.

ROUSSELLE, doreur-miroitier, rue Saint-Nicolas,

DIJON.

Médaille de quatrième classe.

M. Rousselle expose deux glaces, cadre imitation dentelle, d'un bon modèle; citons encore une console fantaisie dorée, des cadres Louis XV, des morceaux de sculpture Louis XIV; ses deux gravures encadrées, style Louis XIV et Louis XVI, sont goûtées. M. Rousselle, dont les productions sont toujours soignées et auxquelles il sait conserver un caractère artistique, vend à des prix excessivement modérés.

SAUGET (Madame), de Besançon.

Mention honorable.

La corbeille de Mᵐᵉ Sauget, en perles de Venise, se place tout près de celle de Mᵐᵉ Demesmay. Mᵐᵉ Sauget a obtenu une médaille de l'impératrice pour ce genre de travail.

SAYSSEL et JAUGEY, rue Notre-Dame-des-Victoires,

PARIS.

Médaille de troisième classe.

Les fleurs de cette maison ne sont pas sans mérite; je signalerai un géranium et un rosier de bonne façon. Le travail en plume est à remarquer.

SERREBOURSE dit BARETTE, rue Verrerie, 41,

DIJON.

Médaille de deuxième classe.

Le bois du canapé Louis XV, exposé par M. Serrebourse, est d'un travail exquis; ses chaises du même modèle sont élégantes et bien réussies. M. Serrebourse est un ouvrier de talent qui mérite un éloge spécial.

TRIÉFUS et ELTLINGER, fabricants, rue Chapon, 11,

PARIS.

Médaille de troisième classe.

Parmi les petits meubles et objets de fantaisie qui ornaient la vitrine de M. Degrond, nous avons remarqué les produits envoyés par MM. Triéfus et Eltlinger : ce sont des porte-monnaie, porte-visites, étuis à cigarres, en écaille, ivoire et nacre, avec riches garnitures or et argent. Ces charmants petits-riens, au milieu de leur élégante vitrine, flattaient agréablement les yeux des visiteurs, et nous sommes certain qu'ils ont fait plus d'un envieux.

VALENTIN, rue Taitbout, 10,

PARIS.

Médaille de deuxième classe.

Une invention nouvelle, dont l'Exposition de Dijon a eu la primeur, c'est la table-lit. La nécessité chaque jour plus impérieuse d'économiser l'espace que nous habitons, a conduit depuis longtemps déjà les industriels à imaginer une foule de moyens pour dérober à la vue, dans le jour, les lits, ces principaux meubles de nos intérieurs. Grâce à la table-lit, cette difficulté est vaincue. Aussi ce meuble a-t-il obtenu une faveur marquée parmi les nombreux visiteurs de notre Exposition. Du reste, il faut reconnaître que le représentant de la maison Valentin expliquait avec la plus grande obligeance son système. — Nous avons à signaler la table-lit, la table-berceau, la table-lit-bureau : ces trois meubles fonctionnent avec un égal succès. Quand la table-lit est fermée, c'est, en effet, une vraie table, n'occupant pas plus de place qu'une table ordinaire (72 centimètres de hauteur, 82 centimètres de largeur et 1 mètre 15 centimètres de longueur), et se prêtant à tous les usages d'une table, dont elle offre la plus complète apparence ; quand elle est ouverte, ce qui s'exécute en moins d'une minute, c'e t un lit de près de 2 mètres de long, aussi moelleux qu'on puisse le désirer, et le plus sain de tous les lits, puisque les objets de couchage qu'il contient, sans qu'on s'en doute, sont exposés tous les jours au renouvellement de l'air.

Nous ne saurions trop recommander les meubles de cette maison qui, depuis les plus simples jusqu'aux plus riches, sont tous traités avec la même conscience.

J. VAYSON,
DIRECTEUR DE LA MANUFACTURE IMPÉRIALE DE TAPIS D'ABBEVILLE,
Fondée en 1667.

Médaille de première classe.

La France doit la création de cet établissement au ministre Colbert, qui, par les lettres patentes accordées à Philippe Le Clercq, concessionnaire primitif, introduisit en France la fabrication du tapis appelé moquette.

Philippe Le Clercq obtint d'abord plusieurs privilèges, entre autres un droit exclusif à l'exploitation de ce genre de tapis, pour vingt ans, dans tout le royaume. La manufacture d'Abbeville fut donc la première et longtemps la seule à fabriquer le genre de tapis que nous appelons moquette.

Pus tard, des établissements de même genre furent créés ; mais la fabrique d'Abbeville, grâce à l'acquit et à l'avance qu'elle avait sur eux, entra dans la voie de la libre concurrence, prit la tête de cette fabrication et la conserva depuis. La filature des laines employées, leur teinture, les dessins de tapis, en un mot toutes les diverses opérations si nombreuses et si variées qui transforment la laine brute en riches tapis, se font dans l'établissement.

Tel est l'historique de l'établissement de M. J. Vayson, dont les produits, envoyés en deux fois, ont paru à notre Exposition.

Ces produits exposés étaient ;

1° Plusieurs moquettes dessins ton sur ton et imitation de dessins turcs. Les unes et les autres sont d'une fabrication irréprochable et d'une extrême vivacité de tons. Cette maison a, du reste, une ancienne réputation méritée pour le brillant et la solidité de ses teintures. — 2° D'un tapis en velouté dessin de quatre lés d'un développement colossal, et dont les fleurs présentent autant de variété que de richesse. — 3° Plusieurs carpettes veloutées, dont l'une est la reproduction fidèle d'un tapis du levant : l'imitation intelligente des tapis d'Orient est une des vieilles gloires de la manufacture d'Abbeville. — 4° Un christ en croix, grandeur naturelle, en tapisserie et effet de grisaille. Ce morceau remarquable est un de ceux qui ont le plus attiré l'attention des visiteurs à notre Exposition. — 5° Enfin un type de tapisserie pour meubles, d'une fabrication admirablement régulière et d'une souplesse parfaite. Cette tapisserie présentait toutes les qualités d'une complète réussite que l'on trouve rarement réunies dans une étoffe à un pareil degré.

Tels sont les principaux articles exposés par M. J. Vayson.

Cette maison fabrique le tapis moquette dans ses emplois les plus divers ; les veloutés et chenille haute laine, les tapisseries, etc., etc. Elle a obtenu à toutes nos grandes expositions nationales les plus hautes récompenses, médailles d'or, etc., etc., et en 1855, à l'Exposition universelle, le jury disait dans son rapport :

« L'attention se repose avec satisfaction sur les tissus de M. Vayson;— de belles
» moquettes, de très-beaux tapis veloutés composent l'exposition de M. Vayson.
» Son tapis, semé de bouquets, est très remarquable, ainsi que ses beaux tapis
» rouge et noir, vert et noir et imitation turque.
Correspondant à Dijon : OUDIN tapissier.

VERSEY, curé à Bussy-la-Pesle
(Côte-d'Or).

Mention honorable.

Les meubles rustiques de M. Versey, curé de Bussy-la-Pesle, sont bien faits. Ils
attestent une imagination riche, un goût exquis et beaucoup de patience. En effet, le
secrétaire exposé par M. Versey est composé de 6,000 pièces, dont chacune est une
pensée artistique, et, nous ajoutons, un souvenir de cœur.

VRIGNAUD, TERRAL et PITETTI, fabricants de Meubles sculptés en chêne de tous styles,
BOULEVARD BEAUMARCHAIS, 84, ET RUE AMELOT, 73, PARIS.

Médaille de première classe.

Nous avons une préférence marquée pour les meubles en chêne sculpté de cette
maison. Le travail comme ébénisterie et sculpture est parfait. Quoi de plus simple et
de meilleur goût que cette bibliothèque? Où trouver des sculptures mieux finies et une
composition mieux appropriée que celle de ce buffet étagère? Les natures vivantes et
les natures mortes y sont traitées avec un cachet de bon goût que l'on ne retrouve que
dans les meubles de cette maison.

Pendant que M. Vrignaud s'occupe de la vente, M. Terral, qui est menuisier et ébéniste, fait exécuter les dessins de M. Pitetti qui est tout à la fois dessinateur et sculpteur. Donner du travail bien fait et à bon marché, tel est le but que poursuit
l'association de ces trois travailleurs, et pour y atteindre ils n'ont rien négligé. Tour à
tour ils conduisent les travaux de l'atelier, étudiant toujours les moyens les plus
propres à livrer des meubles soignés et finis, et à satisfaire leur nombreuse clientèle.

Nous regrettons que ces industriels aient été avertis trop tard de l'ouverture de notre
Exposition; ne pouvant se présenter avec toutes leurs forces, ils ont été obligés de
prendre au hasard dans leurs magasins des meubles destinés non pas à une exposition,
mais à la vente ordinaire. Espérons qu'à une de nos prochaines Expositions l'association ne sera pas prise au dépourvu.

Ont exposé :

BAUDOT, à *Charrecey* (Saône-et-Loire) : deux guéridons mosaïques, imitation de marbre (voir 10e et 13e classe); — BUFFET-HERVOIT, *rue du Gaz, 2, Dijon* : un billard, jeu d'adresse; — CULTER (Thomas) *de Londres, à Dijon*, une chaise; —
GACHE, *rue de Bussy, 25, Paris* : des sommiers et canapés élastiques; — MIMEURE,
ébéniste à Beaune : un modèle d'assemblage pour remplacer les vis de lit; — MOLOT-
LACROIX, *à Vernot* : des meubles rustiques, secrétaire, jardinière, table, bancs et
fauteuils; — ROCHE fils, *rue des Forges, Dijon* : un cadre; — THÉVENY, *tapissier,
rue Saint-Nicolas, Dijon* : deux fauteuils; — BERGER, *concierge de l'Ecole des
Beaux-Arts, Dijon* : tronc attrape-voleur. — BERGERET, *place Royale, 22, Paris* :
des sommiers élastiques en sangle et caoutchouc; — BERNARD, *à Charolles* : meu-

bles de jardins en fer ; — Borel, *quai de l'Ecole, 10, Paris* : des bancs de jardins en fonte et en chêne ; — Coquerel, *à Plombières-les-Dijon* : un jeu de palets ; — Farjat, *négociant à Rouen* : des décrottoirs-brosses ; — Frangin aîné, *quai Valmy, 89, Paris* : un tapis de billard ; — Mary, *marchand tapissier à Nancy* : un sommier élastique ; — Morin frères, *à Amboise* : des tapis haute laine ; — Pitolet, *rue des Etioux, 6, Dijon* : un tapis composé de 26,000 pièces de drap de diverses couleurs ; — Sallandrouze et Cie, *à Aubusson* : des tapis moquette française imprimée ; — Schwartz et Huguenin, *manufacturiers à Mulhouse* : des impressions pour meubles et tentures (voir 6° classe) ; — Tétard, *à Beauvais* : des tapis moquette française imprimée ; — Tournier, *à Chalon-sur-Saône* : une machine à fabriquer les fonds de papiers peints et les papiers de fantaisie ; — Wolff, *tailleur, rue Notre-Dame, 22, Dijon* : deux cages mécaniques ; — Barrié (Claude), *rue Chabot-Charny* : divers ouvrages en cheveux ; — Becker, de Walsch et Valbrystal : un presse-papier ; — Belfin, *rue Porte-d'Ouche* : des ouvrages en cheveux ; — Bizot fils, *rue Chabot-Charny* : une boîte à ouvrage et deux pupitres, incrustation de Sumatra ; — Bonod, *rue du Temple, 153, Paris* : des portefeuilles et portes-monnaie ; — Bourgeois, *rue Montmorency, Paris* : des cannes et cravaches ; — Boyer, *rue Guillaume, Dijon* : des ouvrages en cheveux ; — Brocard, *rue Bossuet, 24, Dijon* : des pipes et porte-cigarres ; — Bur et Cie, *rue Montmorency, 19, Paris* : des pipes-racine ; — Cappe (Stéphanie de) : des coffrets et écrans, imitation de chêne sculpté ; — Coste, *rue Saint-Denis, 279, Paris* : bourses, sacs à tabacs et articles de fantaisie (voir 6° classe) ; — Degrond, *rue Chabot-Charny, 10, Dijon* : albums, tableterie et coffrets ; — Devillers (Ernest), *à Mulhouse* : des portefeuilles, serviettes pour notaires, etc., etc. (voir 4° classe) ; — Diehl, *rue Michel-le-Comte, 19, Paris* : des petits meubles en chêne et application galvanoplastique ; — Dupuy, *montée du Grand-Chaulmes, 1 bis, Lyon* : fleurs à l'aquarelle ; — Follot, *rue Condé, Dijon* : ouvrage en cheveux (voir 7° classe) ; — Fourot-Lambert, *rue Royale-Saint-Honoré, 19, Paris* : de la tableterie, jeux, verrerie et articles de fantaisie ; — Gevelot, *rue Notre-Dame-des-Victoires, 30, Paris* : articles de chasse ; — Jubard, *à Saint-Claude (Jura)* : des tabatières ; — Leblanc et fils, *rue Chapon 25, Paris* : encriers et groupes bronze et marbre ; — Maitre (Antoine), *à Dijon* : albums, portefeuilles, buvards, carnets, etc. (voir 4° classe) ; — Maréchal, *rue des Gravilliers, 24, Paris* : caves à liqueurs ménagères en thuia et oliviers d'algérie, thuia brut et loupe de thuia ; — Martin, *rue Chapon, 3, Paris* : étuis à cigarres et portes-monnaie ; — — Rossignol, *rue des Canettes-Saint-Sulpice, 7, Paris* : des fleurs ; — Mme Sauvageot, *à Besançon* : des fleurs ; — Mme Tissier, *maîtresse de pension à Dijon* : deux orangers artificiels en cire ; — Latour-Gabriel, *à Saint-Romain (Côte-d'Or)* : pipe fantaisie en bois ; — Cellery, *décorateur, à Chalon-sur-Saône* : des papiers de tenture et baguettes dorées pour décoration ; — Juguet, *de Lyon* : des tables et chaises pour jardins et cafés ; — Ravina, *33, rue Piron, Dijon* : des cages en fil de fer.

SIXIÈME CLASSE.

TISSUS ET ARTICLES DE VÊTEMENTS.

Matières premières préparées —
Tissus, Châles, Rouennerie — Modes, Dentelles, Broderies, Tapisseries —
Vêtements confectionnés — Gants et Chaussures —
Chapellerie et Fourrures — Machines servant à la confection des Tissus,
et Objets divers.

NOMBRE DES EXPOSANTS. 140
PRODUITS EXPOSÉS. 170

COMPOSITION DU JURY.

PRÉSIDENT : M. J. Dollfus, manufacturier à Mulhouse, ancien membre du jury international de l'Exposition universelle de 1855.
VICE-PRÉSIDENT : M. Poisot père, ancien filateur.
SECRÉTAIRE : M. Chevrier-Laurent, négociant à Chalon-sur-Saône.
MEMBRES : MM. F. Aubry, ancien membre du jury central des Expositions françaises et du jury international aux Expositions universelles de Londres 1851 et de Paris 1855 — Chocqueel, manufacturier à Paris — Dunoyer, banquier — Dusautoy, tailleur de S. M. l'Empereur — Fleury de Lestang, négociant à Lyon — J.-M. Forest, négociant à Chalon-sur-Saône — Frérot, manufacturier à Troyes — Gullimat, ancien cordonnier — Lecot, filateur de laine à Paris — Poupard fils, chapelier à Dijon — Ch. Vincent, rédacteur du *Moniteur de la Cordonnerie*.

ABRAND-GALLIMARD, filateur à Courtivron
(Côte-d'Or).
Médaille de première classe.

Voici un industriel sérieux et dont les produits méritent d'être signalés d'une façon toute particulière à l'attention des visiteurs. M. Abrand-Gallimard expose la série des préparations de sa filature, depuis le coton brut jusqu'au n° 50 : coton brut, cardé,

4

laminé ; bancs à broches demi-gros et gros ; bancs à broches en fin, nᵒˢ 22, 35 et 40 ; bobines de 25 à 50 ; chaînes du nᵒ 3 à 40 ; retors deux fils de 16 à 35 ; canettes nᵒˢ 40 et 45. La trame 40 et la chaîne 30, en paquets, sont signalés par les connaisseurs comme un travail hors ligne. Nous trouvons encore des mèches Souboujac pour chandelles, du coton peloté blanc de 10 à 12 fils, de beaux cardés en nappes, et de la toile en coton croisé chaîne fil en pièces, dite cretonne. Tous ces articles sont de choix.

Maintenant, entrons dans quelques détails sur la filature de coton de Courtivron : la date de sa fondation remonte à 1794. Après avoir pris un assez grand développement sous la direction de M. Poisot, son second directeur, elle est passée, en 1842, entre les mains habiles de M. Abrand-Gallimard, le propriétaire actuel. — Cet industriel a su élever la production jusqu'à environ 500 kil. par jour, toujours assez heureux pour maintenir, sinon agrandir la bonne réputation acquise par ses prédécesseurs. Cette filature, remontée entièrement à neuf d'après les meilleurs systèmes, est mise en mouvement par une turbine de 50 chevaux, de la construction de M. André Kœchlin, de Mulhouse ; elle emploie régulièrement de 140 à 150 ouvriers. Les produits de M. Abrand-Gallimard peuvent entrer, pour leur excellente qualité, en concurrence avec ceux des meilleures filatures. Nous ne pouvons que féliciter hautement M. Abrand-Gallimard de tous les efforts tentés et obtenus par lui en vue de la prospérité d'un établissement important qui fait la richesse d'un pays, en assurant du travail à ses nombreux ouvriers.

ADNOT, cordonnier, rue des Forges, 25,
DIJON.

Médaille de quatrième classe.

M. Adnot fabrique spécialement la chaussure plissée pour hommes ; nous signalerons ses souliers plissés à talons carrés, ses escarpins plissés, ses escarpins-bottines d'un joli modèle.

Ch. ADOLPHE, manufacturier à Mulhouse
(Haut-Rhin).

Médaille de deuxième classe.

La manufacture Ch. Adolphe a envoyé à notre Exposition des coupons en satin et des damas laine et soie qui attestent un soin de fabrication excessif. Ces produits sont remarquables par leurs nuances bien tranchées et leur solidité. La maison Adolphe, une des plus importantes de Mulhouse dans sa spécialité, a obtenu en 1851, à Londres, et et 1855, à Paris, la médaille de première classe.

BATAILLON, cordonnier, rue du Bourg, 52,
DIJON.

Médaille de troisième classe.

M. Bataillon, cordonnier à Dijon, a la réputation de faire de la bonne chaussure, élégante et soignée : ses prix n'ont rien d'exagéré. Il expose de la chaussure, pour hommes et pour femmes, en tous genres. Ses chaussures imperméables n'ont pas de rivales. Le soulier en vernis, placé dans une cuvette d'eau depuis un mois, n'est pas même humide. Nous recommandons d'une façon spéciale cet industriel à toutes les personnes qui veulent être bien et sainement chaussées.

BELIME-BERNARD, rue Rameau, 3,
DIJON.

Médaille de quatrième classe.

Cette maison, depuis longtemps avantageusement connue à Dijon, livre des produits dont personne ne saurait discuter le mérite. A côté des articles de bonneterie les plus variés, M. Belime-Bernard a su créer une spécialité qu'il fait confectionner lui-même. Industriel habile et intelligent, il livre des jupons à ressorts et en crinoline, exclusivement la propriété de la maison ; ses gilets de flanelle et camisoles de santé, qui ne peuvent se rétrécir, sont fort appréciés ; enfin il se charge de la confection des chemises. Les devants de chemises en percale et en toile exposés, sont très gracieux ; le travail en est fini et achevé. Je ne parlerai pas de cent produits divers qui se trouvent dans la vitrine de M. Belime-Bernard ; tous les articles qu'il livre au commerce sont, avec sa loyauté habituelle, placés sous le nom du fabricant.

BÉLORGEY, fabricant de Chaussures, place Darcy,

DIJON.

Médaille de troisième classe.

La jolie vitrine à huit pans de M. Bélorgey contient de charmants articles de chaussures confectionnées de tous modèles, pour hommes, femmes, enfants. Si ces produits sont aussi solides et bon marché qu'ils sont élégants, ils feront le bonheur de plus d'une mère de famille. M. Bélorgey est le seul qui fabrique à Dijon la chaussure sur une vaste échelle, et qui livre autant d'articles variés au commerce ; on tiendra certainement compte à cet industriel d'avoir donné à la chaussure de Dijon une si large extension.

BERNARD (Mlle Cladie), lingère,

BEAUNE.

Mention honorable.

Mlle Bernard expose une robe de baptême d'un bon travail et qui prouve que cette lingère a un goût égal à son savoir-faire.

BEUCHOT sœurs (Mlles), rue Montmartre, 167,

PARIS.

Médaille de troisième classe.

Les dessins des broderies exposées par Mlles Beuchot sont de leur composition : leur lingerie montée est faite avec un soin extrême ; nous signalerons la confection des canezous et des fichus en mousseline et valenciennes d'un travail excellent. Les toilettes de nuit sont ravissantes de fraîcheur ; les bonnets et mouchoirs avec valenciennes sont parfaitement réussis. Ce qui caractérise surtout l'ensemble de cette exposition de lingerie, c'est la finesse délicate des broderies qui lui donne le cachet parisien si recherché des élégantes.

BILLIÉ-VILLIARD, place d'Armes, 10,

DIJON.

Médaille de troisième classe.

M. Billié-Villiard nous présente des couvertures de chevaux et des étoffes pour tapis sortant de sa fabrique. Les couvertures pour chevaux et limousines sont de 25 modèles différents : les prix varient selon les qualités, de 2 fr. 65 à 4 fr. 65. Nous remarquons 5 espèces de tapis pour escaliers du prix de 4 fr. 15 à 4 fr. 25. Tous ces produits sont recommandables et répondent dignement à l'importance de cet établissement.

BIZOT-ESPIARD, fabricant de Casquettes, rue Berbisey, 8,

DIJON.

Médaille de quatrième classe.

Cet industriel expose de jolis modèles de casquettes en tous genres. Nous retrouvons dans cette vitrine depuis la casquette la plus élégante en drap fin, jusqu'à la casquette la moins façonnée. A côté des casquettes de service, nous retrouvons des képis, des toques écossaises, des bérets, des calottes ornées pour enfants, etc., etc. Les produits de M. Bizot-Espiard, qui a donné une grande extension à son industrie, sont fort appréciés des commerçants en détail, auxquels il livre meilleur marché que le commerce parisien.

BLANCHET, négociant, Paris.

Mention honorable.

L'exposition de M. Blanchet est très satisfaisante : elle était digne en tous points de la récompense obtenue.

BOMANN, pelletier, place Saint-Jean,

DIJON.

Médaille de quatrième classe.

Nous voyons dans la vitrine de M. Bomann des pardessus pour dames en martlie et vison du Canada, des peaux de marthe et de vison non travaillées, des berthes, des manchons, des poignets en fourrures. A côté de ces splendides fourrures, nous devons encore signaler des paletots en poils de chèvre pour hommes et des tapis en fourrure d'un travail bien entendu.

BORNIER, cordonnier, rue Condé, 5,

DIJON.

Médaille de troisième classe.

M. Bornier, de Dijon, expose de la chaussure de bonne qualité pour hommes et pour femmes; nous avons remarqué ses bottines vernies, ses souliers cuir russe, ses bottines et souliers en satin blanc, pour femmes.

BOUREAU fils (Cyrille), filateur à Amboise
(Indre-et-Loire).

Médaille de troisième classe.

La fabrique de laines à tricots de M. Boureau a envoyé à l'Exposition des laines filées en écheveaux et en pelotes. Nous avons à signaler des laines mérinos écru noir et blanc à 4 fils ; des laines fines noires et blanches, 5 fils ; des laines bleues fines écrues ; des blanches grasses ; des mérinos blanc gras. Le mérinos bleu, la laine noire fine, contiennent 20 pelotes au kilo ; le mérinos blanc et le gris assortis, 10 pelotes, le mérinos noir, 16 pelotes, etc., etc. Les produits de M. Boureau sont bien conditionnés et de qualité.

BOURGEOIS frères, rue Neuve-Saint-Eustache, 23,

PARIS.

Médaille de troisième classe.

MM. Bourgeois frères ont une magnifique exhibition de châles qui ne contribuaient pas peu à orner la vitrine de M. Chatouillot. Ces produits sont de choix et vraiment dignes d'attention. La forme des tissus, la variété des dessins, les nuances toujours heureuses en font des articles de bon goût et de qualité. Du reste, cette honorable maison jouit d'une réputation justement méritée par l'importance des affaires traitées par elle dans toute la France et à l'Etranger.

Correspondant à Dijon : CHATOUILLOT, rue Bossuet.

BOUTARD et LASSALLE, rue des Fossés-Montmartre, 21,

PARIS.

Médaille de troisième classe.

Ce sont encore des châles auxquels M. Chatouillot a offert un asile dans sa vitrine. Le patronnage de l'Ours-Blanc ne saurait nuire à MM. Boutard et Lassalle auprès des

Dijonnais; d'ailleurs leurs articles se recommandent d'eux-mêmes aux connaisseurs. Cet établissement avait déjà obtenu à l'Exposition de 1844 une médaille de bronze, et à celle de 1849 une médaille d'argent.

Correspondant à Dijon : Chatouillot, rue Bossuet.

BOUVIER, à Vienne (Isère).

Médaille de deuxième classe.

M. Bouvier est le seul exposant de draps que nous puissions signaler à l'Exposition de Dijon ; la draperie, nous ne savons trop pourquoi, fait défaut. M. Bouvier expose des nouveautés pour paletots et pantalons en draps cuirs-laine. Nous devons mentionner son drap pour manteaux de dames, vendu avec exclusion à MM. Ligois et Cᵢₑ de Paris. Cette maison, qui occupe une place importante dans l'industrie viennoise, a obtenu pour ses produits une mention honorable à l'Exposition de 1855.

BRÉARD jeune, fabricant de Cardes, à Grand'-Couronne,

près ROUEN.

Médaille de deuxième classe.

M. Bréard, qui a obtenu pour ses beaux produits une médaille en 1857, expose des cardes à coton, laine et soie, qui méritent d'attirer l'attention des connaisseurs. Le département de la Seine-Inférieure compte beaucoup de fabriques de ce genre, et certainement celle de M. Bréard est une des plus en renom.

BRUNERYE (Mᵐᵉ), rue des Forges, 19,

DIJON.

Médaille de quatrième classe.

Mᵐᵉ Brunerye, une de nos bonnes corsetières, expose des corsets de différents âges et de différentes tailles. Comme exécution, le travail ne laisse rien à désirer. Aussi avons-nous été vivement surpris du bon marché étonnant de tous ces articles dont la confection est si bien réussie.

BUIRETTE, THIAFFAIT et FARAGUET, filateurs,

DIJON.

Médaille de première classe.

Lorsque vous entrez dans le magasin d'un marchand de laine et que vous achetez les pelotes nécessaires à la confection de vos bas, vous marchandez d'abord, puis, votre prix débattu, vous payez sans vous occuper un seul instant des préparations qu'ont subi les matières cardées ou peignées que vous allez employer. C'est un tort. Lorsqu'on possède aux portes de la ville un établissement de filature comme celui de MM. Buirette, Thiaffait et Faraguet, on se doit à soi-même de le visiter et de se rendre compte par ses propres yeux des travaux très intéressants qui s'y font journellement.

C'est au faubourg d'Ouche, près du pont des Tanneries, que s'élèvent les bâtiments de cette belle filature qui occupe de 120 à 140 ouvriers et ouvrières. Tout le travail s'exécute là, si l'on en excepte le pelotonnage. Une machine à vapeur de la force de huit chevaux, en concurrence avec une roue motrice desservie par l'eau, met en mouvement toute la filature. Après avoir subi les opérations du lavage, du dégraissage, la laine est placée sur les séchoirs ; de là, pour enlever les corps sales qui pourraient y adhérer, elle va sous la batteuse. La laine passe encore par trois cardes ; sortie des cardes, elle est placée sur un premier métier-fileur, puis sur un second que l'on pourrait appeler surfileur. Un homme et un enfant suffisent à la marche d'un métier-fileur de 150 broches ; c'est sur ces broches que sont adaptées les bobines où s'enroule la la laine qui subit encore d'autres opérations avant d'arriver en écheveaux. Alors commence le travail de teinture et de dégraissage qui offrent, pour obtenir de bons résultats, bien des difficultés. M. Vincent, qui dirige avec habileté les différents services de la filature, nous a détaillé, avec la plus grande obligeance, toutes ces opérations ; aux explications qui nous ont été données, nous avons reconnu de suite l'homme intelligent qui a mis tant d'ordre dans la distribution des travaux multiples dont la surveillance lui a été confiée.

Notre intention n'est pas de faire ici l'éloge des produits de la maison Buirette, Thiaffait et Faraguet, car maison et produits sont bien connus du commerce. Depuis 1811, époque à laquelle remonte la création de la filature de M. Thiaffait père, l'établissement ne fit que prendre de l'extension ; aujourd'hui, cette filature, qui a des métiers complètement neufs, fabrique 300 kil. par jour, et encore cette production ne peut suffire à toutes les demandes qui sont faites. Les visiteurs qui ont examiné la vitrine de MM. Buirette, Thiaffait et Faraguet, y ont vu des produits de choix et de qualité. — En écheveaux et en pelotes, nous citerons les laines mérinos, métis, mi-fin, ordinaire, mi-commun et commun, dégraissée et non-dégraissée ; par un effort de travail qui mérite d'être signalé, nous voyons là du mérinos filé à 46,000 mètres au lieu de 32,000 ; la 1re qualité est filée à 36,000, la 2e à 26,000, la 3e à 18,000 mètres ; dans le compartiment du milieu se trouvent des laines en cardes, en fusées, en canelles, en pelottes et peignées, d'une blancheur éblouissante. Les produits de cette maison ont déjà obtenu une médaille en 1837, à l'Exposition de Dijon.

BUSSY frères, à Dole (Jura).
Médaille de troisième classe.

Voici de la chaussure bon marché. MM. Bussy exposent des bottines et des souliers bien travaillés, que l'on ne pourrait peut-être pas trouver à Dijon à un semblable prix. Pour ne citer qu'un article, nous signalons aux amateurs une paire de bottines pour hommes, du prix de 15 fr.

CADOT, ouvrier en Soie, rue Impériale,
LYON.
Médaille de première classe.

Il y a quelques années, un nommé Bonelli avait eu l'idée d'appliquer l'électricité au tissage des étoffes, mais il avait été obligé de changer le métier en usage dans les fabriques pour en faire un qui puisse s'approprier à son système. Son invention a été reprise et perfectionnée par M. Cadot, ouvrier en soie, qui, aujourd'hui, expose une machine à tisser dans laquelle l'électricité joue le rôle de l'ouvrier, en le remplaçant.

La description du métier de M. Cadot est excessivement simple lorsque l'appareil se trouve placé sous les yeux du spectateur. Quatre éléments Bunsen mettent en mouvement un électro-moteur. La bielle, qui est reliée à un balancier, communiquant avec les éléments Bunsen, correspond à un arbre rompu, portant le distributeur de l'électricité. A cet arbre est adapté une poulie de laquelle dépend un engrenage portant, au moyen d'un rouleau, quatre tiges terminées par des galets qui passent successivement sur la *marche* du métier. Tous les mouvements partent de cette marche ; ils sont au nombre de six : le premier fait le dessin ; le second, au moyen de la navette, fait passer la trame ; par le troisième est mu le battant qui réduit le tissu ; par le quatrième, le régulateur qui tourne l'étoffe est mis en marche ; le cinquième règle la distance du tissu ; le sixième et dernier mouvement arrête de suite la marche du battant, dans le cas où, pour une cause imprévue, la navette s'arrêterait. Ce métier, qui est construit en grand à Lyon, est appelé à rendre d'éminents services à l'industrie des tissus; il diminuera le travail de l'ouvrier, et la production sera considérablement augmentée.

CALLEBAUT, propriétaire-constructeur, rue de Choiseul, 6,
PARIS.
Médaille de première classe.

Les machines à coudre américaines système de M. J.-M. Singer, de New-York, qui ont obtenu à l'Exposition universelle de 1855 une médaille de 1re classe, fonctionnaient tous les jours à notre Exposition. Les principaux avantages présentés par ces machines sont ceux-ci : elles peuvent s'appliquer à toutes espèces d'ouvrages à coudre, quels que soient la forme, le tissu ou la matière. Se divisant en système à un seul fil et en un système à navette deux fils, on peut faire à la fois l'ouvrage gros et fin, changer la longueur du point à volonté, faire toutes coutures droites ou courbes avec une parfaite facilité. La machine Callebaut produit le travail de dix à douze fois celui de la main. Les prix, suivant les dimensions de longueur, varient de 750 à 950 francs.

CAZABAN, manufacturier à Tarare (Rhône).

Médaille de troisième classe.

M. Cazaban a envoyé de charmants modèles de robes mousseline haute nouveauté ; elles sont à deux, trois et quatre volants ; les couleurs et les dessins flattent agréablement l'œil : le violet, le rose et le bleu se disputent la palme. Ces robes, qui ont fait l'envie de plus d'une visiteuse, étaient du prix de 27 à 35 fr.

M. Cazaban présentait aussi des rideaux brodés placés dans les escaliers-pavillons, qui se signalaient par l'heureux choix et la variété des dessins.

Représenté par HELUIN et GABET, rue Musette, 2.

CAZANAVE (Jules) et Cⁱᵉ, filateur,
CARCASSONNE (Aude).

Hors classe.

L'établissement de M. Jules Cazanave et Cⁱᵉ, de Carcassonne, nous a envoyé des laines peignées de premier choix. Dans les usines à vapeur Sainte-Marie, le lavage et le peignage se font à la mécanique. Cette maison travaille principalement les laines d'Afrique et celles des contrées méridionales. L'établissement, qui possède son usine à gaz pour son éclairage, est mû par des machines à vapeur de la force de 40 chevaux. Il occupe de 300 à 350 ouvriers, tant pour le peignage des laines que pour la filature des laines cardées. Ces beaux produits avaient obtenu, en 1855, une médaille de deuxième classe.

CHATOUILLOT, rue Bossuet, 10, A L'OURS BLANC,
DIJON.

Médaille de troisième classe.

M. Chatouillot est trop connu à Dijon et les produits de sa maison sont trop appréciés pour que nous en fassions un long éloge. Toutefois, nous devons mentionner les vêtements confectionnés pour dames dont nous avons remarqué des échantillons dans sa vitrine. Ces échantillons se font remarquer par leur élégance et attirent toujours l'attention du visiteur. La fabrication des confections pour dames était une industrie ignorée à Dijon il y a quelques années encore. Chaque magasin, pour donner une faible idée de la mode, faisait l'acquisition d'un nombre fort restreint de modèles. M. Chatouillot a eu l'heureuse initiative de monter en grand une fabrication de confection, et le succès le plus complet n'a pas tardé d'amener cette maison à faire des agrandissements, chaque année, dans le comptoir de confections. Le magasin de M. Chatouillot est, du reste, un des mieux achalandés de Dijon, et il soutient à l'Exposition sa bonne réputation.

CHOISNET père et fils, fabricants de Toile,
A FRESNAY-SUR-SARTHE.

Mention honorable.

MM. Choisnet, confiant dans le mérite de leurs produits, exposent simplement des échantillons avec les prix de chaque article ; signalons la toile pur chanvre fil, filé à la main, à 1 fr. 55 le mètre ; des toiles fil blanc de 1 fr. 40 à 2 fr.; des serviettes blanches de pré à 18 fr. la douzaine ; de la toile blanche de pré à 3 fr.; de la toile blanche de pré, fil maréchal, à 5 fr.

CLOUARD-MASSON et Cie, à Lisieux
(Calvados).
Médaille de première classe.

Cet industriel fabrique et blanchit de la toile qui est fort estimée. Nous avons à signaler dans les produits exposés et vendus à M. Chauvelot-Girard, de Dijon, une chaîne de 11,200 fils sur 2m 35. La maison Clouard-Masson, une des plus importantes de Lisieux, possède un magnifique établissement qui occupe un nombre d'ouvriers considérable. Ses produits jouissent d'une légitime réputation sur nos principaux marchés et dans nos grands centres industriels.

COQUIBUS aîné, rue Saint-Nicolas, 18,
DIJON.
Médaille de troisième classe.

La petite vitrine de M. Coquibus contient des visières de casquettes en tous genres; ces produits fabriqués avec soin ont un excellent cachet de distinction. Cette maison s'occupe également des articles pour chapellerie, tels que dessins de képis et de shakos, brides de cou, courroies, ceintures, etc., etc. Cette industrie, unique dans son genre à Dijon, méritait à juste titre la distinction dont le jury l'a honorée.

COSTE (Mme), rue Saint-Denis, 279,
PARIS.
Mention honorable.

Mme Coste expose de la lingerie, des dossiers de fauteuil au crochet, des coiffures de dames, des bourses, sacs à tabac et articles de fantaisie. L'heureuse réussite de tous ces objets a valu à Mme Coste une mention honorable.

COTTÉ, sabotier à Arc-sur-Tille,
(Côte-d'Or).
Médaille de quatrième classe.

M. Cotté d'Arc-sur-Tille expose de bonnes paires de sabots qui trouveront des acheteurs. Cet exposant a compris qu'avant de faire de la fantaisie il fallait présenter de l'utile.

COURTE-MARÉCHAL, rue Bossuet, 29,
DIJON.
Médaille de deuxième classe.

Voici un industriel comme nous aimons en rencontrer. Ce qui sort de ses ateliers est fini, achevé : coupe excellente, travail soigné, rien n'est négligé par M. Courte, pour donner à ses produits cette élégance, ce cachet de bon goût qui font rechercher si avidement sa chaussure. M. Courte-Maréchal est le cordonnier à la mode à Dijon, comme Molière à Paris ; tous les gens de bonne compagnie et la fahsion ont adopté sa maison pour la fourniture de leurs chaussures. D'après les différents articles exposés par M. Courte-Maréchal, nous devons reconnaître qu'il soutient dignement sa réputation.

CROMBACK (Victor), rue Condé,
DIJON.
Mention honorable.

Les costumes de M. Victor Cromback, que l'on est si heureux de trouver au moment du carnaval et des soirées travesties, sont parfaitement en vue sur l'escalier de la salle Philharmonique. Un costume de *Fra Diavolo* par sa coupe élégante, sa fraîcheur, attire surtout l'attention des amateurs. On sait que le garde-meuble du théâtre de Dijon , si riche et si bien entretenu , est la propriété de M. Cromback.

DELOMBAERDE, rue du Renard-Saint-Méry, 10,

PARIS.

Mention honorable.

La chaussure pour dames et enfants de M. Delombaërde est très élégante et possède toutes les qualités qui signalent la chaussure de Paris. Cet industriel , en envoyant ses produits à l'Exposition de Dijon, a voulu montrer qu'il ne redoutait pas la concurrence de nos fabricants de chaussures.

Correspondant à Dijon : DÉSOGÈRE-MORIUS.

DESCHAMPS frères, teinturiers à Saint-Léger-du-Bourg-Denis (Seine-Inférieure).

Médaille de troisième classe.

Dans une petite vitrine située à gauche en entrant dans la salle 10 , vous apercevez trois bandes d'étoffes teintes : ce sont les produits de la maison Deschamps. MM. Deschamps sont parvenus à résoudre le problème de la teinture en noir grand teint à bon marché. Des essais ont été faits sur les teintures de ces industriels : ils ont démontré qu'elles résistent parfaitement à l'action de l'eau de savon et de l'eau de soude ; que des bains faibles d'acide sulfurique et d'acide chlorhydrique les altèrent très peu ; qu'enfin l'action de l'eau de chlore les attaque, mais faiblement et seulement après une immersion prolongée. Cette solidité est due à la combinaison de deux couleurs pour obtenir le noir. L'une d'elles est une matière tinctoriale à bon marché, l'autre une substance de première qualité d'un prix relativement plus élevé. Toutefois, sans altérer la solidité de leur noir, MM. Deschamps sont parvenus à mettre leurs teintures à un prix excessivement minime.

Cette maison fait la teinture en rouge andrinople et toutes les couleurs grand teint et petit teint, le chinage dans toutes ses variations, le blanchîment, l'encollage et le commerce des cotons filés et teints. Situé à la tête d'un cours d'eau d'une pureté admirable, cet établissement, un des plus beaux de la Seine-Inférieure, se trouve placé dans des conditions tout exceptionnelles pour la réussite de ses produits.

La Société libre d'émulation du commerce et de l'industrie de la Seine-Inférieure a décerné à MM. Deschamps, en 1856, une médaille de bronze et une médaille d'argent ; en 1857, une grande médaille d'argent ; en 1858, le jury de l'Exposition de Dijon leur a accordé une médaille de troisième classe.

DIXON et Cie, à Sotteville-lez-Rouen.

Médaille de première classe.

M. Dixon expose des cardes à laine et à coton qui attestent une bonne fabrication. Cette vitrine est vraiment curieuse à examiner à cause de la variété des plaques exposées. Du reste, le renom de la maison Dixon est parfaitement établi par la supériorité de sa fabrication de cardes en tous genres. Cet établissement s'occupe aussi de livrer à la consommation des peignes d'acier, Gills, etc.; et, à ses propres produits, elle a joint des dépôts de cardes anglaises et de pointes d'acier.

DOLLFUS, MIEG et Cie,

MANUFACTURIERS A MULHOUSE (Haut-Rhin).

Hors Concours.

Les produits qui sortent de la maison Dollfus sont innombrables ; vouloir les apprécier tous à leur juste valeur, est chose impossible. Ces exposants ont deux vitrines : celle des tissus blancs est placée dans la salle de la Société Philharmonique ; dans la salle des Beaux-Arts industriels se trouve celle des tissus imprimés et châles sortis des mêmes ateliers.

Les fabriques de MM. Dollfus, Mieg et Cie sont très importantes, et marchent à la tête des premiers établissements de l'Alsace. Nous regardons donc comme une bonne fortune pour notre Exposition de voir de semblables industriels ne pas craindre de se déranger, malgré des frais coûteux, pour apporter leur concours à notre tournoi industriel. Est-ce une médaille ou un rappel de médaille qui a poussé la maison Dollfus à nous envoyer ses magnifiques produits? Non, certes : elle a voulu tout simplement que, dans un concours comme celui qui vient de s'ouvrir, les manufacturiers et industriels alsaciens soient dignement représentés. Nous ne saurions donc trop féliciter MM. Dollfus, Mieg et Cie d'avoir exposé.

Nous citerons pour mémoire, parmi les articles exposés dans la vitrine de la salle Philharmonique, du coton d'Algérie pour trames et pour chaînes, du fil d'Alsace chaîne et trame, du coton écru d'Algérie pour broder, tous les produits de filature en blanc et couleurs, tels que cotons, fils, cordonnets. Dans le fond de la vitrine, nous avons à signaler des tissus écrus, de charmants tissus blancs pour rideaux; sur le devant, des tissus caoutchouctés de toutes espèces, appelés à rendre les plus grands services à l'industrie. Les tissus et les châles de la salle 10, comme tout ce qui sort de cette manufacture sont si remarquables qu'il est inutile d'en faire un long éloge. Les produits fabriqués par MM. Dollfus, Mieg et Cie ne sont plus à apprécier; les récompenses qui leur ont été accordées partout les mettent pour ainsi dire hors concours.

M. Dollfus a fait partie et présidé le jury chargé de décerner les récompenses : c'est là un choix qui ne peut qu'honorer l'industriel compétent qui a été choisi, et la Commission qui l'a appelé dans son sein.

Nous ajouterons, pour compléter cette nomenclature, que sur la demande de M. Jean Dollfus père, qui avait déjà fait partie de la Commission impériale de l'Exposition universelle de 1855, et qui avait été élu président du jury de la 6e classe, à l'Exposition de Dijon, la maison Dollfus, Mieg et Cie a été placée hors concours. Toutefois la Commission a mis à la disposition de M. Dollfus deux médailles d'argent et deux médailles de bronze pour ses coopérateurs.

DUBOIS (Mme), maîtresse de Pension,
DIJON.
Mention honorable.

Les deux petits tableaux exposés par Mme Dubois renferment : l'un une couronne de roses d'un travail exquis, l'autre un bouquet de fleurs, brodées en écaille et en or sur velours. Ces ouvrages, exécutés avec une rare perfection, attestent le savoir-faire et le talent de cette habile maîtresse de pension.

DUHAMEL frères, à Merville
(Nord).
Médaille de première classe.

Le linge de table présenté par MM. Duhamel nous offre de fort jolis modèles : les dessins sont variés et gracieux; nous avons vu aussi de la toile fourniture de la guerre qui nous a paru d'une solidité à toute épreuve. Cette fabrique se recommande par la blancheur et la solidité de ses produits.

Représentant à Dijon : M. CHAUVELOT-GIRARD, marchand de toiles.

DUCHESNE, chemisier, rue Condé, 30,
DIJON.
Médaille de troisième classe.

La collection de devants de chemises, piqués à la main, exposée par M. Duchesne, n'a pas de rivale. M. Duchesne, qui fait la chemiserie pour hommes et pour femmes avec la même réussite, expose de délicieuses toilettes de nuit d'une coupe élégante et gracieuse ; ses gilets et camisoles de couleur et santé de divers modèles flattent agréablement les yeux; quant à sa chemiserie pour hommes, elle est parfaite : impossible de faire mieux. Aussi, il y a quelques années à peine que la maison Duchesne est créée et déjà sa réputation est établie : tous les gens de bon ton qui veulent avoir des chemises bien conditionnées et bien faites vont dans cet établissement. M Duchesne est le chemisier à la mode.

Compagnie générale des Chaussures à vis de Sylvain DUPUIS et Cie,

RUE PARADIS-POISSONNIÈRE, 14, PARIS.

Hors concours.

MM. Sylvain Dupuis et Cie exposent de la chaussure à vis de tous genres, faite à la mécanique, et supprimant entièrement la couture qui joint la semelle à l'empeigne.

Cette spécialité de chaussures à vis, par sa supériorité incontestable sous tous les rapports, a valu à MM. Lefébure et Sylvain Dupuis, fondateurs de cette industrie, et à M. Duméry, ingénieur de l'établissement, une médaille d'or à l'Exposition de 1849 ; une médaille de première classe à l'Exposition de Londres 1851, et une médaille également de première classe à l'Exposition universelle de Paris, en 1855. Ces produits, qui attirent l'attention de tous connaisseurs, sont très variés, et portent tous la marque de la fabrique qui est (Mon Lefébure.-S. Dupuis fe. C. J. D. ingr.).

Le tarif de ces chaussures, malgré la qualité supérieure des matières employées à leur fabrication toute spéciale, n'est pas élevé, ce qui en rend l'usage populaire. Nous recommandons d'une façon toute particulière cette maison, dont on trouve les produits dans presque toutes les villes de France, de Suisse et d'Angleterre.

Seul dépôt à Dijon : maison DÉSOGÈRE-MORIUS, rue Condé, 22.

DURUPT, gantier, rue Vauban,

DIJON.

Médaille de troisième classe.

La vitrine de M. Durupt renferme des produits excessivement variés. Depuis le gant du baby, jusqu'à celui du gendarme, tout s'y trouve : gants pour dames, gants-fillettes, gants d'hommes de tous points, de toutes nuances. Signalons les élégants modèles gants-suède ; à côté des gants castor, agneau, chevreau, nous avons des gants en peau de chien noire et rouge. Nous trouvons là aussi des peaux coupées, sur le métier, cousues et piquées. Ces charmants articles sont aussi élégants que variés ; une coupe heureuse donne à tous ces produits un cachet de bon goût apprécié des véritables connaisseurs. Comme solidité de matière première et de couture, il n'y a rien au-dessus des gants de la maison Durupt.

DUVAL-BELIME, rue Condé,

DIJON.

Médaille de quatrième classe.

L'élégante vitrine de M. Duval-Belime renferme une foule d'articles touchant à la bonneterie. Nous devons signaler en premier ordre des jupes-crinolines nouveaux modèles, appartenant à la maison, fort appréciées de nos élégantes ; de charmantes cravates en tous genres, des chemises et faux-cols d'une coupe excellente, des résilles pour dames, des camisoles de flanelle ne rétrécissant pas. Tous ces articles, confectionnés avec soin par la maison elle-même, placent M. Duval-Belime à la tête des premiers établissements de ce genre à Dijon.

Nous trouvons aussi dans la vitrine de M. Duval-Belime, les produits de MM. Dussol, Frérot, Jacquet et Deslandres, articles qui complètent, on ne se peut mieux, le bel étalage de M. Duval-Belime.

EDEL, manufacturier à Colmar
(Haut-Rhin).
Mention honorable.

Cet industriel expose du linge de table damassé d'une qualité supérieure. Nous avons remarqué parmi les nouveaux dessins : des croix de Malte, des roses, des fruits, des arabesques, des vermicelles, des grands bouquets, des papillons, des pois, etc., etc. Les divers articles de tissage de toile de coton sont faits à la mécanique et à bras.

FANTAPIÉ (Mlle), hôtel du Chapeau-Rouge,
DIJON.
Médaille de troisième classe.

Mlle Fantapié a un talent particulier pour exécuter les raccommodages d'effets de tous genres. Qu'il arrive un accident à un vêtement quelconque, cette habile ouvrière vous fera avec tant d'adresse une couture ou une reprise qu'il vous sera impossible de distinguer la trace de l'aiguille. Mlle Fantapié, au moyen d'un procédé nouveau, pose également des pièces invisibles sans couture. Le jury, en accordant une distinction de troisième classe à Mlle Fantapié, a voulu accorder une récompense autant à l'habileté qu'à l'utilité de ses travaux.

FAUCILLON (Mme Henri), rue des Forges, 16,
DIJON.
Médaille de troisième classe.

La lingerie de Mme Henri Faucillon a sa valeur : citons ses coiffures et bonnets en malines et valenciennes, ses élégants fichus Marie-Antoinette qui font fureur cette année, ses canezous habillés composés de mousselines et de valenciennes, ses jolis mouchoirs garnis de dentelles, etc., etc. Ce qui sort de la maison de Mme Faucillon est d'une confection soignée : Mme Faucillon soutient dignement la réputation de M. Lantier, son prédécesseur.

FLORANCE, rue Saint-Maur, 40, faubourg du Temple,
PARIS.
Médaille de troisième classe.

M. Florance expose divers modèles de rouets à devider, dits rouets de comptoir ; nous ne saurions trop recommander ce genre de rouet à MM. les merciers et passementiers ; il offre le double avantage d'être d'une utilité journalière incontestable et d'un bas prix extraordinaire.

FOURNIER (Mme), rue Condé, 20,
DIJON.
Médaille de quatrième classe.

Mme Fournier expose des chapeaux et des coiffures de bal qui, bien que conditionnés avec du savoir-faire, sont trop surchargés ; la coiffure dite impériale n'est pas heureuse, nous préférons de beaucoup le chapeau de deuil.

GADOT, sabotier, rue Chabot-Charny, 75,
DIJON.
Médaille de quatrième classe.

Les sabots de fantaisie de M. Gadot sont jolis ; ses mules, ses sabots chinois attestent beaucoup de goût ; mais nous croyons que la vente des sabots communs est plus active et plus fructueuse pour cet industriel.

GARNIER-MEUGNOT, à Vitteaux
(Côte-d'Or).
Mention honorable.

Les tissus mérinos exposés par M. Garnier-Meugnot de Vitteaux sont parfaits sous tous les rapports; ils se rapprochent beaucoup du drap; à côtes ou unis, leur fabrication ne laisse rien à désirer. Nous ne saurions trop donner d'encouragement à cette industrie qui de jour en jour tend à prendre de plus grands développements.

GAUDARD, faubourg Saint-Michel, 8, sur la place,
DIJON.
Médaille de quatrième classe.

M. Gaudard, qui a la spécialité des brides de sabots, expose un tableau comprenant six compartiments où nous voyons des modèles communs et de luxe; depuis la bride la plus simple jusqu'à la bride la plus luxueuse, tout s'y rencontre. La maison Gaudard, qui a notablement perfectionné ses produits depuis deux ans, avait obtenu en 1855, à l'Exposition de Paris, une mention honorable.

GAUSSEN (Maxime) et Cie, fabricants de Châles, rue de la Banque,
PARIS.
Médaille de première classe.

Les cachemires français de M. Gaussen sont placés dans la même vitrine que la confection de M. Edme, et confiés au soin de M. Lepage-Paule, leur correspondant. C'est assez dire que le même goût a présidé dans l'étalage, et, l'on sait que, pour les objets de ce genre, la manière d'exposer aux yeux du public ne fait rien perdre aux qualités de la marchandise. Cette maison, une des plus notables de la capitale, fabrique elle-même les châles cachemires et nouveautés qu'elle livre à la vente. En 1844, une médaille d'or a été accordée à M. Gaussen (Maxime), pour l'excellente fabrication de ses riches tissus.

Correspondant à Dijon : LEPAGE-PAULE, 30, rue Charrue.

GENOT (Alexandre), fabricant de Chaussures,
NAPOLÉON-VENDÉE.
Mention honorable.

Les chaussures vendéennes de l'invention de M. Genot, de Napoléon-Vendée, offrent de notables avantages : la chaussure est une fois plus vite faite et dure beaucoup plus que les autres. M. Genot veut appliquer à ce genre de chaussures un rebord en métal. La chaussure commune, aussi bien que la chaussure élégante, peuvent être façonnées avec la même facilité d'après le système Genot. Nous recommandons les produits de cette maison qui expose à Dijon, Toulouse et Angers.

GILLION (J.), rue du Perche, 7,
PARIS.
Médaille de troisième classe.

Les tiges de bottines, en tissu élastique, exposées par M. Gillion, présentent plusieurs avantages; elles n'échauffent pas la jambe, et, comme la couture se trouve supprimée, la chaussure devient plus élégante, plus commode, plus solide, plus durable, et, par suite, plus économique que la chaussure ordinaire. Les trois paires de bottines confectionnées nous montrent toutes ces qualités; les trois genres de tissus employés de préférence sont les tissus blancs, noirs et bruns.

GODARD, bottier, rue Verrerie, 39,

DIJON.

Médaille de troisième classe.

La chaussure imperméable de M. Godard, qui a été admise à l'Exposition de 1855, a subi de nouveaux perfectionnements. L'empeigne est d'un seul morceau, la semelle elle-même n'est pas recouverte de doublure, enfin le soulier est cousu et cloué tout à la fois, ce qui certainement donne de la valeur à la chaussure. M. Godard est aussi l'inventeur d'une machine et ses accessoires pour travailler debout dans sa partie; enfin, il expose un calibre à couper les bottines de différentes grandeurs. Ajoutons encore que M. Godard fabrique des chaussures orthopédiques avec ou sans appareil pour les personnes qui ont la marche difficile ou les pieds-bots.

GROVER et BACKER, 10, rue Lepelletier,

PARIS.

Médaille de troisième classe.

Au moyen des machines à coudre Grover et Backer, on coud à l'aide de deux fils et de deux aiguilles. Le point obtenu est un point de piqûre à l'endroit et un *double* point de chaînette à l'envers. Mue à la main, cette machine coud avec une régularité parfaite et 550 à 600 points par minute, c'est-à-dire trois fois plus que les machines à navette ordinaires. Les machines Grover et Backer s'appliquent indistinctement à la chaussure, à la sellerie, à la confection, aux broderies, etc., etc. Les prix de ces machines sont de 550 fr. sans table, de 580 montées sur table.

GUYOT DE BRUN et Cie, 18, rue Montreuil, à Pantin

(Seine).

Mention honorable.

Les tissus imperméables de M. Guyot de Brun peuvent servir aux carrossiers, selliers, chapeliers, reliers, fabricants de casquettes et de parapluies. Ils sont d'un excellent usage pour ameublement de salles à manger et de bureaux; on les trouve de toutes couleurs de 2 fr. 50 à 4 fr.; coupés en bandes, ces tissus peuvent valoir de 3 fr. 50 à 4 fr.

HAEFFELY fils, fabricant de Tissus, à Mulhouse

(Haut-Rhin).

Médaille de première classe.

Une étoffe nouvelle qui a beaucoup de vogue c'est la doublure argentée sur tissus-coton de M. Haeffely : les tailleurs se servent de ce produit pour garnir les habits, les gilets, les pantalons. Le tissu, s'il flatte l'œil, est bon et solide; l'argentine se présente sous dix couleurs différentes, ce qui rend le choix très facile. La maison Haeffely, qui a un nombre d'ouvriers considérable, teint et apprête le drap de coton.

JOURNAUX-LEBLOND, rue d'Arcole, 11,

PARIS.

Médaille de deuxième classe.

Les couseuses Journaux-Leblond, qui ont obtenu des médailles aux Expositions de New-York et de Paris, fonctionnent dans la salle Philharmonique. Ces machines à coudre sont plates, cylindriques ou circulaires; elles ont des systèmes pour coudre à 1 ou 2 fils. Le Jury de l'Exposition universelle, en 1855, a désigné uniquement ces machines pour faire partie des collections du Conservatoire impérial des arts-et-métiers.

Voici les principaux avantages des machines exposées par M. Journaux-Leblond :

Le mécanisme, simple, solide, n'est exposé à aucun dérangement; la disposition particulière et variée qu'elles ont les met à même de permettre de faire, sans exception, tous les ouvrages à l'aiguille, quelles que soient la forme et la nature de l'objet ; on peut employer la soie, le fil et le coton, tels qu'on les trouve dans le commerce ; *la couture rabattue* des manches de chemises, des gilets de flanelle, ou de toute autre pièce en fourreau, y est exécutée avec la même facilité que sur une pièce plate ; quant à la grandeur du point, elle peut être variée depuis la piqûre la plus fine au point le plus allongé ; par un perfectionnement récent, on peut border les chapeaux avec des galons de toute largeur.

Les bénéfices à réaliser avec une machine de cet intéressant système, et du prix de 325 fr. et au-dessus, peuvent s'élever, par journée, à 17 fr. 50 ; ce chiffre est plus éloquent que tous les éloges que nous pourrions faire des machines Journaux-Leblond.

LAURENT frères, fabricants de Chapeaux, rue Sainte-Catherine, 15, DIJON.

Médaille de deuxième classe.

Bon goût, élégance, solidité et bon marché, tels sont les titres de recommandation de la maison des frères Laurent, fabricants de chapeaux. Cet établissement, avantageusement connu en France et à l'étranger, a joint, au commerce des chapeaux qu'il fait sur la plus vaste échelle, des articles de casquetterie. Dans l'élégante vitrine de MM. Laurent nous retrouvons les matières premières nécessaires à la fabrication : lièvres Moscovie, Saxe, France ; lapins noir, jaune, blanc, lapins gris ; rat musqué du Canada, poils teints, etc., etc. Dans le fond de la vitrine se trouve du batissage gris, sur le devant un chapeau foulé et un castor foulé. Nous devons signaler des chapeaux en feutre de toutes formes et de toutes nuances, des chapeaux en soie, des charmantes casquettes, des képis, enfin d'élégants chapeaux pour dames, montés et garnis avec un soin tout particulier. — L'établissement de MM. Laurent occupe un grand nombre d'ouvriers ; les perfectionnements donnés par cette maison à la chapellerie dijonnaise nous obligent de signaler ses produits d'une façon toute particulière aux personnes qui visiteront la salle Philharmonique.

LAVENIR frères, fabricants de Chapeaux, rue Saint-Nicolas, 62, DIJON.

Médaille de deuxième classe.

Si vous ne savez pas comment se fabrique un chapeau, visitez la vitrine des frères Lavenir, et vous apprendrez les phases diverses de sa fabrication. — Voici d'abord une peau de lapin préparée pour qu'on puisse couper le poil, ensuite nous trouvons le poil coupé sans être battu, puis le poil battu, enfin le poil en pièce pour bastin. Après viennent le bastissage et le bastissage foulé et teint ; mais le chapeau est informe encore, il n'est pas dressé ; maintenant le voici dressé, mais pas encore foulé. Lorsqu'il a subi l'opération du foulage, il n'est pas encore approprié, car, avant d'être garni et prêt à être vendu, il doit subir cette opération, et c'est là un travail qui demande beaucoup de soin. — MM. Lavenir frères exposent différents échantillons de matières destinées à la confection des chapeaux ; lapins de France. blanc, noir, gris naturel, jardinier, cendré, nankin ; lapin argenté de Russie et plume de Bretagne ; lièvre de France ; rat musqué argenté ; rat Gondin (ventre) ; poils de chameau ; laine mérinos. — Nous voyons encore une série de poils de lapin teints en blanc, rouge et jaune ; de poils de lièvre teints en noir, violet, grenat. — Parmi les différents modèles de chapeaux exposés par MM. Lavenir, nous devons citer les formes gerôme, américaine, marin, canotier, york, alliance ; les nuances codjà, bomarsund, gris-fer, montlow, nankin, etc. Parmi les chapeaux modes, nous signalerons un castor triplef, un chapeau pluche-extra, un rat musqué, un castor rosé, un uni-gris impair. Du reste, MM. Lavenir fabriquent indistinctement toute la chapellerie.

LAVILLE et POUMAROUX, fabricants de Chapeaux,

RUE SIMON-LE-FRANC, 8, PARIS.

Médaille de deuxième classe.

Les différents modèles des chapeaux exposés par ces industriels sont tous à garniture adhérente ; en voyant ces articles pleins de légèreté et d'élégance, on oublie un instant que les affreuses coiffures des hommes ont beaucoup d'analogie avec les tuyaux de poêles. Quand donc la mode trouvera-t-elle quelque chose de plus commode ? Le chapeau français demande à être remplacé depuis vingt ans ; on attend encore une innovation.

Correspondant à Dijon : RENARD, chapelier, rue Condé.

LEFÉBURE (A.) et fils, rue de Cléry, 42,

PARIS.

Médaille d'honneur.

Que dire de la magnifique vitrine de M. Lefébure ? Parlerons-nous des fleurs, chiffres, armes, nouvelle invention du point d'Alençon en relief ? Regardez cet admirable ensemble formé par des garnitures de dentelles formant volant. Voyez encore cette mantille noire et blonde, ces cols, ces châles, ces pointes, ces barbes, ces voilettes, ces dentelles noires de Bayeux, et cette aube en dentelle au fuseau. Si je voulais énumérer toutes les merveilles exposées par M. Lefébure, je serais obligé de rapporter ici tous les commentaires faits par nos élégantes qui, si leur fortune était aussi grosse que leur désir, achèteraient d'un seul coup la vitrine de M. Lefébure. Remercions cet exposant, qui a obtenu 10 médailles dans nos Expositions et la croix de la Légion-d'Honneur, d'avoir bien voulu nous faire connaître ses admirables produits. Son exhibition est une des gloires de notre Exposition.

LELARGE, ANDRÈS et AUGER, manufacturiers à Reims,

(Marne).

Médaille de première classe.

Ces industriels font une magnifique exhibition de flanelles en tous genres. A côté des flanelles blanches, nous voyons des flanelles à quadrilles et à raies de toutes les couleurs. Ces produits, qui sont de premier choix, se distinguent par la finesse du tissu, la variété des couleurs et les excellentes conditions de la vente. Cette fabrique, une des plus importantes de Reims, avait déjà obtenu, en 1855, une médaille de première classe.

LOYE et TASSARD (Mlles), place du Théâtre,

DIJON.

Médaille de troisième classe.

Les tapisseries de ces demoiselles sont excellentes ; le point est égal sans être serré, qualité très rare chez les personnes qui tapissent. Nous trouvons de la tapisserie en tous genres et sous toutes les formes pour fauteuils, chaises, buvards, pantoufles, tapis, etc., etc. Leurs broderies sur or sont parfaitement exécutées, leurs coins brodés ne sont pas moins bien réussis.

MAURICE, marchand-tailleur, place des Ducs,

DIJON.

Médaille de deuxième classe.

La vitrine de M. Maurice, dont le fronton est surmonté des armes ou plutôt du blason de la société philanthropique des maîtres tailleurs de Paris, dont cet industriel est seul membre à Dijon, est simple, mais de bon goût. Elle renferme des costumes sérieux et de fantaisie. Parmi les costumes sérieux, nous devons signaler un habit noir drap cachemire, un pantalon noir satin, un gilet piqué blanc, un gilet soie à palme : ces habillements ont été exactement coupés sur les modèles exposés dans la gravure des modes de 1858. — Les costumes fantaisie sont imités des costumes adoptés cette année par la société du Jockey-Club de Paris. On sait que cette société, dont toute la jeunesse élégante parisienne fait partie, a le privilège d'innover les modes. — A côté de la redingote en drap bleu, dit New-Markett, se trouve un joli pantalon à bande fantaisie, un gilet pareil au pantalon, confection rustique, avec boutons de marbre assorti, enfin un gilet de velours broché. Un pardessus d'été dit Sport, tissu anglais a attiré notre attention. Ce vêtement est fait comme on faisait jadis les cuirasses; pour éviter les ruptures l'on plaçait des bandes sur toutes les jointures des pièces : M. Maurice, qui a apporté un soin tout particulier à la confection de ce nouveau vêtement, qui sera bien porté cet hiver, a imité cette pose des bandes; aussi ce pardessus est-il à toute épreuve. — Nous avons vu aussi, à côté d'un costume officiel, un vêtement de chambre, dit gentlemen, en drap d'Orient, brun, chamarré en soutache bleu; c'est le travail de M. Maurice fils, qui a voulu montrer ses capacités comme ouvrier et comme patron. Les deux mannequins du fond revêtent un costume de chasse et une grande livrée.

Nous ne terminerons pas cette revue sans demander à nos amis et connaissances le motif qui leur fait préférer de s'habiller à Paris, lorsqu'on trouve à Dijon des coupeurs aussi habiles que MM. Maurice. Nous retrouvons dans leur vitrine tous les costumes du jour; et, nous pouvons le dire hautement, ils sont mieux confectionnés que ceux de Paris. Les draps sont de premiers choix, la coupe est excellente; enfin ces vêtements, dans leur ensemble, ont ce cachet d'élégance et de bon goût qui doit les faire rechercher de toutes les personnes qui aiment des vêtements simples mais distingués.

MAYER et DREYFUS, fabricants de Dentelles,

BRUXELLES.

Médaille de deuxième classe.

La maison Mayer et Dreyfus expose des volants, barbes, violettes, cols, mouchoirs, qui, par leur fabrication soignée, placent cette maison à la tête des fabriques de dentelles : richement étagées dans la vitrine de Mlle Marie Perreaux, leurs bandes à application points à l'aiguille et valenciennes, font un très bel effet.

Correspondant à Dijon : Mlle Marie PERREAUX, lingère, rue Condé.

MORAS et Cie, négociants, rue Lafond, 28,

LYON.

Médaille de première classe.

M. Moras et Cie présentent des étoffes pour ameublement et ornements d'église. Les étoffes d'ameublement, remarquables tant par la richesse du dessin que par le fini du tissu, sont brochées. Ces produits font honneur à l'industrie lyonnaise. Nous avons remarqué aussi une étole d'un travail très soigné. La spécialité de cette fabrique, qui a obtenu une médaille de bronze à l'Exposition de 1849, est de livrer à l'exportation des étoffes riches pour le Levant et l'Afrique.

Correspondant à Dijon : MASSON-SAUVAGEOT.

MONARD-BARROIS, manufacturier,

BAR-LE-DUC.

Médaille de troisième classe.

Les tissus communs pour robes, exposés par M. Monard-Barrois, sont recommandables par leur solidité et leur bon marché : citons du droguet, des étoffes à carreaux et des toiles de matelas.

MOUGINOT fils, négociant, rue Bossuet,

DIJON.

Médaille de deuxième classe.

Bien que M. Mouginot ait obtenu pour l'importance de ses affaires une médaille de deuxième classe, nous devons dire que son exposition ne répondait pas complètement à l'importance d'un établissement comme celui du *Tisserand Belge*. Nous savons que M. Mouginot occupe un nombre considérable d'ouvriers, qu'il fait travailler dans les prisons ; mais les articles exposés n'avaient pas ce fini qui est le véritable cachet de l'élégance et du bon goût. La chemiserie et la lingerie qui sont dans son magasin sont certainement d'un travail plus achevé.

PAILLARD, rue Saint-Martin, 177, 179,

PARIS.

Médaille de quatrième classe.

L'étalage de M. Paillard se distingue par les innombrables variétés de bretelles, jarretières et coussins qui le composent. M. E. Paillard, l'un des plus importants négociants dans cette partie, présente des articles d'un travail consciencieux et qui se sont fait remarquer de tous les amateurs par la supériorité des tissus employés.

PERREAUX (Mlle Marie), rue Condé,

DIJON.

Médaille de troisième classe.

Voici la lingère qui a le mieux conçu son exhibition ; aussi sa vitrine force-t-elle l'attention. Voyez quel fini dans cette parure brodée ! quelle grâce dans ces fichus Marie-Antoinette ! admirez le travail de ce mouchoir brodé ! la lingerie de Mlle Perreaux est achevée ; aussi ses deshabillés et ses châles en dentelles feront-ils plus d'une jalouse parmi nos élégantes. Il faut reconnaître que Mlle Perreaux a un personnel d'élite, et que les ouvrières qui l'aident dans ses travaux sont d'une habileté et d'une adresse rares.

PILLION-DELORME, rue du Bourg,

DIJON.

Mention honorable.

La vitrine de M. Pillion-Delorme renferme des rubans en tous genres et des plus variés ; les rubans écossais — mode du jour — y sont en majorité.

PINET, fabricant de Chaussures, à Selongey

(Côte-d'Or).

Médaille de troisième classe.

L'établissement pour la confection des chaussures et la fabrique des chaussons, établi par M. Pinet à Selongey, a une grande importance. M. Pinet, qui fabrique bien et solidement, livre au commerce et à l'exportation une quantité innombrable de chaussures en tous genres. Les nombreux échantillons qui garnissent sa vitrine attestent les qualités que nous venons de signaler plus haut. M. Pinet a également une machine à fabriquer les chaussons, qui travaille sous les yeux des visiteurs à l'Exposition.

POIRIER, bottier, à Châteaubriant

(Loire-Inférieure).

Médaille de première classe.

Les chaussures de Bretagne de M. Poirier, admises aux Expositions de Londres et de Paris, ont obtenu des médailles d'argent aux concours de Laval, Angers et Rennes.

Ses chaussures, qui conviennent parfaitement aux chasseurs, sont établies sur une semelle intérieure, formant soulier, entre laquelle il existe de la dissolution de caoutchouc et une peau de vessie qui ne peut disparaître, alors même que la semelle serait usée.

QUIROT (Mme veuve), rue de la Ferronnerie,
PARIS.

Médaille de troisième classe.

Mme Quirot, qui dirigeait il y a quelques années le travail de tapisserie de la famille d'Orléans, expose de délicieux objets brodés en perles et en tapisserie. Le prix modique de tous ces articles permet de penser qu'on ne laissera pas partir Mme Quirot sans les lui enlever.

Nous avons remarqué dans cette vitrine des coussins, des dessous de lampes, de délicieux vide-poche et des blagues faites avec un soin minutieux; nous citerons encore une bannière aux armes de Dijon et un bouquet de superbes roses rouges, admiré par tous les connaisseurs pour la richesse et le fini de l'exécution. Nous ne saurions trop recommander les ouvrages de Mme Quirot.

RASSENEUX (Mme), rue Vannerie, 59,
DIJON.

Mention honorable.

Mme Rasseneux expose de la dentelle noire encore sur le métier avec ses rangs serrés d'épingles et ses petites quilles. Le prix de cette dentelle, qui est faite avec goût, est de 40 fr. le mètre.

RÉMOND-THEUROT, rue Vauban,
DIJON.

Médaille de troisième classe.

M. Rémond-Theurot fabrique de la chaussure de luxe avec une pleine réussite, nous nous plaisons à le reconnaître, et il doit, pour ses produits, être placé à la tête de nos meilleurs cordonniers. Nous recommandons sa chaussure de chasse.

RISLER et Cie, fabricants de Tissus à Cernay
(Haut-Rhin).

Médaille de deuxième classe.

Les produits de la maison Risler n'ont pas besoin de réclames; ils sont connus de tout le monde. Voyez cette peluche, tissus laine et soie; où trouverez-vous quatre articles plus brillants et de meilleure qualité? Le mètre a 70 cent. de largeur et il ne coûte que 6 fr. Examinez les moleskines ou drap-coton, suivant qualité, ils coûtent de 2 fr. 10 à 2 fr. 50 le mètre. On ne saurait nulle part voir quelque chose de meilleur marché: aussi cette maison a-t-elle obtenu à Londres une grande médaille d'honneur, à Paris, en 1855, deux médailles de première classe: ces récompenses hors ligne nous dispensent de commentaires. Si le jury de Dijon n'a décerné qu'une médaille de deuxième classe à cette importante maison, il faut attribuer ce classement à une erreur, erreur regrettable, mais sur laquelle on ne pouvait guère revenir.

RIVOIRON, PERRAUD, GUIGNARD et Cie, fabricants de Châles,
RUE IMPÉRIALE, 4, LYON.

Médaille de première classe.

Les châles de MM. Rivoiron, Perraud et Guignard ne sont pas moins beaux que ceux dont nous avons parlé plus haut. L'industrie lyonnaise ne le cède en rien sous ce rapport à l'industrie parisienne. Ce sont là des produits dignes d'une exposition importante et qui, pour cette raison, ne sont nullement déplacés à Dijon. On se souviendra des noms de ces industriels, et il est peu d'objets qui, dans leur vitrine, sont destinés à retourner à la manufacture. Un de ces châles ornera bien la corbeille d'une jeune mariée ; et, parmi les nombreux visiteurs qui tiennent à emporter des souvenirs de notre Exposition, il est bien des dames qui s'adresseront à MM. Rivoiron et Cⁱᵉ. On pourrait plus mal choisir.

ROBERT, sabotier, rue Vannerie, 80,
DIJON.
Médaille de quatrième classe.

M. Robert expose des sabots de fantaisie et de luxe ; sa vitrine est charmante et nos élégantes ne savent vraiment quel choix faire pour chausser leurs pieds mignons et cambrés. A côté de ces jolis produits, garnis de soie aux couleurs variées, nous eussions voulu trouver de bons gros sabots comme nous en voyons l'hiver aux pieds des ouvriers et des gens de ferme : la comparaison eût rendu le contraste plus piquant.

ROBIN, filateur à Dijon.
Médaille de première classe.

Nous ne venons pas parler ici des éminents services rendus par M. A. Robin à l'Exposition de Dijon, la question de la création et de l'organisation de notre grand concours industriel ayant été l'objet d'un article spécial. Aujourd'hui nous nous occuperons seulement du commerçant habile et intelligent qui, depuis cinq ans, a su donner à sa filature la place importante qu'elle occupe dans le département.

Lorsqu'en 1853, M. A. Robin, ne voulant pas renoncer à la vie active, se tourna vers la fabrication, il créa, pour ainsi dire, à Velars, l'industrie que nous voyons actuellement si bien prospérer en ses mains. Dès cette époque, M. A. Robin avait senti que le commerce des laines filées était appelé à prendre de grands développements, et il a su diriger cette entreprise avec le même talent et le même bonheur qui ont signalé le commencement de sa carrière industrielle.

La filature de Velars, par sa position, par les remarquables produits qu'elle livre au commerce, marche à la tête des premiers établissements manufacturiers de la Côte-d'Or. L'emplacement choisi par M. A. Robin était, du reste, on ne se peut mieux approprié aux besoins d'une filature. Au pied du rocher, non loin de la source d'une fontaine pérenne, s'élèvent les bâtiments de la filature ; à droite se trouve la teinture, à gauche les métiers, dans le milieu se trouve la force motrice donnée par une turbine de douze chevaux. Deux vastes cours, parallèles au cours d'eau, sont d'un usage commode pour le lavage des laines ; un vaste pré s'étend sur le côté gauche où s'accomplit l'opération du séchage. Nous n'entrerons pas dans tous les détails intimes d'intérieur ; nous dirons seulement que les métiers-fileurs sont de 200 broches, et que les métiers qui cardent sont complètement neufs. Ce beau matériel est habilement conduit par M. Berryer, directeur des travaux, qui a sous ses ordres un contre-maître de talent, M. Rolandey, et un service d'ouvriers important.

On fabrique à Velars des laines en tous genres, depuis les plus communes jusqu'aux plus fines ; les échantillons exposés par M. A. Robin sont les produits qu'il livre journellement au commerce, de sorte que l'on peut se rendre compte facilement de la qualité et du choix de ces articles. Citons ses laines lavées, en fuseaux, en canelles, en cardes, en pelotes et en écheveaux. Signalons encore ses laines de couleurs, spécialité de la maison, ses magnifiques laines écouilles de diverses qualités ; enfin, pour terminer, disons que M. A. Robin est l'inventeur d'un fil multicolor continu, appelé à un grand succès.

SAUER (Mˡˡᵉˢ), modistes, place Saint-Jean,
DIJON.
Médaille de troisième classe.

Les chapeaux de Mˡˡᵉˢ Sauer, ainsi que leurs bonnets montés et leurs parures de bal sont très convenablement soignés : le travail est facile et atteste du goût. Nous ne pouvons que donner des encouragements à ces demoiselles, qui arriveront à se faire un nom dans les modes.

SCHWARTZ et HUGUENIN, manufacturiers,
MULHOUSE.
Médaille d'honneur.

Encore des produits de Mulhouse. Ce sont de belles étoffes dites impressions sur tissus pour ameublement et pour robes. Je n'ai nul besoin de faire l'éloge de ces objets. Dire qu'ils sortent d'une fabrique de Mulhouse, c'est assez les louer. Nous sommes heureux d'avoir à les placer à côté de ceux de MM. Dolfus, Mieg, auprès desquels ils ne sauraient pâlir et auxquels ils ne font certes pas de tort. La maison Schwartz et Huguenin a obtenu, pour ses magnifiques tissus, aux Expositions de 1834, 1839, 1844, 1849, la médaille d'or, la prize médal à celle de Londres en 1851, enfin en 1855, la médaille d'honneur. Le dépôt des impressions pour meubles de MM. Schwartz et Huguenin se trouve à Paris chez M. Ch. Muller, rue du Sentier, 26; celui pour les nouveautés en robes, chez MM. Benneville frères, Larsonnier frères et Chenest, rue des Jeûneurs, 23, également à Paris.

TACHY (Alexandre) et Cⁱᵉ, rue du Bac, 16,
PARIS.
Mention honorable.

M. Tachy expose de charmantes tapisseries. Les broderies et ouvrages de dames qui sortent de ses ateliers méritent de fixer l'attention. Nous signalerons également ses aiguilles françaises pour les aveugles et à l'usage des yeux faibles ou fatigués. Cet industriel avait obtenu en 1855 une mention honorable.

TIVET, rue de Paradis, 7, à Saint-Etienne
(Loire).
Mention honorable.

Nous avons remarqué, dans la salle 10, l'exhibition de rubans velours-soie de la maison Tivet de Saint-Etienne. La fabrication nous a paru parfaite; le velours est très fourni, bien rasé, d'une bonne qualité et surtout d'un beau noir; les lisières, d'une grande pureté, sont très fines et d'une teinte franche. Cette régularité dans les lisières a un grand mérite à nos yeux, si l'on considère que cet article est spécialement fait pour l'application. Nous nous plaisons donc à reconnaître que l'exhibition de cette maison mérite de sincères éloges.

THOUVENIN, BOIRIVAUT et Cⁱᵉ, à Amance
(Haute-Saône).
Médaille de troisième classe.

La fabrique de couvertures façonnées en coton d'Amance nous avait adressé plusieurs échantillons de ses produits qui nous semblent mériter une mention spéciale. Le travail est soigné et les dessins variés. Cette maison, qui a un dépôt rue Centrale, 81, à Lyon, était représentée à Dijon par M. Vigne.

WEISGERBER frères et KIÉNER, fabricants de Tissus,
RIBEAUVILLÉ (Haut-Rhin).
Médaille d'honneur.

Les tissus de cette maison attirent moins les regards curieux que les riches articles qui les avoisinent. Les choses d'utilité première qui n'ont pas le mérite d'être éclatantes, sont toujours confondues dans la foule et passent inaperçues. Cependant les tissus de coton et de poil de chèvre de MM. Weisgerber et Kiéner méritent bien qu'on y regarde, et les véritables connaisseurs s'y arrêteront toujours. MM. Weisgerber et Kiéner présentent, du reste, différents tissus très bien réussis: coton et poil de chèvre, laine et soie, poil de chèvre et soie. Dépôt à Paris, rue du Sentier 8.

VORMSER et ROOS, manufacturiers,

MULHOUSE.

Médaille de troisième classe.

Les rideaux brodés qu'exposent ces industriels, et qui garnissent plusieurs salles de l'Exposition, ont certainement un véritable mérite aux yeux des gens qui ne jugent pas superficiellement. Nous citerons et recommanderons les articles de cette maison d'une façon spéciale.

Correspondant à Dijon : LEPAGE-PAULE.

Ont exposé :

DECHAUX-GAUDELET, *rue du Chapeau-Rouge, Dijon :* des laines lavées et filées ; — JEAN-NIARD-SIMÉON, *chamoiseur, rue des Tanneries, 5, Dijon :* des laines écouailles ; — LEMAIRE, *fabricant, à Montrouge* (Seine) : des laines renaissance ; — MARMORAT-BOURET (veuve), *à Cîteaux* (Côte-d'Or) : des soies préparées pour brosses (voir 5e classe) ; — VERDIN, *à Douéra* (Algérie) : du crin végétal ; — BACHELLIER, *rue Pangevin, 10, Paris :* des toiles communes et sacs pour treilles ; — BERTRAND (Eugène), *négociant, place Saint-Etienne, Dijon :* des cachemires des Indes ; — CARQUILLAT, *rue d'Isly, 8, Lyon :* des tableaux tissés en soie ; — CHAMPAGNE et BOUGIER, *à Lyon :* des soieries ; — CONTOUR (Frédéric), *à Troyes :* des tissus bonneterie laine et coton ; — COUTURAT et GUIVET, *à Troyes :* de la bonneterie de coton ; — DELACOUR (Théodore), *à Villers-Bretonneux :* de la bonneterie de laine ; — DUCHÉ ET BRIÈVE, *à Paris :* des cachemires français ; — DUSSOL, *à Sumine* (Gard) : de la bonneterie ; — EDME, *à Paris :* de la confection et des cachemires français ; — FRÉROT, *à Troyes :* de la bonneterie ; — LES FABRIQUES DE GLASCOW (Angleterre) : de la bonneterie anglaise ; — GOULON, *à Rouen :* des tricots de fantaisie ; — JACQUES, *à Reims :* des flanelles de santé ; — LARCHER, FAURE ET Cie, *fabricants à Saint-Etienne :* des rubans ; — PÉAN frères et Cie, *à Nantes :* des sangles fils et cordages ; — QUINQUARLET-DUPONT, *à Troyes :* de la bonneterie de coton ; — ROBI-CHON fils, *fabricant à Saint-Etienne :* des rubans ; — SCULFORD, *à Paris :* de la bonneterie de fils d'Ecosse et de soie, et des articles en filet ; — BEAUDOT, *à Saint-Jean-de-Losne :* des broderies ; — Mme DELARUE, *à Dijon :* un jeté de lit façon gui-pure ; — PROST (Mlle Catherine), *rue Chabot Charny, 53, Dijon :* devants de chemise et broderies ; — Mme RÉMOND, *à Semur :* des tapis brodés en laine sur drap, imitation de tapisseries algériennes ; — Mme SÉGUIN, *Port du canal, Dijon :* un jeté de lit en tricot ; — BAUMANN, *tailleur, rue Guillaume, Dijon :* des habillements confectionnés ; — Mlle DESMOULINS, *rue du Refuge, 16, Dijon :* deux robes d'enfant ; — DESLAN-DRES, *Paris :* des tournures en métal soie et argent ; — EMMANUEL et CHARLES, *rue de Grenelle-Saint-Honoré, 15, Paris :* des robes de chambre ; — Mme FOUQUE-TEAU, *rue du Sentier, 16, Paris :* des jupons à ressorts dits jupes Millet ; — GRISOT, *à Besançon* (Doubs) : des ressorts de jupons ; — SORMANI, *rue Thevenot, à Paris :* des jupons à bouillons et à volants ; — DUCHESNE, *à Nancy :* des sabots et un bloc de bois débité ; — GRANGE, *cordonnier, place Saint-Etienne, à Dijon :* des chaus-sures spéciales pour boiteux et pieds difformes, fers à déformer, etc.; — LATOUR (Gabriel), *cordonnier, à Saint-Romain* (Côte-d'Or) : des formes et compas de cor-donnier pour pieds difformes ; — Mme TELL, *rue Chabot-Charny, Dijon :* un pro-cédé pour nettoyer les gants ; — FOURNAUX, *chapelier, à Auxonne :* des chapeaux ; — MAGNIN, *Grand'Rue, 44, Besançon :* des pelleteries et fourrures ; — DEHAYS, *méca-nicien, rue Poitou, Paris :* une machine servant à la fabrication des bourses ; — BEZÂNÇON (Paul), *fabricant de boutons. à Metz :* boutons en corne et en os ; — HUEL et Cie, *rue des Ursins, 9, Rouen :* tissus pour bretelles, bretelles et jarretières ; — Mme ROUSSELLE, *à Dijon :* une machine à broder ; — FRIES-RIBER, *à Mulhouse :* étoffes imprimées pour meubles.

SEPTIÈME CLASSE.

HORLOGERIE, BIJOUTERIE ET INSTRUMENTS DE PRÉCISION.

Horlogerie — Orfévrerie et Bijouterie — Optique et Instruments de précision.

NOMBRE DES EXPOSANTS. 56
NOMBRE DES PRODUITS EXPOSÉS. . . . . : 70

COMPOSITION DU JURY.

PRÉSIDENT : M. Toussaint, ingénieur en chef du département.
VICE-PRÉSIDENT : M. Lorimier, fabricant à Besançon.
SECRÉTAIRE : M. Billet, professeur de physique.

MEMBRES : MM. Coste, ancien bijoutier -. Dany, ancien horloger — Ed. Ducommun, fabricant à Besançon — Lissajoux, professeur à Paris — de Montillet, propriétaire.

ANQUETIN, horloger, rue Neuve-Saint-Eustache, 45,

PARIS.

Médaille de deuxième classe.

M. Anquetin, de Paris, a exposé des montres de voyageurs donnant l'heure exacte de tous les pays. Ces objets, d'une grande utilité, ont vivement excité l'attention des connaisseurs. Les cadres et mouvements présentés par le même exposant ont été reconnus d'une fabrication soignée. La récompense obtenue par M. Anquetin soutient en tout point la réputation de cet industriel.

AUBINE, contrôleur du télégraphe électrique,

(CHEMIN DE FER DE PARIS A LYON.)

Mention honorable.

M. Aubine est l'inventeur d'une sonnerie électrique, à double direction, destinée à rendre les plus grands services à la correspondance des chemins de fer. Cet appareil, qui sort de chez Bréguet, est tout nouveau : l'Exposition de Dijon en a eu la primeur.

BARDEY (Antoine), quai Vauban, 30,

BESANÇON.

Mention honorable.

M. Bardey présente un instrument de géométrie destiné à mesurer le développement des courbes. Cet objet de précision peut avantageusement être utilisé dans tous cas où un mesurage exact s'obtient avec tant de difficulté. M. Bardey mérite certainement des encouragements pour la création de ce nouvel instrument.

BILLARD, bijoutier, rue Rameau,

DIJON.

Médaille de troisième classe.

Comme travail de joaillier, nous né voyons rien de mieux exécuté que le diadème et la couronne exposés par M. Billard; c'est un artiste d'un talent réel et qui a beaucoup de goût. Ajoutons que ce bijoutier consciencieux avait été chargé par la Commission de faire frapper les médailles destinées aux exposants récompensés, et qu'il s'est acquitté de ce travail à la satisfaction générale.

BONNARD, horloger, place d'Armes,

DIJON.

Médaille de troisième classe.

M. Bonnard est le représentant d'un grand nombre de maisons de Paris. Il a exposé des montres en assez grande quantité et des pendules à échappement visibles très remarquables. Nous n'avons que des éloges à donner aux produits de M. Bonnard; et nous n'hésitons pas, pour notre part, à lui donner une mention très honorable dans cette revue.

BOURDON, mécanicien, faubourg du Temple, 74,

PARIS.

Médaille de première classe.

M. Bourdon, mécanicien distingué, qui a obtenu la grande médaille à l'Exposition de Londres et la médaille d'honneur à celle de Paris, en 1855, présente des manomètres métalliques pour presses hydrauliques, des machines fixes et locomotives de la plus grande précision. Tous ces instruments, faits avec un soin particulier, attestent l'excellente fabrication de la maison Bourdon, qui, par les perfectionnements qu'elle apporte à tous les objets qui sortent de ses ateliers, tient dignement le rang qu'elle occupe parmi les premiers établissements de la capitale.

Correspondant à Dijon : MATHONNET-DUVALDESTIN, Place d'Armes.

CHARLES, fabricant d'Instruments, rue des Rosiers, 34,

PARIS.

Médaille de troisième classe.

M. Charles, breveté sans garantie du gouvernement, s'occupe de la fabrication des instruments d'optique, d'arpentage, de mathématiques, enfin de tous les instruments à l'usage des sciences. M. Charles, qui a obtenu une médaille de bronze à l'Exposition de 1849 et une mention honorable en 1855, expose des niveaux, des goniomètres, des équerres, des boîtes de drainage d'une modicité de prix qui doivent les recommander à tous ceux qui ont besoin d'instruments bien faits et bon marché.

Correspondant à Dijon : M. MATHONNET-DUVALDESTIN, opticien.

CHRISTOFLE et Cⁱᵉ, rue de Bondy, **56**,

PARIS.

Hors classe.

L'exhibition de l'orfèvrerie Christofle est tout simplement magnifique : c'est de l'argenterie obtenue par les procédés électro-chimiques, qui ont fait tant de progrès depuis quelques années. Parmi les pièces d'un splendide service de table, nous signalerons un surtout et des candélabres représentant des natures mortes, d'un travail achevé; des candélabres-*bécassines*, des réchauds, des plats, des bouilloires, des cafetières, se signalent par l'heureuse variété de la forme. Nous avons surtout remarqué, à côté des huiliers, des saucières, des bouts de table et plateaux de service à thé riches. Ces articles, comme orfèvrerie, ne laissent rien à désirer; le bon goût qui a présidé à la fabrication de toutes ces pièces est le garant de leur mérite. Autrefois il était impossible, à moins d'être puissamment riche, de posséder de la vaisselle plate; avec les procédés électro-chimiques, M. Christofle fournira un service de table complet, pour douze personnes, à 2,000 fr.; nous en voyons même un du prix de 635 fr. — La société Christofle s'occupe également de galvanoplastie; le buste de l'empereur est bien réussi, sa statuette baigneuse, réduction de Sauvage, mérite les louanges de tous les connaisseurs; le travail est rendu à la perfection. — L'immense réputation de la société Christofle, qui a obtenu en 1839, 1844 et 1849, trois médailles d'or, une médaille de première classe à Londres, et la grande médaille d'honneur à l'Exposition universelle de Paris, en 1855, nous dispense de faire ici l'éloge de ses produits. La société Christofle, ayant obtenu une médaille d'honneur dans la seconde classe pour son orfèvrerie artistique, a été placée hors concours dans la septième classe.

Représentant à Dijon : AMELINE-GUERRE, rue Bossuet.

COLLOT frères, balanciers, rue de l'Ecole-de-Médecine, **41**,

PARIS.

Médaille de première classe.

MM. Collot sont les balanciers des travaux de la monnaie; ils fabriquent également des balances d'essai et de précision comme ils en ont envoyé à notre Exposition; des balances à l'usage des banquiers, marchands d'or et de diamants, etc., etc. Ces exposants, qui ont obtenu la médaille de 2ᵉ classe à l'Exposition de Londres, présentaient aussi des balances en aluminium, des poids en platine, cuivre et aluminium, qui méritent d'être signalés. Les produits de MM. Collot frères, qui jouissent d'un renom qui n'est pas usurpé, se signalent surtout par leur admirable précision.

COULON-LUCAN, orfèvre, rue Condé,

DIJON.

Médaille de troisième classe.

La partie sérieuse et méritoire de l'exposition de la maison Coulon-Lucan est l'exhibition d'un médaillon aux armes de Dijon, placé aux Beaux-Arts. Si on apprécie l'excellent travail des bracelets et des broches exposés par ce bijoutier, on admire l'admirable composition de ce petit chef-d'œuvre, qui représente les armes de la ville en 1682, exécutés en or, argent et pierreries. Les fleurs de lys montées en diamants attestent un goût parfait; les feuilles avec grappes or et argent sont délicieuses. La création de cet ouvrage de bijouterie place M. Coulon à côté des premiers joailliers de Paris.

N. COUTURIER, directeur de l'Ecole de dessin

DE CHALON-SUR-SAONE.

Médaille de quatrième classe.

Le graphomètre perspectif est un instrument pour déterminer sur de grands tableaux, à quelque éloignement que soit leur point de vue, toutes les lignes perspectives.

Plusieurs instruments de ce genre avaient été inventés, mais aucun n'était d'une application générale, comme le graphomètre de M. Couturier. Les uns exigent la présence de l'objet que l'on veut mettre en perspective, les autres seraient coûteux et embarrassants, et ne pourraient servir que pour des distances très restreintes ; celui dont nous entretenons nos lecteurs est d'un prix modique et peut s'appliquer pour ainsi dire à tout usage. Immédiatement sur le grand tableau il déterminera la direction et la mesure de toutes les lignes perspectives que l'on voudra, à quelque éloignement que soit leur point de fuite, lors même qu'il serait à l'infini.

Il servira à tracer des perspectives sur tous les plans, sur toutes les surfaces imaginables prises pour tableau, quelle que soit leur position, et, de plus, à rendre palpables les démonstrations abstraites de la perspective, et par conséquent à faciliter l'étude de cette science.

Le graphomètre perspectif de M. Couturier est appelé, par l'usage général qu'on pourra en faire, à un véritable succès.

CRETIN-CHOLET, bijoutier, rue Condé,

DIJON.

Médaille de troisième classe.

M. Cretin-Cholet de Dijon expose des broches et des montures de pipes qui attestent un bon travail d'orfèvrerie : l'une de ces montures représente la chasse à la panthère par l'intrépide Bonbonnel, chasse où il faillit trouver la mort. M. Germain, l'habile ouvrier de M. Cretin, expose le modèle de son atelier en réduction, qui est parfaitement réussi. En général, les travaux de bijouterie de M. Cretin-Cholet sont très recommandables.

DÉTALLANTE, comptable, rue de Rivoli,

PARIS.

Mention honorable.

M. Détallante expose un tableau de comptabilité mécanique ; c'est un immense travail qui fait honneur à son inventeur aussi bien qu'à l'écrivain habile qui l'a tracé sur la pierre. Ce tableau, qui a été lithographié chez M. Soubie, imprimeur-lithographe, est l'ouvrage, pour la composition, de M. Henri Richard, son écrivain.

Correspondant à Dijon : M. LAMARCHE, libraire.

DUBARRY, opticien, place Saint-Jean,

DIJON.

Médaille de deuxième classe.

M. Dubarry n'expose que des microscopes, des niveaux et boussoles. Cet industriel n'a pas voulu entrer en concurrence avec d'autres de ses confrères, et il s'est gardé de se lancer dans le pince-nez et les lunettes. Tant pis, car M. Dubarry aurait pu, en ce genre, nous montrer de fort jolies choses. Cet industriel est un des bons opticiens de cette ville. Les Dijonnais le connaissent, et les étrangers apprendront vite le chemin de sa maison.

J. DUBOSCQ, constructeur d'Instruments d'optique,

RUE DE L'ODÉON, 2, PARIS.

Médaille d'honneur.

La vitrine de M. J. Duboscq est très variée : stéréoscopes, saccharimètre-soleil, microscope photo-électrique, appareil Duboscq pour la projection des phénomènes de double réfraction et de polarisation électrique, régulateur électrique, etc. On s'arrête avec plaisir devant cette curieuse exhibition. M. Duboscq, élève et successeur de M. Soleil, jouit d'une grande réputation. Ses saccharimètre, photomètre, polarimètre, diabetomètre ; ses appareils pour les interférences, les diffractions, lui ont valu la grande médaille à Londres, en 1851, et la médaille de 1re classe à l'Exposition de 1855.

FAVRE-HEINRICH, fabricant d'Horlogerie, rue Moncey, 12,

BESANÇON.

Médaille de première classe.

L'horlogerie bysontine, dont la réputation a été, pendant quelques années, comme effacée, s'est complètement relevée à notre Exposition par les excellents produits qu'elle nous a adressés. M. Favre-Heinrich, un industriel distingué, dans les ateliers duquel on fabrique de l'horlogerie en tous genres, nous présentait un assortiment complet de montres. Précision, solidité, élégance, telles sont les qualités qui distinguent les articles de cette maison, qui s'est fait une spécialité à l'exportation des montres de Colle ou petites pièces.

FOLLOT, bijoutier, rue Condé, 17,

DIJON.

Médaille de première classe.

On est étonné, quand on considère le peu de ressources de fabrication que cet artiste a sous la main, de voir ce qu'il produit ; si ses bijoux pour la gravure et la ciselure n'ont pas ce fini que l'on retrouve dans les maisons des grands centres, l'on ne saurait méconnaître le riche parti qu'il sait tirer du travail donné à ses montures, pas plus que nier le bon goût qui préside à l'agencement général. Citons son bracelet-écusson supporté par deux femmes ailées, celui à support d'aigles ; sa parure aigues-marines et sa broche améthise font honneur à sa réputation. Nous ne saurions donner trop d'éloges à l'heureuse exécution de ses bijoux filigrane tortillonné, comme il s'en faisait sous la fin du règne de Louis XIII.

FOURNIER (Jules), émailleur à Rouvray

(Côte-d'Or).

Médaille de troisième classe.

Les différents genres de cadrans pour montres, horloges, pendules et compteurs de M. Fournier forment un tableau qui attire l'attention du visiteur ; on voit encore des petites plaques émaillées pour servir d'étiquettes aux liqueurs et de décorations mortuaires, etc., etc. Tous ces articles sont d'une fabrication soignée et ont bonne tournure.

FRÉCOT, opticien, quai des Orfèvres, 4,

PARIS.

Médaille de troisième classe.

Cet opticien a exposé des baromètres et des thermomètres, des stéréoscopes, des aréomètres, des loupes, des microscopes, Ses lunettes de spectacles sont fort belles et méritent une mention spéciale.

GARNIER (Paul), ingénieur-mécanicien, rue Taitbout, 7,

PARIS.

Médaille d'honneur.

Une des vitrines des plus apparentes et des plus curieuses de l'Exposition est celle de M. Paul Garnier, habile constructeur d'instruments, excellent horloger, qui a su appliquer si heureusement l'électricité à l'horlogerie. — Un régulateur électrique correspondant avec une pile de Volta distribue l'heure aux différents appareils récepteurs exposés ; trois cadrans mûs par l'électricité marquent en même temps l'heure ; les fils électriques communiquent également avec le grand cadran placé au-dessus de la tribune de la salle Philharmonique. — Nous avons aussi vu un régulateur pour chemin de fer ; des compteurs à quatre et six chiffres pour machines, un compteur à horloges pour machines ; des indicateurs de pression de la vapeur pour machines à haute, moyenne et basse pression, petit et grand modèle ; une pendule électro-motrice, qui communique la seconde à un appareil récepteur, est une des applications les plus surprenantes de l'exposition de M. Garnier, qui a également inventé l'échappement à repos appliqué aux pendules de voyage. Nous voyons plusieurs échantillons de ces pendules de voyage à différentes sonneries avec réveil, etc., etc. M. Paul Garnier, ingénieur civil, horloger de la marine et des chemins de fer, a obtenu des médailles d'or aux Expositions de 1844 et 1849, et une médaille d'honneur à l'Exposition de 1855.

Représentant à Dijon : GULIMAT, horloger, rue de l'Ecole-de-Droit.

GULIMAT, horloger, rue de l'Ecole-de-Droit,

DIJON.

Médaille de troisième classe.

M. Gulimat a donné à l'Exposition une pièce d'horlogerie digne d'attirer les regards du visiteur. Cet horloger distingué a voulu témoigner, par la bonne construction du modèle exposé, qu'il pouvait soutenir dignement sa réputation.

HANRIOT, horloger, rue Saumaise,

DIJON.

Médaille de deuxième classe.

Cet exposant doit avoir dans notre nomenclature une place d'honneur. Le nombre de ses produits n'est peut-être pas aussi grand que celui de beaucoup de ses confrères, mais combien plus remarquables ! Quatre pièces rangées sous quatre numéros, telle est son exhibition. Nous apercevons d'abord deux pendules indiquant les jours du mois et les phases de la lune, à cadran transparent. C'est une invention des plus commodes pour l'homme d'étude et de cabinet qui peut ainsi, sans peine et sans perte de temps, savoir non-seulement l'heure de la journée, mais encore le quantième. La seconde de ces pendules, celle qui était placée sous le n° 1275 *bis*, marche deux mois ; plus loin, c'est un régulateur à secondes, échappement à force constante, balancier compensateur, marchant huit jours. Enfin, un réveil portatif à quantièmes, échappement d'Arnold, marchant pendant quatre jours. — On voit que ces pièces sont du plus haut intérêt. A peine avons-nous besoin d'ajouter que l'exécution irréprochable de ces pendules ajoute encore au mérite que chaque visiteur se plaît à leur reconnaître.

HYVERT, rue Confort, 13,

LYON.

Mention honorable.

M. Hyvert expose une serrure de sûreté à circuit électrique et sonnerie. Cet objet sera très bien placé sur un bureau de banque ou sur un meuble renfermant de l'argent. Avec cet ingénieux appareil, impossible de fracturer une porte sans donner l'éveil.

LAMBLIN, curé, à Boux-sous-Salmaise.

Médaille de deuxième classe.

Bien qu'arrivé les derniers jours de l'Exposition, M. Lamblin, curé de la commune de Boux-sous-Salmaise, ne nous en a pas moins montré qu'il était un bon mécanicien et qu'il avait une entente parfaite de l'horlogerie. Ses horloges d'église, fer et bois, construites dans de bonnes conditions, ayant réuni les suffrages du jury, ont valu à leur auteur une médaille d'argent. Nous sommes d'autant plus heureux de pouvoir applaudir au succès de M. Lamblin, qu'il avait à lutter contre de sérieux concurrents. Ajoutons encore que M. Lamblin ne peut s'occuper qu'à temps perdu d'horlogerie, et que c'est pendant les courts loisirs que lui laissent les soins incessants de son ministère qu'il est parvenu à construire les belles pièces qui ont attiré l'attention des véritables connaisseurs.

LOISEAU, opticien, quai de l'Horloge, 35,
PARIS.

Médaille de première classe.

M. Loiseau expose des appareils électro-médicaux, une sonnerie électrique, un moulin de Woltmann, un télégraphe électrique et un anémomètre de Combes. Tous ces appareils sont d'une excellente exécution et attestent un travail de précision très remarquable. En 1844, cette maison avait obtenu une mention honorable ; en 1849, le jury lui décerna une médaille de bronze.

Correspondant à Dijon : MATHONNET-DUVALDESTIN.

MATHONNET-DUVALDESTIN, opticien, place d'Armes,
DIJON.

Médaille de troisième classe.

M. Mathonnet nous a donné, dans une petite vitrine, un choix des meilleurs articles de son magasin : microscopes, longues-vues, jumelles, baromètres, thermomètres, pinces-nez, machines électriques, rien n'y manque. C'est un assortiment complet. M. Mathonnet est trop connu et trop apprécié à Dijon pour que nous ayons rien à apprendre sur ce chapitre à nos compatriotes. Les étrangers peuvent se convaincre du savoir-faire de cet opticien en examinant ses produits. L'élégance de ses lunettes ne fait rien perdre à leur fidélité, et les nombreux clients de cette maison s'en louent généralement beaucoup.

MONTANDON (Henri), fabricant d'Horlogerie,
BESANÇON.

Médaille de première classe.

Ce que nous avons dit de M. Hanriot, pour les pendules, peut s'appliquer de point en point à M. Montandon pour les montres. M. Montandon présente de l'horlogerie suisse et de l'horlogerie bysontine; de plus, il expose de nouvelles montres brevetées s. g. d. g. Nous avons donné tous nos soins à l'examen de ces montres. Malheureusement il faudrait avoir étudié l'horlogerie pour se rendre un compte exact du mécanisme. Toutefois, on peut toujours juger de leur beauté, et, quant à leur solidité, on doit s'en rapporter aux clients. Or, les clients de M. Montandon, et ils sont nombreux, s'accordent tous et n'ont qu'une voix sur ce chapitre. Pour ce qui est de l'élégance et de la finesse du travail, le visiteur ne fait que leur rendre justice en les trouvant très belles. C'est l'opinion générale et c'est aussi la nôtre.

MOYNIER frères, rue Thorigny, 4,
PARIS.

Médaille de quatrième classe.

MM. Moynier frères, qui dirigent une importante fabrique à Ligny (Meuse), exposent des boîtes d'instruments de mathématiques. Ces divers modèles sont parfaitement réussis et se recommandent par la modicité de leur prix.

Correspondant à Dijon : MATHONNET-DUVALDESTIN.

NACHET et fils, rue Serpente, 16,
PARIS.

Médaille de première classe.

La spécialité de cette importante maison est la fabrication des instruments de micrographie ; les microscopes de démonstration et d'étude, exposés par MM. Nachet et fils à Dijon, sont d'une bonne construction et répondent dignement à la réputation de ces habiles opticiens. Des médailles de bronze aux Expositions de 1844 et 1849, une première médaille à Londres en 1855, une médaille de bronze à New-York en 1853, tels étaient les principaux titres qui recommandaient MM. Nachet et fils d'une façon toute spéciale à l'attention du jury et des visiteurs.

PAQUET, horloger, 29, rue Saint-Louis,
PARIS.

Médaille de troisième classe.

M. Paquet est un horloger-mécanicien distingué, et son exhibition est des plus remarquables. Ses pendules de voyage son bien traitées et peuvent passer partout pour de la belle et bonne horlogerie, tout en restant par leurs prix accessibles au commerce. Notre attention s'est surtout portée sur le tachymètre-Paquet, dont M. Alquié a composé le cadran. Le tachymètre a été inspiré par une observation de l'Empereur, qui, voyageant sur le chemin de fer du Nord, exprima son étonnement de ne pas voir encore un instrument qui puisse, en un instant, donner une réponse à cette question qu'il faisait : A quelle vitesse marchons-nous en ce moment ? — Nous croyons que le nouvel instrument de M. Paquet sera adopté pour l'usage des inspecteurs, conducteurs et mécaniciens ; de plus, les touristes voudront avoir en poche un instrument qui leur permettra de se rendre compte de la vitesse avec laquelle on les mène et qui sera pour eux un agréable passe-temps. Nous signalerons encore des métronomes de Moëlzel et des compteurs de machines fixes, que l'on pourra visiter chez M. Maitrot, horloger, rue Porte-d'Ouche, Dijon.

PERREAUX, rue Monsieur-le-Prince, 16,
PARIS.

Médaille de première classe.

L'importance de la maison Perreaux nous dispenserait presque d'entrer dans des détails à l'égard de son exhibition. En 1836, une médaille d'or et un prix de 6,000 fr. étaient décernés à M. Perreaux ; en 1852, il obtint, à Londres, la première médaille, et en 1855 il reçut, pour ses beaux instruments de précision, une médaille de première classe et une de deuxième. Son établissement comprend la fabrication des instruments de précision de tous genres. Nous citerons seulement sa machine pour l'expérimentation phroso-dynamique, ses soupapes en caoutchouc pour les besoins de l'agriculture et des chemins de fer, enfin la machine qu'il avait exposée, portant le nom de machine dynamométrique et servant à mesurer la force des tissus. M. Perreaux a 18 brevets d'invention, tant en France qu'à l'étranger.

PÉTRY-BELIN, fabricant d'Horloges à Montbard
(Côte-d'Or).

Médaille de deuxième classe.

M. Pétry-Belin fabrique tout ce qui concerne l'horlogerie monumentale : horloges pour clochers, hôtels-de-ville, châteaux, communautés, etc.; horloges et cadrans donnant l'heure par transmission électrique, et enfin toutes pièces d'horlogerie avantageusement connues.

Ce qui distingue M. Pétry-Belin c'est qu'il est, en quelque sorte, l'ingénieur et l'architecte de ses œuvres. Toutes les horloges qu'il livre sont entièrement combinées et construites dans son atelier. Des études spéciales d'horlogerie, aidées des meilleurs principes de mécanique, l'ont mis à même de pouvoir introduire d'utiles perfectionnements dans l'horlogerie monumentale, comme simplification et comme invention.

L'exposition de M. Pétry-Belin consiste en :

1° Une grande horloge à quarts qui est destinée à l'hôtel-de-ville de Montbard. Cette horloge réunit les qualités de solidité, durée et précision dans ses effets, jointes à une simplicité de mécanisme qui assure à cette horloge une marche régulière et prolongée ; — 2° Une nouvelle disposition des rouages des horloges diminuant de plus de moitié les frottements des pivots et l'usure résultant de ces frottements ; — 3° Le plan d'une cadrature à grande sonnerie très simple ; — 4° Un échappement à chevilles pour balancier circulaire, donnant aux horloges la régularité des chronomètres ; — 5° Et le plan d'une horloge d'une construction économique.

Le jury de l'Exposition de Dijon a décerné à M. Pétry-Belin une médaille de deuxième classe, la plus haute récompense décernée à ce genre d'horlogerie. Divers travaux d'horlogerie ont valu antérieurement à M. Pétry-Belin une médaille de deuxième classe à l'Exposition universelle de Paris et une médaille d'argent de l'Académie de l'industrie manufacturière de Paris.

PRUD'HOMME, rue Saint-Martin, 2,

PARIS.

Médaille de troisième classe.

Le tableau de sonneries électro-télégraphiques, exposé par M. Prud'homme, est fort intéressant à examiner. Les difficultés relatives à la pose des fils de fer sont supprimées avec ce système de sonnerie qui appartient à M. Miraud. Les timbres sont d'une sonorité parfaite. Avec ce système, on remplace avec avantage les sonneries ordinaires pour tous les établissements : ministères, chemins de fer, hôtels, usines, bains, chantiers de construction, etc. Ces sonneries constituent de véritables télégraphes domestiques.

RAMPIN (Ferdinand), chef de comptabilité à la mairie de

TOULOUSE.

Mention honorable.

M. Rampin présente un calendrier mécanique perpétuel, destiné certainement à rendre des services. Ce chronographe occupe une place honorable parmi les instruments de précision.

SALLERON (J.), rue du Pont-de-Lodi, 1,

PARIS.

Médaille de troisième classe.

M. Salleron expose un acétimètre et un nouveau modèle de niveau à lunettes. Cet opticien s'occupe surtout de la construction des instruments de précision, appliqués aux sciences, aux arts, à l'industrie. Ses beaux produits lui ont valu, en 1855, une médaille de deuxième classe.

THEVENOT, rue Piron, 6,

DIJON.

Mention honorable.

Cet exposant nous a adressé des machines à additionner et à multiplier. Outre le calculateur des intérêts, nous signalerons son procédé mécanique pour convertir immédiatement le prix du journal (34 ares 28 cent.) ou celui de la pièce (228 litres) en prix de l'hectare ou de l'hectolitre.

TORTOCHOT, peigneur de Chanvre, à Messigny
(Côte-d'Or).

Mention honorable.

L'horloge astronomique de M. Tortochot est un singulier morceau d'horlogerie composé de quatre étages; on croirait voir une œuvre du moyen-âge : la Passion de Jésus-Christ, les jours, les mois y sont représentés; il y a des apparitions de certains personnages à différentes heures du jour; tous ces agencements n'empêchent pas la marche de l'horloge qui est excellente. Le prix de cette pièce est de 600 fr.

VEYRAT, rue de Malte, 22,
PARIS.

Médaille de première classe.

Comme orfèvrerie, le coffre de M. Veyrat, du prix de 10,000 fr., commandé pour la reine d'Espagne, est irréprochable; l'exécution des enfants, qui servent d'ornements, est faible. Comme *repoussé*, ses coupes sont belles. L'orfèvrerie de table est bien traitée.

Correspondant à Dijon : FOLLOT, rue Condé, 17.

Ont exposé :

BIZOT, *de Talant* : une horloge en bois à régulateur électrique ; — GAUDERTH, *horloger-mécanicien, à Rambervillers (Vosges)* : des pièces d'horlogerie; — GILLOT, *à Paris* : des pendules;—LODS (Auguste), *à Besançon* : des montres porte-monnaie;— NOBLET, *rue de Seine, 41, Paris* : des pièces d'horlogerie, une pendule répétition à volonté ; — PEYRON, *horloger, rue Condé, Dijon* : une pendule; — CROMBACK : de l'orfèvrerie; — LANDOIS, *à Valois près Paris* : de la dorure et de l'argenture; — BAZAILLE, *à Paris* : un goniomètre à réflection, perfectionné par M. de Sénarmont; — BRUNNER, *à Paris* : un niveau; — CHAPUZOT, *à Turin* : un appareil à faire le vide; — FASTRÉ, *à Paris* : des baromètres, thermomètres, aéromètres, tubes et vases gradués, etc., etc.; — FERRIER, *rue Coquillière, 8, Paris* : des stéréoscopes (voir 4e classe); — GELEY, *place du Théâtre, Dijon* : trois hygromètres; — GRAVET, *ingénieur, rue Cassette, 14, Paris* : des règles à calcul; — KRUPP, *à Berlin (Prusse)* : un laminoir et un cylindre en acier fondu; — MITAINE, *opticien, à Paris* : des jumelles de théâtre, monture en aluminium; — RHUMKORFF, *à Paris* : un appareil d'induction.

HUITIÈME CLASSE.

INDUSTRIES DES MÉTAUX.

~~~~~~~~

Fers — Fontes — Tôles et Minerais —
Aciers et Coutellerie — Appareils pour le chauffage et l'éclairage —
Quincaillerie — Serrurerie et Outils.

NOMBRE DES EXPOSANTS. 114
PRODUITS EXPOSÉS. 131

COMPOSITION DU JURY.

PRÉSIDENT : M. JOBARD, directeur du Musée royal de l'industrie belge, commissaire du roi aux Expositions étrangères, auteur des Rapports sur les Expositions de Paris, de Berlin et de Londres.

MEMBRES : MM. d'AMBLY, ingénieur des mines — BAZIN, ingénieur — CELLARD, maître de forges, secrétaire de la Chambre de commerce — CHAFFOTTE, serrurier — CUGNOTET père, propriétaire — LÉO, chevalier de la Légion d'Honneur, chef d'escadron d'artillerie, directeur de la poudrerie impériale de Vonges (Côte-d'Or) — SANGNIER, chevalier de la Légion d'Honneur, ingénieur au chemin de fer de Paris à Lyon — VOISOT, ancien principal à Châtillon-sur-Seine.

AMELINE-GUERRE, coutelier, rue Bossuet,

DIJON.

Médaille de première classe.

La première maison de coutellerie de Dijon est sans conteste celle que dirige si habilement M. Ameline-Guerre. Son exhibition répond dignement à sa réputation. Après avoir contemplé les bijoux et joyaux qui remplissent la salle des orfèvres, l'œil s'arrête avec complaisance sur l'élégante vitrine de cet industriel. Tous les articles qui sortent des ateliers de M. Ameline-Guerre se distinguent par l'élégance de la forme et par la

6

richesse du travail; chaque pièce ajustée avec perfection est d'un fini merveilleux, et l'heureuse réunion dans un même objet de plusieurs pièces qui viennent s'y adapter, en font des produits fort enviables. Tous ces jolis ciseaux, ces charmants modèles de couteaux et de rasoirs sont exécutés avec un cachet de bon goût qui n'appartient qu'à un artiste émérite dans ce genre de travail. M. Ameline, qui a travaillé pendant 15 ans dans les ateliers du célèbre Guerre de Langres, dont il a épousé la fille, a fondé sa maison à Dijon en 1849; depuis cette époque, cet établissement a pris un développement considérable, et la coutellerie, jusque-là un peu négligée en notre ville, a suivi l'impulsion qui lui était donnée. Nous connaissons les ateliers de M. Ameline-Guerre et nous savons ce que l'on y peut faire; là nous avons examiné son outillage, ses moyens d'exécution, et ses modèles variés; nous avons également vu des pièces en confection, et nous avons acquis la certitude, en voyant les ouvriers à l'œuvre, que les produits exposés par M. Ameline-Guerre sont bien les brillants modèles qui ont été déjà deux fois médaillés en 1853 et 1854, et que nous retrouvons aujourd'hui dans la vitrine de l'Exposition.

BÉCASSE, à Monville (Seine-Inférieure).

Médaille de troisième classe.

M. Bécasse est l'inventeur de la *burette inversable.* Avec cette burette, qui est à piston, on obtient 50 pour cent d'économie. L'huile ne peut, d'aucune façon, se renverser : lorsqu'elle coule, ce n'est que par la pression du doigt de l'ouvrier sur la tige d'une soupape qui laisse pénétrer l'air indispensable à l'écoulement. Malgré ces avantages, cette burette ne coûte pas plus qu'une burette ordinaire de bonne qualité; aussi son usage est-il général dans une quantité d'usines. Le jury de Dijon a accordé à M. Bécasse une médaille de troisième classe.

BLONDEL, constructeur-mécanicien,

DEVILLE-LEZ-ROUEN.

Médaille de deuxième classe.

L'appareil extracteur-mécanique de vapeur condensée de M. Blondel est applicable aux séchoirs, plaques à vapeur, cuisines à couleurs et toutes espèces de chauffage par la vapeur, où il y a une perte d'eau condensée. Voici les avantages de cet appareil : il économise la vapeur et par suite le combustible; il est peu coûteux (130 fr.), et n'a pas besoin d'entretien; enfin il rend la manutention plus régulière et n'exige aucune surveillance sur le robinet d'évacuation de l'eau condensée. — La boîte de jonction à dents mobiles est un perfectionnement important apporté par M. Blondel dans l'accomplissement des arbres de transmissions de mouvement.

BOLLOTTE, poêlier-fumiste à Dole

(Jura).

Médaille de troisième classe.

Cet industriel a envoyé à l'Exposition des cheminées, des calorifères et des fourneaux. Ses cheminées et ses calorifères sont vraiment luxueux et peuvent décorer les plus beaux appartements.

M. Bollotte façonne avec élégance et bon goût. Sa cheminée, avec sa splendide garniture de cuivre, fixe l'attention de plus d'un amateur, et excite le désir de plus d'une de nos élégantes. Nous croyons que M. Bollotte peut se débarrasser avantageusement de tous ses produits, qui peuvent rivaliser avec les plus remarquables appareils de luxe connus dans le commerce parisien.

BOUGUERET, MARTENOT et C⁰

FORGES DE CHATILLON ET DE COMMENTRY.

Médaille d'honneur.

La boulonnerie de Chaulson livre au commerce plus de cinq millions de kilog. de boulons faites avec des fils forgés de première qualité; nous citerons entre les têtes fouillées, des fers à couteaux, des fils de fer de toutes grosseurs, des mains-courantes, des cornières, des chevillettes et des coussins de chemin de fer, enfin des fers corroyés. Nous ne saurions trop faire l'éloge de ces beaux produits qui ont obtenu une médaille d'honneur à notre Exposition. MM. Robinet, Lecot et Vieljean, employés chez MM. Bougueret et Martenot, ont reçu des médailles de bronze pour leur assidue coopération.

BOUTET, serrurier, rue Dauphine, 8,

DIJON.

Médaille de deuxième classe.

La serrure de sûreté de M. Boutet s'ouvre par quatre clefs différentes et passant à tour de rôle par la même entrée. Cette serrure a été faite, en 1849, à la Doulet. M. Boutet expose également une baratte applicable à la fabrication du biscuit, des glaces et du pain d'épices. Cette baratte, construite pour M. Augen, fabricant de pains d'épices à Dijon, est d'un bon modèle.

BOUTIER et C⁰, quai de l'Hôpital, 52,

LYON.

Médaille de troisième classe.

M. Boutier, de Lyon, expose des appareils pour chauffage fort curieux: ce sont trois calorifères *thermostats* du prix de 65 à 300 fr., deux beaux fourneaux économiques en fonte, enfin un nouveau tourne-broche à hélice dont le moteur est le feu même qui sert à rôtir.

M. Paul Guillemot, du Bufet, est le correspondant de cette maison à Dijon.

BRUNET, constructeur d'Appareils,

CHALON-SUR-SAONE.

Médaille de troisième classe.

M. Brunet présente des poêles et des fourneaux qui sont d'une construction soignée et en tous points dignes de la récompense que le jury lui a décernée. Le bon marché des produits de cette maison les recommande tout particulièrement aux ménagères.

BUREL, ingénieur, rue d'Harcourt, 3,

ROUEN.

Médaille de deuxième classe.

L'appareil de M. Burel, ingénieur civil très distingué, est destiné à remplacer les gros robinets dans les conduites d'eau, d'air ou de gaz; il consiste dans un siège de soupape en forme de rigole circulaire hémicylindrique. Cette rigole reçoit une bague en caoutchouc qui, pressée par un disque supérieur, forme le joint le plus étanche imaginable. Une vis, mue de l'extérieur de la valve, sert à opérer une pression plus ou moins forte sur la bague, suivant le besoin, c'est-à-dire suivant la pression à laquelle est soumis le fluide à intercepter. Le plus faible contact suffit dans le cas du gaz de l'éclairage. Cette vis sert, en outre, à régler l'ouverture de la valve qui est toujours proportionnelle à la levée du disque, la section étant constamment la même, contrairement à ce qui se passe dans la manœuvre des robinets. Dans ces derniers, en effet, l'ouverture varie constamment dans des rapports très incertains avec la progression de la clef autour de son axe. Avec cette valve, l'ouverture peut être réglée au moyen d'une graduation équidistante sur la tige même du disque.

La vanne est faite de fonte brute ne demandant qu'un léger ajustement sur les faces des brides de raccordement, qui peut être même évité lorsqu'on emploie le caoutchouc pour les joints; la seule partie qui demande du travail est l'ajustement de la tige à vis et de son écrou, ainsi que du *stuffing box* par lequel passe le bout qui doit communiquer au dehors. Il en résulte que l'appareil est beaucoup moins coûteux que tout autre similaire, et notamment les valves à crémaillère rabotées, etc.

J.-M. CAILAR, 24, Petite-Rue-Saint-Pierre-Amelot,

PARIS.

Médaille de deuxième classe.

Voici un industriel qui a fait une exhibition qui a attiré l'attention générale ; c'est sans contredit ce que nous avons remarqué de mieux jusqu'à ce jour; à côté de métaux fondus laminés, étirés, nous avons à signaler des boulons, des vis, des pièces détachées pour la mécanique et les chemins de fer, des instruments de précision, d'horlogerie, de télégraphie électrique, d'optique, de physique, etc., et divers modèles de chaînes Galles bien proportionnées. Nous trouvons surtout un magnifique cylindre en cuivre pour l'impression des étoffes. Tous ces remarquables objets sont d'un fini qui approche bien près de la perfection; nous ne saurions trop appeler l'attention du commerce sur cette importante maison.

CALARD, ingénieur-mécanicien, rue Leclerc, 8,

PARIS.

Médaille de première classe.

La belle collection de feuilles métalliques perforées qu'expose M. Calard est digne à tous les points de vue de fixer l'attention des connaisseurs. Cet habile ingénieur-perforateur, qui a obtenu à l'Exposition de 1855 de Paris deux médailles de première classe et une de deuxième, avait dû fixer dès cette époque l'attention du jury. Les rapports de MM. Polonceau, De Rossius Orban et Du Sommerard sont très flatteurs. Les perforés de M. Calard, zinc, cuivre, fer, ayant été appropriés très intelligemment à un grand nombre d'industries, rendent aujourd'hui d'immenses services, surtout à l'agriculture. Ces magnifiques produits auxquels le jury de Dijon a décerné la médaille de première classe, sont d'une variété infinie de dessins, d'une exécution parfaite, qui se signale surtout par une netteté et une régularité remarquables. Nous regrettons que l'espace nous manque pour entrer dans plus de détails à l'égard de l'établissement de cet industriel qui s'occupe aussi de la fabrication de bancs, fauteuils, chaises et guéridons en perforés.

CHAGOT (Jules), directeur des Usines

DE BLANZY.

Médaille de première classe.

Les énormes blocs de charbon de terre qui sont placés dans l'annexe des machines proviennent de Blanzy. C'est M. Lion-Joly, entrepositeur de ces charbons, qui a fourni gratuitement, pendant toute la durée de l'Exposition, le combustible nécessaire à l'alimentation du moteur Cail et Cie. On ne saurait adresser trop de remerciements à M. Lion-Joly pour son désintéressement en cette circonstance.

Les produits exposés sont deux énormes blocs de charbon de terre, du charbon péral, des briquettes et du coke. L'extraction a atteint, cette année, cinq millions d'hectolitres. Le nombre des ouvriers occupés aux travaux des mines s'élève à 2,500. On voit par cette statistique que la Cie de Blanzy marche dignement, par son importance, à la tête de nos exploitations houillères.

CHARLES et Cie, quai de l'Ecole, 16,
PARIS.

Médaille de deuxième classe.

La maison Charles, qui a obtenu en 1849 une médaille d'honneur à l'Exposition de Londres, et deux médailles de première classe en 1855 à Paris, expose des buanderies portatives et économiques en tôle pour le blanchissage du linge à la vapeur. Avec ce système de buanderie, le linge se trouve lessivé en 3 heures, et l'on obtient 75 p. 100 d'économie. Tous les appareils qui se rattachent au lessivage et au blanchissage sortant de la maison Charles sont fort estimés. Citons une buanderie portative en tôle, une buanderie baignoire, une calandre portative pour repasser et lessiver le linge.

Un poli-couteau, machine à nettoyer et polir les couteaux, est un charmant petit modèle d'une utilité indispensable dans un ménage.

Dans une autre classe qui se rattache au matériel agricole, nous trouvons encore les produits de la maison Charles : c'est une baratte transparente, c'est la baratte Charles, en grès, fer et bois, appareil d'une haute utilité et fort estimé des agriculteurs.

CHEVALIER, constructeur, rue Ménilmontant, 34,
PARIS.

Médaille de première classe.

Lors de l'ouverture de l'Exposition d'horticulture, nous avons déjà parlé des appareils de chauffage pour serre de la maison Chevalier ; aujourd'hui nous avons à signaler les produits suivants, sortant des mêmes ateliers : intérieur de cheminée, fourneau à repasser et ses fers, four à pâtisserie, cuisinière économique, bassinoires à la braise, à eau bouillante, à frictions, grillade, fourneau économique, marmite à légumes, appareils fumigatoires, fourneau à gaz, chauffe-assiettes, casseroles de rosette, calorifères à charbon et à bois, buffet de salle à manger, chocolatière, calefacteur, baignoire avec appareil de chauffage, appareils à lessive, glacières, etc., etc. Un appareil à douche des plus simples attire l'attention des visiteurs ; il serait à souhaiter que tous les baigneurs de Dijon en possédassent un semblable. M. Chevalier, qui a obtenu plusieurs médailles, est le fournisseur breveté de S. M. l'Empereur et du roi des Belges.

CHEVALLOD, taillandier à Voulaines
(Côte-d'Or).

Mention honorable.

M. Chevallod expose différents outils en acier d'une bonne trempe et faits avec soin. Correspondant à Dijon : M. LAMBERT, marchand de fers.

CÎTEAUX (Colonie de), Côte-d'Or.

Médaille de deuxième classe.

Sous le titre FERRONNERIE de Cîteaux, nous remarquons divers outils de serrurerie et de menuiserie faits dans de bonnes conditions ; les moufles, vis, clés anglaises, ont surtout fixé notre attention. Toute cette exhibition a été faite par les enfants de la colonie pénitentiaire de Cîteaux.

COHUE fils, fabricant d'Outils,
A LA GUÉROULDE.
Médaille de troisième classe.

Nous ne saurions trop recommander les outils renfermés dans la vitrine de M. Cohue fils. Nous signalerons principalement, au milieu de tous ces beaux produits, des tenailles monstres pour la marine, et destinées à arracher des chevilles en fer sur les navires. Les articles pour les vétérinaires et maréchaux, très bien appréciés du commerce, ont valu à M. Cohue fils une mention honorable en 1855 et deux médailles de bronze aux Expositions de Verneuil et d'Alençon.

COLLIN, directeur de la fonderie de Châtillon-sur-Seine
(Côte-d'Or).

Médaille de première classe.

M. Collin présente du minerai de fer et des fontes moulées. Notre attention, après s'être portée sur des pièces mécaniques et de construction qui méritent certainement des éloges, est venue se fixer sur les fontes, partie sérieuse de l'exhibition du haut-fourneau de Châtillon. La cassure des cylindres de fonte est très homogène, par suite d'une force remarquable; par les viroles de rognures, nous avons constaté que ces fontes étaient très propres aux ouvrages qui exigent de la souplesse. M. Collin a obtenu une médaille de 1re classe; deux médailles de bronze ont été également données à ses coopérateurs, MM. Guyon et Travaillen (François). Ces deux dernières récompenses sont des titres d'encouragement qui ne peuvent que donner de l'émulation aux compagnons et camarades de ces excellents ouvriers.

CORDIER-LAURENT, rue des Moulins, 54
DIJON.

Médaille de quatrième classe.

La boucle de sûreté est appelée à remplacer le cadenas : cet appareil très ingénieux, inventé par M. Cordier, a de nombreuses applications.

Selon ses différentes formes et systèmes, elle est destinée à s'appliquer comme fermeture à tous les objets qu'on veut soustraire à l'indiscrétion, et dont le volume peut ou non varier : elle s'emploie au moyen d'une courroie libre ou adhérente à la chose à laquelle, dans le premier cas, est fixé un passant; elle offre le service de boucle ordinaire, et par un simple tour de clef, elle présente et donne à volonté les avantages du cadenas pour toutes espèces de cartons, caisses, valises, boîtes à cuvettes pour échantillons, grands portefeuilles-serviettes à l'usage des gens d'affaires; objets de voyage, tels que : étuis à chapeaux, malles, sacs de touristes, etc., etc., ainsi que pour articles de chasse et colliers de chiens. On peut également l'utiliser pour la fermeture des livres de commerce, cartons de plans à l'usage de MM. les ingénieurs et architectes.

Le directeur du Creuzot.
Hors Concours.

Le Creuzot a bien voulu prendre part à notre Exposition et nous envoyer plusieurs pièces qui nous ont non-seulement surpris, mais encore étonnés. Si nous passons sous silence les belles collections de minerai et de houille exposées par ces usines, nous ne saurions nous taire à l'égard de ces batteries flottantes et de cet énorme cylindre fondu pour locomotive. Un semblable travail paraît presque incompréhensible. À côté de ces éclisses, de ces coussins et de ces rails, admirez ces fonds de chaudière en fer aciéreux embouti et en tôle de 15 millimètres d'épaisseur. Le jury ayant placé ses magnifiques produits hors ligne, des médailles ont été décernées aux ouvriers dont voici les noms : MM. Dumay, Fesla, Godard et Lenoir.

R. CUBAIN, successeur de Boucher fils et Cᵉ, fabricant de Cuivre,
ROUEN.

Médaille d'honneur.

M. Cubain, qui vient d'obtenir une médaille d'honneur, expose des échantillons de cuivre ouvré sortis de ses usines. Les laminoirs de cet industriel peuvent fournir des tôles de 8 à 10 mètres de long sur plus d'un mètre de large; il présente des fils de toutes grosseurs, de cuivre et de laiton, et qui arrivent par série à la finesse d'un cheveu; quelques-uns de ces fils ont plus de 20 kilomètres de long.

Les usines de M. Cubain occupent une place importante dans notre industrie; la maison à laquelle il a succédé, et qui a été fondée vers 1780, s'est occupée, d'une des premières en France, de la fabrication du laiton, et elle obtenait, dès les premières Expositions de 1802, 1806, 1819, les premières récompenses. M. Cubain a suivi les traces de ses prédécesseurs : à l'Exposition universelle, il a obtenu une médaille de première classe, et depuis lors, dans diverses Expositions départementales, une médaille de vermeil et trois médailles d'or lui ont été accordées, l'une d'elles donnée par l'Empereur. L'exhibition de cet industriel a dignement répondu à la réputation de ses produits.

FOURNIER-POIFOL, serrurier-entrepreneur, rue Guillaume, DIJON.

Médaille de troisième classe.

Si M. Fournier-Poifol est venu un peu tard, les amateurs de bonne et belle serrurerie n'y ont pas perdu. A côté des zincs de Grados s'élève un joli modèle de grille en fer façon Louis XVI ; elle est destinée au Palais de Justice de la ville de Beaune ; le prix du kil. est de 1 fr. Sur les deux morceaux de cette grille est appuyé un magnifique balcon façon Louis XV, avec ornements en tôle repoussée ; on peut voir les semblables aux fenêtres du Palais des États. Le travail de M. Fournier-Poifol est toujours soigné et plein de goût. Ses applications en tôle repoussée sont très remarquables. Il est très probable que M. Fournier-Poifol, un de nos serruriers les plus habiles et les plus distingués, obtiendra une mention très honorable ; pour nous, nous avons cru remplir un devoir de justice en signalant les travaux de cet intelligent ouvrier.

GAUTHEROS, 9, rue Poissonnerie, DIJON.

Mention honorable.

M. Gautheros fabrique des chaudières pour brasseries, tournilles et alambics très ingénieux et fort commodes. Ses fourneaux de cuisines économiques, dits fourneaux russes, sont bien conditionnés, usent peu de combustible et servent en toutes saisons par le moyen des grilles potagères qui s'adaptent dessus.

GERBAULET, ferblantier, rue Berbisey, 38, DIJON.

Mention honorable.

Le siphon dont on se sert pour transvaser les liquides était resté jusqu'à ce jour dans sa simplicité primitive, mais aussi avec les incommodités inséparables de cette simplicité excessive. M. Gerbaulet, ferblantier-lampiste, a très heureusement reconnu les perfectionnements qu'on pouvait y apporter. Aussi a-t-il obtenu une mention honorable à l'Exposition de Dijon pour ce siphon perfectionné. On ne peut s'empêcher de reconnaître qu'il est très ingénieusement combiné.

GERMAIN, manufacturier à Moutiers-Saint-Jean.

Médaille de troisième classe.

Il est rare de voir une aussi belle et plus complète collection d'outils à percer que celle qu'expose la maison Germain. Nous devons signaler particulièrement des tarrières et des mèches d'une fabrication soignée. Cette maison recommandable est représentée à Dijon par M. DAUD-VALLOT, quincaillier, seul dépositaire de ces beaux produits.

GIRARD-RIVOIRE, plombier-appareilleur, à Chalon (Saône-et-Loire).

Médaille de troisième classe.

M. Girard-Rivoire a exposé un nouvel appareil, dit par-à-gaz, pour la recherche des fuites et le nettoyage des lampes et tuyaux à gaz, qui certes n'est pas sans valeur aux yeux des gens du métier.

GOELZER (Philippe) et Cie,

Compagnie française des appareils à gaz pour l'éclairage et le chauffage,

FAUBOURG SAINT-MARTIN, 113, PARIS.

Médaille de deuxième classe.

Les riches suspensions qui ornent et décorent la salle de Flore sortent de la maison de M. Goelzer. — Nous savons depuis longtemps que M. Goelzer, qui dirige avec tant d'habileté et de talent la fabrication des appareils à gaz pour l'éclairage et le chauffage, est un homme dont la modestie égale le savoir; quand il s'agit de ses œuvres il redoute autant l'éloge que la flatterie; aussi sommes-nous fort embarrassés pour lui dire que ses appareils ont une haute valeur. Quoiqu'il en soit, nous ne saurions passer sous silence son lustre portant une renommée; cet appareil sort de l'ordinaire, parce qu'au lieu de descendre comme toujours par une tige au milieu, le gaz passe par trois conduites; son lustre à chaînes, comme travail, est magnifique : mais ce travail, les gens compétents seuls peuvent l'apprécier, et eux seuls peuvent savoir les obstacles à surmonter pour livrer passage au gaz par ses trois chaînes. Nous ne parlerons pas de l'heureuse réussite de M. Goelzer dans le choix des contours et de la sculpture de ses autres appareils; il nous suffira de dire que ce qui sort de cette maison est fini, achevé et de qualité.

Correspondant à Dijon : M. MIOTTE, lampiste, rue des Forges.

GOUILLE (Le directeur des usines de)

(Doubs).

Médaille de première classe.

Les usines de Gouille, qui ont obtenu à notre Exposition une médaille de première classe, présentent des tôles et fers blancs. Ce qui donne une supériorité marquée aux tôles de ces usines, c'est qu'elles sont fabriquées au bois avec des fontes dont la qualité est universellement reconnue. Les fers blancs anglais, produits avec du fer à la houille, s'ils sont moins coûteux que les nôtres, sont bien inférieurs aux fers blancs de Comté et des Vosges. Douceur, malléabilité, brillant de l'étamage, telles sont les inappréciables qualités des produits de ces usines que représente dignement à Dijon M. Vinckler père. Des médailles de bronze ont été décernées à MM. Dalle (Victor), lamineur, et Jourdain, étameur, employés dans cet établissement.

GRADOS, rue Amelot, 64,

PARIS.

Médaille de première classe.

M. Grados, qui a obtenu en 1855, à l'Exposition de Paris, une médaille de première classe, expose des ornements en zinc, une fontaine, des faîtages et objets divers, tels que vases, colonnes, dessus de marquises, etc., etc. Tous ces produits, qui flattent l'œil, sont fabriqués avec élégance et solidité. Il n'est pas un propriétaire aisé qui ne veuille en user pour ses nouvelles constructions. M. Grados est l'ornementiste-décorateur des théâtres impériaux, du Palais de l'Industrie, etc. On exécute dans son établissement, d'après les dessins des architectes, en cuivre, zinc ou plomb.

M. POUCHETTY, rue Chabot-Charny, est le correspondant, à Dijon, de la maison Grados.

GRUET, rue Sainte-Colombe, 2,

BORDEAUX.

Mention honorable.

La lampe Gruet, qui jouit d'une réputation méritée par ses divers usages, a obtenu du jury de la 8e classe une mention honorable.

GUENARD et Cⁱᵉ, hauts-fourneaux et forges de Drambon
(Côte-d'Or).

Médaille de deuxième classe.

L'usine de Drambon, l'une des plus anciennes de la Bourgogne, appartenait, en 1670, au roi Louis XIV, qui y fit établir une importante fabrique de canons de fer.

Cet établissement, que dirigent avec habileté MM. Guenard et Cⁱᵉ, possède deux hauts-fourneaux, quatre feux d'affinerie et un cylindre.

Les hauts-fourneaux, de petites dimensions, ont une marche très-régulière. La qualité des fontes, dont la cassure présente de larges facettes, est due à la douceur et à la pureté des minerais de la localité.

Les fers, que l'on regarde comme les meilleurs que l'on puisse produire en France, sont très-forts, malgré leur nature à grains serrés *blanc d'argent*, et se prêtent au travail le plus difficile. Ils conviennent surtout pour la fabrication des armes, des outils de taillanderie, des pièces de mécanique, des fils de fer et des tôles de qualité supérieure.

Une médaille de 2ᵉ classe a été accordée à MM. Guenard et Cⁱᵉ.

MM. Guenard et Cⁱᵉ avaient envoyé à l'Exposition : *Minerais* en grains, seize variétés ; *Fonte :* trois barreaux, un jet de coulée et une platine de 1 mèt. 20 centim. de longueur, 0,80 centim. de largeur, 0,08 millim. d'épaisseur ; *Fer :* une barre carrée de 85 millim., pesant 246 kil. ; une de 14 millim., une barre plate tordue à froid, et divers morceaux de fer cassés au moyen d'un mouton.

JOLIJON, entrepreneur à Chalon-sur-Saône.

Mention honorable.

M. Jolijon avait d'abord pris un brevet d'invention pour un enduit imitant le marbre et toute espèce de pierre polie. Avec cet enduit placé sous une presse, il est parvenu à fabriquer des carreaux que le contact de l'air durcit en quelques jours. Le calibre exposé, qui a coûté beaucoup de recherches à M. Jolijon, peut s'appliquer à toutes les moulures sans distinction ; il finit les anglets plus proprement et plus nettement qu'à la main. Cette invention, qui a valu à son auteur une mention honorable, est appelée à rendre de grands services aux plâtriers en utilisant leurs temps et en les mettant à même d'employer les matières les plus ingrates.

LAPERCHE, rue Grange-Batelière, 15 et 17,
PARIS.
Médaille de deuxième classe.

L'un de nos plus brillants exposants, c'est M. Laperche de Paris, fabricant d'appareils de luxe pour chauffage. Ces trois cheminées, d'un travail artistique remarquable, annoncent un bon goût parfait de la part de ce constructeur. Nous avons surtout remarqué un poêle-calorifère en tôle repoussée au marteau ; la colonne qui le surmonte est une pièce digne de fixer l'attention. A côté des garnitures de feu, anciens et nouveaux modèles, de cet industriel, nous avons également vu en réduction une délicieuse cheminée à double foyer tournant à volonté : on peut faire marcher les deux feux ensemble ou séparément ; l'appareil tournant peut se faire avec un seul foyer. M. Laperche fait sur commande des cheminées du plus riche modèle. Ses magasins, situés rue Grange-Batelière, à Paris, offrent des appareils de chauffage vraiment dignes d'être visités.

Correspondant à Dijon : GREY, marchand de moutarde, rue Guillaume.

LAPERCHE jeune, rue du Faubourg-du-Temple, 50,
PARIS.
Médaille de deuxième classe.

Nous ne saurions trop louer la jolie vitrine de M. Laperche jeune, fabricant de vis cylindriques et d'objets tournés ; toutes ces petites pièces sont faites avec un soin, une régularité, une exactitude qui approchent bien près de la perfection. Cet industriel a d'autant plus de mérite, que les modèles qu'il expose sont excessivement variés.

Représentant à Dijon : GREY, marchand de moutarde.

LAPÉROUSE aîné et CAILLETET, maîtres de Forges,

CHATILLON-SUR-SEINE.

Médaille de première classe.

Parmi la belle collection de tôles que présentent ces maîtres de forges, nous avons remarqué une tôle non recuite du poids de 500 kilog., dont nous ne saurions faire trop d'éloges. Signalons aussi des versoirs de charrue, du fer au gaz, enfin des échantillons de fer parmi lesquels il y en a qui ont la forme de nœuds. On obtient ce résultat en tordant le fer à froid. Tous ces produits, qui sont d'excellente qualité, ont valu à ces industriels une médaille de première classe. Une médaille de bronze a été également décernée à M. Buland-Defrance, chef de fabrication dans ces importantes usines.

LECHAT aîné, maréchal-ferrant,

PONTAILLER.

Mention honorable.

M. Lechat, qui a obtenu une mention honorable, expose des outils de maréchal bien faits et d'un bon marché surprenant. M. Lechat, qui a été premier maréchal dans la cavalerie, exécute parfaitement la ferrure à froid, et il est difficile de rencontrer un homme plus habile que lui pour ferrer les chevaux difficiles et méchants.

LEMAIRE, architecte, rue Guillaume,

DIJON.

Médaille de troisième classe.

M. Lemaire expose le plan d'un appareil de chauffage de son invention qui nous semble être un des meilleurs systèmes de chauffage mis en pratique jusqu'ici. La cheminée est excessivement simple : au moyen de plans inclinés, tout le calorique rayonnant sera employé à chauffer l'appartement. Nous ne doutons pas que l'appareil Lemaire ne soit appelé à un véritable succès dans l'application.

LIMET et Cⁱᵉ, à Paris.

Médaille de première classe.

M. Limet nous a envoyé un bel assortiment de limes en tous genres, qui lui a déjà valu en 1855 une médaille de 1ʳᵉ classe. Cette maison, très recommandable, marche de pair avec l'établissement Taborin, et les produits de ces deux grands industriels ont la même valeur.

LOUPE, boulevard Poissonnière, 22,

PARIS.

Médaille de deuxième classe.

Les appareils de M. Loupe sont d'une fabrication irréprochable, et disposés de façon à donner la plus grande masse d'air échauffé possible ; son buffet-calorifère est d'une forme élégante et son fourneau économique nous semble d'une excellente construction. M. Loupe a obtenu une médaille à l'Exposition universelle de 1855.

MARCHAL, coutelier chez M. Picard, place des Ducs,

DIJON.

Mention honorable.

Les ciseaux, couteaux et objets de coutellerie exposés par M. Maréchal, lui ont valu, pour leur bonne confection, un mention très honorable.

MICHAUT frères, fabricants de Limes à Beugnon

(Yonne).

Médaille de première classe.

MM. Michaut frères méritent plus que des encouragements pour leur industrie naissante ; leurs limes sont belles et d'une excellente trempe. Ces industriels, par leur fabrication consciencieuse, le développement donné à leur établissement, peuvent rivaliser avec les maisons Limet, Proutat, Taborin, dont ils sont les dignes émules. C'est ce qu'a parfaitement compris le jury, qui a décerné à cette maison la médaille de 1re classe.

MILLE-BELORGEY, ferblantier-lampiste, rue Condé, 12,

DIJON.

Mention honorable.

M. Mille-Belorgey, qui a repris, il y a quelque temps, le fonds de M. Cassou-Blandin, veut signaler son début par des travaux qui, certainement, doivent concourir à faire sa réputation. Ses couvertures en zinc sont très gracieuses et pleines de solidité. Il a exposé aussi un bain de siège qui nous a paru fort commode. Ses zincs, pour bains de pieds et seaux à toilette, sont d'une utilité que l'on ne saurait discuter.

MUNKTELL, à Eskilstuna (Sudermanie)

(Suède).

Médaille de deuxième classe.

M. Münktell expose des couteaux et des objets divers en acier damassé. Les produits de cet industriel annoncent une excellente fabrication et un travail achevé ; par suite, ils étaient dignes en tous points de la récompense obtenue. Nous sommes heureux de voir cet exposant étranger participer aux récompenses décernées par le jury de notre Exposition.

PARIS (Fr.), ferblantier-chaudronnier, rue Poissonnerie, 14,

DIJON.

Mention honorable.

M. Pàris expose un siphon à air comprimé, dont le réservoir supprime l'action de la soupape. Bon modèle.

PATRET, maître de Forges à Varigney

(Haute-Saône).

Médaille de première classe.

M. Patret expose quatre fourneaux économiques de cuisine en fonte de première fusion et diverses pièces d'ornements en fonte, tels que chauffeuse, bénitier, médaillon, étagère, corbeille, etc., etc. Tous ces objets sont fondus avec un goût parfait.
Correspondant à Dijon, MALGA, rue Jeannin.

PIHOUÉE, rue de l'Ecole-de-Droit, 33,

DIJON.

Médaille de troisième classe.

Les appareils de chauffage de M. Pihouée, de Dijon, ne le cèdent pas en élégance à ceux de ses confrères. Nous avons remarqué des poêles d'un fort beau modèle, et dont la construction nous a semblé réunir toutes les qualités que l'on doit exiger de semblables produits. Nous nous plaisons également à reconnaître la valeur des fourneaux construits par M. Pihouée, qui sont d'une solidité et d'une force incontestables.

PONDEVAUX et JUSSY, fabricants d'Armes,

SAINT-ÉTIENNE.

Médaille de première classe.

Ces fabricants exposent une douzaine de beaux fusils de chasse du prix de 150 à 300 fr., une paire de pistolets ordinaires, un joli pistolet de salon avec ses accessoires. Ces armes se font remarquer par leur solidité qui n'exclut cependant pas l'élégance.

Correspondant à Dijon, BROCARD, rue Bossuet.

POTET frères, à Is-sur-Tille

(Côte-d'Or).

Mention honorable.

MM. Potet exposent une belle cheminée d'un travail solide et d'un bon goût que l'on serait loin d'attendre chez des poêliers de campagne. MM. Potet étaient dignes de la distinction obtenue.

PROUTAT, MICHOT et THOMERET, à Arnay-le-Duc

(Côte-d'Or).

Médaille de première classe.

Voici de véritables et sérieux exposants : lorsque les regards se portent sur le beau tableau de limes exposé par MM. Proutat, Michot et Thomeret, on est obligé de s'arrêter et de considérer avec attention cette belle collection d'outils.

Il n'est personne qui ne sache quel rôle important et primordial la lime joue aujourd'hui dans le travail; son usage est infini, depuis le fondeur jusqu'à l'horloger et le bijoutier, tout le monde s'en sert : il y en a de toutes les formes, de toutes les dimensions, de tous les grains de taille; car la lime s'approprie à tous les ouvrages, depuis les plus grossiers et les plus pénibles jusqu'aux plus fins et aux plus délicats.

L'établissement de ces industriels est le *seul* dans le monde entier qui produise *toute* la lime, sans aucune exception. Voyez cette énorme lime à bras, c'est le commencement de la série qui finit par un outil fin, comme la plus fine aiguille. MM. Proutat, Michot et Thomeret livrent par année plus de 150,000 douzaines de limes au commerce; la marque de fabrique d'Arnay-le-Duc se retrouve dans l'univers entier.

C'est par un travail progressif que cette maison est arrivée à ce résultat extraordinaire : en 1849, elle obtenait une médaille de bronze à l'Exposition nationale de Paris; en 1851, l'Angleterre — cette patrie de la lime — lui décernait une première médaille à son Exposition universelle; en 1855, elle obtenait encore une médaille de première classe à l'Exposition universelle de Paris.

Disons-le hautement, cette belle fabrique fait honneur à l'industrie de notre département; par des perfectionnements continus, MM. Proutat, Michot et Thomeret ont placé leur établissement en première ligne; s'ils ont eu des commencements pénibles, les difficultés sont aujourd'hui surmontées, et avec leurs propres ressources et un labeur assidu ils ont su s'affranchir de toutes les entraves et donner à leur industrie un développement et un essor qui ne feront que s'accroître dans l'avenir.

ROCKEL, fabricant d'Outils de quincaillerie, rue Saint-Nicolas, 19,

DIJON.

Médaille de deuxième classe.

M. Rockel expose un tableau d'outils en tous genres pour quincaillerie et un gros vilebrequin, qui attestent chez cet industriel une fabrication consciencieuse. Maison recommandable.

ROGEAT frères, rue d'Enghien, 15,

LYON.

Médaille de troisième classe.

La poterie hygiénique, en fonte et tôle émaillée, de MM. Rogeat, est très appréciée; nous avons à signaler, parmi ces produits, une baignoire, une fontaine et une mangeoire. Nous signalerons aussi des plaques en fonte émaillée, pour noms de rues et numérotage de maisons. Cet établissement, l'un des plus importants de Lyon pour sa partie, livre au commerce de très beaux fourneaux de cuisine maçonnés, à façade de fonte émaillée, pour communautés, fabriques, pensionnats, etc., etc. Nous ne saurions trop louer les produits de MM. Rogeat frères, qui se recommandent par la bonne qualité et la modicité de leur prix. — Ces industriels, qui viennent de recevoir une médaille à notre Exposition, ont déjà obtenu, à des Expositions antérieures, deux médailles de première classe et une de deuxième.

Dépôt, à Dijon, chez M. BELIN-CLAIRET, rue Berbisey, 20.

ROSAT, fondeur, rue Verrerie,

DIJON.

Mention honorable.

M. Rosat, qui a obtenu une mention honorable, présente un robinet en cuivre, sur colonnes, servant dans toute la localité.

ROUSSEAU, serrurier, rue du Refuge,

DIJON.

Médaille de deuxième classe.

Sous le titre bien modeste : *objets de serrurerie,* M. Rousseau expose une serrure de sûreté qui est certainement un véritable petit chef-d'œuvre d'adresse et d'habileté. Ce verrou de sûreté est de style Louis XV, avec rosaces à contour. Munie d'une clef qui s'adapte parfaitement à une plate-forme rentrant dans des hèves d'une parfaite justesse, cette serrure élégante et d'un simple mécanisme nous paraît d'une solidité incontestable. Elle était présentée à notre Exposition sur une plaque de noyer, et supportée par un piédestal découpé à jour, d'un rare travail. Ce qui n'est pas moins digne de fixer notre attention, c'est une porte d'écluse où M. Rousseau a appliqué une nouvelle vanne de son invention. Cette porte a été exécutée avec un soin extraordinaire sur un modèle de l'administration du canal de Bourgogne. La vanne de M. Rousseau est circulaire et en tôle, on la fait manœuvrer au moyen d'une chaîne articulée qui passe sur un pignon. Les avantages offerts par ce système sont ceux-ci : suppression de la moitié des ferrures et manœuvres plus rapides. En cinq tours la vanne est complètement levée et le jaugeage des eaux se fait avec plus d'exactitude. Nous ne saurions donner trop d'éloges à l'invention de M. Rousseau, qui, du reste, a déjà reçu l'approbation de plusieurs ingénieurs des ponts et chaussées.

ROYDET, maître de Forges à Bèze

(Côte-d'Or).

Médaille de première classe.

M. Roydet, qui dirige avec autant d'intelligence les forges de Bèze qu'il dirigeait autrefois son notariat, est venu présenter à notre concours les magnifiques produits de ses usines. Les fers, les tôles et les aciers qu'il expose sont de tout premier choix. Une médaille de première classe a été décernée à cet habile industriel, dont les efforts soutenus ont contribué à maintenir au dehors la réputation de notre industrie métallurgique. Des médailles de bronze ont été également accordées à MM. Desmonet père et Meysser (Nicolas), ouvriers chez M. Roydet.

SAILLARD (veuve), de Besançon
(Doubs).

Médaille de quatrième classe.

Mme veuve Saillard expose une remarquable collection de briquets métalliques, en métaux de différentes compositions, argentés et dorés, etc., etc. Ces charmants modèles font de ces objets de poches et de cheminées un article indispensable à toute personne qui se respecte. Ce petit appareil empêche tout accident qui peut provenir de l'explosion des allumettes chimiques.

Les briquets métalliques ont encore d'autres avantages appréciés des fumeurs et des voyageurs : au moyen d'un mécanisme très ingénieux, ils peuvent couper les bouts de cigarres et servir de chandeliers pendant l'obscurité. D'autres modèles à deux compartiments sont destinés à renfermer de l'amadou chimique.

SCHOBERT fils, rue Poissonnerie,
DIJON.

Mention honorable.

L'étalage-vitrine de M. Schobert contient de charmants objets d'épinglerie, des corbeilles de fer d'un excellent travail, de jolies suspensions, des articles d'une légèreté et d'une élégance rares. Nous recommandons aux amateurs les produits de cet industriel qui a déjà obtenu une médaille à l'Exposition d'horticulture de Dijon pour ses meubles et bordures de jardin.

SCHWARTZ, cours du Parc,
DIJON.

Médaille de deuxième classe.

Voici un industriel actif et intelligent qui expose des articles de crépinerie et de quincaillerie de sa fabrique : que M. Schwartz ne se laisse pas décourager, il vend de la bonne marchandise, ses produits sont de qualité ; en persévérant avec courage dans la voie où il est entré, il surmontera tous les obstacles et arrivera à une pleine réussite. Nous recommandons d'une façon toute spéciale les articles sortis des ateliers de M. Schwartz.

SEBILLAT, MALLET et GAUTHIER, lampistes à Autun
(Saône-et-Loire).

Médaille de troisième classe.

Ces industriels, qui ont obtenu à l'Exposition de 1855 une mention honorable, exposent des lampes à deux mèches concentriques et veilleuse s'allumant réciproquement par l'autre, sans ôter le verre.

Correspondant à Dijon : MILLE-BÉLORGEY, lampiste.

STEKEL-BIZOUARD, armurier, rue des Forges, 15,
DIJON.

Médaille de deuxième classe.

La vitrine de M. Stekel-Bizouard est pleine de charmants fusils de tous genres, aux canons chatoyants, aux crosses sculptées, de pistolets de tir et de salon, d'accessoires de chasse. L'ancienne réputation de la maison Bizouard dans l'arquebuserie et les articles de chasse sont un titre qui doit être compté par les amateurs. Nous recommandons d'une façon toute spéciale l'établissement de M. Stekel.

TABORIN, rue Amelot, 62,
PARIS.

Médaille de première classe.

M. Taborin, qui a ses fabriques à Villeneuve-sur-Yonne, expose une remarquable collection de limes en acier fondu. Les produits de cet industriel ont déjà obtenu une médaille de 1re classe en 1855.

TABOUREAU, poêlier-fumiste à Gray
(Haute-Saône).

Médaille de troisième classe.

Sous l'annexe de la place d'Armes, s'élève une belle vitrine d'objets de poêlerie : c'est celle de M. Taboureau, de Gray, qui expose deux magnifiques cheminées ouvragées avec devants et chenets appropriés, et deux calorifères à air chauffé et à vapeur. Tous ces articles méritent une mention particulière.

THOMASSIN, poêlier-fumiste, rue du Petit-Potet, 15,
DIJON.

Médaille de quatrième classe.

M. Thomassin expose deux appareils de cheminée garantissant la fumée des cheminées de cuisine. Ces appareils sont fort simples et se recommandent au commerce par leur extrême bon marché.

THOUREAU et Cie, maîtres de Forges,
DIJON.

Médaille d'honneur.

M. Thoureau expose les produits des forges de Velars. Nous signalerons, à côté des échantillons de minerai de fer, des échantillons de fonte et de fer, des fers laminés au bois, des fils de fer, enfin des pointes de toutes grandeurs, à la houille et au bois, fabriquées avec une grande précision. Les deux machines à fabriquer les pointes, qu'expose M. Thoureau, ont fonctionné pendant toute la durée de l'Exposition avec une régularité qui a été forcément remarquée de tous les visiteurs. Ces machines font environ 200 pointes à l'heure. Une médaille d'honneur a été décernée à M. Thoureau pour l'excellente qualité de ses produits et aussi pour l'importance des forges qu'il a l'honneur de diriger. Ont obtenu des médailles de bronze, chez M. Thoureau, les coopérateurs suivants : MM. Duplessey et Voilot.

TRICORNOT (T. de), à la fonderie de Farincourt
(Haute-Marne).

Médaille de deuxième classe.

Les fourneaux de cuisine exposés par M. de Tricornot sont solides et forts ; cette usine possède un haut fourneau en sablerie de première et deuxième fusion, des fourneaux et appareils économiques brevetés, etc., etc.
Représentant : J. DERESSE, rue du Bourg, à Dijon.

VARLET fils, rue de Charonne, 149,
PARIS.

Médaille de troisième classe.

M. Varlet a exposé des fourneaux en tôle, des chaufferettes, des moules à café qui méritent certainement de fixer l'attention. Le travail, sans être parfaitement élégant, offre de la solidité. Cette fabrique de tôlerie se recommande aux consommateurs par le bon marché de ses produits.

Zany père et fils, poêliers-fumistes,

BESANÇON.

Mention honorable.

Les fourneaux et calorifères exposés par M. Zany sont assez beaux ; mais nous ne voyons là aucun perfectionnement susceptible d'attirer l'attention d'un jury. M. Fucco, rue Saint-Martin, 4, à Dijon, représente cette maison.

Ont exposé :

Cognieux, Guerin et Champenois, *aux forges de Vaumas* (Allier) : des fers ; — Joubier, *fondeur, à Brazey-en-Plaine* (Côte-d'Or) : des fontes brutes et produits de la fonderie de Brazey ; — Lanne, *rue du Temple, 120, Paris* : des rasoirs ; — Lhermi-nier, *arquebusier à Mâcon* : un fusil nouveau système ; — Boutet, Couplet et Cᵉ, *à Paris* : des lampes ; — Charropin et Marc-Carrieu, *rue d'Angoulême, 48, à Paris* : un thermosiphon et des appareils de chauffage, à air et vapeur, pour serres et jardins d'hiver ; — Couturier, *à Paris* : suspensions pour lampes ; — Dela-porte, *à Paris* : des lampes ; — Duchesne, *à Paris* : bouts de table dorés, candé-labres, chandeliers et bougeoirs ; — Galopin, *à Paris* : des lampes et coupes ; — Guyon frères, *maîtres de forges, à Dole* : des fourneaux de cuisine (voir 14ᵉ classe) ; — Leblanc, *à Paris* : des bougeoirs dorés ; — Lécuyer, *rue Montmartre, 140, à Paris* : un appareil à circulation pour chauffer les bains ; — Leroy (Hippolyte), *rue Notre-Dame-de-Nazareth, 12, à Paris* : un fumoir fixe, aspirateur à air libre, empê-chant les cheminées de fumer ; — Martinet, *à Paris* : des lustres, candélabres et coupes ; — Pickart et Punand, *à Paris* : des lustres (voir 2ᵉ classe) ; — Popon, *à Paris* : candélabres et lustres ; — Vandenbroucke, *rue de Strasbourg, à Paris* : des fourneaux de cuisine (voir 11ᵉ classe) ; — Viey, *à Paris* : des flambeaux et chande-liers ; — Aubert, *à Dijon* : ferblanterie ; — Barbier, *à Paris* : jardinière en métal anglais ; — Bernard, *à Chalon-sur-Saône* : taille-crayon ; — Bolotte-Gottsching, *place Saint-Bernard, à Dijon* : fonte de chasse lustrée ; — Bonnet (Jules), *à Dijon* : service de table et pour le thé, en métal anglais ; — Bricaire et Poulot, *à Belleville* (Seine) : des boulons, rivets, clefs, rondelles, etc. ; — Calais, *rue Saint-Joseph, 15, Paris* : des objets en fonte douce et fonte malléable étamée ; — David et Romand, *rue d'Auxonne, à Dijon* : fonte de chasse ; — Dard-Vallot, *à Dijon* : quincaillerie ; — Duvernet, *à Besançon* : des outils pour tailleurs de pierre ; — Faivre et fils, *ingénieurs civils, à Nantes* : des robinets à tampons en fonte et caoutchouc à soupape métallique ; — Lévèque, *rue des Moulins, 12, Paris* : des théières-cafetières à filtre diviseur ; — Magé, *rue de Sèze, 92, Lyon* : des tissus métalliques ; — Manchet, *à Auxerre* : un pèse-lettres ; — Méhu, *chaudronnier, à Auxonne* : des objets de cui-vrerie et tuyaux avec et sans soudure ; — Pélissard, *ferblantier, rue Piron* : une baignoire et un chassis en tôle ; — Ragonneau, *serrurier, à Dijon* : une filière ; — Rousseau, *rue Bossuet, 8, à Dijon* : un robinet en cuivre ; — Villard, *34, quai Saint-Antoine, Lyon* : ouvrages en cuivre et fonte (voir 2ᵉ classe) ; — Hoganas (Mines de Scanie) (*royaume de Suède*) : échantillons de houille.

NEUVIÈME CLASSE.

MÉDECINE ET HISTOIRE NATURELLE.

Hygiène — Pharmacie — Médecine — Chirurgie — Art vétérinaire — Histoire naturelle.

NOMBRE DES EXPOSANTS 49
NOMBRE DES PRODUITS EXPOSÉS 61

COMPOSITION DU JURY.

PRÉSIDENT : M. DE CHRISTOL, doyen de la Faculté des sciences.
VICE-PRÉSIDENT : M. LÉPINE, docteur, directeur de l'Ecole de médecine.
SECRÉTAIRE : M. BRULET, docteur.

MEMBRES : MM. BRULÉ, professeur de zoologie à la Faculté — FLEUROT, docteur — DE KOLLY, propriétaire — MERCY fils, vétérinaire — VIALLANES père, ancien pharmacien.

ARNAULT, pédicure, rue Vannerie, 43,

DIJON.

Médaille de quatrième classe.

M. Arnault expose une série d'instruments pour l'extraction des cors et durillons, de la façon de M. Courte. Nous remarquons aussi des tableaux représentant des cors et des ongles extraits avec ces instruments. M. Arnault jouit à Dijon d'une réputation légitimée par son expérience et son habileté.

BALLU, médecin à Nanterre

(Seine).

Mention honorable.

L'appareil mécanique à fractures de la jambe et de la cuisse, exposé par M. Ballu, est appelé à rendre de grands services. Cet appareil, qui est fort estimé des chirurgiens, a été honorablement mentionné par la *Gazette des Hôpitaux.*

7

BARBE fils, vétérinaire,
GENLIS.

Mention honorable.

M. Barbe, vétérinaire, expose une ferrure méthodique qui doit être d'une grande utilité dans les temps de verglas et de neige, et pour les chasses à courre. M. Barbe a fait également don au Muséum d'histoire naturelle de Dijon d'une monstruosité : c'est un petit chien qui n'a qu'un œil placé au milieu du front.

BAUDASSÉ-CAZOTTES, à Montpellier.

Médaille de quatrième classe.

L'usine de cet industriel occupe un personnel de trente-cinq ouvriers, tant dans les ateliers que dans les divers abattoirs. L'usage de ses sondes dilatantes, ou bougies-éponges, est appelé à rendre de grands services à la thérapeutique : leur efficacité a été constatée par M. Alquier, chirurgien de l'Hôtel-Dieu-Saint-Éloi, à Montpellier. On a obtenu tous les résultats désirables pour la guérison du rétrécissement du canal de l'urètre ; appliqué aux femmes tourmentées de dysmenorrhée et aux femmes non réglées, cet appareil a fonctionné avec le plus heureux succès. Pour faciliter l'écoulement du pus, on l'a appliqué avec un égal bonheur aux abcès inflammatoires. Un militaire avait les os du nez fracturés avec plaie contuse ; les sondes permirent la formation d'un canal régulier et le rétablissement du nez dans sa forme normale. M. Baudassé-Cazottes est en tout point digne de la récompense qui lui a été décernée.

BÉRARD, naturaliste, rue Piron, 7,
DIJON.

Mention honorable.

Le travail de M. Bérard est fait avec une conscience que l'on ne saurait trop louer ; les poses de ses oiseaux sont naturelles ; son aiglon se défendant contre un serpent est un groupe qui fait plaisir. Nous recommanderons ce naturaliste d'une façon toute particulière aux amateurs.

BILLIÉ fils, place d'Armes,
DIJON.

Mention honorable.

La collection de minéralogie de M. Billié est des plus complètes ; elle figure dignement dans la salle des naturalistes où elle tient une place honorable.

BLESSING, horloger, à Saint-Seine
(Côte-d'Or).

Mention honorable.

La pendule-fantaisie de M. Blessing est charmante. Les groupes d'oiseaux qui l'ornent sont bien disposés et attestent un travail artistique consciencieux.

CHARRIÈRE, fabricant d'Instruments de chirurgie,
RUE DE L'ÉCOLE-DE-MÉDECINE, 6, PARIS.

Médaille d'honneur.

Bien que venu un peu tard, M. J. Charrière n'en a pas moins emporté la palme sur tous ses concurrents. C'est que son exposition était vraiment remarquable par la variété et la richesse des produits. La coutellerie chirurgicale, tous les instruments applicables à l'orthopédie et aux services des hôpitaux civils et militaires se trouvent dans cette vitrine. Nous citerons particulièrement les trousses nouveau modèle avec application au même manche de plusieurs bistouris ; par ce moyen économique et rapide de changer à volonté les lames, on obtient de ne pas surcharger les trousses de manches qui deviennent inutiles. Tous les instruments de la maison Charrière sont très appréciés des chirurgiens et médecins, et ont été médaillés en 1834, 1839, 1849. En 1851, M. Charrière père était, à la suite de l'Exposition de Londres, promu au grade d'officier de la Légion d'honneur. En 1855, M. Charrière fils obtenait la grande médaille d'honneur à l'Exposition de Paris. Aujourd'hui la réputation de cet établissement étant universelle, nous nous contenterons de signaler ses produits aux visiteurs : toute autre recommandation, devant tant de titres, deviendrait inutile.

Représentant à Dijon : AMELINE-GUERRE, coutelier, rue Bossuet.

CLERC, orthopédiste, faubourg Saint-Nicolas, Ruelle-aux-Prêtres, 1,
DIJON.

Médaille de deuxième classe.

L'établissement de M. Clerc est le seul de ce genre que nous possédions à Dijon. M. Clerc, homme fort habile et d'une instruction solide, se charge du traitement de toutes les difformités du corps; il traite avec un égal succès les déviations de la colonne dorsale, les torticolis, etc., etc. Ses appareils pour redresser les pieds-bots, qui sont à l'Exposition, ont appelé l'attention de tous les connaisseurs.

COLLIARD, naturaliste, rue Bergère, 5,
DIJON.

Médaille de deuxième classe.

Les oiseaux et animaux de M. Colliard sont préparés avac le soin qu'apporte ce naturaliste au travail qu'on lui confie.

DESILLE, rue Poissonnière, 8,
PARIS.

Médaille de quatrième classe.

La poudre Desille, importée du Caucase, est excellente pour la destruction des insectes, notamment les puces, punaises et cousins.

Dépôt, rue Condé, 18, chez M. FRÉLEZEAUX, coiffeur.

DUSEUIL, propriétaire à Is-sur-Tille
(Côte-d'Or).

Médaille de troisième classe.

M. Duseuil expose un groupe d'ornithologie ornant une pendule, estimé des amateurs. La distinction accordée à M. Duseuil est la juste récompense de son remarquable travail.

ELOFFE (Arthur), naturaliste-préparateur,
RUE DE L'ÉCOLE-DE-MÉDECINE, 18 ET 20, PARIS, ET RUE MUSETTE, 6, DIJON.

Médaille de première classe.

L'exposition de M. Eloffe est complète : nous regrettons que notre cadre ne nous permette pas de détailler toutes les collections qui ont été placées sous nos yeux, mais nous engageons vivement les visiteurs et les amateurs à aller examiner les magnifiques produc'ions de cette importante maison. Nous signalerons d'une manière particulière les collections de zoologie qui renferment des beautés de premier ordre. Nous citerons encore, à côté d'un herbier qui ne contient pas moins de quatre cent plantes, des collections de minéralogie, géologie, cristallographie, paléontologie, des instruments divers, enfin des cartes pour géologues.

FAIVRE, rue Boucher, 7,
AUTUN.

Mention honorable.

M. Faivre expose des bois silicifiés qui feraient le bonheur de plus d'un collectionneur.

FLOURY, rue Dauphine, **12**,

PARIS.

Mention honorable.

M. Floury expose des irrigateurs pour lavements, injections et douches de tous modèles et de tous prix. M. Floury a obtenu en 1855 une mention honorable, la seule récompense qui ait été décernée à ce genre d'industrie. Ces irrigateurs nous semblent solidement construits et méritent par leur bon marché une attention spéciale.

Correspondant à Dijon : PICARD, coutelier-bandagiste.

FÉRON, à Theuville-aux-Maillots (Seine-Inférieure)

Mention honorable.

M. Féron, médecin distingué de Theuville-aux-Maillots, a envoyé à l'Exposition des bandages herniaires qui certainement fixeront l'attention des hommes de science. Le but que M. Féron cherche à atteindre à l'aide de son bandage, c'est de maintenir la hernie réduite avec d'autant plus de force qu'elle est plus sollicitée à s'échapper au dehors dans les différentes actions physiologiques, telles que la défécation, la toux, etc. Presque tous les bandages échappent à ce principe : que la pelote soit fixe ou mobile, que le ressort soit faible ou énergique, la force de contention de la hernie est toujours la même dans les efforts et dans les mouvements si variés du corps. Le bandage est garni comme tous les bandages ordinaires ; seulement, on laisse libre sur la surface antérieure de la pelote et la pièce d'acier qui d'un côté supporte le ressort et de l'autre est montée sur la plaque en croissant, garnie elle-même en peau.

On applique ce bandage comme les autres brayers, et lorsque, la hernie réduite, la pelote repose bien sur le canal inguinal, la plaque en croissant s'applique sur le ventre. En résumé, ce qui caractérise surtout ce bandage, c'est la fixité de la pelote dans le sens latéral et sa mobilité d'avant en arrière pendant les efforts. Il faut ajouter que la compression exercée par ce bandage est douce et facile à supporter.

M. Follin, dans un rapport des plus brillants adressé à la Société de chirurgie, donne une approbation complète au bandage de M. Féron. Cette Société elle-même, après avoir constaté des cas nombreux où le bandage Féron peut être d'une grande utilité pour maintenir certaines hernies volumineuses, a voté des remerciements à ce médecin et a décidé à l'unanimité que le rapport de M. Follin serait inséré au bulletin.

GALANTE, place Dauphine, **28**,

PARIS.

Médaillé de deuxième classe.

Nous remarquons dans la vitrine de M. Galante des bas élastiques anglais pour varices et engorgements, un clysoir de poche, un irrigateur vaginal, un coussin hémorroïdal, un tire-lait, une pelote à tamponnement, des sondes, un spéculum, etc., etc. Nous demandons pardon à nos lecteurs de citer les noms de tous ces instruments, mais ils sont en certaine occasion d'une utilité tellement incontestable qu'on ne saurait attacher trop de prix à leur perfectionnement. La plupart des instruments de médecine et de chirurgie de M. Galante sont en caoutchouc. M. Galante a obtenu plusieurs médailles, notamment à l'Exposition de 1855.

Correspondant à Dijon : PICARD, coutelier-bandagiste, place des Ducs de Bourgogne.

GONTARD, ex-pharmacien, à Semur

(Côte-d'Or).

Médaillé de troisième classe.

M. Gontard, ex-pharmacien, expose une cloche pneumato-hygiénique pour la salubrité des appartements, qui lui a valu, à cause de sa bonne application, une médaille de troisième classe. C'est un encouragement des plus significatifs.

GROS, rue du Palais, 8,

DIJON.

Médaille de deuxième classe.

Nous avons à parler ici de divers appareils de mécanique thérapeutique appliquée, exposés par M. Gros : ils sont de trois sortes, savoir : un lit mécanique pour les malades, — un appareil à extension permanente pour faciliter le traitement des ruptures dans les membres inférieurs, — deux fauteuils mécaniques qui se meuvent on ne peut plus aisément. Les docteurs Jobert et Bégin ont fait un brillant rapport sur l'appareil à lever de M. Gros, qui, par la simplicité de sa construction, son peu de volume, la facilité de sa manœuvre, la possibilité de l'employer surtout et la modicité de son prix, se recommande à l'attention des praticiens et des administrateurs des hôpitaux. Les docteurs Robinet et Moreau ont également demandé que, dans le triple intérêt du malade, des infirmiers et de la propreté, un appareil Gros soit placé dans chaque salle de chirurgie. Son fauteuil a été adopté pour l'usage de l'hôtel des Invalides. Une médaille de l'académie de Dijon, une mention honorable à l'Exposition de 1855, sont déjà venus récompenser cet habile mécanicien, qui, par ses utiles inventions, a bien mérité de l'humanité.

LAUSSEDAT, Clermont-Ferrand.

Médaille de deuxième classe.

Dans une petite vitrine, située presque à l'entrée de la salle, n° 10, se trouvent les *pétrifications* de M. Laussedat. Gardez-vous de croire que ce soit des *pétrifications* d'histoire naturelle. Assurément elles ne seraient point là à leur place. Ce sont des pétrifications *travaillées*. L'auteur a déployé là tout ce qu'il avait de talent, et l'on peut admirer ces objets d'art qui ne sont ni les moins curieux, ni les moins intéressants. Il y a deux portraits de l'Empereur et de l'Impératrice, très ressemblants tous deux. On y remarque aussi, à côté d'autres portraits, deux pipes cristallisées qui font envie aux fumeurs. Nous ne faisons que rendre justice à M. Laussedat, en lui disant que ses produits arrêtent une foule de visiteurs, et nous les avons nous-même admirés longtemps.

LEDOYEN et BEAULAVON, 15, rue Fontaine-Molière,

PARIS.

Médaille de deuxième classe.

Au moyen d'un liquide désinfectant dont MM. Ledoyen et Beaulavon sont les inventeurs, et aussi par l'emploi des toiles sanitaires hygrométriques, on obtient un assainissement permanent d'une utilité incontestable dans les ateliers. Ce liquide a obtenu déjà de nombreuses récompenses. MM. Ledoyen et Beaulavon sont les fournisseurs de l'Empereur.

LÉGER, docteur en Médecine, rue du Puits-qui-Parle,

PARIS.

Médaille de troisième classe.

A M. Léger de Paris revient de droit une des premières places dans la charmante salle destinée aux produits de l'histoire naturelle. Les six tableaux en relief, représentant des fleurs, des fruits, des poissons, des coquillages, sont de toute beauté. On ne saurait trop admirer la belle marée qui se trouve au-dessus de la porte d'entrée : il semble que le poisson sorte du filet du pêcheur, tant les poses sont naturelles et vivantes. Je ne passerai pas sous silence ces tomates, ce melon, enfin cet énorme jambon de Mayence si bien réussi ; toutes ces pièces sont détachées et cependant elles n'en ont pas moins de mérite. Ce qui ajoute encore de la valeur à tous ces objets, c'est qu'ils sont fabriqués avec une pâte qui devient, par le contact de l'air, très dure et inaltérable à l'humidité. Malgré les difficultés du travail, M. Léger livre au commerce des tableaux en relief depuis 10 fr. jusqu'à 500 fr., pour la décoration et l'ameublement des châteaux, cafés, restaurants, théâtres, etc. Cette exhibition peut donner une idée des 2500 pièces qui forment l'ensemble d'un cours de pathologie interne et externe d'anatomie et de médecine opérative qu'il possède à Paris

MEYNET, pharmacien, rue de Lorette, 1,

LYON.

Mention honorable.

M. Meynet, pharmacien très distingué, membre de l'Académie nationale, expose ses biscuits purgatifs à la résine pure de scammonée. Cette spécialité pharmaceutique, qui a obtenu une médaille d'argent, a eu l'approbation de toutes nos sommités médicales. — Ce purgatif, qui est agréable au goût, actif sous un petit volume, n'irrite pas; il est aussi utile à l'enfant qu'à l'adulte; aussi le biscuit-Meynet, qui se recommande par la modicité de son prix, jouit-il d'un grand succès.

Correspondant à Dijon : ROMAND, pharmacien.

NODOT, directeur du Musée d'histoire naturelle,

DIJON.

(Hors classe).

Voici l'exposition de M. Nodot : Tatous et Glyptodons, animal fossile restauré. La restauration du *Schistopleurum typus* Nodot est un travail de patience admirable; disons tout de suite que M. Nodot s'est acquitté de la longue et pénible tâche qu'il avait entreprise avec un bonheur parfait. Son animal fossile fait l'admiration de tous les visiteurs. Il y a là plus de la patience, il y a de la science et de l'art. Que M. Nodot reçoive donc nos sincères félicitations pour l'exhibition de cette belle pièce de paléontologie qui lui fait honneur.

PICARD, coutelier-bandagiste, place des Ducs,

DIJON.

Médaille de première classe.

Nous n'approuvons pas les maximes et sentences exposées par M. Picard dans sa vitrine. Chaque exposant, on le sait, endosse la propriété et la responsabilité de ses œuvres; il est donc inutile de venir défier ses concurrents d'une façon aussi provocante.

M. Picard nous montre de nouvelles ceintures hypogastriques, des ventrières de sa fabrication. A côté nous voyons des ciseaux à broder, des couteaux et canifs de Nogent.

La récompense accordée à M. Picard lui a été spécialement décernée pour ses bandages qui sont bien exécutés.

RAINAL et fils, bandagistes, rue Neuve-Saint-Denis, 23,

PARIS.

Mention honorable.

Les bandages herniaires exposés par M. Rainal sont sans ressorts; ces articles nous ont paru solidement confectionnés, et se recommandent par leur simplicité aux personnes qui pourraient en avoir besoin.

Correspondant à Dijon : AMELINE-GUERRE.

ROSSIGNOL, à Pierre (Saône-et-Loire).

Médaille de deuxième classe.

Nous trouvons dans l'exposition de M. Rossignol, de Pierre, plusieurs groupes d'ornithologie qui ont du mérite. Dans la grande vitrine qui contient l'ornithologie de la Bourgogne, nous avons remarqué quatre cents espèces ou variétés d'oiseaux appartenant tous à ces pays (Jura, Côte-d'Or, Saône-et-Loire). M. Rossignol expose aussi plusieurs cadres où nous trouvons des oiseaux et quadrupèdes empaillés avec soin; chaque pièce se vend 10 fr.

SALVINO, pédicure à Turin
(Piémont).

Mention honorable.

Les limes chimiques diamantées pour détruire les cors et durillons qu'expose M. Salvino, pédicure piémontais, sont d'un usage facile. Les résultats qu'elles produisent sont très efficaces.

SEBILLOTTE, médecin à Grignon
(Côte-d'Or).

Médaille de deuxième classe.

M. Sebillotte expose de la menthe poivrée en tiges de l'année, des feuilles et fleurs de menthe récolte de 1857, de l'eau distillée de menthe 1857, enfin de l'essence de menthe obtenue par une seule distillation. On s'accorde à dire beaucoup de bien de l'essence exposée par M. Sebillotte.

TÉTARD, vétérinaire,
DIJON.

Mention honorable.

M. Tétard, vétérinaire distingué, présente une remarquable collection de fers à cheval méthodiques et pathologiques (systèmes français et anglais). Nous ne saurions trop recommander aux connaisseurs le tableau de M. Tétard.

TOLLAY et MARTIN, rue Cadet, 28,
PARIS.

Mention honorable.

Les irrigateurs de ces industriels sont fabriqués sur le modèle du docteur Eguisier, l'inventeur du clyso pompe; ils ont subi plusieurs perfectionnements qui en rendent l'emploi plus facile et plus complet.

Correspondant : AMELINE-GUERRE, à Dijon.

VERREAUX frères, naturalistes, place Royale, 9,
PARIS.

Médaille de première classe.

Dans un coin perdu de Paris, un étranger peut découvrir la Place-Royale, un parisien égaré peut avoir la fortune de tomber sur une des choses les plus merveilleuses de Paris, nous voulons parler du musée Verreaux, la plus riche et la plus admirable collection particulière d'histoire naturelle, puisqu'elle renferme plus de 500,000 sujets dont 50,000 oiseaux les plus rares, c'est-à-dire trois fois plus qu'un Muséum d'histoire naturelle du Jardin des plantes. Cette collection, dis-je, a coûté soixante ans de travaux et de recherches de grand-père en petits-fils, 300,000 francs de dépenses et plus de 20,000 lieues de voyages par tous les moyens de locomotion connus et inconnus. Jules et Edouard Verreaux, on le sait, sont petits-fils et neveux des de Lalande que l'on peut considérer comme les fondateurs de la galerie zoologique du Muséum. Eux-mêmes sont des voyageurs distingués : ils ont mis à profit la science, en parcourant la Cafrerie, le pays des Hottentots, les huttes des petits et grands Namaquois, les *kraals* des Auteniquois, les repaires des Boschismans, le port Natal et la rivière des Éléphants.

Le séjour des frères Verreaux en Afrique, sauf quelques petits voyages de 3 à 4,000 lieues en Australie, en Tasmanie, aux îles Philippines et de la Sonde, et en Cochinchine, embrasse un espace de douze ans; c'est-à-dire que, pendant douze ans, deux Français, le fusil à la main, le scapel et le savon arsenical sur le dos, chassant le jour, dépouillant et préparant la nuit, trouvèrent le moyen d'envoyer en Europe plus de 120,000 objets d'histoire, dont plusieurs espèces nouvelles et jusqu'alors tout à fait inconnues, entre autres l'*Aigle Verreaux*.

L'exhibition des frères Verreaux répond dignement à la réputation de leur établissement. Nous citerons parmi les groupes les plus remarquables d'oiseaux et d'autres animaux un léopard, l'aigle royal, l'antilope laineuse allaitant son petit, le serpent enlaçant culbutant un antilope, un gypaète barbu venant lui disputer sa proie, etc., etc.

VERRIER-LAVIS, dentiste,
CHALON-SUR-SAÔNE.
Médaille de troisième classe.

Cet habile chirurgien, qui exerce et pratique depuis vingt ans, a, on le voit, des connaissances spéciales sur la dentition et sur les soins à donner à cette partie si importante de l'organisation humaine. M. Verrier-Lavis ne s'est pas endormi sur ses succès; toujours à la poursuite des nouveautés et des perfectionnements susceptibles d'améliorer son art, il s'est mis à la hauteur de son siècle, soit par la pratique des méthodes américaines, soit par l'achat d'instruments perfectionnés. Ses instruments sortent tous de chez Charrière, c'est assez dire que ce sont des pièces de choix. M. Verrier-Lavis s'est attaché surtout à remplacer la clef de Garangaut — cet instrument qui par sa vue seule inspire de l'effroi aux malades, — par les pinces américaines, modèles nouveaux. C'est une innovation qui ne saurait être trop louée.

Dans le cadre du même dentiste, nous avons aperçu des rateliers heureusement réussis. Citons les dentiers en dents minérales incorruptibles, les pièces à crochets et pivots, des dents osanores, des dents en ivoire sculpté, un obturateur et deux magnifiques pièces qui représentent la dentition à découvert avec toute la nervure. Notre attention s'est aussi portée sur des dents de toutes formes, de toutes fabrications; mais ce qu'il y a de plus singulier, c'est que ce sont justement les dents les moins coûteuses qui ont le plus de solidité, ne se cassant jamais, n'ayant rien à souffrir des altérations du feu.

Ce que nous avons surtout remarqué dans l'exhibition de M. Verrier-Lavis, ce sont ses rateliers sur plâtre avec ressorts en or, ainsi que ses appareils pour chloroformer.

M. Verrier-Lavis est un chirurgien-dentiste sérieux, d'un talent réel et prouvé, d'une science étendue; on nous assure qu'il a l'intention de se fixer à Dijon; ce serait une bonne fortune pour notre ville. M. Verrier-Lavis, en effet, exécute avec une dextérité surprenante les opérations les plus difficultueuses; quant à la construction et à l'établissement de ses rateliers, il ne saurait rencontrer aucun rival. Ses divers rateliers sont des modèles parfaits sous tous les rapports et qui peuvent lutter avec ce qui se fait de mieux dans la capitale.

WICKAM frères, chirurgiens-herniaires, rue de la Banque,
PARIS,
Médaille de troisième classe.

La spécialité des frères Wickam est de fournir des bandages herniaires et pour descentes. Nous remarquons, à côté des sondes et bougies en gomme élastique, des bandages doubles, hypogastriques, valvaires, un appareil crural et inguinal, etc., etc. Les bandages sont à ressorts élastiques et à vis de pression bien que sans sous-cuisses, ils ne fatiguent pas les hanches. Ces articles, que nous recommandons d'une façon spéciale, ont obtenu aux Expositions de Paris de 1839, 1844 et 1849, des mentions honorables et à celle de 1855, une médaille.

Dépositaire à Dijon, VALLÉE, pharmacien, rue Rameau.

Ont exposé :

CHAMPAGNAT et DUCAIRE, *rue Piron, Dijon :* limonade gazeuse et eau de seltz fabriquées par un nouveau procédé (voir 12ᵉ classe) ; — CHEVALIER, *constructeur, rue Ménilmontant, 34, Paris :* appareils pour bains de vapeur et douche en pluie, bassinoires, bains de pieds (voir 8ᵉ classe); — COIGNET *frères et Cⁱᵉ, rue Rabelais, 1, Lyon, et quai Jemmapes, Paris :* allumettes hygiéniques et de sûreté (voir 10ᵉ classe); —DELACOUR, *dentiste, rue Chancelier-L'Hospital, 9 :* un cadre représentant la pose des dents, et eau dentifrice; — FRELEZEAUX : poudre et appareil pour la destruction des puces et des punaises (voir 10ᵉ classe); — GENOUVILLE et VITTEAUX, *à Châlon-sur-Saône :* limonade gazeuse (voir 11ᵉ classe) ; — MALLET-LEMAIRE, *distillateur à Lille :* véritable élixir Raspail, liqueur hygiénique (voir 11ᵉ classe); — MAUR, *rue Saint-Philibert, 44, Dijon :* liqueur hygiénique ; — MESNIL (Eugène du), *à Brazey-en-Plaine :* lampes de sûreté; — CHAUVENET, *dentiste, place d'Armes, Dijon :* un cadre de dentiste; — GODARD, *rue Verrerie, à Dijon :* des jambes artificielles; —RAVENAU, *médecin à Pluvault :* un vaccinateur; —BLANDIN, *à Clermont :* mors de sûreté avec appareil compressif pour arrêter les chevaux qui prennent le mors aux dents ; — JOBARD-BUSSY, *propriétaire à Meursault :* appareil pour le dressage des chevaux; — DU VILLARD (Gustave), *au château du Villard (Saône-et-Loire) :* vers à soie à ses différents âges (voir 12ᵉ classe) ; —LUCAS, *rue Basse-du-Rempart, Paris :* des fleurs naturelles conservées; —PRUDENT, *rue Saint-Denis, 48, à Belleville (Seine) :* une collection de serpents venimeux et de tatous du Brésil.

DIXIÈME CLASSE.

ARTS CHIMIQUES ET INDUSTRIES QUI EN DÉPENDENT.

Produits chimiques — Corps gras, Savons —
Résines, Couleurs, Encres, Cirages et Vernis — Parfumerie — Cuirs et Peaux —
Verrerie — Faïences
et Porcelaines — Poterie commune — Industries diverses.

NOMBRE DES EXPOSANTS. 142
NOMBRE DES PRODUITS EXPOSÉS. 160

COMPOSITION DU JURY.

PRÉSIDET : M. le baron THÉNARD.
VICE-PRÉSIDENT : M. CHEVREUL fils.
SECRÉTAIRE : M. LADREY, professeur de chimie.
MEMBRES : MM. D'AMBLY, ingénieur des mines — BOUILHON, préparateur de chimie — COUVREUX, propriétaire à Châtillon — DESFONTAINES, propriétaire à Dijon — GUILLOT, tanneur à Paris — MENÉVAL, ancien pharmacien — ROGER, tanneur à Moloy — VIALLANES, ancien pharmacien.

AUBAUD, rue du Nouveau-Calvaire, **30**,
TOURS.
Médaille de quatrième classe.

M. Aubaud, potier à Tours, est l'inventeur des étiquettes perpétuelles en argile pour arbres, arbustes, plantes, vins, etc., etc. Jusqu'ici on avait employé des matériaux qui s'oxydaient ; par sa composition, l'argile ne s'oxydant pas et résistant à toutes les températures, il y a un avantage marqué à faire usage des étiquettes de M. Aubaud ; de plus, le cent de ces étiquettes, dont les incrustations ne s'effacent jamais, ne coûte que 7 francs, c'est-à-dire moitié moins cher que le cent d'étiquettes en zinc, n'ayant une durée que de 4 à 5 ans. L'utilité incontestable d'un produit aussi bon marché a valu à M. Aubaud une médaille de quatrième classe.

AUBELLE père, rue Basse-des-Tanneries,
DIJON.

Médaille de quatrième classe.

Sous la tente qui précède le pavillon-escalier de gauche de la place d'Armes se trouvent les cuirs de M. Aubelle père. Cet industriel, après avoir laissé le commerce de la charcuterie entre les mains intelligentes de ses deux fils, emploie ses loisirs à faire de la tannerie. Les six peaux exposées par lui sont d'excellente qualité ; nous en avons surtout remarqué une noire, pour capote de voiture, qui, par sa finesse, n'a certainement pas d'égale.

BALANDREAU, tanneur et corroyeur,
NEVERS.

Médaille de troisième classe.

Les cuirs tannés exposés par M. Balandreau de Nevers sont de première force et se recommandent par les épaisseurs et leur solidité. La fabrication de sa vache lissée est excellente.

BARGY et JACOTOT, fabricants de colle forte,
DIJON.
Médaille de deuxième classe.

Ces industriels, qui ont donné une grande extension à leurs produits, exposent de la colle d'os, de l'engrais animal, du phosphate de chaux à 35 fr. les 100 kil., du noir animal impalpable, calciné après l'extraction de la gélatine. Nous trouvons aussi des os calcinés, du suif d'os sans préparation, du charbon animal calciné. Les colles-fortes de MM. Bargy et Jacotot jouissent au dehors d'un grand renom.

BARRÉ aîné, manufacturier à Orchamps
(Jura).
Médaille de première classe.

M. Barré, qui a obtenu des récompenses aux Expositions de 1839, 1844 et 1849, présente les produits de sa fabrique : des porcelaines à feu brune et blanche très recherchées dans le commerce. L'importance des affaires traitées chaque année par M. Barré, les soins minutieux dont est entourée la fabrication, assignaient naturellement à cette maison la distinction dont l'a honorée le jury de la 10ᵉ classe.

BARRIE et LANGLANNE, parfumeurs, rue Vivienne, 19,
PARIS.
Médaille de quatrième classe.

La parfumerie de MM. Barrie et Langlanne est consciencieusement fabriquée ; du reste, ces deux industriels ayant à soutenir l'ancienne réputation de la maison Mignot, ont envoyé à l'Exposition des produits de choix. Je recommanderai spécialement à nos élégantes l'essence de violette de Parme, les essences au muguet et au bouquet pour le mouchoir, les pommades au bouquet, à la mousseline, au muguet, à la violette des bois. A nos lions, je leur proposerai le cosmétique fixateur surfin pour lisser les cheveux, les savons aux amandes de pêche, à la rose ducale, à la verveine, au benjoin vanillé, à la base de laitue et le savon multiflore. Une spécialité de cette maison qui se vend parfaitement et que nous nous plaisons à signaler, c'est la poudre fleur de riz Pompadour pour le teint.

Seul dépositaire à Dijon, E. THOMAS, rue de l'Ecole-de-Droit, 50.

BAUDOT, manufacturier à Charrecey
(Saône-et-Loire).
Médaille de première classe.

Les ciments anglais alunés de M. Baudot ont une grande renommée. Ses marbres artificiels pour dallages et mosaïques, dont on trouve de nombreux échantillons à Dijon chez MM. de Beuvrand, Cery-Billaut, rue Bossuet, 21, et Goichot, négociant, place du Château-d'Eau, sont très appréciés par MM. les architectes et entrepreneurs. Il est arrivé à leur donner par des moyens nouveaux le compact, la dureté et la ténacité des marbres naturels, caractère essentiel qui manquait à tout ce qui a été fait jusqu'alors. Les marbres artificiels de M. Baudot sont d'une telle vérité que des marbriers de Paris ont douté que certains marbres fussent factices, trompés par leur compacité, leur dureté et leur belles couleurs.

Ses enduits pour peintures murales ont été employés en 1846 à l'église Saint-Paul de Nîmes par MM. Flandin et Denuelle, artistes du plus haut mérite, et par M. Questel, architecte des palais de Versailles et de Trianon. Leurs attestations anciennes et nouvelles, rapportées dans son prospectus, prouvent qu'ils sont parfaits sous le double rapport de l'adhérence et de l'inaltérabilité des couleurs qui y ont été appliquées.

Les mosaïques des deux tables qu'il a exposées sont une grande valeur. L'imitation des meubles est parfaite et les couleurs d'une grande finesse de ton.

Le jury de l'Exposition de 1845 a décerné à ses prédécesseurs une médaille de bronze, celui de 1849 a décerné à M. Baudot une médaille d'argent, celui de Dijon 1858 une médaille d'argent de première classe.

BAUX (Auguste) et fils, fabricants de Colle forte,
GIVET.
Médaille de deuxième classe.

La réputation de la colle de Givet est européenne. MM. Baux, qui ont établi dans cette ville, en 1850, une fabrique, ont lutté depuis cette époque avec avantage contre de très anciennes maisons, et, par la supériorité remarquable de leurs produits, ils ont maintenu dignement leur position. A l'Exposition universelle de Paris, en 1855, notamment, le jury leur a décerné la même récompense qu'à leurs concurrents, avec une note très avantageuse et particulière pour leur fabrique. Les colles exposées par MM. Baux sont généralement limpides, transparentes, sans odeur, et d'excellente qualité : telle est l'opinion générale que nous en avons à Dijon, opinion qui est aussi celle du commerce parisien et étranger.

BEAUSOBRE (de) et CADOT, quai Castellane, 4,
LYON.
Médaille de deuxième classe.

La fabrique de vernis et de couleurs de ces industriels a une réputation justement méritée; bien que de choix, leurs produits sont bon marché. Ces exposants avaient obtenu, pour leur excellente fabrication, une médaille de 2e classe à l'Exposition de 1855.

BERTRAND et ROBLIN, faubourg d'Ouche,
DIJON.
Médaille de deuxième classe.

Ces industriels fabriquent spécialement les bleus Outre-Mer, de Prusse et de Berlin. Nous trouvons du bleu sous toutes les formes : en pastilles, en boules, en médailles. MM. Bertrand et Roblin livrent au commerce une spécialité de poudre pour la peinture, l'impression et l'azurage. Le bleu Charron est une des parties les plus remarquables de leur exposition.

BLONDEAU frères, fabricants de Briques,
BESANÇON.
Médaille de quatrième classe.

Les tuiles, briques, tuyaux de drainage exposés par MM. Blondeau frères sont d'excellente qualité; aussi une médaille de quatrième classe a-t-elle été décernée à leurs beaux produits.

BOISSERAND, faubourg d'Ouche,
DIJON.
Médaille de troisième classe.

M. Boisserand, qui s'occupe de la mégisserie et de la maroquinerie, expose des peaux préparées aux plus vives couleurs. Cette maison, qui depuis peu commence, peut rivaliser pour la beauté et la qualité des produits avec les plus célèbres industriels lyonnais et parisiens. M. Boisserand fait aussi le commerce des laines.

BORIE (Paul) et Cie, rue de la Muette, 37,
PARIS.
Médaille de quatrième classe.

Une médaille de quatrième classe a été accordée à M. Borie pour ses briques creuses et tubulaires. Nous croyons qu'il y a eu là erreur matérielle du jury, attendu qu'en 1855 M. Borie obtenait, pour les mêmes produits, la médaille d'honneur.

BOURROUSSE, fabricant de Fontaines en grès,
BOULEVART DES FILLES-DU-CALVAIRE, 13, PARIS.
Médaille de troisième classe.

M. Bourrousse, qui a une fabrique considérable à Saint-Just-des-Marais, Beauvais (Oise), a fait de la vente des fontaines et niches en grès une spécialité. A Dijon, ce genre de fontaines est superflu; mais à la campagne et dans les localités qui ne sont pas desservies par un cours d'eau abondant, les fontaines Bourrousse sont fort utiles pour la conservation de ce liquide de première nécessité.

BRISON, faubourg d'Ouche,
DIJON.
Mention honorable.

L'appareil de M. Brison est destiné à la clarification du phosphore et pour son moulage à pression atmosphérique; il expose également trois cornues à trois tubulures, système continu. Les connaisseurs s'accordent à dire le plus grand bien de cet appareil unique à l'Exposition pour la fabrication du phosphore.

BROSSETTE et Cie, 100, rue de Charonne,
PARIS.
Médaille d'honneur.

M. Brossette, qui exploite le moyen trouvé par M. Petit-Jean, chimiste distingué de Bruxelles, pour étamer la glace à l'argent, nous a envoyé des glaces, des vases en cristal, des boules panoramiques. L'étamage à l'argent apporte un progrès immense à la santé des travailleurs, en leur donnant une industrie saine et commode en remplacement de l'étamage au mercure toujours si insalubre, quand elle n'est pas mortelle. Les avantages présentés par l'application du système qu'exploite M. Brossette sont les suivants : la beauté du tain, son éclat, sa vivacité, sa double puissance réflective, comparée à celle que donne l'amalgame du mercure et de l'étain; l'inaltérabilité à l'air, à l'humidité, au soleil; une fabrication plus prompte, qui peut se faire en vingt-quatre heures; la modicité des prix. La propagation du système de M. Petit-Jean est tout une révolution dans la miroiterie.

GARGANICO, fabricant de Cuirs vernis,
CHALON-SUR-SAONE.

Médaille de deuxième classe.

Les cuirs vernis et les articles de sellerie, telle est la spécialité de M. Garganico. Cet exposant, qui obtenait à l'Exposition de 1855 une mention honorable, a notablement perfectionné ses beaux produits depuis cette époque. Ses cuirs vernis sont de premier choix, et ses articles pour carrosserie et sellerie sont très recherchés à cause de leur excellente préparation.

CHAPUIS-BERTRAND, aux Chinois,
DIJON.

Médaille de deuxième classe.

Dijon possède une fabrique de phosphore très importante. Habilement dirigée par un homme intelligent, cette industrie nouvelle ne pourra que prospérer entre les mains de M. Chapuis-Bertrand. Parmi les remarquables produits que cette fabrique a exposés, nous citerons du phosphore blanc première qualité et du phosphore de chaux d'une supériorité marquée.

L. CHAPPUY, aux Verreries du Frais-Marais-les-Douai
(Nord).

Médaille de troisième classe.

M. Chappuy, qui dirige un de nos plus beaux établissements de verreries du Nord, a une spécialité : il fabrique des dames-jeannes et des gallons pour l'exportation. Il expose des bouteilles de la capacité de 8 à 120 litres. Quelques-unes de ces bonbonnes sont couvertes d'un tissu d'osier excessivement serré. Cette maison se recommande par trois mentions honorables, trois médailles de bronze, une médaille d'argent et une médaille d'or.

CHAUVOT, corroyeur, rue Poissonnerie, 23,
DIJON.

Médaille de troisième classe.

La corroierie de M. Chauvot n'est pas sans mérite : nous avons remarqué ses cuirs à courroies, ses cuirs pour harnais, son veau jaune, son veau ciré, sa vache pour capote, etc., etc.

CHEVALIER, rue de la Paix, 10,
PARIS.

Mention honorable.

M. Chevalier n'a pas la prétention, comme Lob, de faire repousser les cheveux sur les têtes de ceux qui n'en ont plus ; il vous dit tout simplement : Usez de mon eau et vous arrêterez dans un délai très court et complètement la chute des cheveux. C'est une heureuse préparation qui fortifie et fait croître la chevelure, lui donne une souplesse et un brillant incomparable et entretient la tête dans un état parfait.

Composée essentiellement de plantes hygiéniques et à bases toniques puissantes bien qu'inoffensives, le mérite de cette eau consiste principalement dans le choix intelligent et les proportions bien entendues de ses composants que l'expérience seule a pu indiquer à son inventeur. Aussi, présentée à l'Académie impériale de médecine, a-t-elle dès l'abord reçu du monde scientifique un accueil extrêmement favorable. — Nous ne doutons pas que le rapport de l'Académie de Dijon ne vienne confirmer les résultats obtenus par M. Chevalier. Nous savons que plusieurs personnes de notre ville se servent journellement de cette eau et ont attesté par des témoignages unanimes son mérite.

L'eau Chevalier est la *seule* qui ait été admise à l'Exposition universelle de Paris.
Dépositaire, Eugène THOMAS, rue de l'École-de-Droit, 50.

CHEVALIER, rue Rameau, 20,
DIJON.
Mention honorable.

M. Chevalier expose du cosmétique vernis pour chaussures, qui n'est pas sans valeur.

CHEVIGNY, fabricant de Tuiles,
BÈZE.
Médaille de première classe.

M. Chevigny, industriel habile et plein de persévérance, a créé, à Bèze, l'industrie dont les produits nous occupent ici. La fabrication ne laisse rien à désirer pour les tuyaux de drainage, qui est une des branches les plus importantes de son établissement; quant aux tuiles de fantaisie, elles sont jolies et plaisent à l'œil. M. Chevigny a obtenu une médaille de première classe, et son contre-maître, M. Pelletret, une médaille de bronze.

CONTANT fils, fabricant de Tuiles à Gergy
(Saône-et-Loire).
Médaille de troisième classe.

M. Contant expose des tuiles et des tuyaux de drainage. Cet industriel exploite à Gergy deux tuileries dont les produits sont de qualité supérieure; quant à sa fabrique de tuyaux de drainage, c'est l'une des plus importantes du département.

COIGNET frères et Cie,
RUE RABELAIS, 1, LYON, ET QUAI JEMMAPES, 220, PARIS.
Médaille d'honneur.

Voici une maison importante et qui a droit à tous nos éloges pour les produits supérieurs qu'elle expose. Nous trouvons de magnifiques colles-fortes de tous genres, gélatine complètement incolore pour la table et apprêts, colle gélatine extra pour tabletterie colle de Flandres, colle pour collage des vins, colle médaillée pour billards, spécialité colle-Coignet pour ébénisterie, enfin la colle gélatine pour pianos. A côté du noir animal en charbon, en grains et pulvérisé, nous remarquons du phosphore amorphe du phosphore ordinaire blanc et transparent, et du prussiate jaune de potasse d'une cristallisation vigoureuse. Notre attention s'est surtout fixée sur les allumettes hygiéniques ne contenant point de phosphore dans la composition dont elles sont garnies à leur extrémité, et ne s'enflammant, que sur une surface spéciale de frottement, contenant du phosphore rouge amorphe qui n'est pas susceptible de causer des empoisonnement comme le phosphore blanc. Si l'usage de ces allumettes est adopté, comme tout le fait présager, il y aurait bien moins d'accidents et de cas d'incendie.

COSTE et VACHERON, rue Bourbon, 48,
LYON.
Médaille de quatrième classe.

Les produits de ces deux exposants sont des monnaies et des médailles reproduites en gutta-percha. Le procédé est nouveau et ne manque pas d'originalité.

COURTAIS, chef d'Institution,
BANYULS-SUR-MER.
Mention honorable.

L'industrie papetière, l'une des plus importantes de l'époque, était depuis longtemps en souffrance, et le grand problème que des hommes éminents dans la science s'étaient posé, consistait à trouver une nouvelle matière propre à suppléer à l'insuffisance des chiffons et qui réunit en elle les deux qualités essentielles, l'abondance et le bon marché. Un jour, la question fut abordée par M. Courtais, et, après quelques tâtonnements, il s'arrêta aux algues-marines ; au premier coup d'œil, il avait compris que le problème était résolu dans des conditions exceptionnelles.

En effet, les algues-marines, tiges et feuilles, jetées annuellement à la plage par la tempête, sont répandues dans tout l'univers en très grande quantité, partout où il y a un coin de mer. Malgré l'emploi qu'en font certaines industries, il en reste des quantités immenses qui seront à l'avenir utilisées et qui produiront du papier d'emballage et du carton de première qualité.

Le prix des tiges est nul, comme achat; jamais elles n'ont servi à rien, et le seul travail de l'industrie consistera à se les approprier, en les ramassant sur des plages parfaitement unies, sur un terrain neutre, sans que le moindre obstacle puisse y être apporté. La récolte en est si facile que les plus jeunes enfants l'opèrent avec autant d'aisance et de promptitude que les adultes.

Un calcul rigoureux a surabondamment démontré que le prix de revient des produits de M. Courtais, y compris les frais de préparation, sera de plus de 40 p. %, au-dessous des produits similaires, tout en produisant meilleur sous beaucoup de rapports. La fabrication s'opère absolument par les procédés ordinaires.

Ainsi, rien ne manque à ces produits : bon marché, solidité, légèreté.

Par l'examen de ces échantillons, nous avons vu que le produit de la 3e fabrication, bien que contenant 70 p. % d'algues, ne le cède en rien à ceux de la 1re et de la 2e, et il devient évident que l'on obtiendra du carton et du papier sans addition de chiffons.

La matière dont il s'agit étant incorruptible, ces produits procureront le plus grand avantage dans le doublage des navires. Chacun sait que la coque d'un navire doublé est revêtue d'une enveloppe de carton léger avant de recevoir la feuille de cuivre. Or, le carton ordinaire pourrit vite et laisse des vides nuisibles au navire ; le carton Courtais étant incorruptible, il en résultera que le doublage pratiqué à l'aide de ces produits aura plus de durée que le revêtement extérieur lui-même.

DAVIOT et Cie, propriétaire des Verreries de

CHALON-SUR-SAONE.

Médaille de deuxième classe.

M. Daviot a refusé, par une lettre adressée à la Commission, la récompense que lui avait décernée le jury de la 10e classe : il pense que la décision prise à son égard ne lui permettait pas d'accepter cette médaille.

Des expériences publiques ont été faites devant le jury sous la machine à pression : ces expériences ont été renouvelées par M. Delarue, chimiste à Dijon ; les deux fois, elles ont donné un résultat analogue. Les champenoises de Chalon-sur-Saône ont résisté l'une *jusqu'à* 23 atmosphères, et l'autre *jusqu'à* 25, tandis que celles des verreries d'Epinac et de Blanzy, qui ont obtenu la médaille d'honneur et de première classe, ont éclaté au-dessous de 20 atmosphères.

« Ainsi, dit M. Daviot, le droit d'aînesse ressuscité, les succès antérieurs, tels sont les titres qui ont prévalu sur la supériorité bien constatée des produits exposés. »

Les observations de M. Daviot nous semblent mériter d'être prises en sérieuses considérations.

DELAPCHIER-BUTET, rue Battant,

BESANÇON.

Médaille de deuxième classe.

M. Delapchier-Butet, qui se livre à la fabrication de la bougie et des savons, nous adresse des bougies et des cierges qui ne sont pas sans mérite. Sa bougie, dite de l'Hermine, a obtenu en 1855 une mention honorable.

DEVEVEY, à Beaune
(Côte-d'Or).

Médaille de troisième classe.

M. Devevey, de Beaune, expose une machine à fabriquer les briques, qui, à l'aide de quatre hommes et deux enfants, peut en faire vingt mille par jour. Cette machine, qui est excessivement ingénieuse, coupe les briques de la largeur, de la longueur et de la hauteur voulues au moyen d'un mécanisme fort simple.

DEZAUX-LACOUR, manufacturier à Guise
(Aisne).

Médaille d'honneur.

M. Dezaux-Lacour a acquis une juste célébrité dans nos Expositions : en 1839, 1844, il obtenait des récompenses; en 1851, à Londres, et 1855, à Paris, on lui décernait les médailles de première classe pour ses remarquables produits.

M. Dezaux-Lacour a dignement soutenu sa réputation à l'Exposition de Dijon. Voici en quels termes le rapport du jury, en ce qui concerne la tannerie et la corroierie, s'exprime à l'égard de cet exposant :

« Ce fabricant est, en France, un de ceux qui font le mieux ce genre de cuirs; il a obtenu dans toutes les Expositions précédentes de hautes récompenses : sa fabrique est habilement organisée, et il se sert des outillages nouveaux que recherchent aujourd'hui les meilleures maisons.

« Ses veaux, ses croupons pour filature sont admirablement fabriqués; aussi le jury lui a-t-il décerné la médaille d'honneur. »

On a pu pareillement remarquer comme bien faits les croupons pour empeignes, ceux lissés pour semelles, les cuirs-sellerie et les croupons pour courroies de fabrique.

DIÉNY, tuilier à Héricourt
(Haute-Saône).

Médaille de quatrième classe.

La bonne fabrication des tuyaux de drainage de M. Diény ont valu à cet industriel une médaille de quatrième classe.

En 1855, M. Diény avait déjà obtenu une médaille du Comice agricole de Jussey, et en 1857 une autre médaille de la Société d'agriculture de Vesoul.

DOLLIER frères, rue Croix-des-Petits-Champs, 39,
PARIS.

Mention honorable.

Le revivificateur des cuirs vernis sort de la maison des frères Dollier. C'est un excellent vernis pour la chaussure et les cuirs des selliers.

Correspondant à Dijon : Henri NAGELY.

DOUGE, tanneur, rue des Tanneries, 11,
DIJON.

Médaille de deuxième classe.

Du cuir hongroyé et du cuir noir, en tout quatre bandes, tel est l'envoi de M. Douge. Bon tannage, solidité, épaisseur, telles sont les qualités qui recommandent aux consommateurs les cuirs de cette maison.

DOUGE-LEVISTRE (Mme veuve), rue des Tanneries, **23**,
DIJON.
Médaille de deuxième classe.

Les articles de la maison Douge-Levistre sont appréciés dans le commerce. Les cuirs hongroyés sont de choix ; les cuirs à harnais et les cuirs à courroies, bruns et noirs, nous ont semblé également mériter l'attention des connaisseurs.

DURET aîné et **BOURGEOIS**, fabricants de Couleurs fines,
VAUGIRARD (Seine).
Médaille de première classe.

Ces industriels fabriquent des couleurs non vénéneuses en tablettes, etc. La marque de fabrique est un serpent s'abreuvant à une coupe. Ces couleurs sont appelées à rendre un grand service, aux enfants surtout, qui ont la funeste habitude de mettre leurs pinceaux dans la bouche pour les nettoyer ou pour délayer la couleur. Les coliques et les empoisonnements sont complètement supprimés par l'usage des couleurs non vénéneuses de MM. Duret aîné et Bourgeois. Elles ont été récompensées d'une médaille de première classe à l'Exposition de Dijon, d'une médaille d'or de première classe à l'Académie de l'Industrie de Paris. Ces industriels avaient obtenu pour d'autres produits de leur fabrique de couleurs fines, des médailles aux Expositions de 1849 et 1855.

ENFER, rue Rambouillet, **10**,
PARIS.
Médaille de première classe.

Voici un exposant très méritant qui expose trois forges portatives ; la première à simple vent, la seconde à double vent, enfin la troisième est à foyer avec dessus de table pour émailleur. A côté de ces trois forges dont les prix ne nous ont pas paru trop élevés (105, 129, 160 fr.), nous trouvons une lampe d'émailleur, construite dans de bonnes conditions, du prix de 60 fr.
Correspondant à Dijon : MATHONNET-DUVALDESTIN.

EPINAC (verreries d'), (Saône-et-Loire).
Médaille d'honneur.

Les verreries d'Epinac exposent des modèles de toutes formes, de tous genres ; des dames-jeannes, des bouteilles de trente litres, des demi-vin du Rhin au verre bruni, des demi-bordelaises, des hollandaises, des litres liquoristes, des bouteilles anglaises à ale, des champenoises, des petites bourguignottes, des parisiennes, des bouteilles à eau de seltz, etc., etc. Toutes ces bouteilles sont recuites au bois. Les verreries d'Epinac ont obtenu en 1849 une médaille d'or ; en 1851, à Londres, une médaille de première classe ; à Paris, en 1855, également une médaille de première classe.

FRANCHOMME, rue des Canonniers, **17**,
LILLE.
Médaille de troisième classe.

La fabrique de M. Franchomme, qui jouit d'une faveur marquée, présente des huiles et corps gras divers, appropriés à tous les usages. Parmi ces produits, nous signalerons la graisse anglaise, pour mécaniques et voitures, qui a obtenu, en 1855, une mention honorable.

FRANON et Cie, **Saint-Romain-des-Iles**, par **Romanèche**
(Saône-et-Loire).
Médaille de troisième classe.

MM. Franon et Cie exposent des tuiles nouveau modèle qui méritent de notre part une mention spéciale. Les tuiles sont fabriquées avec de la terre de Bourgogne d'une qualité supérieure, préparée et calibrée avec un soin tout particulier ; elles sont aussi parfaitement cuites. Les dispositions des emboîtements donnent aux couvertures les meilleures conditions d'élégance, de solidité contre les plus violents orages, de durée et de clôture hermétique garantissant même de la neige. Ces tuiles sont très légères ; il faut 15 tuiles par mètre carré, et elles pèsent tout au plus 35 kilog. La disposition des tuiles, de pouvoir glisser les unes sur les autres, permet d'arriver toujours juste près du faîtage, sans avoir besoin de trancher les tuiles. Une médaille de troisième classe a été décernée à ces excellents produits, qui avaient déjà obtenu au concours régional de Mâcon, la médaille de bronze, récompense unique décernée à cette industrie.

FRELEZAUX, 38, rue Condé,

DIJON.

Médaille de quatrième classe.

M. Frelezaux, expose plusieurs articles de parfumerie sortant de ses ateliers : citons en première ligne son eau de verveine, délicieuse comme eau de toilette ; son extrait végétal de quinquina pour fortifier les cheveux ; signalons encore le fluide lustral et antipelliculaire pour les cheveux ; de l'extrait de chèvre-feuille, de la crème dulcine à la fraise pour le teint, des pâtes, des crèmes, des savons ; de l'eau de cologne de 3 fr. à 6 fr. le litre ; du vinaigre de J. V. Bully à 5 fr. le litre. Tous ces produits se recommandent par une fabrication parfaite ; la parfumerie de M. Frelezaux peut marcher de pair avec celle de Paris et sa vitrine est aussi brillante que les étalages de Pinaud ou de Demarson.

GAMBUT, fabricant de Poterie,

BEAUNE.

Médaille de troisième classe.

Nous n'avons pas à nous occuper ici de la charmante poterie artistique de M. Gambut, nous citerons seulement des creusets et tuyaux de drainage qui se trouvent sur la place des Ducs, et qui ont valu à cet habile industriel une médaille de troisième classe. Ces différents objets sont faits dans de bonnes conditions et parfaitement réussis.

GENETIER, fabricant de Tuiles à Saint-Romain, par Romanèche.

Mention honorable.

Les tuiles dites du midi exposées par M. Genetier de Saint-Romain lui ont valu une mention honorable.

GEORGES (Auguste), à Autun

(Saône-et-Loire).

Médaille de deuxième classe.

M. Georges expose différents produits céramiques, parmi lesquels nous citerons des tuiles et des tuyaux de drainage qui nous ont paru d'une fabrication soignée. Nous pouvons ajouter que M. Georges a résolu le problème de tout industriel : fabriquer bien et à bon marché. Le tarif de cette maison est de 25 p. 0/0 meilleur marché que dans toute autre fabrique. Les récompenses obtenues cette année au Concours régional de Mâcon, à l'Exposition de la Société d'horticulture d'Autun et en dernier lieu à l'Exposition de Dijon, témoignent suffisamment en faveur de ce que nous avançons. Cette usine emploie une machine à vapeur de la force de huit chevaux ; la fabrication occupe quatre vingt ouvriers qui peuvent produire annuellement quatre millions de tuyaux de drainage et six cent millions de tuiles passavant, faîtières, etc., etc. ; enfin par l'habile direction imprimée au personnel, on peut donner à l'argile toutes les formes que réclament l'agriculture, la construction et même la fantaisie.

GIRARD, faïencier, à Aprey
(Haute-Marne).

Médaille de deuxième classe.

M. Girard d'Aprey, exploite une grande fabrique qui produit spécialement des faïences, de la poterie de fer, des briques et tuiles brevetées. L'exhibition de cet industriel était des plus complètes et répondait parfaitement à la réputation dont jouit son établissement.

GOURAUD cadet, maroquinier, rue de Pierre-Size, 64,
LYON.

Médaille de troisième classe.

Cet industriel, qui a obtenu une mention honorable en 1855 à l'Exposition de Paris, expose de belles peaux maroquinées de diverses grandeurs, bien fabriquées.

GUILLIER-DURUPT, port du Canal,
DIJON.

Médaille de première classe.

Les productions de la maison Guillier-Durupt sont depuis longtemps appréciées du commerce; la médaille de bronze qui lui a été décernée en 1856 au concours régional de Dijon, n'a fait qu'exciter chez cet industriel le désir de bien faire.

Sa poterie perfectionnée, établie sur une vitrine bien disposée, fait effet et force le visiteur à s'arrêter : c'est pourtant de la simple poterie rouge et on ne peut se dispenser d'admirer la finesse, le serré de ces produits de choix. Je dois signaler des tuyaux de drainage de tous diamètres de 23 à 250 fr. le mille; des irrigateurs de 250 à 500 fr. le mille; des manchons de 9 à 100 fr. le mille; des briques ordinaires à 37 fr. le mille, réfractaires à 80 fr. De belles cornues, des creusets pour fondeurs, des carafes rafraîchissantes ont aussi fixé notre attention. M. Guillier-Durupt livre aussi au commerce des pots de fleurs de tous modèles, fort élégants, de 3 à 25 fr. le cent; des tuyaux de fontaine de 30 à 40 fr. le cent; des briques triglifides, des tuiles, des modillons, des alcarazzas à pied, à grilles, etc., etc.

JACOILLOT (Henri), fabricant de Cirage,
RECEY-SUR-OURCE.

Mention honorable.

La fabrique de M. Jacoillot, qui est très considérable, fait d'énormes affaires avec le dehors. La réputation du cirage SANS NOM est bien établie. La principale qualité de ce produit, que nous ne saurions trop recommander, est d'adoucir la peau; le brillant qu'il donne à la chaussure ne se ternit pas.

JACQZ et BUNEL, rue du Grand-Saint-Michel, 17,
PARIS.

Médaille de troisième classe.

L'exposition de tannerie et corroierie de MM. Jacqz et Brunel est, de l'aveu de tout le monde, très belle. Les prix sont joints aux produits exposés. Nous avons à signaler deux demi-pièces de vaches tannées brune et jaune, pour brides anglaises, à 25 fr.; une peau de bœuf, sciée, tannée et vernie pour capotes de voitures, de 4 mètres carrés, à 75 fr.; une demi-croûte de vache sciée et tannée, brunie claire pour articles de chasse, à 16 fr.; une croûte tannée et vernie fine pour premier garde-crotte, de 3 mètres 50 de superficie, à 40 fr.; une croûte douce pour collier anglais, à 40 fr.; demi-bœuf scié pour bâche et capote mis en plein suif, 65 fr.; enfin demi-bœuf pour harnais, à 45 fr. la bande.

JAUGEY, tuilier à Vandenesse.

Mention honorable.

Les tuyaux de drainage exposés par M. Jaugey méritaient des encouragements ; le jury lui a décerné une mention honorable.

JOHAN-JOHANSON, Stockholm
(Suède).

Médaille de deuxième classe.

M. Johan-Johanson, exposant étranger, a obtenu une médaille de deuxième classe pour ses bougies stéariques, fabriquées dans d'excellentes conditions. Les bougies suédoises peuvent entrer avantageusement en rivalité avec les produits français, sur lesquels ils l'emportent pour la compacité de la matière.

KNODERER et Cie, tanneur à Strasbourg
(Bas-Rhin).

Médaille de première classe.

Les produits de la société de la Nouvelle tannerie Française se font remarquer d'une façon toute spéciale à notre Exposition : nous trouvons des cuirs de tous genres et préparés de toutes façons, des cuirs hongroyés, des cuirs à courroies, à lanières, de la vache vernie, des tiges pour bottes, des souliers tout coupés, des cuirs vernis, etc. Tous ces articles, dont la vente a pris une extension considérable, place l'établissement Knoderer au premier rang des tanneurs strasbourgeois.

LACROIX, chimiste, faubourg Saint-Denis, 148,
PARIS.

Médaille de troisième classe.

M. Lacroix expose des couleurs pour porcelaine, verres et cristaux ; les peintures sur porcelaine ont une heureuse réussite.

LATOUCHE-ROYER fils, tanneur,
AVRANCHES.

Médaille de deuxième classe.

Une des plus belles expositions de cuirs tannés est celle de M. Latouche-Royer fils. Signalons aux connaisseurs son veau sec d'huile (normand), son cheval en croûte (Buénos-Ayres), un côté cuir fort (Buénos-Ayres), le veau en croûte, fantaisie de Bordeaux, la vache en croûte (normande). Tous ces cuirs ont une teinte jaune fort agréable à l'œil. Les produits de M. Latouche-Royer fils sont de premier choix ; une médaille de deuxième classe obtenue à Coutances, deux médaille de première classe obtenues à Saint-Lo et Avranches, une médaille de deuxième classe obtenue en 1855 à l'Exposition de Paris ; enfin une grande médaille d'argent décernée en 1857 à Laval, viennent confirmer de la manière la plus positive les éloges que nous avons faits de l'établissement de M. Latouche-Royer.

Correspondant à Dijon : SALBREUX fils.

LATREILLE, fabricant de Tuiles,
SOMBERNON.

Médaille de deuxième classe.

M. Latreille présente différentes espèces de tuiles fabriquées avec de la terre bien préparée et contenant beaucoup de silice. Les tuiles palmètes ainsi que les tuiles dites violon à double recouvrement, peuvent s'appliquer à tous genres de pentes ; la couverture établie avec ces produits, bien recuits, est très légère. Avec ces tuiles, M. Latreille établit des couvertures faîtières et des arêtiers à recouvrements, sans avoir recours ni au zinc ni au ferblanc, pas plus qu'au mortier; de là, suppression d'une partie de la main d'œuvre. Nous ne saurions trop louer les produits de cette importante fabrique, à qui le jury vient de décerner une médaille de deuxième classe.

LEBOULLEUR (Arthur), à Courlon
(Côte-d'Or).
Médaille de quatrième classe.

M. Leboulleur présente des tuiles plates et creuses qui ne sont pas sans valeur, puisqu'une médaille de quatrième classe lui a été décernée.

LEGROS, fabricant de Produits chimiques, à Tavernay
(Saône-et-Loire).
Médaille de première classe.

M. Legros expose un bloc de schiste, et tous les produits se rattachant à cette fabrication, savoir : du schiste bitumineux, de l'huile brute, de l'ammoniaque liquide, de de la benzine, de l'huile minérale de graissage, du paraffine fondu, de la bougie de paraffiné, du noir animal, du goudron solidifié. — L'histoire de tous ces produit serait curieuse à étudier, mais notre cadre, ne nous permettant pas d'entrer dans de plus grands développements, nous nous contenterons de recommander cette maison qui a obtenu, en 1855, une mention honorable.

LENOIR, fabricant de Bougies à Saint-Laurent-les-Macon
(Ain).
Médaille de deuxième classe.

La fabrique de M. Lenoir occupe une place importante par ses nombreux produits, à notre Exposition. La bougie stéarique de Saint-Laurent jouit d'une faveur méritée dans le commerce. Nous trouvons dans cette vitrine du suif saponifié, des spécialités d'oleine et de stéarine, du suif en pain, de la bougie moulée, enfin de la bougie stéarique en paquets du plus bel aspect. Ces produits sont très recommandables.

LERBER (Maurice DE), à Romainmotier
(Suisse).
Médaille de première classe.

M. Maurice de Lerber est un de nos exposants les mieux méritants. Deux médailles de première classe lui ont été décernées à notre Exposition, l'une pour sa pompe à incendie, l'autre pour ses tuyaux de drainage et de fontaine. Nous réservons pour la 14e classe notre appréciation en ce qui touche la construction de sa pompe. Ici nous nous occuperons des produits de la 10e classe.

Les tuyaux de drainage sont fabriqués au moyen de machines hydrauliques puissantes, avec des terres triturées et cuites à un très haut degré de chaleur, ce qui permet d'en garantir la bonne fabrication, la bonne qualité et surtout la durée. Ces tuyaux ont obtenu la médaille de première classe à l'Exposition universelle de Paris 1855, et à Berne, en 1857, une médaille d'argent.

Les tuyaux en terre cuite de fontaine sont cuits dans des fours à réverbères. Ils peuvent servir aux eaux de fontaine, aux égouts, aux matières fécales, à la fumée, au gaz, etc., etc. De deux tiers meilleur marché que les tuyaux en fonte et de plus longue durée que ceux en bois, les tuyaux de terre cuite offrent encore l'avantage de ne jamais s'oxyder et de conserver à l'eau toute sa limpidité.

M. Maurice de Lerber se charge de la pose des tuyaux. Dans la même fabrique, on s'occupe aussi de livrer au commerce des tuiles et des briques en tous genres.

Dépôt pour la France : chez M. ROUX-MICHEL, commissionnaire à Besançon.

MARTIN et Cie, boulevard Sébastopol, 53,

PARIS.

Médaille d'honneur.

M. Martin et Cie s'occupent spécialement de livrer au commerce des caoutchoucs manufacturés. Cet industriel expose des baleines, épingles, tabatières, étuis, manches d'ombrelles en caoutchouc durci. Ces articles, à cause de leur légéreté et de leur bon marché, sont très recherchés. C'est l'heureuse appropriation de cette matière à tant d'objets variés et d'une utilité incontestable qui ont appelé l'attention du jury sur la fabrication de M. Martin et Cie. La médaille d'honneur décernée à cette maison la place en première ligne parmi les industries rivales.

MAR-MARTIN et Cie, à Bourbonne-les-Bains

(Haute-Marne).

Médaille de quatrième classe.

M. Mar-Martin expose des tuyaux vernis pour conduites, des tuiles et tuyaux de drainage qui nous ont paru être de bonne qualité. M. Mar-Martin avait, à l'Exposition nationale de 1849, obtenu une mention honorable.

MAZEAU, corroyeur, rue Saint-Sauveur, 42,

PARIS.

Médaille de troisième classe.

La vitrine de M. Mazeau est simple, mais les produits qu'elle renferme sont de choix : tout le monde a remarqué les cuirs de qualité de cette maison, qui sont coupés pour tiges de souliers, brodequins, bottines et bottes.

Correspondant à Dijon : l'abbé TAMISEY, rue Saumaise, 24.

MONNIOT (Henri), architecte,

CHATILLON-SUR-SEINE.

Médaille de quatrième classe.

Une médaille de quatrième classe a été décernée à M. Monniot pour la bonne fabrication de ses tuyaux de drainage et de ses tuiles. Nous avons encore remarqué des briques évidées pour cloisons, qui nous ont paru bien réussies.

MOURGEON, mégissier, pont des Tanneries,

DIJON.

Mention honorable.

Cet industriel expose des peaux de moutons passées avec de la laine. Nous avons remarqué un chabin de voyage, des peaux de moutons rousses et blanches, des peaux passées en blanc, etc., etc. M. Mourgeon, qui nous a paru très habile dans sa partie, se charge également de la pelleterie et de la préparation de fourrures de toutes espèces.

OBRIOT, mégissier à Selongey

(Côte-d'Or).

Médaille de quatrième classe.

Les peaux blanches de M. Obriot, très appréciées du commerce, sont de premier choix ; cet industriel fait bien, et livre des marchandises de qualité : les échantillons exposés sont là pour en témoigner.

PASQUES, directeur des Verreries de Blanzy
(Saône-et-Loire).

Médaille de première classe.

A côté des verreries d'Epinac, nous avons remarqué les produits des verreries de Blanzy : ces verres sont fort beaux, et ne laissent rien à désirer sous le rapport de la cuisson et de la solidité. Nous retrouvons parmi les bouteilles et bombonnes de Blanzy la bourguignotte, la champenoise, la bordelaise, la bouteille à vin du Rhin, des dames-jeannes, des bouteilles à conserves, le litre Devillebichot, etc., etc.

M. LION-JOLY est le correspondant de cette maison à Dijon.

PEIGNOT (Emile), manufacturier à Rioz,
(Haute-Saône).

Médaille de troisième classe.

Comme beauté de produits faïencés, certainement la palme devait revenir à M. Emile Peignot; sa vitrine n'est pas grande, mais les produits exposés sont de choix. Ses animaux en terre cuite exposés aux Beaux-Arts industriels ne sont pas sans mérite.

PELLETIER, fabricant, rue Cloître Saint-Aignan, 16,
ORLÉANS.

Médaille de deuxième classe.

M. Pelletier, d'Orléans, expose de la bougie stéarique, dite *bougie des Familles;* ces beaux produits méritent une mention spéciale.

PHAL-BLANDO, à Longchamps
(Côte-d'Or).

Médaille de deuxième classe.

Sous le numéro 1,553, nous rencontrons des faïences communes, mais d'une solidité et d'un bon marché qui font le bonheur des ménages peu aisés. Deux grands vases de jardin, également en faïence, étagent bien cette vitrine, qui n'est pas sans mérite.

POMMEY, rue des Etioux, 15,
DIJON.

Médaille de troisième classe.

Les cuirs de la maison Pommey sont avantageusement connus du commerce, et sa réputation est déjà ancienne. M. Pommey a placé à l'Exposition du veau ciré blanc et jaune de Provence; des tiges en veau et chamoisés, des croupons de vache imitation de Russie, des croupons de vache imperméables. Tous ces cuirs qui proviennent de l'abat de Dijon, sont tannés et corroyés dans l'établissement de M. Pommey.

POUPON et COGNIEUX, négociants,
DIJON.

Médaille de première classe.

Dans la salle des *Produits chimiques* se trouve la vitrine de MM. Poupon et Cognieux, entreposeurs généraux des sels et produits des établissements réunis des anciennes salines de l'Est. Nous voyons d'abord quatre beaux échantillons de sels provenant de la saline d'Arc (Doubs); c'est cet établissement qui alimente la vente qui se fait à Dijon et aux environs. A côté, nous remarquons quatre autres échantillons de sel de la saline de Salins, enfin, quatre échantillons du sel de la saline de Montmorot. Les douze cases distinctes et séparées, renfermant ces douze échantillons, forment un ensemble qui atteste une fabrication supérieure. Ces sels nous ont paru beaux, bien blancs et très purs.

Nous trouvons aussi sous le même numéro : un échantillon des cristaux de soude, un des sulfates de soude anhydre, un de chlorure de chaux, un de sel de soude à 80°, un de sel de soude à 93°; le tout sortant de la fabrique de Dieuze (Meurthe); un échantillon de sel de Glauber (sulfate de soude cristalisé), un de sel d'Epsom (sulfate de soude cristallisé), fabriqués à Salins (Jura). Un échantillon sulfate de soude (sel d'Epsom), un chlorure de potassium, fabriqués à Arc-Senans (Doubs).

Nous laissons aux personnes compétentes le soin de raisonner sur ces neuf échantillons de produits chimiques, qui nous paraissent dignes d'attention.

Nous avons remarqué avec intérêt, et bien des visiteurs ont été de notre avis, plusieurs blocs et morceaux de sel gemme tirés de la mine de Dieuze, à 160 mètres sous sol. Ces morceaux, de différentes nuances, ont été étiquetés avec soin par un savant minéralogiste de notre ville.

Il y a encore dans cette Exposition deux blocs très curieux provenant de cristallisation ou agglomération de sel se produisant naturellement dans les souterrains de Salins (Jura). On nous a annoncé qu'un de ces blocs serait offert après l'Exposition à M. le directeur du Muséum d'histoire naturelle de notre ville. C'est avec plaisir que nous le verrons figurer dans notre riche collection.

L'ensemble de cette exposition, unique dans son genre, nous a démontré que la maison qui a eu l'idée de mettre à la connaissance du public de si intéressants objets, comprend bien sa mission.

QUINET-THOMAS, à Veuvey-sur-Ouche

(Côte-d'Or).

Médaille de troisième classe.

Nous avons remarqué les potasses et sulfates de potasse de M. Quinet Thomas, qui nous ont paru de bonne qualité.

RACINE frères, à Besançon.

Médaille de troisième classe.

MM. Racine, fabricants de bleus pour l'azurage du linge. Ils exposent aussi l'indigoférine, nouvelle préparation de l'indigo pour teinture et impression en soie, laine ou coton. Ces produits ont de la valeur.

RENARD, rue des Rosiers, 17,

PARIS.

Médaille de troisième classe.

La maison Renard, qui a obtenu des récompenses à toutes les Expositions de Paris, et notamment en 1849, 1855, présente des vernis de toutes espèces; ce *siccatif français*, applicable aux peintures de bâtiments et d'équipages est très renommé.

ROBAUT (Achille), corroyeur à Valenciennes

(Nord).

Médaille de troisième classe.

M. Robaut expose des cuirs à cardes d'une bonne fabrication. Les divers autres objets pour carrosserie exposés, attestent une préparation soignée.

ROUBIEN (Louis), fabricant de Peaux de chèvres,

LYON.

Médaille de troisième classe.

M. Roubien partage la vitrine de M. Gouraud : il expose des peaux de chèvres bien préparées et qui lui ont valu à l'Exposition de 1855 une mention honorable, et au Concours d'Avignon, une médaille d'argent.

ROUX, manufacturier à Villers-les-Pots
(Côte-d'Or).

Médaille de première classe.

La fabrique de Villers-les-Pots a une réputation justement méritée, et l'homme qui la dirige, par sa loyauté des affaires et son habileté consommée, n'a fait que donner de l'extension à cette fabrication de la poterie et des faïences. La faïencerie de Villers-les-Pots, qui occupe un personnel considérable d'ouvriers, ne fournit que des objets d'un usage usuel, mais d'un débit considérable par leur bas prix. Quant à la poterie, si elle est commune, elle rachète par d'autres qualités précieuses ce léger défaut, si défaut il y a.

ROYER-BIENAIMÉ, à Dole
(Jura).

Médaille de quatrième classe.

Cet exposant présente des cierges, des bougies et de la chandelle fabriqués dans de bonnes conditions. Cette maison a une succursale à Dijon, rue des Godrans.

RUSSIER et Cie, fabricants de Briques,
SAINT-ÉTIENNE.

(Hors classe).

La fabrique de M. Russier, à la Jomayère près Saint-Étienne, est d'une grande importance; elle embrasse tous les genres de produits céramiques. M. Russier expose des briques creuses ou tubulaires, d'après le système Borie de Paris, qui a été récompensé par la médaille d'honneur à l'Exposition de Paris, en 1855. Ces briques sont employées avec succès pour voûtes, cloisons, murs de refend, terrassiers, montage de cheminées, etc. On s'en sert avec un égal succès pour pavillons, serres, orangeries, et tous les travaux bien finis. Ces briques sont très solides, étant cuites à l'intérieur comme à l'extérieur. Elles donnent une grande surdité aux appartements parce qu'elles isolent le son; enfin elles sont plus légères et moins coûteuses que les autres. La maison Russier et Cie a obtenu, en 1857, des médailles de vermeil, d'argent et de bronze, aux Expositions de Lyon, de Montbrison et de Saint-Étienne.

SALTET aîné, chamoiseur à Milhaud
(Aveyron).

Médaille de troisième classe.

M. Saltet aîné fait partie des corroyeurs, tanneurs et hongroyeurs qui se trouvent sur la place d'Armes. M. Saltet a exposé deux peaux de veaux de la boucherie, tannées au chêne vert, qui certainement attestent un consciencieux travail.

SANTONAX (Elzéar), de Dole.

Médaille de première classe.

La maison Santonax, qui occupe une place importante à notre exposition, fabrique de la bougie et des bleus. — Nous trouvons dans la vitrine de cet industriel, à côté de ces beaux produits, tout ce qui se rattache à la fabrication de la bougie : nous remarquons du suif en fonte, du savon calcaire, puis la décomposition des savons calcinés, la pression à chaud et à froid, et l'épuration des acides stéariques. Les bleus de la maison Santonax sont renommés. Produits médaillés à l'Exposition de 1855.

L. SERBAT, fabricant de Produits chimiques,
A QUIÉVRAIN (Belgique), A SAINT-SAUVE (Nord), ET A COLOGNE (Allemagne).
Médaille de première classe.

Le mastic de M. Serbat, dont la réputation est célèbre, a obtenu une médaille de 1re classe à notre Exposition. Cette distinction toute particulière est due aux immenses services rendus par ce produit à notre industrie. Nous ne saurions trop recommander l'établissement de M. Serbat, dans lequel on fabrique sur une grande échelle les graisses pour voitures, engrenages, etc., les graisses et les huiles spéciales pour chemins de fer, les huiles fines pour l'industrie. Cet exposant a obtenu pour ses produits une médaille en 1849, et deux médailles à l'Exposition universelle de 1855.

Correspondants à Dijon : TRUILLOT et ROUGET.

SIMON, tuilier à Aisey.

Mention honorable.

Une mention honorable a été accordée à M. Simon d'Aisey, pour ses excellents produits.

SIRANDRÉ frères, rue Sainte-Marguerite,

DIJON.

Médaille de quatrième classe.

Des esprits superficiels ont admiré, dans la salle des *Produits chimiques*, lors de l'Exposition, un joli monument disposé avec des chandelles de tout calibre; ce que nous avons remarqué, nous, c'est la bonne fabrication des produits exposés par MM. Sirandré frères. Par les grandes chaleurs de juillet et d'août, ces chandelles ne se sont pas un instant ra mollies, et le suif n'a répandu aucune émanation désagréable.

Durée et clarté, telles sont les deux principales qualités des produits fabriqués chez MM. Sirandré frères.

L'établissement de ces industriels est très bien approprié à tous les services de la manutention. L'opération de la fonte est surtout l'objet d'un soin spécial, car personne n'ignore que de la cuisson des suifs dépend tout le succès de la fabrication.

On fait dans cet établissement tous les genres et toutes les espèces de chandelles ; et à peine peut-on suffire aux nombreuses demandes du dehors.

Le jury de la 10e classe, en décernant une médaille à MM. Sirandré, a voulu sanctionner l'heureuse réussite de cette industrie, et récompenser les efforts faits par ses créateurs pour lui donner les développements considérables qu'elle a pris depuis quelques années.

SIRE, fabricant à Dole.

Médaille de quatrième classe.

M. Sire expose des vernis de toutes espèces; de la brillantine-Camille en caoutchouc qui remet à neuf la vieille chaussure, du vernis régénérateur, des encres et des cirages.

TUMBEUF, directeur de la Verrerie de la Vieille-Loye

(Jura).

Médaille de deuxième classe.

L'exposition de cette verrerie a justifié la haute réputation dont elle jouit de temps immémorial. Ses bouteilles de toutes sortes, sont d'une fabrication irréprochable, le verre d'une belle nuance, très transparent, tout en conservant sa couleur clair-olive, qui donne au vin du brillant et de beaux reflets. Ce verre a l'aspect particulier du verre traité au bois, une propreté, une réfringence remarquables. Voici selon nous pourquoi le verre au bois est meilleur que celui à la houille, ce qui d'ailleurs n'est pas contesté. Les verres à la houille, comme les fers obtenus avec le même combustible, éprouvent nécessairement pendant la fusion une sulfuration, puisque toutes les houilles sont pyriteuses et par conséquent sulfureuses : et du moment qu'il a été reconnu que *quatre dix millièmes* de soufre, peuvent altérer le fer. (Dumas. *Chimie appliquée aux arts*, vol. 3, page 23). On a dû tout d'abord renoncer à l'emploi de la houille crue, pour la production du fer. La conversion de la houille en cock, n'a donc eu pour but que la *désulfuration* (qui n'est jamais complète, car si on parvenait à ne laisser aucune trace de soufre dans le cock, on obtiendrait avec ce combustible du fer aussi bon qu'au bois), et encore n'a-t-on pu employer ce cock pour convertir la fonte en fer, que dans des fours à réverbère, où le métal n'est pas en contact avec ce combustible; autrement il se chargerait de soufre et deviendrait *aouveraux*. Les mêmes causes doivent évidemment produire les mêmes effets, d'autant plus qu'en verrerie, on est forcé d'employer la houille crue, parce qu'on ne peut, dans la fabrication du verre, employer des combustibles qui décrépitent en brûlant comme le cock; il doit donc y avoir entre les verres au bois et celui à la houille, la même différence qu'entre les fers obtenus par ces deux combustibles; de plus, les bouteilles à la houille doivent être revêtues intérieurement d'une substance grasse, produit de la combustion de la houille et solidifiée pendant le refroidissement aux lavages ordinaires ; parce que l'eau ne la dissout pas et nécessite l'emploi de lessives alcalines ou acides. Sans ces précautions, l'acide tartrique des vins, l'acide carbonique des liquides gazeux, en dissolvant les matières, formeraient des dépôts qui pourraient altérer le vin et surtout son bouquet ; les bouteilles fabriquées au bois, sont exemptes de ces inconvénients, puisqu'elles sont obtenues dans des fours alimentés par du bois, d'une dessication complète et qui brûle sans la moindre fumée.

Nous sommes loin de prétendre que les bouteilles à la houille soient mauvaises : et d'ailleurs les verreries au bois sont en si petit nombre, qu'elles seraient loin de suffire à la consommation ; mais de même qu'il s'emploie de grandes quantités de fer à la houille, de même il s'emploie de grandes quantités de verre à la houille ; mais cela ne prouve pas que les fers comme les verres au bois, ne soient infiniment préférables. Cette opinion n'est d'ailleurs contestée par personne.

La verrerie de la Vieille-Loye n'a pas envoyé à l'Exposition des produits qui sont le résultat de tours de force et qui s'obtiennent pour les besoins de la cause dans la proportion de un sur mille essais; —ce ne sont pas là les véritables produits de l'industrie,—elle a eu le bon esprit d'envoyer à Dijon, pays vignoble par excellence, des bouteilles destinées à conserver longtemps et à transporter sous tous les climats, ses vins, qui n'ont pas de rivaux dans le monde.

Les diverses récompenses obtenues par cette maison sont : médaille d'argent, médaille d'honneur de la Société universelle de Londres, médaille d'honneur de l'Académie nationale de Paris.

VALNOT-GLANTENET, rue Bossuet, 5,

DIJON.

Médaille de quatrième classe.

Cette maison expose des couleurs en tous genres, qui nous paraissent avoir quelque mérite.

WEISHARDT frères, fabricants de Colle forte, faubourg d'Ouche,

DIJON.

Médaille de quatrième classe.

MM. Weishardt frères exposent de la colle claire. Ces industriels, très méritants, se recommandent par le soin qu'ils apportent à la fabrication.

Ont exposé :

BERTHET, *rue du Temple, 198, Paris* : eau pour nettoyer les meubles vernis ; — LEDOYEN et BEAUVALON, *chimistes, à Paris* : le désinfecteur Ledoyen (voir 9e classe); — LEGRIP, *pharmacien, à Saint-Dizier* (Haute-Marne) : utilisation des scories de fer; — MIELLE, *rue du Refuge, Dijon* : du phosphore fabriqué avec de l'urine; —

MOLL et Ce, *rue d'Enghien, 54, Paris* : le réactif désinfectant ; — ANDRÉ (E.), *à l'Escarpelle près Douai* : corps gras, huiles et graisses ; — BOYENVAL-BLONDEL, *à Arras* : huiles à graisser les machines ; — SERIGIERS (H.), *à Saint-Denis* : huiles graisses et savons ; — BOILLEY, *frères, à Dole* : le bleu Boilley, des encres en bâtons, du cirage ; — BORNIER-LAMBLET, *rue Guillaume, 71, Dijon* : de l'encre ; — DEVILLERS (Ernest), *à Mulhouse* : de l'encre violette à copier (voir 4e classe) ; — GRESSOT, *rue des Gravilliers, 84, Paris* : des encres diverses, boîtes à tampon économique pour timbres ; — HOUSSARD-JONQUET, *à Rouen* : des encres diverses ; — KIÉFER et Ce, *à Strasbourg* : du lustre pour amidon, de l'Eau de Cologne et de l'encre noire sans acide (voir 11e classe) ; — PIERRE, *rue Saint-Nicolas, à Paris* : du vernis à l'alcool ; — ROBIN, *à Dijon* : teinture sur laine ; — VERNIER, ROUX et BALOIS, *à Dole* : essence et carmin d'indigo, bleus, etc. ; — AUBERT, *rue Meslay, 61, Paris* : de l'eau divine et pour teindre soi-même et en toutes nuances la barbe et les cheveux ; — CANDÈS, *boulevard Saint-Denis, 28, Paris* : le lait antéphélique ; — CASTAGNÉ, *coiffeur-parfumeur, à Mâcon* : de l'eau de toilette pour conserver la chevelure, guérir les maux de tête et rhumes de cerveau ; — CHARDIN, *à Paris* : de la parfumerie ; — GLORGET et Ce, *tanneurs, à Besançon* : articles de tannerie ; — JOURDAIN (Alfred) : du cuir verni et coloré ; — SALBREUX (veuve), *à Dijon* : des cuirs ; — GANDEBOUT, *38, rue Chabrol, Lyon* : des plaques en cristal ; — HUGEDÉ (Louis), *rue des Filles du Calvaire, 13, Paris* : lettres en cristal en relief ; — LEUNE, *rue des Deux-Ponts, 31* : des boules-panorama avec leurs supports, porcelaines et cristaux ; — GUIMOISEAU, *rue de Bondy, 13, à Paris* : des porcelaines et faïences ; — BRENOT, DERESSE et FÉNÉON, *aux Laumes* : des briques, tuyaux de drainage et tuiles ; — DELEVAUX, *rue du Gaz, 14, à Dijon* : appareil pour la fabrication des tuiles, briques, etc. (voir 14e classe) ; — DUCROUX père et fils, *à Saint-Symphorien-d'Ancelles par Romanèche* : des tuiles plates ; — LANGERON-COLLARD, *à Motteville* : des cruchons, litres et bouteilles, des cornues et creusets, des briques réfractaires ; — LECURET père, *plâtrier, à Romanèche* : des tuiles ; — MARTIN frères et BERTIN, *à Casamène près Besançon* : des tuyaux de drainage ; — PIDANCET aîné, *mécanicien, rue Montigny, à Dijon* : des briques réfractaires faites de quartz de la Côte-d'Or, des creusets de quartz et carbure de fer ; — LECOQ et MOUCHEL, *à Cherbourg* : papier et carton en gutta-percha et mèches à frictions ; — Ch. VALIER (Mlle Marie), *à Montmartre* (Seine) : une peinture sur porcelaine : la Sainte-Famille d'après André del Sarte ; — LES FABRIQUES DE SUÈDE : porcelaines et poteries ; — SAINT-GOBAIN (manufacture de glaces) : un panneau de persienne avec lames en verre, et des verres coulés.

ONZIÈME CLASSE.

SUBSTANCES ALIMENTAIRES.

Farines, Fécules et Sucres — Boissons fermentées — Conserves et Condiments — Confiserie, Liqueurs, Chocolats, Cafés — Appareils et Matières pour la préparation et la conservation des Substances alimentaires.

NOMBRE DES EXPOSANTS. 240
NOMBRE DES PRODUITS EXPOSÉS. 271

COMPOSITION DU JURY.

PRÉSIDENT : M. Jorard, directeur du Musée royal de l'Industrie belge, commissaire du roi aux Expositions étrangères, auteur des Rapports sur les Expositions de Paris, de Berlin et de Londres.

VICE-PRÉSIDE T : M. de la Loyère, président du Comité viticole de Beaune.

SECRÉTAIRE : M. Ladrey, professeur de chimie.

MEMBRES : MM. André (Charles), propriétaire à Nuits — Bizot, ancien confiseur — Grenier, négociant en grains — Auguste Luchet, homme de lettres — Léouzon Le Duc, homme de lettres — Menéval, ancien pharmacien — Le comte Odart, propriétaire à Tours. — Ed. Poulet, propriétaire à Beaune — Rougeot, propriétaire à Beaune — Roux, propriétaire à Vougeot — Talin, chef de gare.

ALEXANDRE, tonnelier à Nuits
(Côte-d'Or).

Médaille de deuxième classe.

M. Alexandre expose des tonneaux faits d'après le système métrique, c'est-à-dire qu'ils sont de la contenance exacte d'un double hectolitre, d'un hectolitre et d'un demi-hectolitre. Pour éviter les fraudes qui peuvent se commettre en livrant le liquide dans des fûts d'inégales capacités et donner une mesure uniforme aux mesures habituelles de vente, plusieurs notables commerçants en vins s'étaient réunis en diverses circonstances pour aviser aux moyens les plus propres à amener le résultat qu'ils désiraient. Pour les bons vins, surtout, il est important de trouver son compte exact de la marchandise vendue ; or, il arrivait journellement ceci : c'est que les fûts, vendus pour contenir 228 litres, en contenaient trois et même souvent six de moins, et que les commerçants qui achetaient aux propriétaires s'exposaient à des réclamations désagréables de la part de leurs clients. Que s'en est-il suivi de cet abus ? que les propriétaires, refusant de céder à de justes instances, le commerce n'achète plus le vin que mesuré. La Commission viticole prendra-t-elle en considération la demande, formulée par le commerce de Nuits, d'adopter des mesures uniformes pour la vente des liquides ? Espérons-le. En attendant une solution, afin de démontrer que l'on peut arriver à fournir des mesures de capacité exactes, M. Alexandre, un habile tonnelier, a fabriqué des tonneaux d'après le système métrique, qui ont la contenance voulue à quelques centilitres près en plus ou en moins. Le jury a décerné à M. Alexandre une médaille de deuxième classe, distinction qui doit donner un sérieux encouragement à son utile tentative.

ANDRÉ, propriétaire à Beaune
(Côte-d'Or).
Médaille de première classe.

M. André expose de merveilleux Clos-de-la-Mousse 1847 et 1848. Le climat qui contient un peu plus de trois hectares appartient exclusivement à M. André. Le Clos-de-la-Mousse, qui fut donné en 1220 par le chanoine Edme de Saudon au chapitre de Notre-Dame-de-Beaune, jouissait déjà d'un grand renom : actuellement les vins qui en proviennent occupent le premier rang parmi les premières cuvées beaunoises.

ARTAUD (Laurent), confiseur,
DIJON.
Médaille de troisième classe.

Un confiseur dont la modestie égale le savoir-faire, c'est M. Artaud de Dijon. M. Artaud excelle dans la fabrication des bonbons fondants ; et, si sa vitrine est petite et ne fait pas de tapage, il n'en est pas moins vrai que les produits qu'elle renferme sont excellents. Nous ne parlons ici qu'après avoir goûté, par suite, en parfaite connaissance de cause. Nous nous ferons un plaisir de signaler parmi toutes ces délicieuces gourmandises, les fondants imitant des noix, des ananas, des pommes, des prunes, des poires ; nous citerons encore les succulents fondants au cassis, à l'orange, à la crème et aux amandes, au chocolat et à la pâte d'amandes. Tous ces bonbons sont parfumés avec un soin spécial ; aussi ont-ils un goût et une saveur qui sont justement appréciés des connaisseurs. M. Artaud expose aussi des dragées à la vanille, et des noisettes à la rose qui attestent un sérieux travail de fabrication. Il serait donc superflu de venir recommander ici les produits de cette maison : tout le monde les connaît et les apprécie ; M. Artaud fait bien et bon et ne vend que des marchandises *loyales*. C'est là son meilleur titre de recommandation.

AUBELLE frères, charcutiers,
DIJON.
Médaille de deuxième classe.

MM. Aubelle frères ont élevé une magnifique pyramide de jambons fumés ; c'est une spécialité de la maison, qui a pris une extension considérable, surtout depuis cinq ou six années. C'est en boucanant et en salant les viandes d'après les procédés Appert, que l'on est arrivé à conserver si merveilleusement le goût et la qualité qui leur sont propres. La réputation de la charcuterie Aubelle est bien établie ; aussi les deux frères Aubelle ont-ils dignement soutenu à l'Exposition le nom de leur père. A côté de ces succulents jambons à la chair pourprée, nous trouvons aussi des saucissons de tous genres, des conserves de truffes du Périgord, et du pays. Tous ces produits, préparés avec un soin parfait, sont exquis et peuvent être approuvés des gourmets les plus difficiles.

AUGER (Ch.), rue des Forges,

DIJON.

Médaille de deuxième classe.

Voici un industriel qui soutient dignement la réputation de sa jeune maison. La vitrine de M. Auger est rangée avec un bon goût parfait ; il a compris que ses excellents produits, pour être vendus avec plus de facilité, devaient être couverts d'enveloppes luxueuses. Rien n'a donc été épargné par lui pour dorer et enluminer les *images*. Si nous passons aux produits, nous pouvons en garantir la qualité, car M. Auger nous a fait goûter ses succulentes nonnettes ; il y en a aux cerises, au chocolat, à la vanille, aux mirabelles, aux fruits, aux raisins, aux fondants glacés, à la crème de moka. Les pièces montées sont élégantes et gracieuses. En somme, l'ensemble des produits exposés par M. Auger atteste une fabrication soignée et de nouveaux perfectionnements. M. Auger avait déjà obtenu en 1855, à l'Exposition de Paris, une mention très honorable, et en 1858, de la société des Sciences Industrielles, une médaille de bronze.

BARBOU, rue Montmartre, 35,

PARIS.

Mention honorable.

M. Barbou a exposé deux modèles de porte-bouteilles en fer; tous deux sont susceptibles de contenir 300 bouteilles, et peuvent se fermer hermétiquement. Ce sont des appareils indispensables à tout cafetier ou marchand de liquide, et que leur extrême bon marché recommande naturellement. M. Barbou présente aussi des paniers à bouteilles en fer.

BARDE (Léon), négociant, rue Saint-Pierre,

DIJON.

Médaille de quatrième classe.

M. Léon Barde, négociant en vins, vient d'adjoindre à son commerce la fabrication des liqueurs. Citons parmi les liqueurs exposées du cassis de l'année, de l'anisette de Dijon, de l'absinthe de Dijon, de l'huile d'anis, de la crème d'angélique, de l'huile de noyaux, de la crème de moka, de l'huile de vanille, du rossolio, de la crème de vanille, de l'alkermès, de l'eau-de-vie de Dantzik. Nous donnerons une mention spéciale au curaçao de M. Barde, qui est parfait. Quant à la liqueur des Bardes, nous ne saurions en faire trop d'éloges : c'est une liqueur parfumée et d'un goût exquis.

BÉLICARD, à Montmartre

(Seine).

Médaille de troisième classe.

Le fausset hydraulique pour la conservation de toutes espèces de boissons, par M. Bélicard, a été honorée déjà de sept médailles et de trois mentions honorables. Ce fausset hydraulique remplace le fausset ordinaire ; mais, comme ce dernier, il n'est pas nécessaire de l'enlever chaque fois pour obtenir le liquide et de le remplacer ensuite : posé sur un fût, il y reste, sans qu'il soit utile d'y toucher, jusqu'à ce que ce fût soit entièrement vide. Nécessaire aux personnes qui consomment ou débitent des liquides sans les mettre en bouteilles, il n'est pas moins utile à la conservation des produits chimiques, car ses fonctions ne consistent pas seulement à permettre au besoin l'introduction de l'air, elles facilitent, par une action inverse, l'échappement des gaz nuisibles à ces produits et non moins funestes aux fûts qu'ils tendent à déjoindre au moment de la fermentation.

9

BENOIST-GUILLEMINOT, rues Jeannin, 18 et 20, et Vannerie, 84,

DIJON.

Mention honorable.

Le café de M. Benoist-Guilleminot a beaucoup de vogue ; aussi cet industriel a-t-il cru devoir envoyer ses produits à l'Exposition ; nous retrouvons là ce café torréfié et moulu qui fait le bonheur de nos ménagères et qui est si apprécié des fins connaisseurs.

BERNARD fils aîné, rue Mably, 1,

DIJON,

Médaille de deuxième classe.

Le vinaigre de Dijon jouit dans le commerce d'une renommée justement méritée. Les produits envoyés à l'Exposition sont nombreux , et ils sont tous de qualité. Parmi les exposants dijonnais qui sont dignes d'être signalés , nous citerons M. Bernard qui expose du vinaigre ordinaire, du vinaigre triple, enfin du vinaigre vieux à l'estragon ; tous ces vinaigres étant fabriqués avec du bon vin unissent la force à l'agrément.

BERBEY , à Saint-Seine-l'Abbaye

(Côte-d'Or).

Mention honorable.

L'importance de cette maison consiste surtout dans l'exportation. M. Berbey , qui a fait des biscuits pour Champagne une spécialité de sa maison , ne peut suffire aux demandes qui lui sont faites. Du reste , la vogue de cet excellent produit est considérable , et les biscuits Berbey sont en faveur auprès de tous les véritables gourmets.

BESSY (Jules) , négociant à Chalon-sur-Saône,

Médaille d'honneur.

MM. Jules Bessy et Cⁱᵉ ont exposé des amidons de maïs provenant de leur usine de Chalon-sur-Saône ; cette usine est montée sur une grande échelle, conformément au brevet Polson, dont MM. Bessy et Cⁱᵉ sont cessionnaires.

Les amidons exposés par MM. Bessy et Cⁱᵉ sont très remarquables par leur blancheur et la beauté des aiguilles ; comparés aux plus beaux échantillons de Saint-Denis, ils les surpassent comme nuance et sont supérieurs à tous les produits similaires par leur pureté.

Ces amidons , délayés à l'eau froide puis dilatés à l'eau bouillante, produisent un mucilage diaphane ayant une grande affinité pour pénétrer les fibres des tissus ; par leur mode de préparation, ces amidons n'adhèrent pas au fer et produisent un empesage souple et résistant.

Les objets ainsi amidonnés ne sont pas revêches à la main qui les froisse, et les propriétés élastiques de ces amidons permettent de porter, sans qu'il se chiffonne, le linge qui a été empesé avec ces produits remarquables.

Délayé à l'eau froide à l'état d'apprêt, l'amidon de maïs a une force de cohésion qui ne se rencontre pas dans les amidons extraits des autres céréales.

Les principaux apprêteurs de France , qui ont essayé ce produit, reconnaissent qu'il est supérieur à tout ce que l'on a fait jusqu'à ce jour, comme blancheur, résistance et élasticité ; de plus, ils ont constaté qu'il présente à l'emploi une économie de 10 à 12 pour °/₀ sur les amidons les plus en réputation.

La Société Bessy s'est rendue propriétaire du brevet de M. Belz-Penot, pour la mouture perfectionnée du maïs. M. Belz-Penot est parvenu à retirer de ce grain, grâce à de nouveaux procédés de mouture, des semoules , des gruaux, des farines , des farines de gruaux, des sons, des matières grasses et des tendres. Par ce système , on opère de la manière suivante :

Le maïs n'est pas torréfié, il est au contraire trempé à l'eau pendant plusieurs heures, égoutté, puis moulu. Cette immersion préalable permet à la meule de décortiquer le maïs, d'enlever sans les mélanger le cotylédon, la matière grasse et le germe; ces produits expulsés, il reste la matière cornée et la partie féculente du maïs, qui convenablement moulues, bluttées, sassées, produisent de belles semoules, des gruaux et des farines d'une grande pureté. Avant la découverte de M. Betz-Penot, les semoules et les gruaux de maïs avec lesquels on fait d'excellents potages, toutes espèces d'entremets sucrés étaient complètement ignorés. Quant aux farines parfaitement purifiées du son, du cotylédon, des matières grasses et du germe, elles servent à une foule d'usages; ainsi on fabrique du biscuit de mer, des vermicelles, des pâtes alimentaires; le remplacement du blé par le maïs dans la fabrication de l'amidon est une considération économique d'une haute portée, car dans les années calamiteuses, une partie notable du blé qui était convertie en amidon sera restituée à l'alimentation humaine.

Le jury de l'Exposition appréciant, comme ils méritaient de l'être, les produits exposés par MM. Jules Bessy et Cⁱᵉ, a décerné à ces honorables industriels la médaille d'honneur; à l'Exposition d'Auxerre, le jury appréciant, comme celui de Dijon, les produits de MM. Bessy et Cⁱᵉ, leur a décerné un rappel de cette médaille.

BEUVRAND (Gustave de), propriétaire et négociant,

CHASSAGNE.

Médaille de première classe.

M. de Beuvrand présentait des vins de Chassagne et du Montrachet-Bâtard 1846, qui ont réuni tous les suffrages. M. de Beuvrand est à la fois propriétaire et négociant, par suite dans les meilleures conditions pour exposer. Comme producteur, il pouvait présenter ses vins rouges hors ligne, le Clos-Saint-Jean et la Maltroie; comme négociant, il avait encore à offrir tous les vins achetés au pressoir, mais soignés et entretenus dans ses caves.

BÉZIAT, rue Mouffetard, 114,

PARIS.

Mention honorable.

Le cric-Béziat à hélice est d'une utilité incontestable pour le soutirage des vins; nous ne saurions trop en recommander l'usage.

BILLARD, confiseur, rue de la Grosse-Horloge, 59, Rouen

(Seine-Inférieure).

Médaille de troisième classe.

M. Billard expose du sucre de pomme et des bonbons anglais. Cet industriel a obtenu l'année dernière, à Rouen, une grande médaille pour l'invention d'une machine fabricant 200 kilog. de bonbons par jour avec un seul ouvrier. Le jury d'Alençon lui a également décerné une médaille pour une nouvelle mécanique à fabriquer les sucres de pommes, sans que le sucre soit touché par la main de l'ouvrier. Les produits de cette maison sont très renommés.

BILLECART jeune et Charles DE BANNES,

MAREUIL-SOUS-AÏ.

Médaille de troisième classe.

Mareuil-sur-Aï est la patrie des Champagnes, comme Nuits est celle des Bourgognes mousseux; cependant nous ne comptons qu'un seul exposant de ce pays à notre Exposition : M. Billecarte jeune et Cⁱᵉ. Les vins exposés par cette maison sont de bonne qualité et ont une vente journalière bien suivie dans le commerce.

BIZOUARD, rue Franklin, 1,

DIJON.

Médaille de deuxième classe.

Les vins fins de Dijon étaient autrefois très appréciés ; aujourd'hui le vignoble est envahi par le gamet dans la plupart de ses climats. Les Marcs-d'Or, les Violettes et le Montrecul sont restés presque seuls pour maintenir notre ancien renom. M. Bizouard expose des Violettes et du Montrecul blanc. Beaucoup de personnes apprécient les vins de ce climat planté en partie en pinot blanc à l'égale des bons vins blancs de Meursault.

BLAIZET-GALLOIS, propriétaire à Chenôve,

(Côte-d'Or).

Médaille de troisième classe.

Il ne reste guère que 10 à 12 hectares de vignes en plants fins sur le territoire de Chenôve. M. Blaizet-Gallois expose des vins provenant des meilleurs crûs de ce climat : Clos-du-Roi, Chenevary et Valandons, récoltes 1846, 1854 et 1857. Ces vins, qui ont du corps et de la couleur, se conservent très bien : ce sont des excellents vins de rôti.

BOILLEY frères, à Dôle (Jura).

Médaille de troisième classe.

Une maison d'une grande importance est celle des frères Boilley de Dôle. Elle a exposé du bleu, de l'encre en bâton, du cirage, du chocolat et du philocafé. Nous nous occuperons seulement ici de ces deux derniers produits.

On aura toute sécurité en faisant usage des chocolats revêtus de la marque et signature de L. et E. Boilley frères, qui sont composés sans exception de matières premières de choix, et exempts de tout mélange ou addition de substances étrangères. Ils sont préparés avec les plus grands soins, par des procédés perfectionnés, reconnus les plus avantageux et les plus favorables à la bonne fabrication d'un produit qui tient une si grande place dans l'alimentation.

Le philocafé, nouveau produit offert à la consommation, a un goût très agréable et analogue à celui du café des îles. Il remplace très avantageusement la chicorée.

BONNET, propriétaire à Marsannay-la-Côte.

Médaille de troisième classe.

Le vignoble de Marsannay est actuellement planté en gamets. Les climats des Favières, les Crais, aux Argillières, au Guidon, par leur excellente exposition, produisent des vins ordinaires estimés. M. Bonnet expose des vins de tous ces climats, récoltes 1846, 1849 et 1857. Plusieurs récompenses ont été décernées par le jury de la 11e classe aux vins gamet : M. Bonnet, pour la bonne conservation de ces vins, a obtenu une médaille de troisième classe.

BONTEMPS, chaudronnier-mécanicien,

CHALON-SUR-SAONE.

Médaille de troisième classe.

Le rafraîchissoir pour brasseries, qu'expose M. Bontemps et Cie, a obtenu une médaille de troisième classe à notre Exposition. Cet appareil dont la combinaison est aussi simple qu'on le peut désirer, nous a paru réunir toutes les conditions pour régulariser le refroidissement de la bière. L'eau s'écoulant constamment en sens inverse de la bière, il en résulte que le brasseur peut rafraîchir son liquide en trois ou quatre heures, même dans les plus fortes chaleurs, et éviter aussi ces inconvénients d'un séjour prolongé sur les bacs ordinaires. La disposition particulière du rafraîchissoir permet qu'il soit placé dans les brasseries sans aucun changement dans l'appareil que nous avons vu. Du reste, nous avons pu nous rendre compte des avantages du rafraîchissoir dans deux brasseries de notre ville : chez MM. Lespinasse et Petitjean ; les résultats produits sont des plus satisfaisants.

BONZON, à Drariah (Algérie).

Mention honorable.

L'Algérie nous a envoyé divers produits qui méritent d'être signalés dans ce compte-rendu. Nous ne passerons pas sous silence les vins rouges 1851 et blancs 1856 que nous a adressés M. Bonzon de Drariah. Ces vins étaient dignes de l'encouragement qui leur a été accordé.

BORNIER-CÉRY, fabricant de Moutarde et de Chocolat,

RUE GUILLAUME, 67, DIJON.

Médaille de troisième classe.

Le travail se fait chez M. Bornier-Céry au moyen d'une machine à vapeur, ce qui lui permet de répondre avec célérité à toutes les demandes des acheteurs. On ne fabrique pas moins de 100 kil. de moutarde par jour, et de 50 à 60 kil. de chocolat ; et ces chiffres peuvent être dépassés.

La moutarde de M. Bornier-Céry est appréciée sérieusement des gourmets. Faite avec des graines de choix et de l'excellent verjus, elle réunit toutes les conditions nécessaires pour se conserver longtemps et pouvoir s'exporter.

Le renom du chocolat de M. Bornier-Céry n'est pas moins bien établi que celui de sa moutarde, et c'est justice. Certains fabricants, pour réaliser d'énormes bénéfices, ne craignent pas de remplacer le beurre de cacao par des graisses plus ou moins pures, d'y ajouter des quantités de fécule et quelquefois même des matières colorantes. M. Bornier-Céry, lui au contraire, s'attache à fabriquer du chocolat pur de tout mélange et préparé avec les soins les plus minutieux. La maison de cet industriel est peut-être la seule où l'on vende de l'excellent chocolat de santé à 2 fr. le demi-kil., garanti exempt de fécule. Le surfin, pur caraque, à 3 fr., se distingue par un goût et une saveur qui sont justement estimés des connaisseurs.

M. Bornier-Céry, qui a travaillé dans les premières chocolateries de Paris, notamment chez Marquis et Ibled, a conservé les bonnes traditions et il a voulu rester le digne élève de tels maîtres. Ce qui justifie ce que nous avançons, c'est la médaille décernée, à la suite de l'Exposition, à M. Bornier-Céry, alors qu'il était installé depuis à peine un mois et qu'il n'avait pu encore donner à son établissement tout le développement dont il jouit actuellement. Cette récompense, nous en avons la certitude, ne sera pas la dernière ; M. Bornier-Céry, qui tous les jours perfectionne et améliore, se fera un nom dans nos Expositions, et ses succès industriels le placeront au rang dont il est véritablement digne.

BOUCHET, rue de l'Ecole-de-Droit,

DIJON.

Médaille de troisième classe.

M. Bouchet, confiant dans la qualité de ses produits, expose des pains-d'épices fins, sans enveloppes, sans étiquettes dorées, en un mot des pains-d'épices nus. Citons en première ligne ses pains-d'épices aux amandes, à l'orangeat, à la noisette, au chocolat, à la vanille, ses croquets dits tables de Moïse, spécialité de la maison ; citons encore ses pains-d'épices glacés minces, enfin ses nonnettes au chocolat, à la vanille, au malaga.

BOURGEOIS (Antoine), propriétaire,

BEAUNE.

Médaille de troisième classe.

Parmi les Bourgognes nouveaux qui méritent une mention spéciale, nous signalerons les vins Teurons 1857, exposés par M. Bourgeois, et un Montrachet de la même année

Les Teurons sont généralement classés à la tête de la deuxième cuvée du vignoble de Beaune.

BOUTIN fils, à Saumur (Maine-et-Loire).

Médaille de quatrième classe.

L'excellent torréfacteur pour le café qu'expose M. Boutin fils jouit d'une grande réputation. Cet appareil a déjà été honoré, dans diverses Expositions, de récompenses de l'ordre le plus élevé. Ce qui distingue surtout le torréfacteur Boutin, c'est la commodité de son usage qui donne les meilleurs résultats aux points de vue de l'économie du combustible et de la main-d'œuvre.

BRESSON (J.-B.), rue Turgot, 20,
DIJON.

Médaille de deuxième classe.

M. Bresson expose des vins provenant de sa propriété de Larrey-lez-Dijon : ce sont d'abord des vins blancs 1842 et 1857, et des vins rouges de cette dernière année. Le climat qui produit ces vins est un des derniers petits coins du vignoble de Dijon, où la culture des plants fins soit encore en honneur. Le soin apporté par M. Bresson à l'entretien de son vin en fait un produit fort enviable. Nous ferons remarquer que MM. Bizouard et Bresson sont les deux seuls exposants de vins de Dijon auxquels le jury a cru devoir accorder une récompense d'un ordre aussi élevé.—M. Bresson exposait aussi de l'eau-de-vie de prunes et de l'eau-de-vie de marc désinfectée.

BROCARD, rue de Rivoli, 72,
PARIS.

Médaille de troisième classe.

Grâce à M. Péry, représentant de la maison Brocard, de Paris, le *Oued-Allah* ou ruisseau de Dieu, qui avait besoin d'être préconisé avant d'être apprécié, a fait fureur; on en a vendu plus de 2,000 litres pendant l'Exposition. Les personnes amaigries par une difficulté de digestion ou d'inapétence, doivent en prendre un ou deux petits verres après chaque repas; elles auront aussitôt l'assurance de la réussite par le bien-être qu'elles éprouveront.

BROUX (F.), liquoriste à Lille.

Médaille de quatrième classe.

M. Broux exposait du curaçao de Hollande et du curaçao Anglais. Ces liqueurs, fabriquées avec des produits de choix, se signalent surtout par la finesse. L'anisette du même exposant n'est pas sans mérite.

CABET, rue Jeannin, 54,
DIJON.

Médaille de troisième classe.

Le vinaigre de M. Cabet a un grand renom. Fabriqué avec des matières premières de choix, ce produit se place à la tête des meilleurs vinaigres de Dijon. M. Cabet livre beaucoup à l'exportation, et on peut dire que c'est grâce à son zèle et à son activité que cette branche de commerce a pris un si grand développement dans notre ville. C'est là un titre de recommandation qu'il est de notre devoir de signaler.

CAIRE et CHAUVENET, négociants, rue de Flandre,
LA VILLETTE (Seine).

Médaille de première classe.

Ces exposants présentent des Volnay mousseux et Caillerets rouges. M. Chauvenet, qui possède à Volnay plusieurs vignes, notamment dans Les Mitans et En Brouilland, climats fort appréciés de ce vignoble, fabrique des vins mousseux qui se distinguent surtout par leur finesse. Parmi les mousseux de la maison Caire et Chauvenet, nous signalerons le mousseux vieux cep 1854. Les Caillerets rouges 1854 et 1856 méritent une mention spéciale à cause de leur délicatesse et leur pureté de goût.

CÉRY fils, rue Bossuet, Dijon,
Médaille de première classe.

La maison Céry, qui a obtenu une mention honorable à l'Exposition de 1855, expose des pains-d'épices à la crème brevetés. Parmi les nonnettes, nous signalerons celles au kirsch, à la framboise, au citron, à l'orange, aux ananas, au rhum, au cassis. Ces produits tout nouveaux ont déjà acquis une renommée qui sera bientôt pleinement justifiée. Les autres produits de M. Céry-Billaut, aussi nombreux que variés, étaient tous dignes de fixer l'attention des gourmets. — Cette maison est une des plus importantes dans ce genre de fabrication.

La médaille de première classe a été décernée à M. Céry fils pour l'ensemble des produits qu'il exposait.

CHAFFOTTE, notaire, rue Saint-Pierre,
DIJON.
Médaille de deuxième classe.

M. Chaffotte expose du Corton 1842 et 1846. Ce vin, justement célèbre, qui doit son nom au climat le mieux exposé de la commune d'Aloxe, a obtenu les plus hautes récompenses à notre Exposition. Les Cortons sont parfaits à boire au bout de sept à huit ans; alors francs et moelleux, ils marchent de pair avec les Chambertin, les Saint-Georges, les Romanée, etc., etc. Le prix du Corton varie de 1,000 à 1,300 fr. la queue prise au pressoir, dans les bonnes années.

CHAMPAGNAT et DUCAIRE, rue Piron,
DIJON.
Mention honorable.

La limonade gazeuse de MM. Champagnat et Ducaire est fabriquée, comme leur eau de seltz, au moyen d'un nouveau procédé. Les consommateurs font le plus grand cas de ces produits. Ces deux industriels, qui commencent à peine, ont déjà une vogue méritée par la qualité de leurs limonades au cassis, à l'essence de citron, de vanille et d'orange. Que MM. Champagnat et Ducaire fabriquent bien et livrent des produits de qualité, ils sont assurés du succès.

CHAMPONNOIS-TOULOUSE, fabricant d'Anis,
FLAVIGNY.
Médaille de quatrième classe.

Encore une bonne maison où la fabrication des anis est soignée; comme ces confrères, M. Champonnois expose des produits de toutes qualités et aux essences les plus variées.

CHENUT-LAMOTTE, ferblantier, Auxonne
(Côte-d'Or).
Médaille de quatrième classe.

La cuisinière économique de M. Chenut-Lamotte est un appareil aussi simple que commode, n'exigeant aucune surveillance. Il se recommande à toutes les personnes qui n'ont pas le temps de donner au pot-au-feu le soin ordinaire. La marmite destinée à faire la soupe est en fer-blanc, chauffée au moyen de trois lampes. Quatre heures suffisent pour obtenir ainsi une soupe excellente et du bœuf parfaitement cuit. Le prix d'une marmite, de 2 litres 1/2, est de 10 fr.; celle de 5 litres coûterait 15 fr.

CHEVIRON aîné, à Médéah

(Algérie).

Mention honorable.

S'il est vrai que les blés d'Afrique soient supérieurs à ceux de nos pays, les pâtes alimentaires, exposées par M. Cheviron, doivent être d'excellente qualité; nous trouvons là, au milieu d'autres pâtes, le *couscoussou*.

CHOQUART (C.), rue de Rivoli, 182,

PARIS.

Médaille de première classe.

M. Choquart est le chocolatier de l'Empereur. Nous remarquons dans sa vitrine d'énormes tablettes de chocolat, la représentation de l'empereur à cheval, un aigle. Nous préférons de beaucoup les pastillages et bonbons en chocolat de M. Choquart. Signalons la cartouche impériale. M. Choquart possède une usine à vapeur, à Chaillot. La grande réputation dont jouissent les chocolats Choquart est due au choix des matières premières employées dans sa fabrication, à la bonne exécution et aux soins particuliers et inusités apportés dans leur préparation.

Le système de travail employé dans la Chocolaterie impériale, fait distinguer ses produits de ceux de toutes les autres fabriques. Six médailles de bronze et d'argent, obtenues aux Expositions de 1845, Londres 1851, New-York 1853, Paris 1855, pour la supériorité de ces produits, sont la plus sûre garantie que l'on puisse offrir aux consommateurs. La médaille de première classe, décernée par le jury de Dijon, n'a fait que sanctionner cette haute réputation.

COGNET, restaurateur, place Saint-Jean,

DIJON.

Mention honorable.

Voici une petite vitrine qui a réjoui l'œil et l'estomac de plus d'un gastronome. Jusqu'à la clôture de l'Exposition, M. Cognet a placé chaque matin, dans sa vitrine, deux plats nouveaux, et ces deux plats étaient tout simplement de véritables chefs-d'œuvre d'art culinaire. Pendant deux mois, comptez combien de chefs-d'œuvre et admirez comme nous le tour de force. Seul de tous les restaurateurs de notre ville, M. Cognet est entré dans la lice pour soutenir l'honneur de la cuisine dijonnaise, et, disons-le hautement, il a pleinement réussi à maintenir cette excellente renommée. Il faut du talent, des connaissances, de la pratique, pour arriver à produire des plats si variés; la plupart des mets préparés par M. Cognet étaient de son invention; c'est là où l'on doit reconnaître et apprécier le mérite de l'artiste cuisinier. L'*Hôtel du Chevreuil* a fourni le dîner du *Congrès commercial*, cette année; le festin était de 400 couverts. Eh bien, malgré toutes les difficultés inhérentes à un tel service, les gourmets les plus difficiles ont été satisfaits. M. Cognet s'était surpassé, car il avait à cœur de contenter tout le monde et de prouver que sa réputation n'était pas usurpée.

COMPAGNON (jeune), négociant,

CLERMONT-FERRAND.

Médaille de quatrième classe.

La plupart de nos lecteurs connaissent le café torréfié de M. Compagnon (jeune), négociant à Clermont-Ferrand; si nous y revenons aujourd'hui, c'est pour que l'on n'oublie pas que les produits de cet honorable industriel sont supérieurs à la plupart des autres cafés exposés. En effet, le café de M. Compagnon, qui est torréfié et pulvérisé au moyen d'un procédé perfectionné, a un arôme exquis, et sa saveur délicate est justement appréciée de tous les gourmets. Nous ne saurions trop recommander le *café des friands* à nos amis et connaissances. Du reste, ce qui atteste bien la qualité de cet excellent produit, c'est l'exportation considérable que fait journellement la maison Compagnon. Cette préférence marquée de la consommation nous dispense de faire d'autres éloges.

Maison de dépôt à Lyon, rue Comfort, 16.

DAGAND, rue Neuve-Saint-Denis, 23,

PARIS.

Médaille de quatrième classe.

Cette invention se recommande par les propriétés suivantes : *économie de 30 p. 100,* — *célérité de l'opération,* — *excellente qualité du café,* — *solidité de construction,* — *facilité de nettoyage.* •

L'infusion du café se fait par l'*aspersion* et le *retour* du liquide. L'opération se produit d'elle-même, *sans découvrir l'appareil, ni transvasement* du liquide ; on peut, si on le veut, ne faire le café qu'au moment de le prendre.

L'infusion se fait *à couvert*, de manière qu'aucune partie de l'arôme du café ne s'évapore ; le filtrage se fait par un moyen particulier à ces cafetières. Ainsi on peut faire 50 demi-tasses par demi-kilog. de poudre de café, et la qualité sera toujours supérieure à celle obtenue jusqu'ici.

Le chauffage de la cafetière se fait soit sur un fourneau de charbon de bois ou de terre, ainsi que par le gaz, ou de toute autre manière, et, pour les plus petites cafetières, on peut aussi faire le café sur la table au moyen d'un réchaud ou d'un flacon à esprit de vin.

Les cafetières sont en métal, cuivre ou fer blanc, d'une construction solide pour résister aux chocs ordinaires causés par l'inattention; elles ne sont nullement susceptibles de casse.

Le démontage en est simple; le filtre dans lequel est le café se retire à la main pour vider le marc.; on peut aussi facilement nettoyer l'intérieur de la cafetière que toute autre pièce de ménage.

DESVIGNES, fabricant d'Extraits parfumés, rue Pavée, 10, au Marais,

PARIS.

Médaille de quatrième classe.

M. Desvignes, distillateur-chimiste, vend des extraits parfumés pour faire soi-même toutes espèces de liqueurs; pour arriver à ce résultat, il suffit de faire fondre le sucre dans l'eau, mettre l'extrait dans l'esprit et verser le sirop sur l'esprit. Du reste, M. Desvignes, avec son obligeance habituelle, envoie *franco* un prospectus aux personnes qui en feront la demande. Le prix général des extraits parfumés est de 2 fr. 50 pour 50 grammes ; un kilogramme, 45 fr. Aperçu des extraits: Absinthe, Raspail, Curaçao, Eau de Cologne, Kirsch, Genièvre, Chartreuse, Marasquin, Punch, Vermuth, Menthe, Anisette, etc., etc., généralement toutes les liqueurs. Nous avons goûté plusieurs des liqueurs produites au moyen des extraits, et nous pouvons affirmer que pour le goût et la qualité nous n'avons trouvé aucune différence avec celles dont on se sert journellement dans les cafés. Nous recommandons les produits de M. Desvignes d'une façon spéciale.

DEVILLEBICHOT (Justin), liquoriste, rue Guillaume,

DIJON.

Médaille d'honneur.

Le jury de la 11e classe avait primitivement décerné une médaille de première classe à M. Justin Devillebichot pour son cassis : vingt jours après la distribution des récompenses, contre tous les précédents des Expositions, cette médaille fut élevée au rang des médailles d'honneur. Nous avons protesté contre cette décision irrégulière du jury dans le *Courrier de Dijon*, et en définitive tout le monde s'est tû devant nos arguments victorieux; personne n'a voulu accepter la responsabilité de cette médaille. C'est bien.

Maintenant, pour accomplir notre œuvre de justice jusqu'au bout, nous sommes tout disposés à reconnaître que le cassis exposé par M. Justin Devillebichot était bon, sans toutefois être supérieur aux produits similaires de ses confrères Mermilliod et Lagoutte.

DUBOIS, propriétaire et avoué à la Cour impériale, rue des Godrans.

DIJON.

Médaille de première classe.

M. Dubois, propriétaire et avoué à la Cour impériale de Dijon, a exposé des vins de Corton 1842, 1848 et 1849, qui lui ont valu une médaille de première classe.

Les vins de Corton sont incontestablement les premiers vins de la côte de Beaune. Fermes, francs et moëlleux, à la différence de beaucoup d'autres que l'âge affaiblit et amaigrit, le temps les complète en développant les qualités précieuses dont ils ont reçu le germe, et ce n'est qu'après plusieurs années qu'ils atteignent leur apogée; à ce corps moëlleux et vigoureux, qui est leur caractère distinctif, viennent se joindre alors une finesse et un bouquet incomparables qui en font les rivaux des plus célèbres. Ils ont reçu la mission de porter au loin la renommée de nos glorieux crûs, car, mieux que tous autres, ils peuvent supporter les voyages au long cours.

DUBOST, confiseur, rue de Grenelle-Saint-Germain, 97,

PARIS.

Médaille de troisième classe.

La réputation de M. Dubost comme confiseur et pâtissier n'est plus à faire; il est le premier maître parisien pour les bonbons et pâtisseries d'office. Nous avons admiré, comme tout le monde, la façon ingénieuse et délicate dont ses fleurs au caramel et au sucre d'orge sont montées. Ses bonbons et biscuits sont très bien réussis : ses pièces montées sont bien composées et annoncent un talent réel. Nous recommandons aux amateurs ses bonbons fondants.

Représentant à Dijon : VALBY, confiseur, rue Chabot-Charny.

DUBRUSLE (Charles) et Cie, négociant, 46, rue des Jeûneurs,

PARIS.

Médaille de quatrième classe.

Il est souvent difficile, avec les emballages les mieux faits, de voir arriver sans encombre à leur destination les colis renfermant des envois de vins ou de liqueurs. Avec les enveloppes-bouteilles Dubrusle, la casse est complètement supprimée. Ces produits jouissent, du reste, d'une réputation méritée; nous ne saurions en faire trop d'éloges en les recommandant à nos lecteurs.

DUCEL, restaurateur et fabricant de Moutarde, rue Joséphine, 47,

MACON.

Médaille de deuxième classe.

M. Ducel a obtenu, pour sa moutarde fine qui nous semble devoir attirer l'attention des gourmets, une médaille d'argent de deuxième classe. M. Ducel soigne sa fabrication et n'emploie que des graines de choix et de l'excellent verjus.

La réputation de cette maison est trop avantageusement établie pour que nous entrions dans plus de détails. Il nous suffira d'ajouter que M. Ducel, qui tient l'*Hôtel de la Gare*, à Mâcon, est également un restaurateur très distingué.

DUTARTRE et Cie, rue Saint-Pierre, 17,

DIJON.

Médaille de deuxième classe.

M. Dutartre est l'inventeur d'un nouveau procédé pour boucher hermétiquement les bouteilles ; ce procédé peu coûteux est excessivement apprécié pour sa commodité. M. Dutartre, qui est possesseur d'un brevet d'invention, présente aussi des bouchons gazogènes qui ne sont pas sans valeur. Ces produits jouissent d'une juste célébrité dans le commerce.

DUTHU-TIXERANT, chocolatier, rue Bossuet, 28,

DIJON.

Médaille de première classe.

M. Duthu-Tixerant, confiant en la valeur de ses excellents produits, nous offre tout simplement une petite boîte de chocolats de divers genres. Comme personne n'ignore que la maison Duthu-Tixerant est une de nos premières chocolateries, nous croyons inutile de venir recommander ses produits : ils sont connus depuis longtemps et avantageusement connus.

DUVAULT-BLOCHET, propriétaire-négociant à Santenay

(Côte-d'Or).

Médaille de deuxième classe.

M. Duvault-Blochet, possesseur de plusieurs vignes situées dans les meilleurs climats de Santenay, exposait non pas des vins provenant de ce vignoble, mais bien une magnifique gamme de vins, commençant en 1842 et finissant en 1854, des meilleurs crûs de la Côte-d'Or. Citons la Romanée 1842, 1846, 1854 et les Richebourg 1842, 1846, deux têtes de cuvée du vignoble de Vosne; ses Chambertin et Corton 1846; ses Eschezeaux 1842 et 1846, enfin ses Bourgognes mousseux 1848, 1849 et 1854. Tous ces vins se trouvaient dans un admirable entretien de conservation.

EDOUARD-MICHAUD, propriétaire-négociant,

BEAUNE.

Médaille de deuxième classe.

Le jury de la 11e classe a cru devoir décerner une médaille de deuxième classe à M. Edouard-Michaud, pour ses vins gelés, sous prétexte que l'exportation de nos grands crûs s'en augmente et qu'on y gagne de l'argent. Nous ne saurions trop nous élever contre une semblable décision qui a tout simplement sanctionné une fantaisie que nous ne saurions regarder, nous, que comme une dépravation. Nous comprenons que l'on fasse geler de mauvais vins pour leur ôter leur partie aqueuse; mais des Chambertin, des Corton, des Pommard! Il y a là un crime de lèse-majesté envers nos grands crûs. M. Edouard-Michaud exposait en vins gelés : des Chambertin 1855, 1856; des Corton et Pommard (clos de Bertin) 1846 ; de plus du Chambertin 1849 en retour de la Nouvelle-Orléans, et du Volnay (œil de perdrix), Pointe-d'Angles 1857.

ELDÈSE fils et Cie, brasseurs,

DIJON.

Médaille de deuxième classe.

Les brasseries à Dijon sont nombreuses, et nous comptions seulement quatre exposants; les autres maisons auraient-elles redouté le résultat d'un concours ? Quoi qu'il en soit, M. Eldèse, qui n'a pas craint le verdict du jury, a obtenu pour sa bière de Dijon la médaille d'argent de deuxième classe.

FEBVRE-TROUVÉ, propriétaire, rue Saint-Pierre,

DIJON.

Médaille de deuxième classe.

La médaille en argent de deuxième classe que le jury de l'Exposition a décernée à M. Febvre-Trouvé, pour l'excellente qualité de ses vins, n'a fait que confirmer une vérité bien connue de tous ceux qui s'occupent de viticulture : c'est que le gamet dit de Mâlain, récolté dans les bonnes expositions de la Côte, produit des vins ordinaires qui ne laissent rien à désirer sous les rapports du goût et de la conservation.

Ce propriétaire, qui donne les plus grands soins à sa culture ainsi qu'à la fabrication de ses produits, possède, à Couchey, des vignes situées dans les côteaux les mieux exposés. Depuis 30 ans qu'il y cultive le gamet, il a obtenu, dans ses produits, des résultats incomparablement supérieurs à ce qui existait avant lui ; aussi les vins qu'il livre à la consommation sont-ils, à juste titre, appréciés de tous ceux qui lui font l'honneur de s'approvisionner dans ses celliers.

M. Febvre-Trouvé exposait des vins de Couchey 1846, 1854 et 1857, du vin blanc ordinaire et de l'eau-de-vie de marc.

FOURNIER, bouchonnier, place d'Armes, 13,

DIJON.

Mention honorable.

La vitrine de M. Fournier est la seule de son genre à l'Exposition. La vente des bouchons était une branche de commerce inconnue à Dijon avant l'arrivée de M. Fournier. Les épiciers étaient les seuls à vendre des bouchons, et la plupart du temps ils se trouvaient de mauvaise qualité et le choix était nul.

M. Fournier qui, par sa loyauté dans les affaires, s'est créé une nombreuse clientèle dans notre ville, livre ses produits à des prix exceptionnels. On trouve aussi chez lui un dépôt d'huiles d'olives pures déjà bien connues des gourmets.

On remarque aussi dans sa vitrine des semelles en liège, des écritoires, du véritable chêne-liège, des cires à cacheter, etc., etc.

FROGIER, propriétaire-cultivateur,

SAINT-MICHEL, PRÈS DE BEAUME-LA-ROLANDE (Loiret).

Médaille de deuxième classe.

Les vins du Loiret exposés par M. Frogier ont été remarqués avec un vif intérêt par le jury. Ces vins, cuvés selon le procédé indiqué par M. Borie, n'ont qu'un an. Cette méthode peut être heureusement pratiquée partout où on aura à traiter des vins de qualité inférieure, auxquels on doit se garder de ne rien enlever, surtout dans les mauvaises années.

GALLIFET et Cie, liquoristes, Grenoble
(Isère).

Médaille de quatrième classe.

La liqueur du *Guénepy des Alpes*, fabriquée avec un soin spécial par la maison Gallifet et Cie de Grenoble (Isère), et qui a figuré avec honneur à notre Exposition, où elle a mérité une médaille pour le perfectionnement de ses produits, n'a pas besoin d'éloges et de recommandations, étant fondée sous d'aussi bons auspices. Cette industrie, nouvellement crée au centre de cette belle vallée du Graisivaudan, entourée de cette magnifique chaîne des Alpes qui répand chaque année, du haut de ses pics audacieux, une abondante moisson de plantes aromatiques, ne peut que prospérer, dirigée par des chefs intelligents, qui s'efforceront chaque jour de perfectionner leurs produits déjà si appréciés, afin de s'assurer une bonne renommée et une confiance de longue durée.

GALLOIS-BOURGEOIS, négociant, Amboise
(Indre-et-Loire).
Médaille de quatrième classe.

La cafetière locomobile et inexplosible à jet de vapeur de M. Gallois-Bourgeois est d'une seule pièce et en métal tel que les cafetières du Levant. Son nettoyage est très facile.

Cent pour cent d'économie sur le prix de l'appareil et du combustible par les avantages qu'elle donne comme concentration de la force et de l'arôme du café. Aussi simple que commode, elle est la seule cafetière qui fonctionne au foyer domestique comme tout autre pot servant à préparer les aliments, ne demande aucune condition particulière et donne les meilleurs résultats obtenus jusqu'à ce jour.

Par cet appareil, le café se trouve réduit à l'état de poussière, se fait seul, sans qu'il y ait besoin de s'en occuper, n'exige pas, comme tant d'autres, des fourneaux ou lampes à l'alcool; la filtration est obtenue instantanément par la pression atmosphérique.

Représentant : GAUDELET-REGNEAU, rue d'Ahuy, 9, Dijon.

GAUTHEY cadet et fils, propriétaires,
BEAUNE.
Médaille de deuxième classe.

MM. Gauthey, qui possèdent des vignes dans les climats les mieux en renom du vignoble d'Aloxe, notamment dans les Renardes-Corton et les Chaumes, exposaient des Cortons 1834 et 1846. Les vins sont bien conservés et jouissent des principales qualités que nous avons signalées dans les Cortons exposés par MM. Dubois et Chaflotte.

GEORGEMEL fils, liquoriste, Neufchâteau
(Vosges).
Médaille de quatrième classe.

M. Georgemel expose des fruits conservés qui ont une bonne apparence; nous avons surtout remarqué les framboises, les prunes, les cerises, les abricots, les pêches et les pommes, produits disposés avec soin dans des bocaux d'alcool. Maison recommandable.

GEORGES frères, négociants et propriétaires à Chagny
(Saône-et-Loire).
Médaille de troisième classe.

MM. Georges frères présentent des Chassagne première tête 1834 et 1857, des Chambertin et Montrachet 1857, enfin du Paris-l'Hôpital (gamet 1857). Ces vins, pour la plupart de l'année, ont été jugés dignes de la médaille de troisième classe pour leur bon état d'entretien.

GENOUVILLE et VITTEAUX, négociants,
CHALON-SUR-SAONE.
Mention honorable.

La limonade gazeuse et les Bourgognes mousseux de cette maison sont renommés : ces produits, fabriqués avec soin, méritent d'être signalés.

GONIN, chaudronnier, rue Piron,
DIJON.
Médaille de deuxième classe.

L'appareil à distiller, construit par M. Gonin, a été inventé par M. Joly, distillateur chez M. Mermilliod.

Au moyen de cet appareil, qui peut être établi fixe ou portatif, on obtient, du premier jet et sans repasser, de l'eau-de-vie de 55 à 60 degrés avec les matières les plus pauvres en alcool. L'homme le moins exercé à la distillation peut le conduire.

Il distille parfaitement les matières pâteuses, liquides et à noyaux. C'est ainsi que, pendant toute la durée de l'Exposition, il a fonctionné avec du marc de raisin, des lies de vin et des cerises.

Depuis l'Exposition, son inventeur a fait de grandes améliorations à cet appareil. M. Joly, qui s'occupe de tout ce qui se rattache à la distillation, va mettre sous presse un Traité sur la distillation des marcs de raisin, lies de vin, pommes de terre, betteraves, topinambours, etc., etc., comprenant une table de réduction pour les alcools à diverses températures, une table des fûts en vidange, enfin la marche à suivre envers la régie pour la fabrication et l'expédition.

GRAFF, brasseur, à Châtillon-sur-Seine

(Côte-d'Or).

Médaille de deuxième classe.

M. Graff expose de la bière du pays et de la bière de garde, façon Bavière. Ces deux échantillons, fabriqués dans de bonnes conditions, ont paru mériter une médaille d'argent de deuxième classe. Ajoutons encore que M. Graff dirige une brasserie importante à Châtillon, et qu'il a su donner à ses produits la plus grande extension.

GREEN DE SAINT-MARSAULT (comte E.) et Cⁱᵉ,

SOCIÉTÉ VINICOLE DE LA JARRIE : EAU-DE-VIE PURE DES PREMIERS CRUS.

Médaille de troisième classe.

Nous devons aussi signaler l'envoi de la Société vinicole de la Jarrie, premier crû des environs de la Rochelle. Ce sont des eaux-de-vie fines telles qu'elles se fabriquent dans les deux Charentes. Cette société, uniquement formée de propriétaires de vignes, a pour but de prouver la différence qui existe entre les eaux-de-vie pures telles que le pays les produit et les eaux-de-vie qu'un commerce déloyal mélange avec des trois six du Nord ou du Midi, et de maintenir ainsi l'antique réputation des eaux-de-vie des environs de la Rochelle, vrais cognacs, quoique moins délicats que ceux des premiers crûs de la Charente, mais d'un arôme plus prononcé et par suite utilisés avantageusement en Amérique et dans le nord de la France.

GREY, fabricant de Moutarde rue Guillaume,

DIJON.

Médaille de première classe.

D'azur à l'entonnoir d'argent, telles étaient les armoiries octroyées par Louis XIV à la corporation des moutardiers, et ces armoiries, nous les retrouvons dans la vitrine de M. Grey. — La moutarde, connue des Romains, appréciée du moyen-âge, fut fort en vogue à Dijon au XVIᵉ et au XVIIᵉ siècle. Comme des fraudes assez graves avaient été commises pour falsifier ce produit, en 1634 les vinaigriers et moutardiers furent réunis en corporation et reçurent les statuts qui leur conféraient le droit de fabriquer seuls de la moutarde. — Jean Naigeon doit être considéré comme le rénovateur de la moutarde dijonnaise, un moment tombée à cause des adultérations. Ce fut lui qui substitua le verjus au vinaigre, liquide impropre au développement de ce qui constitue la bonne moutarde. — La moutarde de Naigeon fut bientôt imitée par ses confrères, et on fabrique encore de nos jours à peu près de la même façon. Bien des gens croient cependant que les moutardiers de Dijon ont un secret pour leur fabrication : c'est une erreur grave ; la qualité de la moutarde dijonnaise dépend uniquement des ingrédients qui la composent et qui sont meilleurs ici qu'ailleurs, notamment le verjus, base première de la trituration.

Tel est l'historique de la moutarde.

Pour en revenir à M. Grey, disons que sa vitrine est excessivement simple : elle ne contient qu'un seul petit pot de moutarde gros comme le poing. Dans ce pot est renfermée la moutarde destinée à l'exportation ; deux petites bandes de fer blanc, retenues par un fil de laiton, fixent le bouchon d'une manière solide. Tous les autres pots en porcelaine sont pour la montre. Sur le devant de la vitrine, nous voyons de la graine de moutarde de Strasbourg, de la graine et farine de moutarde anglaise et du pays ; puis, à côté d'un petit pot modèle de 1733, un flacon de verjus.

Les produits de M. Grey ont été médaillés aux Expositions de Londres et de Paris ; en 1855, l'Académie de Dijon accordait deux médailles d'argent au même industriel, l'une pour l'excellence de sa moutarde, la seconde pour un moulin accélérateur propre à sa fabrication.

Ces récompenses, nous pouvons le dire bien haut, étaient justement méritées. M. Grey, depuis seize ans qu'il est fabricant de moutarde, s'est appliqué à ne vendre que de la marchandise *loyale*. Pour soutenir la concurrence qui était faite à la moutarde de Dijon, M. Grey abandonna l'ancien moulin mu par le bâton, après avoir inventé le moulin accélérateur que nous voyons fonctionner à l'Exposition. Ce moulin broie, triture et tamise en même temps la moutarde avec une régularité parfaite. Il peut confectionner 50 kil. par jour, tandis que, avec les anciens procédés, la fabrication peut s'élever à 17 kil. M. Grey fait usage continuellement de quatre moulins accélérateurs mus par un cheval. — Ce que l'on doit apprécier chez cet industriel, c'est l'obligeance avec laquelle il met au service de ses confrères tous les nouveaux procédés susceptibles d'amener des perfectionnements dans la fabrication de la moutarde, et par suite, de maintenir la réputation de ce produit. — M. Grey avait remarqué que sous le rapport du volume et de la qualité, la graine de moutarde de Strasbourg l'emportait sur celle du pays, il a donné gratuitement du grain alsacien à nos agriculteurs, et aujourd'hui nous avons déjà de magnifiques échantillons. — C'est encore à M. Grey qu'est due l'invention de ces jolis petits pots de porcelaine de Montereau qui ont été substitués depuis par ses confrères aux pots en faïence.

Grâce à tous ses efforts, le commerce de la moutarde a pris à Dijon une extension considérable ; l'exportation dépasse aujourd'hui cent mille kilogrammes par an ; l'impulsion donnée par M. Grey à cette branche importante de notre industrie locale a forcé ses confrères à fabriquer davantage et mieux pour suffire aux demandes qui étaient faites. C'est donc à l'activité, à l'intelligence de cet industriel, qui aura un nom à côté des Naigeon, que la moutarde de Dijon a conservé, tout en s'étendant au dehors, son antique réputation ; avec des fabricants comme M. Grey, le vieil adage se conservera toujours :

Il n'est ville de nom Dijon ;
Il n'est moutarde que à Dijon.

JACOB, chocolatier à Alise-Sainte-Reine

(Côte-d'Or).

Médaille de troisième classe.

Les chocolats alisiens de M. Jacob ont une bonne réputation. M. Jacob fabrique avec soin, et ses produits ont atteint un rare degré de perfectionnement, eu égard à leurs prix. Nous trouvons des chocolats à 1 fr. 50, 1 fr. 80, et 3 fr. le demi-kilo.

JACQUEMAIN père et fils, fabricants de Moutarde,

MEURSAULT.

Médaille de deuxième classe.

Ces industriels sont les fournisseurs de la maison de l'Empereur. La moutarde de MM. Jacquemain, qui a figuré avec honneur à l'Exposition de 1855 où elle a obtenu une mention honorable, se fait remarquer par le soin qui a présidé à sa fabrication. Ces industriels, qui sont membres de l'Académie nationale, ont à Meursault une usine modèle où l'on fabrique 200 kilog. par douze heures. Leurs moutardes, dignes rivales des moutardes dijonnaises, marchent sur le même rang que les nôtres; aussi une médaille d'argent de deuxième classe, justement méritée, a récompensé MM. Jacquemain de leurs méritants efforts.

JOLIBOIS (Mᵐᵉ veuve), fabricant de Vinaigre et de Moutarde,
RUE PORTE-D'OUCHE, 63, DIJON.
Mention honorable.

Ce que nous avons dit au sujet de la fabrication de la moutarde, dans notre appréciation sur les produits de M. Grey, doit s'appliquer à tous les fabricants de moutarde de notre ville, et particulièrement à Mᵐᵉ Jolibois, MM. Bornier-Céry, Piron et Parent, qui ont, eux aussi, obtenu des récompenses à notre Exposition.

La maison Jolibois est ancienne; nous voyons à l'Exposition des vieux pots en faïence de 1793. Mᵐᵉ Jolibois fabrique bien; sa moutarde fine, qui a obtenu des mentions spéciales, en 1855, est très appréciée des amateurs. Cette maison, recommandable à tant d'égards, expose aussi des vinaigres de qualité et renommés.

JOURDAIN, négociant, rue des Petits-Champs, 52,
PARIS.
Médaille de troisième classe.

L'exhibition de M. Jourdain répond bien à la réputation dont cette maison jouit. L'œil est agréablement flatté à la vue de ces produits si variés et si bien conservés, et aux couleurs si vives. Il faut, du reste, un talent tout particulier pour conserver dans les alcools des fruits de tant d'espèces et de qualités si variées. Ces bouteilles au long col renferment des cerises, des abricots, des poires, des pommes, des mirabelles, des chinois, des groseilles, des ananas; ces gracieux pots, des conserves de coings, de cerises, de groseilles, des compotes d'ananas; que sais-je encore? Nous trouvons toutes les confitures les plus délicates et les mieux choisies. Les fruits glacés placés sous verre ne sont pas moins tentants, et lorsqu'on saura que M. Jourdain les a fait confire dans une bassine d'argent, il n'y a pas un gourmand qui ne s'empresse d'en faire l'acquisition de quelques livres. Disputez-vous donc ces azéroles, ces patates, ces noix, ces chinois verdoyants, ces beaux marrons, et que votre palais et votre estomac rendent justice au premier confiseur parisien.

JUIF-PROST (Mᵐᵉ), Baume-les-Dames
(Doubs).
Médaille de troisième classe.

Mᵐᵉ Juif-Prost, de Baume-les-Dames, expose des pâtes de coings et de pommes à la rose, vanille, citron, et de très appétissantes confitures.

JUIGNÉ DE LASSIGNY, (comte de), propriétaire,
BEAUNE.
Médaille de première classe.

M. le comte de Juigné de Lassigny présente des Pommards 1846, 1854 et 1857. Cet exposant possède des vignes dans les premiers climats du vignoble de Pommard; aussi les vins qu'ils produisent se distinguent-ils par la fermeté, la franchise et le coloris; de plus, ils ont encore ces deux qualités d'être de garde et de pouvoir se transporter avec facilité.—La seconde cuvée de Pommard constitue ce qu'on est convenu d'appeler les grands ordinaires.

KARGÈS (Albert), fabricant de Fécules et d'Amidons, à Duttlenheim
(Bas-Rhin).
Médaille de première classe.

Profondément éclairés sur la valeur des produits envoyés par M. Albert Kargès à notre Exposition, ainsi que sur les immenses développements donnés à cette industrie, pour laquelle il a pris un brevet d'invention s. g. d. g., nous pourrons en parler ici en tout état de cause.

Personne ne peut le disputer aux amidons de cet industriel ; bien qu'il ne s'occupe que depuis deux ans de ce genre de fabrication, il s'est élevé au premier rang, soit par la beauté, soit par la qualité de ses produits. D'autres se sont applaudis d'avoir substitué telle ou telle céréale au blé dans la fabrication de l'amidon, c'est-à-dire une substance alimentaire à une autre substance alimentaire, un grain à un autre grain. Le grand progrès réalisé par M. Albert Kargès, c'est d'avoir demandé, non à la surface productive, mais aux entrailles stériles de la terre, le quart de la matière première qui entre dans la composition de l'amidon, par conséquent de rendre chaque jour à la consommation alimentaire une immense quantité de céréales dépensées en pure perte par les autres procédés de la fabrication amidonnière. Ce n'est pas tout encore ; la substance découverte par M. Albert Kargès s'allie si merveilleusement à la farine de blé, que l'amidon obtenu au moyen de ce mélange a des qualités de blancheur et de consistance bien supérieures à celles de tous les autres amidons employés dans l'apprêtage des étoffes. Il réunit une quinzaine de qualités d'amidons ; tandis que les autres se bornent à la fabrication de quatre ou cinq qualités seulement. Aussi son usine est-elle insuffisante, bien qu'elle fabrique 3,000 kil. par jour à satisfaire aux demandes qui lui sont adressées de tous les points de la France.

Ce n'était pas assez pour M. Kargès d'avoir décuplé en deux ans l'importance de sa fabrique d'amidons, il a voulu encore, dans l'intérêt de cette production spéciale, lui adjoindre deux branches d'industries analogues. Il a trouvé le moyen de fabriquer avec de la fécule extraite de la pomme de terre, d'excellents sagous et d'irréprochables tapiocas. Ces produits sont aussi nutritifs, aussi salutaires que le sagou de l'Inde, que le tapioca du Brésil, et cependant, au lieu de 1 fr., M. Kargès les offre à 40 cent. Cette différence de prix vide la question.

Tels sont les titres de recommandation qui ont valu à M. Albert Kargès une médaille de première classe.

D. KIEFER, négociant, Strasbourg (Bas-Rhin).

(Hors classe).

La maison D. Kiefer, de Strasbourg, nous adresse quatre produits différents : des bonbons pectoraux, du lustre pour amidon, de l'eau de Cologne et de l'encre noire sans acide. M. Kiefer est un de nos grands industriels : les produits qu'il a exposés attestent des soins consciencieux et une fabrication soignée. Ses bonbons pectoraux joignent à une qualité supérieure dans tout ce qui a été fabriqué dans ce genre une étonnante modicité de prix. Le lustre pour amidon, cette fabrication par excellence, est le meilleur moyen pour apprêter toiles, percales, dentelles, etc., etc., et pour conserver et embellir le linge. L'eau de Cologne de la maison D. Kiefer (maison et fabrique spéciale de la véritable eau de Cologne, place du Marché au Foin, 16, à Cologne), maintient sa réputation par le plus grand succès. Du reste, M. Kiefer a déjà obtenu plusieurs médailles dans diverses Expositions, et un grand nombre de certificats favorables tant en France qu'à l'étranger.

Au comptant et contre remboursement.

PRIX EN DÉTAIL.

Bonbons pectoraux, la boîte, 50 c.; — Idem idem, 20 c.; — Lustre pour amidon, la tablette, 50 c.; — Eau de Cologne, le flacon, 1 fr. 25 c.; — Idem, le demi idem, 75 c.; — Encre noire, le litre, 50 c.

PRIX EN GROS.

Bonbons pectoraux, les 100 boîtes, 35 fr.; — Idem idem, 15 fr.; — Lustre pour amidon, la douzaine de tablettes, 4 fr.; — Eau de Cologne, la douzaine de flacons, 12 fr.; — Idem, idem de demi-flacons, 6 fr.; — Encre noire, les 100 litres, 40 fr.

LABOURÉ-GONTARD et LEFÈVRE, négociants en Vins,

NUITS.

Médaille d'honneur.

Cette importante maison présente des Nuits mousseux blanc et rosé 1856, et un Saint-Péray blanc même année. Ces mousseux ressemblent à s'y méprendre aux vins de Champagne ; comme ces derniers, ils sont légers et doux. En 1855 une mention honorable, la plus haute récompense accordée à ce genre de produits, était décernée à la maison Labouré-Gontard et Lefèvre. Le jury de Dijon a pensé avec juste raison qu'une industrie qui était une source de richesses pour tout un pays, méritait de plus sérieux encouragements. Il a donc accordé sans hésitation la médaille d'honneur à MM. Labouré-Gontard et Lefèvre, les propagateurs des Bourgognes mousseux.

LAGOUTE frères et LEJAY, liquoristes, rue Saint-Nicolas,

DIJON.

Médaille de première classe.

La fabrication du cassis à Dijon remonte à 1841. L'honneur de cette fabrication, faut rendre justice à tout le monde, revient à M. Lagoute père, seul liquoriste établi alors dans notre ville. Ce fut M. Joly, actuellement distillateur chez M. Mermilliod qui sous les ordres de M. Lagoute, tenta le premier essai. Le fruit fut acheté chez M. Bizot-Perrot, maire de Talant, et payé huit francs les 100 kilog. L'essai fut bon car la première année, la maison Lagoute, qui n'avait fabriqué que 4 hectolitres, e livrait au commerce, en 1844, 250 hectolitres.

En 1845, M. Gérard, l'associé de M. Lagoute, créa une maison rivale et fabriqu le cassis à son tour. A M. Gérard succéda M. Justin-Dévillebichot. Jusqu'en 1853, n'y avait à Dijon que deux maisons qui fabriquaient le cassis ; en 1854 il s'en es monté deux autres ; en 1856 et 1857 on comptait : trois maisons de premier ordre livrant 4,000 hect. ; six maisons de second ordre fournissant 3,000 hect., et au moin vingt autres maisons de troisième ordre fournissant au commerce 3,000 hect.

Ces résultats extraordinaires sont dus aux qualités hygiéniques de la liqueur d cassis appelée à détrôner toutes ces liqueurs funestes composées d'huiles essentielles ainsi qu'aux perfectionnements apportés à sa fabrication.

L'extension prise par cette branche de commerce a fait hausser le prix du fruit nous voyons M. Lagoute en 1841 payer 8 fr. les 100 kil. de cassis ; en 1858, le pri du cassis s'est élevé à 90 fr. les 100 kil., soit 90 c. le kil. Cette seule différence d prix nous dit assez combien est devenu précieux ce fruit si peu estimé autrefois. U hectare de cassis contient 8,000 pieds. Chaque pied donnant 1 kil. 500 grammes d fruits, on a donc 12,000 kil. par hectare qui, se vendant année moyenne 50 c. le kil produisent 6,000 fr. Les frais de plantation, de culture, de cueillette, ne s'élèvent pa à plus de 1,000 fr. Bénéfice net 5,000 fr. M. Lagoute père, qui avait prévu l'avenir d cette délicieuse liqueur, est le premier qui ait excité nos vignerons à faire des planta tions de cassis ; aujourd'hui tout le monde s'en trouve bien, distillateurs et vignerons Dans la côte, on plante sans relâche le cassis, bien plus productif que la vigne, bie moins exposé qu'elle aux intempéries des saisons.

Voilà, en quelques lignes, l'historique de ce cassis qui a déjà fait tant parler de lu et suscité de si ardentes polémiques.

MM. Lagoute frères et Lejay soutiennent dignement la réputation de leur père Comme importance de maison, il en est peu qui puissent faire autant d'affaires que l leur. L'exhibition de ces industriels très méritants est excessivement simple ; ils expo sent vingt-quatre litres de cassis nouveau de trois qualités différentes, à 3 fr., 2 fr. 5 et 2 fr. 25. Ce sont les cassis vendus journellement au commerce. MM. Lagoute e Lejay n'ont fait aucune fabrication spéciale en vue de l'Exposition ; ils ont pensé qu leurs produits habituels rempliraient mieux le but qu'ils se sont proposés. Nous n pouvons que féliciter MM. Lagoutte et Lejay de cette honorabilité commerciale.

Cette maison, pour les plus louables motifs, ayant cru devoir refuser la médaille de première classe que lui avait décernée le jury, les producteurs, consommateurs et cafetiers ont ouvert une souscription pour lui offrir une médaille d'or. Cette belle pièce, qui sort de chez MM. Coffignon frères, les célèbres bijoutiers de Paris, porte l'exergue suivant : AUX IMPORTATEURS DU CASSIS DANS LA COTE-D'OR ; A LAGOUTE FRÈRES ET LEJAY, *liquoristes à Dijon*, TÉMOIGNAGE DE SATISFACTION.

LALOYÈRE (le comte de), propriétaire,

BEAUNE.

Hors Concours.

Au-dessus de la porte d'entrée des celliers de M. de Laloyère on lit cette inscription : *Les vins de Savigny sont nourrissants, théologiques et morbifuges*. L'explication de cette devise est toute simple, lorsqu'on songe qu'au dernier siècle ces vins jouissaient, à cause de leur finesse, d'une grande réputation. Cette réputation ne s'est pas affaiblie de nos jours; et si M. de Laloyère ne s'était pas placé, par le fait de l'acceptation des fonctions de juré, hors concours, il est certain qu'il aurait obtenu une haute récompense pour ses Savigny 1857 récoltés dans les premiers climats du vignoble.

LAUSSEURE (J.) et Cⁱᵉ, négociants-propriétaires,

NUITS.

Médaille de première classe.

L'exposition de la maison Jules Lausseure était excessivement riche. Si l'on a remarqué les Richebourg et les La Tâche 1846 provenant de la propre récolte de M. Lausseure, on peut dire que ses grands vins de Bourgogne mousseux vieux ceps, 1854, ont enlevé tous les suffrages. La maison J. Lausseure, qui s'occupe spécialement de la vente des vins fins et des Bourgognes mousseux, dans la fabrication desquels elle excelle, a des succursales à Paris, Bordeaux, Londres et New-York.

LAVIROTTE, négociant-propriétaire,

BEAUNE.

Médaille de première classe.

M. Lavirotte, qui possède plusieurs vignes sur les communes de Volnay et Beaune et exclusivement dans ce dernier vignoble le climat du Clos-du-Roi, avait envoyé plusieurs échantillons de vins à la dégustation. L'attention s'est surtout fixée sur un délicieux Corton 1847, vin parfait et digne d'être offert aux gourmets les plus délicats.

LAVRILLAT, fabricant d'Anis,

FLAVIGNY.

Médaille de quatrième classe.

Les produits de la maison Lavrillat méritent une mention spéciale. Les anis de cette maison se recommandent par les qualités que nous avons signalées chez les confrères de M. Lavrillat.

LAYER-COROT, confiseur,

AUTUN.

Médaille de troisième classe.

M. Layer-Corot, ancien ouvrier de M. Mermilliod, quoique venu un peu tard, nous a adressé une splendide collection de bonbons de tous genres. Si nous étions obligés de signaler les cent huit sortes exposées par M. Layer-Corot nous aurions à donner à nos lecteurs toute une nomenclature. Nous nous contenterons de dire que tous ces produits sont soignés et exécutés avec un goût parfait. M. Layer-Corot est un homme d'imagination, pour lui il n'existe aucune difficulté; aussi comme confiseur doit-il être placé parmi les plus habiles.

LEBLANC, propriétaire, Beaune.

Médaille de première classe.

Les Volnay exposés par M. Leblanc ont été jugés dignes de la médaille de première classe ; comme ils étaient ni trop nouveaux ni trop vieux, ils possédaient au plus haut degré les précieuses qualités qui sont l'apanage des vins de ce vignoble.

LECHEVALLIER fils aîné, rue Bossuet, 11,
DIJON.

Médaille de troisième classe.

Nous croyons que l'on doit attacher une importance toute particulière à l'exposition de M. Lechevallier. Ses bonbons de dessert nous ont paru soignés ; si son chocolat n'a pas la vogue de certaines maisons, il n'en est pas moins de qualité. Quant à ses conserves, nous les plaçons à peu près sur la même ligne que celles de M. Jourdain.

LEROUX-D'ARCET et fils, fabricants de Fécules,
BEAUNE.

Médaille de première classe.

L'industrie créée par MM. Leroux-d'Arcet méritait de sérieux encouragements. Les fécules présentées par ces exposants étaient fort belles : leurs glucoses en pains ou en fûts avaient une véritable valeur aux yeux des connaisseurs.

La féculerie et la fabrique de sucre de pommes de terre de MM. Leroux-d'Arcet, située à Palinges (Saône-et-Loire), occupe un personnel assez important.

LESPINASSE, brasseur, port du Canal,
DIJON.

Médaille de deuxième classe.

Depuis quelques années, la fabrication de la bière a pris une grande extension à Dijon ; nous ne saurions donc suivre avec trop d'intérêt les progrès de cette industrie, une des richesses de notre ville. Parmi les nouvelles brasseries établies depuis peu, nous nous plaisons à signaler la maison Lespinasse, qui a pour spécialité de vendre de la bière gazeuse en bouteille : c'est un produit qui ne se fabrique ici que depuis le mois de janvier dernier. Cette bière a le mérite d'être parfaitement clarifiée avant d'être mise en bouteilles et de s'y conserver toujours limpide, malgré le transport par voiture. Des expéditions, nous le savons, ont été faites en Turquie et en Amérique avec un plein succès. Ce qui atteste, du reste, la vogue et le succès de la bière Lespinasse, c'est que, malgré certaines critiques intéressées, elle est toujours très demandée, dans la campagne surtout.

LIGER-BELAIR, propriétaire,
VOSNE.

Médaille de première classe.

Vosne est sans contredit le premier vignoble de la Côte-d'Or, et ses vins jouissent d'une renommée qui est universelle : corps moelleux, extrême finesse et bouquet élevé, ils réunissent toutes les qualités désirables. M. Liger-Belair expose des Romanée 1842, 1846, 1857, et des Grand'Rue 1856, excellents climats dont il est le seul propriétaire. Il présente aussi des La Tâche 1856, qui peuvent être placés à la tête des plus exquises cuvées de Vosne.

MALLET-LEMAIRE, liquoriste,
LILLE.

Médaille de quatrième classe.

Le renom de l'élixir Raspail, comme liqueur hygiénique, n'est plus à faire. M. Mallet-Lemaire, liquoriste à Lille, qui fabrique l'élixir créé par le célèbre chimiste, s'en est fait une spécialité, et une table qui se respecte ne peut que se fournir dans cette maison.

MAREY (C.), propriétaire, Nuits.

Médaille de deuxième classe.

M. C. Marey expose des vins de Vosne : ce sont des Richebourg 1854. — On a eu une préférence marquée pour ses vins de Nuits, Saint-Georges 1848 et Nuits-Commeau 1857. Le Saint-Georges, qui se distingue par le bouquet, la couleur et la finesse, marchent de pair avec le Corton d'Aloxe et le Lambrey de Morey.

MARJOLET (J.-B.), propriétaire,

COUCHEY.

Médaille de deuxième classe.

Le jury des vins, en accordant les récompenses des ordres le plus élevés aux vins les plus ordinaires, nous a semblé comprendre parfaitement sa mission. Comme tout le monde ne peut pas boire des bons vins, il faut des qualités à la portée de toutes les bourses. Nous savons bien qu'il fût un temps où il était de bon ton de proscrire l'infâme gamet et de l'abaisser par sa comparaison avec le pinot, plant habituel de nos grands climats. Aujourd'hui il est incontestablement reconnu que les vins, venus dans de bonnes expositions de la Côte, font de très bons ordinaires dont le commerce a su avantageusement tirer parti.

C'est ainsi que les vins de Couchey ont obtenu du jury deux médailles de deuxième classe, et ce ne sont cependant que des vins gamets, mais remarquables par leur belle couleur, leur solidité et leur durée, et aussi par leur qualité vraiment hygiénique, quand ils sont vieux.

M. Marjolet, un propriétaire qui surveille ses vignes et soigne son vin avec un soin presque paternel, a été un de ces heureux récompensés. Il présentait une gamme de vins rouges et blancs qui commençait en 1842 pour finir en 1857. Parmi les vins rouges, on a surtout remarqué les 1842, 1846, 1854 et 1857 ; les Couchey blancs 1846 et 1857, plants de Béru, ont été également bien notés.

Cet encouragement engagera certainement nos vignerons à ne pas planter au hasard ; le choix des climats doit être de leur part l'objet d'une attention spéciale ; qu'ils n'oublient pas surtout que ce qui a déprécié les vins gamets, ce sont les plantations de la plaine qui fournissent certainement des vins abondants, mais sans qualité.

MASSON, fabricant de Biscuits, rue de Gray,

DIJON.

Médaille de quatrième classe.

Les biscuits de M. Masson ont une réputation très étendue : en faire l'éloge ici serait superflu. Nous dirons seulement que M. Masson, en sachant se borner à la seule industrie des biscuits, a pu donner une grande extension au placement de ses produits justement appréciés, en même temps qu'apporter des soins et des perfectionnements à leur excellente fabrication.

MERMILLIOD, liquoriste, place d'Armes,

DIJON.

Médaille de première classe.

M. Mermilliod est un industriel qui attache la plus grande importance à la fabrication de son cassis. Nous trouvons à la tête de son laboratoire un homme précieux, M. Joly, distillateur de mérite. M. Mermilliod excelle surtout dans la fabrication des cassis fins. Rien n'est plus délicat, plus parfumé que la liqueur qu'il nous a si généreusement fait déguster à l'Exposition. Le cassis de M. Mermilliod, fait avec du fruit de choix, a une supériorité que personne ne saurait contester. Excessivement loyal et large en affaires, M. Mermilliod s'est fait au dehors une réputation égale à l'excellence de ses produits. Personne, plus que lui, ne s'est occupé si activement de toutes les améliorations susceptibles de perfectionner cette liqueur. Aussi l'Institut national de Genève s'est-il favorablement prononcé sur les qualités hygiéniques de ses produits, et l'Académie nationale de Paris lui a-t-elle décerné, dans sa séance du 1er juillet 1857, une médaille d'honneur en argent pour l'excellente préparation de son cassis.

MICHOTEY (Mlle), à Beaume-les-Dames

(Doubs).

Médaille de troisième classe.

Les pâtes de coings et de prunes de la fabrique de Mlle Michotey sont excellentes : ces délicieux bonbons méritent une recommandation spéciale. Les essences de citron, de vanille et de rose qui les parfument ajoutent encore de la saveur à la qualité. Ces pâtes ne se vendent que 1 fr. 75 le demi-kilo.

Correspondant à Dijon : BENOIT, rue des Moulins, 6.

MONGENET, fabricant d'Anis à Flavigny

(Côte-d'Or).

Médaille de quatrième classe.

M. Mongenet, qui expose des délicieux anis de Flavigny, est le successeur de M. Jean-Baptiste Renaud, qui le premier a donné à ce genre d'industrie l'extension et la vogue dont elle jouit actuellement. La réputation du *Galant Berger* est européenne. Le père de M. Jean-Baptiste Renaud avait appris lui-même des ursulines de Flavigny les recettes pour faire cet excellent bonbon. M. Mongenet a religieusement conservé la vieille méthode de ses prédécesseurs. Il occupe quatre ouvriers ; son contre-maître qui travaille depuis trente-six ans dans la maison, à la direction du laboratoire. M. Mongenet livre au commerce de 10 à 12,000 kil. par an. Nous n'hésitons pas à regarder les produits de cette maison comme supérieurs à ceux de ses confrères par la seule raison qu'ils sont fabriqués avec plus de lenteur, condition indispensable pour obtenir la blancheur, la dureté et surtout le bon goût. Si l'on presse la fabrication, ces qualités disparaissent et l'on a des anis bien inférieurs. Pour obtenir ce travail de superposition, il faut avoir du temps devant soi ; car ce n'est qu'après de longs intervalles que l'on applique les couches de sucre l'une sur l'autre. Aussi lorsqu'on réfléchit au temps que nécessite la fabrication d'un anis, on est étonné de voir le bas prix auquel on livre ce genre de bonbon.

MUNIER, charcutier, rue des Forges, 29,

DIJON.

Médaille de deuxième classe.

M. Munier a importé des jambons de Westphalie et d'Angleterre. Pour notre goût nous préférons les premiers, bien que les seconds ne soient pas à dédaigner. Mais la n'est pas le vrai titre que puisse avoir M. Munier à la reconnaissance des gourmets. Sa charcuterie a pour nous beaucoup plus d'attraits. Ses jambons du pays sont bien préparés ; ses langues écarlates, où son nom se trouve gravé sur la peau qui les recouvre, ont de la réputation. M. Munier, qui s'occupe de son métier avec conscience, expose aussi des cervelas aux truffes, des saucissons fumés, des mortadelles et des truffes conservées.

NAU, confiseur à Beaume-les-Dames

(Doubs).

Médaille de troisième classe.

La plus ancienne maison de confiserie de Beaume-les-Dames est, sans conteste, celle de M. Nau. Dans cette maison on fabrique depuis vingt ans, avec le plus grand succès, les pâtes de coings et de pommes. Aussi ces produits avaient-ils été désignés par le jury de la 11e classe comme supérieurs aux produits similaires exposés. Par une erreur que nous n'avons pu comprendre, le nom de M. Nau ne fut pas prononcé le jour de la distribution des prix ; mais sur les justes réclamations de M. Branget, chef de section à la gare de Dijon, le jury décerna après coup une médaille de troisième classe. Cette mesure n'était qu'un acte de réparation tardif. Mais ce qui consacrera encore la réputation de cet honorable maison qui, au concours régional de Besançon, avait déjà été honorée d'une médaille, c'est que, depuis l'Exposition, elle a reçu une foule de commandes des personnes les plus compétentes. Nous recommandons d'une façon spéciale les conserves aux fraises-ananas, groseilles épepinées, framboises, cerises, abricots, mirabelles, etc., fabriquées par M. Nau ; ce sont des produits dignes de figurer, par leur excellente fabrication et leur belle apparence, sur les tables les plus somptueuses.

OLIVIER, confiseur, rue Guillaume,

DIJON.

Médaille de quatrième classe.

M. Olivier présente des cafés torréfiés et des cafés moulus. Les cafés moulus sont de deux sortes : les uns préparés pour le café au lait, les autres pour le café à l'eau. Produits recommandables.

PANARIOU, propriétaire,

BEAUNE.

Médaille de troisième classe.

M. Panariou présentait des Blagny rouge et blanc 1857.

Le magnifique coteau de Blagny donne des vins rouges qui marchent de pair avec les premières cuvées de la côte de Beaune. Quant aux vins blancs, d'une qualité tout à fait exceptionnelle, ils sont sur le même rang que les Chevaliers Montrachet. En effet, le hameau de Blagny, situé sur la commune de Puligny, est placé entre Meursault, et le Montrachet sur Chassagne.

Blagny était l'ancienne propriété en vins des moines de Maizières, et ces derniers se connaissaient généralement en bons crûs.

Les vins rouges ont ordinairement plus de couleur que les vins de la côte de Beaune, et en même temps ils ont un bouquet de violette très prononcé. Ils sont aussi moins tendres que ces derniers, et pour cette raison ils se conservent très longtemps et s'expédient sans crainte pour l'étranger où ils ne sont pas connus sous leur nom générique. Le commerce les vend sous le nom de vins de la côte de Nuits; la propriété ne rend d'ailleurs, en moyenne, que 120 pièces, ce qui est bien peu pour satisfaire les demandes.

Les vins blancs participent des deux crûs entre lesquels ils sont situés ; ils offrent le parfum des Meursault et l'exquise finesse des Montrachet ; ils présentent à l'œil cette couleur ambrée que les amateurs savent apprécier.

Les propriétaires de Blagny ne font pas le commerce des vins; on peut trouver chez eux toutes les conditions désirables pour la sûreté de leurs produits, leur qualité et la modération de leurs prix.

Nous ferons remarquer, en terminant, qu'il n'y a eu que 3 médailles de 3e classe pour les vins de 1857, et Blagny en a obtenu deux.

PARENT, fabricant de Moutarde,

DIJON.

Médaille de deuxième classe.

A côté de M. Grey, nous devons signaler, d'une manière toute particulière, la maison Parent, qui a obtenu en 1855 une médaille de bronze de l'Académie de Dijon pour son excellente moutarde. M. Parent fabrique bien et consciencieusement.

PATRIARCHE-GARREAU, propriétaire,
BEAUNE.
Médaille de deuxième classe.

Les Volnay exposés par M. Patriarche-Garreau sont des Caillérets 1846 de sa propre récolte. Nous ne pouvons que répéter tout ce que nous avons déjà dit pour les vins de MM. Gaire et Chauvenet, ainsi que ceux de M. Leblanc : ils se distinguent par une exquise finesse et justifient le proverbe du pays : *Qui n'a pas de vignes en* CAILLERET *ne sait ce que vaut le Volnay.*

PENANT, rue de l'Arbre-Sec, 60,
PARIS.
Médaille de quatrième classe.

Depuis que l'usage du café est si répandu, on a inventé une foule de cafetières plus ou moins économiques. Est-on arrivé à produire quelque chose de parfait? Nous ne le croyons pas. La *Cafetière romaine* de M. Penant fonctionne bien ; elle a ses avantages comme tous les modèles de cafetières nouveaux, mais ce n'est pas là encore le dernier mot des chercheurs en fait d'inventions. La cafetière de M. Penant a été récompensée d'une médaille de quatrième classe.

PERRIN DE MUSIGNY dit MALLARD, rue de Bondy, 52,
PARIS.
Médaille de troisième classe.

Un appareil qui a le privilége d'attirer l'attention des visiteurs, c'est la lèchefrite ou rôtissoire arroseuse de M. Perrin de Musigny, dit Mallard. La vitrine de cet industriel, qui expose aussi un brûloir à café et une marmite économique, est toujours encombrée par la foule.

Le système de lèchefrite ou rôtissoire arroseuse consiste dans la fonction spéciale de répandre le jus sur la pièce à rôtir, sans qu'il soit nécessaire d'y mettre la main.

A cet effet, la broche est munie d'une roue armée de quatre petits bras en fer qui viennent en tournant frapper successivement, chacun à leur tour, sur un excentrique fixé à un arbre au bout duquel se trouve adaptée la cuillère, qui vient d'abord puiser la graisse dans un récipient placé dans la lèchefrite, pour la verser ensuite dans une gouttière percée de trous formant arrosoir et disposée à cet effet au-dessus du rôti. On comprend aisément que le liquide qui tombe ainsi, est repris par la cuillère pour être reporté de nouveau sur le rôti.

Le brûloir à café marche seul, sans le secours d'aucun bras. Le café se manipule de lui-même et a le temps de brûler pendant la durée de la marche du mécanisme.

La marmite économique Maire fait le pot-au-feu après ébullition; à cet effet, on retire la marmite du feu, on la verse dans son conservateur, on la place dans n'importe quel endroit que ce soit, et, dans quatre à cinq heures, on obtient un bouillon parfait et succulent et une viande parfaitement cuite.

Tous ces appareils, d'une utilité incontestable, se recommandent par la modicité de leurs prix.

PETROT-MALARDOT, rue des Godrans, 59,
DIJON.
Mention honorable.

La maison Pétrot-Malardot expose des jus de fruits conservés, des jus de groseilles et de framboises 1856-1857, — des sirops, des groseilles et du vinaigre. Nous trouvons sous cette petite vitrine du sucre bien découpé. La réputation commerciale de cette maison nous dispense de toute recommandation.

PIEL, rue Ménilmontant, 122,

PARIS.

Médaille de troisième classe.

M. Piel est un fabricant d'oublies, de gaufres, de pains à cacheter, qui jouit d'une célébrité justement méritée par l'excellence de ses produits. M. Piel expose aussi dans sa jolie vitrine une petite machine propre à ce genre de fabrication, réduite au quart : par l'usage de cette machine, on obtient une économie de 75 % sur le combustible et une régularité de cuisson parfaite.

PIOGEY-BUISSON, fabricant de Chocolat,

CHATILLON-SUR-SEINE.

Médaille de deuxième classe.

La maison Piogey-Buisson présente des chocolats qui, quoique très appréciés, se signalent par un bas prix extraordinaire. Nous trouvons du chocolat surfin à 2 fr., du pur caraque à 3 fr., du chocolat à la pistache à 4 fr. M. Piogey-Buisson, qui soigne la qualité de ses produits, mérite ici une mention spéciale.

PIRON, rue Porte-d'Ouche, 30,

DIJON.

Médaille de deuxième classe.

M. Piron est le successeur du fameux Naigeon dont nous avons déjà parlé, et de M. Fremiet dont les produits ont eu tant de vogue il y a quelques années. La moutarde de M. Piron, après avoir eu une mention honorable en 1855 à Paris, a obtenu, la même année, une médaille d'argent de l'Académie de Dijon. On voit que M. Piron suit dignement les traces de ses prédécesseurs, et que cette industrie ne périra pas entre ses mains.

POINSARD (Nicolas), vigneron à Ahuy

(Côte-d'Or).

Médaille de troisième classe.

M. Poinsard expose des Crais de Pouilly 1857. Ces vins, qui avaient un grand renom au siècle dernier, se distinguent par la légèreté et la délicatesse. Il reste à peine aujourd'hui quelques ceps de noireins dans ce climat situé près Dijon. Les Crais de Pouilly peuvent donc être considérés comme une des dernières gloires survivantes du vignoble de Dijon, autrefois si apprécié.

POISSE et BALLOT, négociants à Valay,

(Haute-Saône).

Mention honorable.

MM. Poisse et Ballot, frappés de voir les grandes maisons qui s'occupent de la fabrication du kirsch emprunter à l'art plus qu'à la nature les moyens d'en produire, ont résolu de procurer à la consommation cette précieuse liqueur sans mélange. Ils ont donc fait de nombreuses plantations de cerisiers dans les terrains en friches, au village de Chancey, et c'est le premier produit de cette pépinière naissante qu'ils ont été admis à présenter à notre Exposition. Malheureusement, le jury n'a prononcé qu'après coup et à la hâte sur ces produits, et une mention honorable a été décernée à MM. Poisse et Ballot, comme fiche de consolation. Si nous nous en tenons au jugement de personnes compétentes, nous pouvons affirmer que les kirschs de Valay sont dignes de figurer sur la table des plus renommés gourmets.

POTHIER (A.), fabricant de Moutarde,

BEAUNE.

Médaille de deuxième classe.

La moutarde de M. Pothier est faite avec soin ; aussi ce produit mérite-t-il une recommandation de notre part. Les gourmets apprécient beaucoup la moutarde de Beaune, qui est triturée avec de l'excellent verjus. M. Pothier a obtenu, en 1855, une mention honorable.

RABUTOT (J.-E.), imprimeur,

DIJON.

Médaille de quatrième classe.

Si nous avons été sévères pour l'exhibition typographique de M. Rabutot, nous ne saurions méconnaître que ses vins, venus dans les meilleures expositions des territoires de Chenôve et Dijon, ont une place marquée parmi les bons ordinaires.

RANGOD (Louis), ingénieur-mécanicien à Valence

(Drôme).

Médaille de deuxième classe.

L'exhibition de M. Rangod est assez intéressante pour que nous nous plaisions à décrire sommairement les principaux avantages des machines exposées par cet habile ingénieur-mécanicien.—Nous nous occuperons d'abord d'une machine nouvelle qui fabrique les dragées avec la plus grande économie, en réduisant de moitié les frais de combustible et de main-d'œuvre applicable à bras et à tout moteur, tout en donnant des produits qui ne laissent rien à désirer. Un mécanisme placé dans l'intérieur du cylindre remplace la main pour remuer les dragées, un autre reçoit la poussière et les grains qui nuisent à la beauté de la fabrication. Le même mouvement sert à faire le perlage en plaçant le bassin à quatre becs. La dragée, fabriquée dans ces conditions, acquiert toutes les qualités recherchées et conserve la forme gracieuse de l'amande ; elle devient croquante, agréable à la bouche et obtient un fini et une blancheur parfaite. Nous aurons ensuite à signaler une machine à fabriquer les pastilles au sucre avec une grande rapidité : l'ouvrier confiseur peut en faire vingt fois plus que par l'ancien procédé, tout en économisant plus des 3/4 du combustible. Chaque tour de manivelle fait 32 pastilles ; on peut faire plus de 540 tours dans cinq minutes. L'appareil va sur le feu comme les poêlons ordinaires. Notre attention s'est surtout fixée sur l'*Enchapleuse*, instrument pour battre le taillant des faux avec promptitude et régularité, sans être exposé de détériorer le tranchant, quel que soit le peu d'intelligence du faucheur. Cet outil, d'une extrême simplicité, a obtenu, dans nos concours régionaux, plusieurs médailles d'or, d'argent et de bronze.

Nous apprenons que M. Rangod vient d'inventer une nouvelle machine pour le lavage des indiennes, etc., en fabrique ; cette machine, qui par ses modifications peut s'appliquer aux laines également, et dont le travail équivaut à celui de 15 à 20 hommes environ, figurera dans une des Expositions industrielles de 1859.

RAYMONDI (Jean), liquoriste à Turin

(Piémont).

Médaille de quatrième classe.

Voici de l'excellent vermuth et comme on n'en trouvera nulle part à Dijon. Ce produit piémontais, baptisé du nom de vino-vermuth, ne peut être apprécié à sa juste valeur que par des amateurs et des gourmets. Nous recommandons l'adresse de M. Raymondi à nos limonadiers.

REGNEAU, brasseur, au Castel,

DIJON.

Médaille de première classe.

M. Regneau nous offre cinq genres de bières de sa fabrication : bières de Dijon, de Lille, de Strasbourg, de Bavière et anglaise (Pate ale); il exposait aussi du *Pate ale* importé, afin que la comparaison puisse s'établir. Nous savons que M. Regneau ne recule jamais devant un concours, et cette fois encore il l'a prouvé. Avec des bières de choix, comme sa maison en livre au commerce, avec une réputation aussi bien établie au dehors, M. Regneau pouvait se dispenser d'exposer; il a voulu se maintenir à la hauteur de sa position. Il a bien fait, on ne l'en saurait trop louer. Le jury de la 11e classe, en accordant une médaille d'argent grand module à M. Regneau, a entendu récompenser autant les produits exposés que ce zèle bien entendu.

RENAUD-RENAUD, fabricant d'Anis,

FLAVIGNY.

Médaille de quatrième classe.

M. Renaud-Renaud est un jeune débutant dans la fabrication des anis. Après avoir travaillé chez M. Sordet pendant quelques années, il a créé lui-même une maison rivale. Nous ne pouvons que donner des encouragements à ses excellents produits : M. Renaud-Renaud, dans quelques années, aura un nom à côté de ceux de MM. Mongenet et Sordet.

ROLLAND, rue de l'Estrapade, 17,

PARIS.

Médaille de première classe.

Les appareils de panification Rolland, qui donnent la solution la plus complète du problème difficile d'une bonne préparation et d'une bonne cuisson de pain, sont au nombre de deux : 1º un pétrin mécanique pour la préparation de la pâte ; 2º un four à air chaud et à sol tournant pour la cuisson.

Le pétrin Rolland allège les fatigues du pétrissage par l'emploi du moteur mécanique, et par suite il n'y a plus de sueur et la farine ne s'évapore plus.

Par l'emploi du four Rolland, on obtient les avantages suivants : suppression de la dessication du bois avant le chauffage, emploi facultatif de toute espèce de combustible, récolte spontanée de la braise supprimant la fatigue de l'extraction et le rayonnement de la chaleur qui peuvent compromettre la santé des ouvriers, économie notable dans les frais de chauffage, suppression de plusieurs chances d'incendie, suppression des nettoyages pénibles de l'aire à chaque opération, enfournement et défournement plus faciles avec des ustensiles plus courts et plus maniables et un système d'éclairage plus convenable, cuisson régulière, continue et très facile à diriger, productions de pains exempts de toute trace de cendre, de charbon ou de fleurage, offrant, en un mot, une très bonne qualité sous une belle apparence et avec une netteté parfaite, chauffage de l'eau nécessaire à la préparation de la pâte au moyen de la chaleur perdue, enfin, économie considérable dans les frais de main-d'œuvre. Cette économie est surtout appréciable dans les grandes manutentions.

Nous trouvons des pétrins et fours Rolland, à Dijon, chez MM. Chambraut et Guélain, pâtissiers, et chez M. David, boulanger, rue de Lamonnoye.

Ces appareils ont obtenu une médaille de 1re classe à l'Exposition universelle de 1855.

ROLLAND, fabricant de Pains d'épices, rue Charrue,

DIJON.

Médaille de troisième classe.

La maison Rolland, recommandable à tant d'égards, se distingue surtout par le bon goût qui a présidé à ces belles pièces montées. Nous devons signaler aussi le Kerlex, importation suisse ; les nonnettes aux pistaches, aux fraises, aux abricots ; les croque-lettes, les pavés à l'orangeat, à l'angélique, etc., etc. M. Rolland, membre de l'Académie nationale et manufacturière de Paris, fabrique avec des farines de premier choix et des miels épurés; aussi ses produits sont-ils dépourvus de l'action indigeste et pur-gative des pains d'épices mal faits.

ROUSSEL, confiseur à Pontarlier
(Doubs).

Médaille de quatrième classe.

Les confitures et liqueurs d'Angélique, de M. Roussel, ont une vogue justement méritée. Depuis quarante ans cette maison soigne cette plante avec un soin particulier et héréditaire; entre les mains de M. Roussel, ce produit est arrivé à un degré de supé-riorité incontestable. Son goût est pur et son parfum délicieusement musqué. Sa liqueur d'Angélique, plus récente, prend un accroissement considérable pour ses vertus hygiéniques; prise avec de l'eau, c'est une boisson des plus agréables.

ROUVIÈRE, distillateur, rue de Gray,
DIJON.

Médaille de première classe.

M. Rouvière exposait du cassis et du kirsch. Le cassis nouveau de M. Rouvière a du mérite, il est vivement apprécié de tous les connaisseurs, et nous ne doutons pas que d'ici à peu de temps M. Rouvière n'élève ce genre de fabrication à la hauteur de son excellent kirsch. Ce kirsch, fabriqué avec des matières hors ligne et distillé avec un soin tout particulier, se place à côté des meilleurs kirschs de Fougerolles. — M. Rouvière est, du reste, un distillateur très distingué, et sa maison, qui produit des liqueurs très goûtées, est appelée à obtenir une place honorable dans ce genre d'industrie.

SAGLIER, truffier, rue Quantin,
DIJON.

Mention honorable.

Les truffes de M. Saglier sont très parfumées et leur saveur est délicate ; aussi les gourmets les ont-ils en grande estime. M. Saglier, qui s'attache principalement à la recherche et à la conserve des truffes, a amodié plus de 15,000 hectares de bois pour l'extraction de ces précieux tubercules.

M. Saglier expédie des truffes fraîches et de conserves de Bourgogne et du Périgord, pour toute la France et l'étranger, à des prix très modérés.

SAVOT (A.), propriétaire à Chenôve
(Côte-d'Or).

Médaille de quatrième classe.

M. Savot expose des vins de Chenôve qui méritent une place des plus honorables parmi les produits de ce vignoble de prédilection des Ducs de Bourgogne.

SEIBEL, brasseur, au Pont-d'Aubenas
(Ardèche).

Médaille de quatrième classe.

M. Georges Seibel, brasseur au Pont-d'Aubenas, présente des vinaigres de marc de bières d'une qualité supérieure. Cet industriel, par un procédé qui lui est propre, fabrique par jour 25 hectolitres de vinaigre d'une acidification complète. Ce produit, qui est d'une innocuité parfaite, est aussi agréable au goût que le meilleur vinaigre de vin. M. Georges Seibel a obtenu une médaille hors concours à la dernière Exposition d'Avignon.

SERRE, propriétaire et négociant,

MEURSAULT.

Médaille de première classe.

M. Serre, un des plus riches propriétaires de vignobles de la Côte-d'Or, présente un Clos-de-Vougeot et un Chambertin 1854. Ces vins sont peut-être traités à un trop prompt cuvage, ce qui n'exclut cependant pas pour le Clos-de-Vougeot le bouquet qui lui est propre, et pour le Chambertin le corps et la couleur; le jury a cru devoir les classer au premier rang.

SEISTER fils, liquoriste, faubourg Saint-Martin, 15,

TROYES.

Médaille de quatrième classe.

L'élixir de la côte de Montgeux, que nous présente M. Seister de Troyes, est une liqueur de table d'un goût fin, d'un parfum exquis. Ses propriétés hygiéniques et stomachiques en font un excellent préservatif contre les aigreurs. Il est essentiellement bon d'en prendre au milieu d'un repas et aussi chaque fois que l'on se trouve affecté d'indigestion, de coliques ou crampes d'estomac. — L'élixir de Montgeux est composé entièrement avec des simples choisis et provenant de la côte de Montgeux ; aussi est-il le digne rival de la véritable Chartreuse. Cette liqueur ne laisse aucun empâtement ni corps huileux dans la bouche ; sa chaleur est sèche au palais, douce à l'estomac, mais cependant vivifiante et tonique. M. Seister, qui depuis quelques années s'adonne spécialement à la fabrication de cet élixir, dont il est l'inventeur, a obtenu en 1855 une médaille de distinction. Depuis cette époque, cet agréable et excellent produit est de plus en plus apprécié du commerce. La maison de M. Seister fait des affaires non seulement avec la France, mais encore avec l'étranger, où l'exportation s'accroît de jour en jour. M. Seister a des succursales à Lyon, Marseille, Bordeaux, le Hâvre et Paris. Il est de notre devoir de recommander l'élixir de Montgeux d'une façon toute spéciale.

SIGAUT, fabricant de Pains d'épices, rue Quincampoix, 101,

PARIS.

Médaille de première classe.

M. Sigaut est élève de Deschamps-Pellotier et ancien ouvrier de Boitier. Il a importé pour ainsi dire , à Paris, le pain d'épices de Dijon ; c'est lui qui a donné à ce produit dijonnais par excellence cette vogue justement méritée dont il jouit actuellement. Tous les amateurs qui ont visité l'Exposition de Dijon ont pu remarquer dans la vitrine de M. Sigaut sa corbeille de fleurs en sucre, surtout très gracieux pour l'ornement d'une table et composant un quadruple dessert à surprises ; le corps de la corbeille est bâti de biscuits à champagne, complément indispensable du mousseux liquide. On a pu voir encore son superbe gâteau de pain d'épices, servi au banquet de l'Académie nationale de Paris, le 2 juillet 1853, dont les annales de l'Académie ont déjà fait bien des éloges ; enfin cette pièce en pain d'épices, fantaisie brillante qui imite le bois sculpté, enseigne allégorique très artistement faite. En effet, cette ruche, autour de laquelle voltige un essaim d'abeilles, semble vous prévenir que le miel est la principale matière qui entre dans la composition du pain d'épices ; de chaque côté sont disposés les divers instruments aratoires, pour rappeler que la farine a aussi son utilité première ; enfin des fleurs et des fruits sont encore groupés là avec grâce afin de témoigner que le bon pain d'épices admet des fruits et des aromates dans sa préparation. Que dire encore de ces fruits et de ces cigarres en pain d'épices si bien imités qu'ils tromperaient les yeux les mieux exercés ? M. Sigaut expose aussi des gâteaux de maïs qui ne sont pas sans mérite, mais dont l'honneur revient à la maison Jules Bessy et Cie de Chalon-sur-Saône, dont les admirables procédés de mouture du maïs permettent d'employer cette farine pour la pâtisserie. Les cadres de glaces formés de biscuits, la disposition et l'ornementation de la vitrine, attestent le bon goût de cet industriel qui, outre le pain d'épices, fabrique encore avec non moins de succès les biscuits de Reims de toutes qualités, la pâtisserie sèche, le petit-four, et généralement tous les articles de dessert en pâtisserie.

Ce fabricant, par ses excellents moyens de préparation, ses dispositions économiques, le choix de ses matières premières, s'est placé au premier rang, et il n'est guère possible, en fait de biscuits et principalement de nonnettes, de le surpasser. M. Sigaut a toujours remporté les plus hautes récompenses qui ont été décernées aux pains d'épices dans tous les concours où il s'est présenté. C'est ainsi qu'à l'Exposition de Dijon on lui a décerné la médaille de première classe.

SIMMONET (P.), tonnelier,
CLÉNAY.
Médaille de deuxième classe.

Les mesures de capacité exposées par M. Simmonet, de Clénay, sont un hectolitre, un demi-hectolitre, un quart d'hectolitre. Ces fûts sont travaillés avec soin et d'une capacité exacte.

SOCIÉTÉ DE SECOURS MUTUELS de Fontaine-lez-Dijon
(Côte-d'Or).
Médaille de troisième classe.

La Société de Secours mutuels de Fontaine-lez-Dijon a envoyé à l'Exposition trente bouteilles de vins rouge et blanc, depuis 1846 jusqu'à 1857. Ce vignoble, dont nous nous réservons de faire l'histoire dans une autre publication, possède plusieurs climats très bien exposés : nous citerons les Aiguillottes, les Pierrodins, les Grands-Champs, les Basses-Combottes, le Clos-Guillaume, les Greots, les Jutruot, etc. Tous ces climats sont plantés en grande partie en pinots rouge et blanc et en petit gamet du pays, qui donnent un vin franc et de bonne garde. Ces échantillons ayant réuni l'unanimité des suffrages pour leur excellente qualité, une médaille de troisième classe a été décernée à la Société de Secours mutuels de Fontaine-lez-Dijon.

SORDET-BRISEBARRE,
FLAVIGNY.
Médaille de troisième classe.

M. Sordet est le fournisseur breveté de LL. MM. Impériales ; sa maison, qui est importante, livre beaucoup au commerce. M. Sordet fabrique au moyen d'un procédé mécanique et à l'aide d'une machine à vapeur. Nous avons remarqué dans sa vitrine des anis à la badiane de Chine, à la rose, à la menthe, à la fleur d'oranger, au chocolat, à la vanille, à la violette. Ces bonbons, très recommandables, sont appréciés des connaisseurs.

SOUVERNIER, propriétaire, Chenôve
(Côte-d'Or).
Médaille de troisième classe.

M. Souvernier expose des vins provenant du climat de Chenôve, dit les Valandons. Nous avons déjà parlé du vignoble de Chenôve, ajoutons que Courtépée considérait les vins qu'il produisait au siècle dernier comme comparables à ceux de Nuits, lorsqu'ils avaient été conservés cinq ou six ans.

SUCHETET, propriétaire, Laignes
(Côte-d'Or).
Médaille de deuxième classe.

Les vins des Riceys exposés par M. Suchetet, propriétaire à Laignes, ont été jugés dignes d'obtenir la médaille de deuxième classe pour leur franchise et leur excellente conservation. Du reste, les bons climats de ce vignoble jouissent dans le commerce d'une certaine réputation.

TESTU, brasseur, quai des Bateliers, 19,
STRASBOURG.
Médaille de troisième classe.

M. Testu exposait de la bière de garde, fabriquée en décembre 1857 et janvier 1858. Ces échantillons se signalaient surtout par une bonne clarification et une saveur moëlleuse à la dégustation. Ces produits ont été récompensés par la médaille de troisième classe.

THIVA, propriétaire à Lessy,
Près Metz.
Médaille de deuxième classe.

M. Thiva exposait des vins de 1825, 1834 et 1846. Le vignoble de Lessy a une heureuse exposition : il est situé à mi-côte et en plein midi ; ses vins, dans les plus mauvaises années, n'ont jamais manqué de force suffisante pour se conserver ; ils portent le bouquet du terroir et ne perdent leur dureté de conservation que par le temps.

Si l'exemple donné par M. Thiva pouvait amener les vignerons à détourner le liquide après le premier coup de pressoir, ces vins doubleraient leur mérite, et par suite le vignoble de Lessy formerait un clos à part dans la Moselle. Quant au système d'échalassement du même exposant, voici en quoi il consiste : en un pied de dix-huit centimètres de long, fixé en terre à un mètre et demi de distance des pieds voisins ; il sera en pierre, en bois ou en fonte brute, suivant la facilité du pays ; ensuite en quatre fils de fer du n° 16 galvanisés et goudronnés de deux mètres de long chacun ; ces fils se scellent sur le pied dont nous venons de parler, et se tordent ensemble jusqu'à la hauteur d'un mètre ; arrivés là, ils se courbent sur quatre faces à une distance les uns des autres de cinquante centimètres, de manière à former le saule pleureur. Les sarments grimpent après chaque fil auquel on pratique deux petits anneaux avec le fil même, pour faciliter la liure.

Les avantages de cette méthode d'échalasser les vignes sont nombreux en face de l'augmentation progressive du prix de l'échalas en bois.

Le prix de l'échalas en bois revient à trois centimes passés, ce qui fait pour quatre échalas treize à quatorze centimes ; sa durée moyenne est au plus de dix à douze ans. Avec ce système d'échalas, les quatre fils de fer galvanisés et goudronnés avec leur pied en fonte ne reviennent qu'à trente-cinq centimes, ce qui excède, il est vrai, de six centimes le prix des quatre échalas en bois, mais la durée est quadruple. La véritable économie de cette méthode est de diminuer deux des plus pénibles travaux de la vigne : il n'y a plus à ficher ni à défischer ; et dès que la plus forte culture, celle de mars, sera faite, les femmes et les enfants pourront se charger de tous les autres soins à donner à la vigne jusqu'à la vendange.

TISSERAND (Adolphe), propriétaire,
BEAUNE.
Médaille de troisième classe.

M. Tisserand (Adolphe) présentait des Blagny rouge et blanc 1846 et 1857.

Le climat de Blagny produit des vins rouges et des vins blancs, les uns et les autres d'une qualité supérieure.

Les vins rouges ont du corps, de la couleur, sont riches en bouquet après quelques années, et rivalisent avec les meilleurs crûs de la Côte.

Les vins blancs, qui se distinguent par leur finesse, leur arôme, peuvent se conserver longtemps, grâce à leurs principes alcooliques, et sont classés sur le même rang que le Bâtard Montrachet et que les premières cuvées de Meursault, près desquelles, du reste, Blagny se trouve situé.

TRUCHETET, maire de Gevrey-Chambertin
(Côte-d'Or).

Médaille de deuxième classe.

Ce qui distingue les vins de Gevrey, c'est le corps et la couleur ; aussi sont-ils singulièrement appréciés du commerce qui les recherche pour les mélanger avec ceux qui faiblissent. M. Truchetet, qui possède des vignes dans plusieurs climats renommés du vignoble, et notamment au Castiers du liant, exposait des vins qui, par leur fermeté, leur bouquet et aussi leur finesse, ont été très remarqués.

VANDENBROUCKE, rue de Strasbourg, 14,
PARIS.

Médaille de deuxième classe.

Ce constructeur d'appareils de chauffage expose un fourneau de cuisine et un brûloir à café, dit conservateur d'arôme. Ce brûloir, admis à toutes les Expositions, a reçu l'approbation générale. Son principal mérite, c'est la régularité parfaite de la torréfaction du café et du cacao. Son mécanisme est des plus simples, et il est inutile de l'agiter pendant l'opération qui se fait sans fatigue ; il est donc bien supérieur aux anciens brûloirs. Économie de temps, concentration de l'arôme, évaporation de l'humidité qui cause l'âcreté du café, telles sont ses qualités.

Il est disposé pour brûler bois, coke ou charbon. Son prix s'élève du prix de 50 à 300 fr. Plusieurs médailles d'or, d'argent et de bronze et mentions honorables attestent que cet industriel a su réunir l'économie à la solidité, et ajouter des perfectionnements hygiéniques aux appareils de chauffage.

VIEILLARD et REISLER, rue Docteur-Maret,
DIJON.

Médaille de deuxième classe.

Ces deux exposants nous présentent de l'amidon de fèves en aiguilles de deux qualités, parfaitement réussi. Nous ne saurions trop donner d'encouragements à ce produit nouveau créé et fabriqué à Dijon.

VIÉNOT (Charles), négociant en Vins,
PREMEAUX.

Médaille d'honneur.

S'il est une médaille d'honneur justement méritée, c'est assurément celle décernée à M. Charles Viénot. Propriétaire des principaux crûs de Premeaux et Chambolle, M. Viénot a conservé dans toute leur pureté les anciennes traditions. Ses vignes sont entretenues avec une scrupuleuse recherche, et le cuvage des vins est l'objet des soins les plus minutieux. Pour maintenir l'excellent entretien de ses caves, M. Viénot n'a pas craint de dépenser des sommes considérables. C'est encore à lui que les Musigny, ces vins les plus délicats de la côte de Nuits, sont redevables du rang qu'ils occupent actuellement parmi nos grands vins.

M. Viénot exposait des Musigny blancs 1819 et 1825, des Musigny rouges 1834, 1842, 1844.

Ont exposé :

BLOCH (N.-C.), à *Duttlenheim* (Bas-Rhin) : des sagous, tapioca, fécule ; — CARDON et FLOTAT, *ronde des Amandiers, 37, Paris* : des biscuits de Montbozon ; — CHATEAU, *rue du Petit-Potet, 23, Dijon* : du sucre découpé ; — GIRARDON, BRANDT et Cⁱᵉ, à *Neufchateau* (Vosges) : des amidons, vermicelles et macaroni ; — MABBOUX-STROM-BERG (le chevalier), à *Dijon* : sirop d'Islandine-Mabboux, pour boissons et déjeûners de luxe ; — MANUEL (Ch.) et Cⁱᵉ, à *Dijon* : des sucres et des alcools ; — MAUPRÉVEZ, à *Compiègne* : du gluten ; — MOREAU-DÉCAILLY, *rue Guillaume, 28, à Dijon* : des pâtes alimentaires ; — BÉRAUD-GAILLARD, *port du Canal, à Dijon* : du vin gamet ; — BIZOUARD, *vigneron à Marsannay-la-Côte* : vin de Marsannay 1856 et 1857 ; — BOCQUART et Cⁱᵉ, à *Champlois* (Haute-Saône) : de l'alcool de sorgho ; — BONY, *propriétaire à Nuits* : du vin de Nuits ; — CAIRET, à *Dijon* : de l'eau-de-vie de prunes ; — CLAVELIN (André), *propriétaire à Voiteur* (Jura) : du vin ; — DEMOREY, *propriétaire, à Gevrey* : du vin de Gevrey 1854 ; — DROUHAUT, à *Selongey* : de l'eau-de-vie de sorgho ; — GUILLEMOT (Auguste), *propriétaire à Beaune* : du vin de Savigny 1854 et 1857 ; — JAWOROWSKI et ELDÈSE, *brasseurs à Dijon* : de la bière ; — LADREY, à *Dijon* : de l'eau-de-vie et alcool de sorgho 1856 et 1857, de l'eau-de-vie et alcool de topinambour 1857 ; — LASNET, *notaire à Langres* : de l'esprit de sorgho ; — MAIGNOT, *port du Canal, Dijon* : vin de Couchey 1842 et 1857 ; — MALNET (Louis), à *Chenôve* : de l'eau-de-vie de marc ; — POUPON et COGNEUX, *négociants à Dijon* : du vin de Collioure 1857, des liqueurs (voir 10ᵉ classe) ; — REBOUCHÉ, *brasseur à Thil-Chatel* : des bières de mars, ordinaires, façon Bavière ; — RICHARDET, *propriétaire à Salins* : vin de 1846 ; — ROUVIÈRE, à *Dijon* : du cassis ; SAULGEOT-TIS-SERAND, à *Beaune* : du vin de Beaune 1856, 1857 ; — SICHEL, à *Messanges* : du caramel pour colorer les bières, liqueurs et bouillons ; — THOMAS, à *Gevrey* : du Chamberlin 1856, 1857, du Saint-Jacques 1846 ; — TROUTTET, *rue du Chapeau-Rouge, 14, Dijon* : vin de Poligny (Jura) 1846 ; — URSULINES (Mesdames les) *de Montigny-sur-Vingeanne* : eau-de-vie 1857, provenant des fruits du mûrier blanc à vers à soie ; — WISS (Mⁱˡᵉ), *rue des Noyers, 40, Paris* : liqueur de table dite de Calypso, composée de fruits exotiques étrangers ; — GENEVOIX, à *Dijon* : de la moutarde ; — FOUSSET-GRASSARD, à *Chalon-sur-Saône* : de la moutarde ; — HUAN et FONTAGNY, à *Dijon* : du vinaigre ; — JACOTOT, à *Gemeaux* : du vinaigre et de la moutarde ; — LANDOIS, *rue de Courcelles, 6, au Vallois* (Seine) : des viandes conservées ; — LORENCHET-CHANCELIER, à *Nuits* : du vinaigre et de la moutarde ; — MARCEAU, à *Is-sur-Tille* : de l'huile de navette pour table ; — MARGUERY-MATHEY, à *Dijon* : de la moutarde et des pâtes alimentaires ; — ROUBOT, *rue Saint-Nicolas, 23, à Dijon* : du vinaigre ; — ARTIGE jeune, à *Aubenas* : des cafés de glands doux et pois chiches composés ; — GROBOT, *confiseur-distillateur à La Rochelle* : l'élixir des Templiers ; — HOFFMANN-FORTY, à *Phalsbourg* (Meurthe) : de l'eau de noyaux ; — NICOLAS, *place Saint-Jean, à Dijon* : du cassis ; — PASCAL, *liquoriste, rue Vannerie, 29, à Dijon* : du cassis et de l'esprit distillé avec arôme pour liqueurs ; — PELTIER (E.), *passage du Saumon, à Paris* : des boîtes-conserves ; — POINSOT (Ch.), *confiseur, rue des Forges, à Dijon* : bonbons (chou-délice) de son invention ; — SALIÈRES et CARBOT, *confiseurs à Carcassonne* : des liqueurs ; — SEBILLOTTE, *docteur-médecin à Grignon* : de l'essence de menthe poivrée (voir 9ᵉ classe) ; — BLANDIN, *liquoriste à Semur* : présure liquide ; — BOUZARD, *serrurier à Nicey* : un coupe sucre ; — BROCARD frères, à *Bar-sur-Aube* : un pétrin mécanique ; — CHALOPIN, à *La Chapelle-Saint-Denis* : une machine à boucher les bouteilles ; — CRÉPET, *constructeur-mécanicien, à Chalon-sur-Saône* : un appareil saturateur pour la fabrication des vins mousseux ; — DARD (Paul), *rue Jeannin, 81, Dijon* : une machine à scier et casser le sucre ; — DUCRAY, *rue du Sentier-du-Bac, à Ivry* (Seine) : poudre à clarifier les vins ; — GAUDILIÈRE, *ingénieur-civil*, *rue Saint-Laurent*, *à Chalon-sur-Saône* : appareil pour le rafraîchissement instantané des liquides ; — JOURD'HUI, *mécanicien, à Dijon* : appareil pour distiller les marcs (voir 14ᵉ classe) ; — LANGUET, *coutelier à Charmoilles* (Haute-Marne) : un casse-sucre ; — MAIRE, *à Paris* : une marmite économique pour faire le pot au feu sans feu après ébullition ; — MINOT, *ferblantier à Dijon* : une étuve pour la pâtisserie et une aiguière en fer-blanc faite au marteau ; — RIGAUD, *serrurier à Dijon* : un moulin à café avec engrenage ; — SIRUGUE, *rue Saumaise, 61, à Dijon* : une machine à boucher les bouteilles ; — SYLVESTRE (Elie), *à Rauconnières* (Haute-Marne) : moulins simple et double pour café, moulin concasseur pour gros grains ; — VAET (de), *ingénieur-constructeur à Paris* : meunerie, boulangerie perfectionnée ; — VARLET fils, *rue de Charonne, 149, Paris* : des brûloirs à café (voir 8ᵉ classe) ; — SALLERON, *rue du Pont-de-Lodi, Paris* : alambic pour l'essai des vins (voir 7ᵉ classe) ; — AUBERTIN : vin de Champagne ; — ARTAUD et fils, *rue Saint-Nicolas, à Dijon* : du vinaigre ; — MUGNIER, *fabricant de rapes à Gray* : des rapes flexibles.

DOUZIÈME CLASSE.

AGRICULTURE.

Statistiques, Documents généraux et Génie agricole — Matériel agricole, Culture — Elevage des animaux utiles — Destruction des animaux nuisibles.

NOMBRE DES EXPOSANTS. 163
NOMBRE DES PRODUITS EXPOSÉS. 264

COMPOSITION DU JURY.

PRÉSIDENT : M. Détourbet, propriétaire à Vantoux, membre du Conseil général, président du Comité central d'agriculture.

VICE-PRÉSIDENT : M. Gaulin, propriétaire.

SECRÉTAIRE : M. Genret-Perrotte, propriétaire.

MEMBRES : MM. D'Ambly, ingénieur des mines — Barral, rédacteur en chef du *Journal d'Agriculture pratique* — Bartet, propriétaire et maire à Fauvernay — Bonnet, propriétaire à Champmoron, commune de Daix — Caillet, propriétaire à Longvic — Chauchepoin, propriétaire à Rougemont, près Montbard — Christofle — Cornemillot père, propriétaire à Neuilly-lez-Dijon — Dézé, propriétaire à Epoisses — Dumont aîné, propriétaire à Fontaine-en-Duesmois — Dumont cadet, propriétaire au même lieu — Edouard-Michaud, propriétaire à Beaune — Godin, propriétaire à Châtillon-sur-Seine — Goisset, propriétaire — Joly, propriétaire à Dijon — Lacroix, ingénieur à Dijon — Lamblin (Eugène), propriétaire à Daix — Lerat, propriétaire, ancien directeur de filature de soie à Dijon — Maitre (Achille), propriétaire à Châtillon-sur-Seine — Maire-Brocard, propriétaire à Dijon — Martin, propriétaire-cultivateur à Saint-Apollinaire — Michon, propriétaire à Champagne-sur-Vingeanne — Monot, propriétaire-cultivateur à Montmusard — Paris-Feuchot, ancien éleveur de vers à soie — Perriquet, propriétaire à Dijon — Toussaint, ingénieur en chef à Dijon — Baron Trénard, propriétaire à Talmay — Vallée père, propriétaire à Dijon — Venot-Mercier, propriétaire à Dijon.

BASSOT jeune, rue Docteur-Maret
DIJON.

(Hors classe)

M. Nestor Bassot, un de nos plus jeunes et aussi des plus habiles commerçants en grains, expose une magnifique collection de blés. Sa vitrine renferme des blés de tous les pays : blés d'Holstein, de Hanovre, de Prusse, de Poméranie, de Russie, de la Baltique, du Danube, de Naples, de Toscane, d'Afrique, des Etats-Unis, etc., etc.; à côté, nous rencontrons des avoines, des fèves, des turquis, des haricots, des pois amandés, etc., etc. Tous ces grains sont de premier choix. M. Bassot expose aussi du blé de Saumur et de l'avoine d'Orléans provenant de ses cultures de Longvic. Son échelle du prix des froments, sur la place de Dijon, de 1847 à 1857, est un travail sérieux, bien fait et d'une haute portée. C'est un document qui, par son importance, sera consulté de toutes les personnes qui se livrent au commerce des grains et qui s'occupent de statistique agricole.

BAUDET (Jean), apiculteur, rue Saint-Marcel, 29,
LYON.
Médaille de troisième classe.

M. Baudet expose quatre ruches à cabochons et à plate-formes. La première est de forme droite, la seconde a la forme d'un pain de sucre, la troisième affecte la forme d'une cloche, la quatrième est une ruche vernie. Toutes ces ruches, d'un modèle à peu près semblables, sont construites en paille. Nous préférons de beaucoup les instruments destinés à la coupe des abeilles, qui nous ont paru bien faits et réussis.

BEAUJARD, à Savigny-sous-Beaune
(Côte-d'Or).
Médaille de première classe.

Sous le rapport de la perfection, les pressoirs forment la plus belle catégorie des instruments agricoles de notre Exposition.

Le pressoir de M. Beaujard, de Savigny-sous-Beaune, d'une puissance considérable, est fixe; comme il est peu compliqué, la manœuvre n'offre aucune difficulté. M. Beaujard a obtenu du jury une médaille d'argent grand module.

BEAUVAIS, fermier à Crécy, près Saint-Florentin
(Yonne).
Médaille de première classe.

M. Beauvais exposait de magnifiques échantillons en blé, orge, avoine et colza. Ces produits hors ligne de la culture ont valu à M. Beauvais une médaille de première classe, la plus haute récompense accordée par le jury dans la section des grains.

Correspondant à Dijon : PONTRON-BASSOT, négociant.

BÉJOT-GANDEL, négociant-grenetier à Verdun-sur-le-Doubs
(Saône-et-Loire).
Médaille de troisième classe.

M. Béjot-Gandel, depuis quinze ans environ, s'occupe spécialement de la régénération des blés et colzas. Sa belle collection de blé du Nord et de colza de Flandre qu'il a introduits dans son pays lui ont valu, au concours de Mâcon, une médaille d'argent. M. Béjot-Gandel avait également adressé deux excellents rapports sur la maladie de la pomme de terre et la dégénération des colzas que, dans l'intérêt même de l'agriculture, nous regrettons de ne pouvoir publier ici; mais ces rapports, au moment où nous mettions notre ouvrage sous presse, avaient été soumis à l'examen de S. E. le ministre de l'agriculture, et par suite nous n'avons pu en avoir communication. Suivant M. Béjot-Gandel, le point capital pour obtenir de belles récoltes, c'est de renouveler tous les ans la semence : c'est là aussi notre sentiment.) Nous ne saurions trop féliciter cet industriel, dont nous verrons reparaître encore le nom dans les exposants récompensés de la 14e classe, des soins et du zèle apportés par lui dans toutes les questions qui se rattachent à l'économie sociale.

BÉRAUD-GAILLARD, port du Canal,
DIJON.

Médaille de troisième classe.

M. Béraud-Gaillard expose des céréales étrangères qu'il a importées et acclimatées. Nous remarquons, parmi ces produits étrangers, dont la culture est bien réussie, des blés, des orges, des avoines, du maïs, des pois oléagineux de la Chine.

BEURE et BARRET, au Grand-Saucey
(Doubs).

Médaille de deuxième classe.

L'excellente construction du semoir comtois de MM. Beure et Barret, et les heureux résultats qu'il a donnés, ont valu à ces habiles constructeurs une médaille de deuxième classe. Nous ne saurions donner trop d'éloges au semoir comtois

BLAIRET, propriétaire, rue du Refuge, 7,
DIJON.

Médaille de quatrième classe.

Une médaille de quatrième classe a été décernée à M. Blairet, qui exposait une botte de magnifiques osières, pousse d'un an.

BŒNSCH, apiculteur à Kouba
(Algérie).

Médaille de deuxième classe.

M. Bœnsch, un apiculteur très distingué, a fait don au Comité central d'agriculture de la belle ruche dont nous avons à nous occuper, et qui a valu à son inventeur une médaille de deuxième classe à notre Exposition. Cette ruche est en sapin, de forme cubique, verticalement et horizontalement coupée, de sorte qu'elle peut se démonter à volonté en quatre parties égales. Avec ce système, M. Bœnsch peut réunir ou séparer les abeilles, suivant les circonstances ; il peut encore nettoyer avec plus de facilité sa ruche et enlever le miel sans tuer ni même déranger les abeilles. Cette ruche méritait à juste titre la distinction qui lui a été accordée.

BODIN, agriculteur et constructeur d'Instruments aratoires, Rennes
(Ille-et-Vilaine).

Médaille de première classe.

M. Bodin, pour l'ensemble de ses remarquables travaux d'agriculture, a obtenu la médaille de première classe. M. Bodin est membre de l'Académie nationale de Paris, qui a émis en différentes occasions les rapports les plus favorables sur les instruments qu'il présentait.

BONNAIRE, garçon de ferme à Champmoron,
près Daix.

Mention honorable.

M. Bonnaire a été jugé digne d'une mention honorable pour son invention relative à la destruction des animaux nuisibles.

CHAMOY (François), à Nolay
(Côte-d'Or).

Médaille de quatrième classe.

M. Chamoy, qui a obtenu une médaille de quatrième classe pour son pressoir, aurait reçu une distinction d'un ordre plus élevé, si l'enveloppe de cette machine avait été susceptible de se démonter, car, dans le cas présent, on est forcé de battre le marc, opération qui fait jaunir le vin blanc, en le graissant.

COLIN, à Alger.

Mention honorable.

Les cocons de vers à soie, envoyés d'Algérie à l'Exposition de Dijon par M. Colin sont fort beaux. En 1855, M. Colin a obtenu une médaille pour des cocons race Milanaise ; en 1856, pour des cocons race ordinaire d'Italie, et en 1857, pour des cocons race Circassie croisée, deux mentions très honorables. Ces produits africains se recommandent aux connaisseurs par leur belle venue et leur grosseur.

COLLARD-LE-GRIS, à Cheniers, canton d'Ecury-sur-Coole

(Marne).

Médaille de deuxième classe.

M. Collard expose un tarare pour lequel il a un brevet d'invention s. g. d. g. Ce tarare, qui a obtenu en 1856, à l'Exposition agricole de Paris, une médaille d'argent, et une médaille de deuxième classe à l'Exposition de Dijon, nous a paru avec ses crible et grille en zinc d'une excellente construction à tous les points de vue. Facile à tourner, il rend tous les grains nets et nettoye parfaitement la navette et le colza, ainsi que toutes les petites graines, sans avoir besoin de crible à main. Son utilité incontestable le fera rechercher de tous les agriculteurs.

COLLIN-DODERET, fabricant de Coutellerie,

LANGRES.

Médaille de deuxième classe.

M. Collin-Doderet travaille la coutellerie en tous genres depuis son bas âge. Le métier de son père a été le sien. A sa partie, il a joint la fabrique des sécateurs. La collection qu'il a exposée comprend différents modèles perfectionnés par lui-même au moyen d'un écrou à engrenage à ressort qui maintient la précision de l'outil. Nous avons remarqué plusieurs genres nouveaux de son invention, entre autres un sécateur avec lame de rechange à support, se démontant par la petite vis seulement et avec l'aide de la lame qui sert de tourne-vis. Nous signalerons encore son sécateur à couper les branches à fruits sans blesser le bouton ; cet outil est très précieux : il était réclamé depuis longtemps par nos horticulteurs. Sa jardinière, sécateur à cinq pièces, est un véritable objet d'art en fait de coutellerie, parfaitement combiné et très bien fabriqué ; malgré le nombre des pièces, il est léger et solide, aucune d'elles ne gêne le travail d'une autre. Citons ensuite ses forces à courbes et droites, nouveau système très facile pour tondre les chevaux et les moutons. Ces outils, nous le croyons, sont appelés à rendre un grand service à nos éleveurs par la force de la coupe et la facilité de s'en servir, sans fatiguer la main. Notre société d'agriculture de Dijon en a déjà fait l'achat ainsi que des sécateurs à couper les branches à fruits.

Les couteaux de table brevetés s. g. d. g. de M. Collin, tels qu'ils sont désignés, présentent une grande solidité, et, pour en faire connaître la valeur, il les livre en détail au même prix que les couteaux ordinaires.

Dépôt à Dijon : chez M. BRUNACHE, coutelier, rue Guillaume, 40.

CONVERSET-DEBRIE, fabricant d'Instruments aratoires,

CHATILLON-SUR-SEINE.

Médaille d'honneur.

M. Converset-Debrie expose peu d'instruments, mais d'un mérite et d'une utilité réels dans la pratique. Un instrument n'a autant de valeur qu'il fonctionne bien. Le scarificateur de M. Converset-Debrie est bien construit, et, bien que ses roues soient solidaires, il pénètre profondément et régulièrement. La houe à cheval est bien exécutée. Citons encore les coupe-racines et les hache-paille de la même maison. M. Converset-Debrie, pour l'excellente construction de ses instruments, a obtenu une médaille d'honneur. M. Hervey (Alfred), son coopérateur, a obtenu une médaille de bronze.

CORMILLOT (Charles), cordier à Saint-Seine-l'Abbaye
(Côte-d'Or).
Médaille de deuxième classe.

M. Cornice, grenetier, rue Guillaume, 19, à Dijon, représente à Dijon M. Cormillot. Ce fabricant a pour spécialité la vente des liens et traits garnis pour animaux. Liens à tourillon pour bêtes à cornes, de 1 fr. 50 à 2 fr. 50 ; longes pour cheval, de 0 mètre 40 centimètres, à 1 fr. 50 ; traits de harnais garnis de leurs chaînes et crochets, de 8 fr. à 12 fr.; les mêmes goudronnés, de 8 fr. à 12 fr.; traits fourchus de charrue, de 10 fr. à 12 fr.; traits de charrue remplaçant la ligne, de 8 fr. à 12 fr. Nous citerons parmi les ouvrages de luxe : des licols de poche, de 5 fr. à 10 fr.; des colliers de cheval , de 8 fr. à 10 fr.; des filets de cheval de monture, de 5 fr. à 8 fr. Tous ces articles sont d'une invention nouvelle due à M. Cormillot qui les a fabriqués. Outre les articles désignés, on trouvera dans le dépôt de M. Cornice tous les genres de cordages les plus variés.

CORROY, à Rouceux, près Neufchâteau
(Vosges).
Médaille de troisième classe.

M. Corroy, qui, depuis vingt ans, s'occupe de la fabrication des tarares ou grands vans, livre aux agriculteurs de 180 à 200 de ces instruments, et les vend avec garantie. Chaque année, il apporte avec succès de nouvelles améliorations ; aussi M. Corroy a-t-il obtenu successivement aux concours régionaux de Bar-le-Duc et Chaumont deux médailles d'argent. Les perfectionnements, dans le tarare exposé à Dijon, consistent dans les engrenages internes, pour diminuer la secousse des cribles à volonté. Le jury de l'agriculture a accordé à M. Corroy une médaille de troisième classe pour les heureuses modifications apportées à ce genre d'instrument, ainsi qu'à son bas prix.

COURNIER, fabricant d'Instruments aratoires, à Saint-Romand
(Isère).
Médaille d'honneur.

En accordant à M. Cournier une médaille d'honneur pour sa machine à moissonner, le jury a voulu maintenir le premier rang à cet instrument qui est le meilleur dans son genre. C'était justice. M. Cournier, par des recherches continuelles, est arrivé à produire un instrument qui donne les plus favorables résultats pour la moisson des céréales. Le nom de M. Cournier est célèbre dans nos concours agricoles ; espérons que cette année encore, au concours général des instruments, il l'emportera sur tous ses rivaux. Jusqu'ici sa moissonneuse perfectionnée a toujours été placée hors ligne par les personnes les plus compétentes.

COURTE (Frédéric), place Saint-Etienne
DIJON.
Médaille de deuxième classe.

Les débuts de M. Courte, si nous en jugeons d'après son exhibition, ont été fort heureux. Ce sont surtout ses outils de jardinage qui méritent d'être signalés ; nous avons remarqué un sécateur coupe-fleurs, au moyen duquel la fleur se trouve retenue en la coupant ; un sécateur à lames changeantes, bien que l'on ne change pas de vis, un sécateur pour tailler les pêchers, une belle cizaille, un couteau-cylindre à pâte d'office, un couteau à asperges, enfin des serpettes perfectionnées.

DAMEY et Cie, fabricants de Battoirs, Dole
(Jura).

Médaille de troisième classe.

M. Damey expose deux machines à battre : l'une agit en travers et l'autre en bout. Avec celle en travers, la paille sort intacte ; avec celle en bout, on obtient la paille brisée, comme on peut la désirer. Le nettoyage se fait à l'arrière et en dessous. Hâtons-nous d'ajouter que M. Damey, qui a obtenu cette année dans tous les concours agricoles la médaille de première classe, a cru devoir refuser la médaille de troisième classe que, par une erreur regrettable, le jury de Dijon lui avait décernée.

DEJOU, agent draineur du département, rue Guillaume, 7,
DIJON.

Médaille de quatrième classe.

Le plan d'irrigations présenté par M. Dejou, agent draineur du département, lui a valu une médaille de quatrième classe. Des travaux de drainage vont bientôt être pratiqués sur une grande échelle ; M. Dejou, pour sa part, n'a pas voulu demeurer en arrière, et il est venu se présenter au concours, afin de montrer qu'il était digne de remplir la mission qui lui avait été confiée.

DESBOIS-RICHARD, fabricant de Toiles imperméables,
ANGERS.

Médaille de troisième classe.

M. Desbois-Richard, d'Angers, fabrique des toiles imperméables pour bâches, qui se font remarquer par leur solidité et leur bon marché. Ces produits utiles et économiques ont attiré l'attention du jury, qui a décerné à M. Desbois-Richard la médaille de troisième classe.

DEZAUNAY (Alfred), mécanicien, Ile Gloriette, rue Deurbrouck, 2 et 4,
NANTES (Loire-Inférieure).

Médaille d'honneur.

M. Dezaunay expose des pressoirs à vis et fouloirs de vendanges.

Tous les vignerons se plaisent à s'arrêter devant ce nouveau mécanisme de pressoir et à en expliquer les combinaisons.

Dans cet appareil, tout le mécanisme est sous les yeux du travailleur : il est composé d'une roue d'engrenage et de deux pignons semblables qui prennent leur point d'appui mobile verticalement sur la vis même qui est fixe et sur laquelle l'écrou, en descendant, vient faire la pression.

Cette simplicité d'organes mécaniques rend ce pressoir tellement bien groupé dans ses pièces à grande résistance, qu'il contraste avec l'étendue de la matière sur laquelle il presse. C'est qu'en effet, une particularité de ce pressoir est d'avoir un mécanisme occupant moins d'étendue que le volume des raisins à presser. C'est aussi ce qui fait sa solidité et le rend facile à loger.

Ce pressoir fonctionnait tous les jours, en opérant la pression sur un volume de quatre mètres cubes de sarments représentant le raisin et maintenus autour de la vis centrale par une cage à ceps circulaire, d'une bonne construction, perfectionnée du reste sur celle qu'on emploie à Bordeaux depuis vingt ans.

La pression totale utile de ce pressoir, manœuvré par quatre hommes, mais seulement au moment de la grande pression, est de 85,000 kil., ce qui donne 21,000 kil. de pression par chaque mètre cube. Le mode d'action des hommes sur cet appareil rend la manœuvre fort peu fatigante, et la promptitude de l'opération est constatée, pour la pratique, par la préférence que lui donnent quelques fortes maisons d'Epernay.

Ce pressoir est du prix de 1,000 fr.; et le plus petit modèle qui figurait aussi à l'Exposition est de 600 fr. — Il y a des modèles de 300 fr. et de 1,500 fr.

Les quatre fouloirs de vendanges exposés par M. Dezaunay étaient tous de formes diverses, mais cependant tous à hélices. Leur emploi supprime le foulage aux pieds et tous ses inconvénients ; il fait rendre au raisin 5 p. % de vin de plus. Les prix varient de 120 fr. à 50 fr. — L'application de l'hélice est une heureuse idée qui rend le travail d'une régularité parfaite.

DUBOIS (Edmond), propriétaire-négociant,

CHASSAGNE.

Médaille de troisième classe.

M. Dubois présente des échalas conservés en tremble et en saule qui lui ont valu une médaille de troisième classe.

Le même exposant avait aussi envoyé sept espèces de blés et d'orges de choix en épis et en grains : blé-orge Baltimore, blé miracle, blé anglais, blé carré, blé dur, blé tendre d'Afrique, orge d'Abyssinie.

DUFOUR-CORNEMILLOT, au moulin des Étangs,

Commune de Fénay (Côte-d'Or).

Médaille de deuxième classe.

Le décortiqueur de M. Dufour-Cornemillot, meunier, est une machine excessivement ingénieuse qui est appelée à rendre de grands services pour le décorticage des grains. Le jury de l'agriculture a récompensé cet excellent modèle d'une médaille de deuxième classe.

FAIVRE, apiculteur, Seurre,

(Côte-d'Or).

Médaille de première classe.

M. Faivre est un apiculteur de premier ordre, et il tire de l'industrie abeillère tout ce qu'elle est susceptible de donner. Le premier, il a mis en pratique l'éducation pastorale, c'est-à-dire qu'il fait voyager les abeilles. De cette sorte, il recueille dans ses ruches à peu près trois fois ce que ses voisins peuvent recueillir habituellement.

M. Faivre exposait les objets suivants :

1° L'architecture des abeilles en nature, à partir de l'état rudimentaire jusqu'au cinquième jour ; là est présenté le travail du premier jour, de demi-heure en demi-heure environ, et pour les autres jours à la fin de la journée seulement ; c'est le commencement d'un travail plus considérable et plus complet sur l'histoire naturelle des abeilles, que M. Faivre se propose de continuer l'année prochaine (si la saison est favorable). — Ce travail, qui n'a été fait par personne jusqu'ici, est destiné au cabinet d'Histoire naturelle de Dijon, où naturalistes et apiculteurs pourront le consulter ; 2° un flacon miel d'un beau blanc ; 3° un flacon miel demi-blanc ; 4° un flacon très bon miel, vert aromatique, d'une grande limpidité ; 5° un flacon miel jaune ; 6° un pain de cire provenant du miel blanc ; 7° un pain de cire provenant du miel vert ; 8° un pain de cire provenant du miel jaune. — Tous ces miels et ces cires, obtenus dans un grand état de pureté au moyen de ruches perfectionnées et d'un façonnement aussi simple qu'avantageux, sont aussi le résultat de nombreuses et minutieuses recherches pour découvrir les plantes qui les produisent. — 9° une ruche en bois perfectionnée qui réunit les avantages suivants : récolte facile du beau miel sans toucher au couvain, augmentation de capacité à volonté, renouvellement de la vieille cire sans toucher au couvain ; elles sont très commodes pour former des essaims artificiels ; on peut réunir les populations faibles ; elles permettent les visites pour tous les besoins ; on peut même en hiver donner dans le haut de la nourriture aux abeilles qui en manquent ; enfin le haut des ruches incliné dirige sur le devant les vapeurs condensées.

Par ces combinaisons simples et solides, cette ruche est à division pour l'apiculteur et sans divisions pour les abeilles, qui peuvent librement et sans entraves cheminer dans toutes les parties de la ruche. Elle ferme très bien, est très solide, de longue durée, et les abeilles y sont à l'abri de leurs ennemis; enfin, elle convient également pour l'apiculture sédentaire et l'apiculture pastorale.

FOLLET-CÉRY, serrurier, Chenôve
(Côte-d'Or).

Médaille de quatrième classe.

M. Follet-Céry nous a présenté des outils de vignerons parfaitement façonnés; nous devons surtout signaler sa bêche à deux dents d'un usage incontestable dans les terrains sablonneux, et une machine à aiguiser les paisseaux appelée à remplacer la serpe. M. Follet-Céry a obtenu une médaille de quatrième classe.

GAILLOT et LEBEAULT, constructeurs-mécaniciens,
BEAUNE ET POMMARD.

Médaille de première classe.

Ces deux habiles mécaniciens, qui viennent d'obtenir une médaille de première classe pour l'excellente construction de leur pressoir, présentent cet instrument avec de notables perfectionnements. Nous signalerons la forte résistance du grand engrenage à dentures anglaises, puis l'écrou à plaque mobile établissant la pression uniforme et parallèle. Nous signalerons encore la résistance supérieure de la base de la vis appuyée par une large rondelle en fer, des filets trapézoïdes d'une résistance double des filets ordinaires; enfin le cylindre broyeur n'occasionnant aucun écrasement des pepins de raisins, ce qui nuirait à la qualité des vins par la quantité d'huile empyreumatique que les pepins contiennent. Nous ne saurions trop faire l'éloge de ce beau pressoir dont les principales pièces de bois sont en cœur de chêne.

GIRODET, fermier, Is-sur-Tille
(Côte-d'Or).

Médaille de quatrième classe.

Le modèle de fosse à purin exécuté par M. Girodet lui a valu, pour son excellente construction, une médaille de quatrième classe.

GODIN aîné, propriétaire-cultivateur à Châtillon-sur-Seine
(Côte-d'Or).

Hors concours.

Cinq toisons de béliers et brebis race mérinos, telle est l'exposition des produits qui se trouvent dans les vitrines de M. Godin. Un bélier de trois ans et neuf mois fournit 7 kil. de laine; un bélier de seize mois, 4 kil. 100 gr.; cet animal provient du croisement d'un mérinos soyeux de Gevrolles et d'une brebis pure race négrette. Nous avons vu aussi de fort belles laines provenant d'un bélier de dix-huit mois et d'une brebis pure race négrette. M. Godin, ayant accepté les fonctions de juré de la 12e classe, s'est placé naturellement hors concours.

GOUTORBE, serrurier à Roanne
(Loire).
Médaille de quatrième classe.

M. Goutorbe exposait des outils de drainage très variés, et qui lui ont valu pour leur bonne fabrication une médaille de quatrième classe.

GROS-MONNIER (Joseph), Châlon (Saône-et-Loire).
Mention honorable.

M. Gros-Monnier expose une gouge pour dépoter et décaisser les arbustes et plus particulièrement les orangers; il présente également une brouette pour le transport de l'eau. Ces deux instruments lui ont valu une mention honorable.

GUENEBAULT, propriétaire à Laperrière
(Côte-d'Or).
Médaille de première classe.

Dans la section des cultures, M. Guenebault expose du blé anglais, du blé richelle de Naples, des graines de carotte blanche à collet vert, des betteraves, quinze variétés de pommes de terre. Ces produits sont tous de qualité.

Dans la section de l'élevage des animaux utiles, nous retrouvons encore le nom de M. Guenebault, qui a envoyé à notre Exposition les magnifiques laines qui ont obtenu une médaille d'or au concours de Mâcon, cette année.

GUÉRARD-DESLAURIERS, fabricant d'Outils de drainage,
(Caen).
Médaille de quatrième classe.

La collection d'outils de drainage qu'expose M. Guérard-Deslauriers est complète. Nous avons remarqué parmi les quarante instruments environ qu'il présente, des poses-drain, des sondes portatives et à raccords, bien construits et bien fabriqués. Les prix ne sont pas trop élevés. Signalons encore un nouveau genre de balais de route, de ferme, qui nous paraît devoir rendre d'utiles et importants services. Une médaille de quatrième classe a été décernée à M. Guérard-Deslauriers pour l'ensemble de son exposition.

JACOTOT-CHEVALOT, de Fontaines-lez-Dijon
(Côte-d'Or).
Mention honorable.

Nous ne saurions passer sous silence les miels de M. Jacotot-Chevalot de Fontaines, qui méritent pour leur bel aspect d'être présentés sur les tables les plus recherchées.

LABORDE (Nicolas), fabricant de Tarares à Beaufremont
(Vosges).
Médaille de première classe.

M. Laborde expose deux tarares qui lui ont valu une médaille de première classe. Cette distinction est d'autant plus honorable que les concurrents de M. Laborde étaient nombreux, et que les tarares présentés venaient presque tous avec des perfectionnements. Dans le premier tarare, nous signalerons la suppression du tic-tac, dit babillard, qui est remplacé par un tourniquet dont le mouvement se communique sans bruit aux passoirs, un engrenage couvert qui rend impossible tout accident, enfin l'établissement d'un couloir spécial destiné au rejet des plantes non décortiquées. Le second tarare présente les heureuses modifications suivantes : un double engrenage augmentant d'un tiers la force motrice et par suite diminuant d'autant la fatigue de la personne qui fait mouvoir la manivelle, un engrenage conique et couvert qui est le principe moteur de l'instrument. Nous ne saurions donner trop d'éloges à M. Laborde pour ses ingénieux et remarquables tarares-ventilateurs.

LARTAUD frères, charpentiers,
CHAGNY.
Médaille de troisième classe.

Le pressoir de MM. Lartaud, qui a été honoré d'une médaille de troisième classe, possède deux vis de pression qui lui donnent une grand puissance, mais qui doivent rendre la pressée inégale. La fabrication, du reste, est bonne.

LAVIÉ, constructeur de Moulins à farine,
PARIS.
Médaille de deuxième classe.

M. Lavié exposait un moulin à farine qui se signalait par de bonnes dispositions de construction. Ce modèle qui a été remarqué a valu à son auteur la médaille de deuxième classe.

LEJEUNE, instituteur à Fontaine-en-Duesmois.
Médaille de quatrième classe.

Cet exposant nous présente des tiges de sorgho à sucre d'une belle venue. C'est un bel échantillon de ce genre de culture qui a pris, depuis quelque temps, un si grand développement dans la Côte-d'Or.

LEMONNIER-JULLY, mécanicien, Châtillon-sur-Seine.
Médaille d'honneur.

M. Lemonnier-Jully expose trois pressoirs : le premier est fixe et mis en mouvement par un double harnais d'engrenages commandés par deux manivelles. Tout le mécanisme est placé sous le mâti ; il est très solide et peut, sans accident et avec facilité, recevoir une pression de 200,000 kilog. par le travail de deux hommes ; le second est portatif : sa construction est la même, un seul homme peut donner une pression égale à 65,000 kilog. Pour tous les deux le mâti est circulaire et se démonte facilement ; enfin, avantage précieux, l'inégalité du marc n'a aucune influence sur la pression, grâce à l'articulation de l'écrou. Signalons encore un petit pressoir de ménage pour sirops et confitures fait dans de bonnes conditions. M. Lemonnier était jusqu'ici sans rival sérieux, mais il vient d'en rencontrer un dans un mécanicien habile, M. Alfred Dezaunay de Nantes ; il est juste toutefois de mentionner que M. Lemonnier a soumis ses pressoirs au public et devant le jury de l'Exposition, à des expériences qui ont parfaitement réussi. Ces deux habiles constructeurs de pressoirs ont tous deux obtenu par égalité une médaille d'honneur.

MAULBON-D'ARBAUMONT, ancien juge de paix,
CHEVIGNY-EN-VALLIÈRE.
Médaille de troisième classe.

Au moment où la loi sur le drainage va recevoir son application tant désirée, nous ne saurions trop fixer l'attention de nos lecteurs sur les instruments qui doivent servir aux grands travaux qui se préparent. Parmi les nombreuses et belles collections qui figuraient à notre Exposition, nous citerons celle de M. Maulbon-d'Arbaumont qui renferme des appareils d'une utilité pratique incontestable. — Ces instruments, bien exécutés par M. Chatelet, serrurier à Seurre, peuvent être aisément par d'autres. Une petite brochure très intéressante de l'inventeur les décrit et explique la manière de s'en servir.

M. Maulbon-d'Arbaumont s'occupe depuis plusieurs années déjà du drainage. Ses premiers essais remontent à 1855, faits sur une terre de plus de cinquante hectares, l'expérimentation de ses appareils et instruments a été des plus heureuses. L'usage notamment de ces *nivelettes directrices à voyant mobile* le long d'une hampe graduée, de celles *à pied* et de celles *plombées à voyant fixe* s'étend déjà sur de nombreux hectares, au dehors du sol où elles ont reçu leur application première, et se généralisent de jour en jour, car l'expérience a prouvé combien sont faciles avec la direction des travaux de tranchées et de pose des drains, ainsi que la vérification de leur régularité.

Une médaille de bronze décernée au Concours régional de Dijon (1856) signala au début cette invention. Le jury de l'Exposition de Dijon, en accordant une médaille de troisième classe à M. Maulbon-d'Arbaumont, n'a fait que donner une nouvelle sanction aux utiles perfectionnement apportés à ces remarquables instruments.

MEUGNIOT, fabricant d'Instruments aratoires,
DIJON.
Médaille de l'Empereur.

C'est avec un vif sentiment de satisfaction que l'on a vu M. Meugniot partager avec M. Pils, le peintre, et M. Cail, le célèbre mécanicien, les titres et distinctions honorifiques accordés à ces deux exposants. En décernant la médaille de l'Empereur, pour la section de l'agriculture, à M. Meugniot, le jury n'a fait que devancer l'opinion publique et aussi les promesses de S. E. le maréchal Vaillant, qui, au nom de son auguste maître, a fait pressentir à ce noble vétéran de nos concours agricoles que la croix de la Légion d'honneur brillerait bientôt sur sa poitrine. C'est justice. Il est bien temps que l'habile constructeur, qui a fait les plus grands sacrifices pour sortir victorieux de tant de concours, reçoive la juste récompense des services qu'il a rendus et jouisse des distinctions que ses luttes patientes, mais opiniâtres, lui ont méritées. Du reste, l'exposition de M. Meugniot répond en tous points à la réputation qu'il s'était faite dans le monde agricole ; il a tenu toutes ses promesses, on pourrait même dire plus que ses promesses.

M. Meugniot n'expose pas moins de trente instruments améliorés et perfectionnés de son invention. Les charrues exposées sont assez nombreuses, et presque toutes elles appartiennent à M. Meugniot. Citons sa charrue petit modèle pour labours superficiels et profonds dans les terres légères, sa petite charrue en fer, système anglais, qui a donné à l'essai d'excellents résultats, sa charrue Oward perfectionnée et débarrassée de tout ce qu'elle a de défectueux, sa charrue bisoc d'une bonne et solide construction. La charrue tourne-oreille ne vaut certainement pas la défonceuse à avant-train qu'expose M. Meugniot. Les herses, les scarificateurs de M. Meugniot sont très bien confectionnés ; le seul bon rayonneur sort encore de ses ateliers. Si les couteaux de la houe à cheval de M. Meugniot laissent quelque chose à désirer, son buttoir est excellent et fonctionne aussi bien que ses rouleaux unis et cannelés. Nous regrettons que l'espace qui nous est accordé ne nous permette pas d'entrer dans plus de détails ; mais nous croyons que ces quelques lignes ont bien fait comprendre toute l'importance de l'exposition de M. Meugniot.

MONNIOT, mécanicien à Couternon
(Côte-d'Or).
Médaille de deuxième classe.

Le battoir portatif et à manège de M. Monniot, qui se recommande surtout par sa solidité de construction, a obtenu une médaille de deuxième classe.

MONNIOT, propriétaire-éleveur à Laperrière
(Côte-d'Or).
Médaille de deuxième classe.

Le commerce des laines est une des branches les plus actives de notre industrie départementale ; l'importation des mérinos dans le Châtillonnais a été une source de fortune pour ce pays. A l'Exposition de Dijon, nous comptons plusieurs éleveurs qui nous ont envoyé leurs produits. M. Monniot, entre autres, expose des laines en suint de première qualité provenant de toisons de brebis; nous recommandons aux connaisseurs ces beaux produits. M. Monniot présentait aussi du blé Richel.

MONTENOT (Edme), constructeur de Semoirs à Ampilly-le-Sec
(Côte-d'Or).
Médaille de deuxième classe.

A côté d'une charrue à double versoir, nous devons signaler les deux semoirs de M. Montenot.— Les semoirs sont assez rares à l'Exposition ; ceux de M. Montenot ont l'avantage d'être simples et bon marché, ce qui les recommande aux cultivateurs. Une médaille de deuxième classe a été décernée à M. Montenot. C'est plus qu'un encouragement.

MORIZOT, cultivateur à Aiserey

(Côte-d'Or).

Mention honorable.

M. Morizot expose vingt-une espèces de blé, seigle, orge, avoine en épis, toutes de belle venue et de bonne qualité.

PELTIER jeune, rue des Marais-Saint-Martin, 45,

PARIS.

Médaille de première classe.

M. Peltier (de Paris), qui, pour l'ensemble de son exposition, a obtenu une médaille de première classe, présente une belle collection d'instruments aratoires. Citons en première ligne les deux herses en fer à quatre et cinq jeux avec quatre compartiments, un appareil distillatoire pour traitement du jus des plantes sucrées, un extirpateur à neuf dents. A côté d'une auge à porcs et d'un buttoir petit modèle, nous citerons encore une fouilleuse araire, une des meilleures de son genre, une charrue en fer système anglais, qui a donné à l'essai les plus beaux résultats, une houe à cheval, un concasseur-applatisseur, un hache-paille et un coupe-racines. Tous ces instruments se recommandent par une excellente fabrication, qui n'exclut pas le bon marché. La plus grande partie des instruments de M. Peltier a été achetée, soit par le Comité central d'agriculture, soit par des particuliers ou agriculteurs.

Nous pouvons ajouter que M. Peltier possède un établissement de premier ordre, où l'on trouve tout ce qui concerne l'outillage de ferme, aussi bien pour l'extérieur que pour l'intérieur, depuis la bêche jusqu'à la machine à vapeur, le tout choisi parmi ce qu'il y a de reconnu le mieux perfectionné.

PINET fils, constructeur de Machines agricoles, Abilly

(Indre-et-Loire).

Médaille de première classe.

M. Pinet n'occupe pas moins de trois cents ouvriers dans ses vastes ateliers; c'est donc un de nos industriels les plus importants. Tous les ouvriers, par une combinaison aussi simple qu'ingénieuse, sont associés aux opérations de leur patron.

M. Pinet s'occupe exclusivement de la construction des machines agricoles. Les succès prodigieux obtenus par son manége et sa machine à battre n'ont cependant empêché que, depuis 1855, la fabrication d'Abilly n'ait livré plus de 3,500 machines diverses pour l'agriculture.

Cet industriel a joint à son usine et à sa fonderie deux fermes qui, exploitées dans de bonnes conditions, lui permettent de faire des expériences suivies sur les diverses machines qu'il fabrique.

M. Pinet a déjà obtenu, dans nos différents Concours et Expositions, plus de 50 récompenses : nous citerons notamment, en 1855, une médaille de première classe au Concours universel de Paris; en 1856, le premier prix de manége et de battoirs; enfin, à l'Exposition de Dijon, la médaille de première classe.

PINETTE, constructeur d'Instruments, Nolay

(Côte-d'Or).

Mention honorable.

Le tarare cribleur Pinette a obtenu une mention honorable du jury de la 12ᵉ classe pour plusieurs modifications très heureuses.

QUENTIN-DURAND fils, rue de Chabrol, 15,
PARIS.

Mention honorable.

Une mention honorable a été accordée à M. Quentin-Durand fils pour l'exhibition des instruments suivants : une herse, un semoir, un sarcloir, quatre ratissoires, un concasseur, un coupe-racines, des hache-pailles.

REYVON-POUPON, Chargey-les-Gray
(Haute-Saône).

Médaille de première classe.

Les deux semoirs présentés par M. Reyvon-Poupon lui ont valu du jury une médaille d'argent grand module pour leur excellente construction et leur utile application.

Les deux semoirs sont construits d'après le même mécanisme. Des cuillères-pinces saisissent la semence et la jettent dans un tube oblique qui vient se terminer derrière une branche en fer ou rayonneur. Les graines tombent une à une et non en masse, en poquets, dans les lignes tracées par le rayonneur, et sont immédiatement recouvertes par une couche de terre. Le rayonneur est mobile, en sorte qu'on plante à une profondeur toujours déterminée d'avance. En variant la grandeur des pinces, on doit employer 75 litres au moins et 100 litres au plus, selon la nature du terrain, pour ensemencer un hectare de blé.

Le petit semoir est fixé sur un avant-train spécial et construit de manière à recevoir toute espèce de charrue. Ce petit instrument ne donne ni surcharge ni embarras ; un seul homme peut tout à la fois guider l'attelage, la charrue et le semoir.

Le grand semoir porte cinq rayonneurs placés à vingt centimètres l'un de l'autre. Tous ces rayonneurs se ferment et s'ouvrent isolément ou ensemble. Il est muni d'un petit appareil destiné à répandre de l'engrais en poudre dans les rayons mêmes où se trouve la semence. Cette machine est portée par trois roues disposées de manière à pouvoir tourner court à droite ou à gauche sans perdre l'équilibre. Un seul cheval de force moyenne fait manœuvrer ce semoir dans les terres ordinaires et ensemence deux hectares et demi par jour.

RONOT-BOURGUIGNON, Selongey

Mention honorable.

Les miels de M. Ronot-Bourguignon sont de toute beauté ; on voit que l'apiculture est, de sa part, un soin spécial.

ROUHIER-CHAUSSENOT, rue Porte-d'Ouche, 29,
DIJON.

Médaille de quatrième classe.

Les laines de M. Rouhier-Chaussenot, qui sont de bonne qualité, ont obtenu la médaille de quatrième classe. Cet industriel, qui s'occupe spécialement de la vente des laines, et qui a donné une grande activité à cette branche de commerce, nous semblait mériter une récompense d'un ordre plus élevé.

ROUOT frères, mécaniciens à Châtillon-sur-Seine.

Médaille d'honneur.

Voici encore des exposants très méritants et qui, depuis longtemps déjà, prennent une part active à tous nos concours agricoles. Parmi les instruments et machines exposés par MM. Rouot, nous signalerons leur machine à battre et nettoyer le blé d'une grande solidité et marchant bien. Le nettoyage se fait en dessous et un aspirateur à tube, placé au-dessus du batteur, empêche les ouvriers de se trouver incommodés de la poussière. A cette machine est adapté le manège Pinet. MM. Rouot présentent également une charrue petit modèle donnant de bons résultats, une bonne herse, un excellent scarificateur, une houe à cheval et un rouleau brise-mottes d'un bon modèle. Les coupe-racines et les hache-pailles que fabrique cet important établissement méritent une mention spéciale. — MM. Rouot, depuis 35 ans, ont déjà livré plus de 10,000 machines et instruments inventés, perfectionnés ou importés par eux, et toujours ils ont obtenu les plus grands éloges. Les réformes appliquées aux pièces coûteuses et compliquées, d'utiles perfectionnements leur ont valu les récompenses de premier ordre. C'est ainsi que MM. Rouot frères, après avoir emporté des médailles hors ligne aux Expositions de Versailles 1851, Paris 1855 et 1856, Niort et Mâcon 1858, ont vu leurs efforts couronnés à l'Exposition de Dijon par la médaille d'honneur et la médaille de prix de l'Institut des arts et industrie de Londres.

ROUSSELET (Charles), Coulmier-le-Sec
(Côte-d'Or).
Médaille de première classe.

En adoptant le calendrier de M. Rousselet, on met immédiatement une propriété en ordre et en état de production. Par un mouvement de rotation donné à ce calendrier, les terres viennent réclamer d'elles-mêmes l'emblave qui doit leur être donnée chaque année.

Le semoir-sarcloir de M. Rousselet est peut-être le plus parfait de tous les semoirs exposés. Il est destiné à la culture en ligne sur ados. Il récolte, rayonne, sème en lignes ou en poquets, donne à volonté l'engrais pulvérulent, couvre et roule. Il sème avec tant de précision qu'on peut sarcler avant même que les plantes soient levées. Le mode de culture et l'emploi de cet instrument donnent, par l'économie de main-d'œuvre et l'augmentation de récolte, un bénéfice de 50 p. % net en sus de tout autre moyen. La moissonneuse-faucheuse de M. Rousselet a été très remarquée. La transmission du mouvement est excellente, et, comme les volants ont leurs ailes très rapprochées, la scie a un point d'appui fort solide. Cette machine est mue sur une petite charrette ordinaire. Les excellents résultats donnés par cette nouvelle machine ont valu à M. Rousselet une médaille de première classe.

ROUX, mécanicien, rue Saint-Paul,
TROYES.
Médaille de deuxième classe.

M. Roux présentait un frein automoteur pour enrayer les roues de voitures. Aux sabots unis par une mécanique qui existe à toutes les voitures de roulage et de cammionage, l'inventeur a attaché deux tirants qui correspondent à un levier transversal, où la traction s'opère sur deux points à l'une des extrémités et au centre. Un troisième tirant met en communication ce système déjà connu avec un petit arbre de couche placé vers la traverse où s'arrêtent les limons. Cet arbre de couche est influencé par deux tiges qui correspondent à chaque limon et aux chaînes de reculement. Or, lorsqu'un cheval recule, il agit instantanément sur l'appareil qui rapproche les freins, de sorte que les roues sont immédiatement enrayées; le plus léger recul du cheval fixe la voiture, et plus il fait d'efforts, plus la résistance augmente.

Le Comice agricole de Nogent-sur-Seine a décerné à M. Roux, au mois de juin 1858, une médaille d'or et une prime de 150 fr. pour son frein automoteur; le jury de Dijon a confirmé ce jugement en accordant une médaille de deuxième classe.

SICARDI (Laurent), chez MM. Ceriana frères, à Céva
(Piémont).
Médaille de première classe.

Les cocons de vers à soie exposés par M. Sicardi peuvent se diviser en deux catégories : cocons étouffés et cocons non étouffés. Les soies grèges et ouvrées provenant de ces cocons sont magnifiques ; on ne peut rien voir de plus soyeux et de plus brillant tout à la fois. Du reste, le Piémont, on le sait, est le pays où l'éducation des vers à soie se fait dans les meilleures conditions, et la seule chose qui nous étonne, c'est de n'avoir pas rencontré à notre Exposition plus d'exposants piémontais.

SICHEL, négociant à Francfort.

Mention honorable.

M. Sichel exposait du houblon comprimé d'Allemagne, qui, pour son bon état de conservation, lui a valu une mention des plus honorables.

SIMONNET frères, maréchaux à Fleurey et à Ancey
(Côte-d'Or).

Médaille de première classe.

MM. Simonnet présentent une herse de forme trapézoïdale d'une excellente construction. Leurs charrues, qui ont admirablement fonctionné au champ d'essai, ont été placées en première ligne par le jury : aussi une médaille d'argent grand module a-t-elle été décernée à ces habiles mécaniciens.

SIROT, avocat à Beaune.

Mention honorable.

M. Sirot a obtenu une mention honorable pour sa règle-niveau à pente graduée, instrument nouveau qui trouvera son application dans les travaux agricoles.

SOCIÉTÉ du matériel agricole perfectionné de la Côte-d'Or
DIJON.

Médaille de deuxième classe.

Cette Société présente plusieurs instruments et machines qui méritent d'être signalés aux connaisseurs : une houe à cheval, un scarificateur, un rayonneur, un butoir-sarcloir et rayonneur, un battoir à bras, un concasseur, un larare, enfin une souricière toujours tendue. La plupart de ces machines et instruments d'importation anglaise sont reconnus, avoir fourni de bons résultats.

Le jury de la 12e classe, afin de donner un encouragement sérieux à la Société dijonnaise, qui s'occupe tout spécialement de l'acquisition du matériel agricole perfectionné, lui a décerné une médaille de deuxième classe.

THÉNARD (le baron), à Talmay
(Côte-d'Or).

Hors Concours.

M. le baron Thénard présente une magnifique défonceuse conçue d'après le principe Guibal ; elle doit diviser parfaitement le sous-sol, sans demander beaucoup de force. Le vrai titre de gloire de M. Thénard, qui s'était placé hors concours à notre Exposition, est d'avoir donné le premier l'impulsion à la réforme des machines et instruments agricoles dans notre département.

THIRY jeune, 9, rue Bergère.
PARIS.

Médaille de troisième classe.

Voici en quoi consiste l'exposition de M. Thiry : en fils de fer galvanisés et non galvanisés pour échalasser la vigne. La pose en est très simple et à la portée des vignerons. L'économie pour les frais d'établissement est d'autant plus grande que l'agencement en est facile. M. du Breuil, professeur d'agriculture et d'arboriculture au Conservatoire, recommande beaucoup ce système qui appartient à M. Colligñon

12

d'Ancy: Un cordon de vigne de 100 mètres de long sur deux lignes de fer galvanisé ne revient qu'à 6 fr. 25. Nous avons à signaler les treillages en ligne horizontale et en cordons obliques pour pêchers, poiriers, abricotiers, des pommiers de paradis en cordons, les clôtures de parcs pour gros bétail avec raidisseurs, servant à raidir le fil de fer et à remédier au relâchement produit par sa dilatation.

M. Thiry jeune a déjà obtenu dix médailles pour son système d'échalassement décernées par diverses Académies, Comices agricoles et horticoles de France.

URSULINES de Montigny-sur-Vigeanne (Dames),

ÉTABLISSEMENT SÉRICOLE.

Médaille de quatrième classe.

L'exhibition séricole des sœurs du couvent des Ursulines, à Montigny, est fort remarquable. Nous voyons d'abord un bouquet de cocons de race grecque et française de 1858, de la soie grège de race grecque 1858, de la soie grège provenant de cocons verdâtres de la même race, de la soie grège à 4 et 5 cocons du poids de 12 deniers, récolte de 1858, provenant de race croisée; nous voyons encore de la soie grège à 4 et 5 cocons, récolte de 1857, filé à la vapeur; de la grège blanche 1858, des frisons débrouillés et cardés pour filoselle, enfin de l'eau-de-vie de mûrier blanc, greffé 1857.

Nous ne saurions donner trop d'éloges à la manière intelligente dont la magnanerie de Montigny est dirigée; si, comme nous en avons l'espoir, cet établissement prend de l'extension, il le devra aux soins tout particuliers apportés à la production et à l'éducation des vers à soie. C'est un travail difficile et de patience qui ne pouvait pas être mieux placé que dans les mains des excellentes sœurs de Montigny. Du reste, ce qui fait le meilleur éloge de ces produits, c'est leur qualité supérieure reconnue par toutes les personnes compétentes.

VALMACQ-MERLIER, mécanicien à Voulaines

(Côte-d'Or).

Médaille de deuxième classe.

En accordant une médaille de 2e classe à M. Valmacq-Merlier, le jury a fait acte de justice. La charrue construite d'après le système Dombasle est d'une excellente construction; les deux herses sont bonnes, les coupes-racines bien réussis. Le rigoleur Valmacq a surtout attiré notre attention; avec cet instrument d'une manœuvre facile, on peut faire une rigole qui se rélargira ou se rétrécira d'une manière normale d'un bout à l'autre. Ce rigoleur offre l'immense avantage dans les irrigations de donner une répartition égale de l'eau.

VILLARD (Gaston L. du), au château de Villard

(Saône-et-Loire).

Médaille de première classe.

M. du Villard, qui s'occupe en grand de l'industrie séricicole, expose des claies d'avril (dont il est l'importateur dans le département de Saône-et-Loire) pour le montage des vers; il expose également : 1o des récoltes de vers à soie jaunes du pays et blancs d'Anatolie — c'est une heureuse idée qu'il a eue d'introduire les graines de ce superbes cocons dans les éducations française, et le seul moyen de combattre l'affreuse maladie qui désole les éducateurs; 2o des soies grèges blanches et jaunes provenant des récoltes du printemps de 1857 et 1858 que de celle d'automne 1858. Ces éducations d'automne, ou seconde récolte dans l'année, n'avaient jusqu'à présent été tentées que dans le Midi de la France. M. du Villard est le premier qui osa en faire l'essai dans nos contrées du Centre; ses tentatives furent couronnées de succès et récompensées à Mâcon par une médaille de bronze; 3o dans une série de petits bocaux on peut observer les sept âges du vers à soie depuis son éclosion jusqu'aux œufs, e dans un bocal séparé la dissection du ver nous montre les réservoirs soyeux de ce précieux insecte. C'est toujours un bonheur pour nous de rencontrer dans l'industrie des gens que leur position dans le monde en éloigne le plus souvent, et nous ne pouvons que les féliciter de vouloir bien occuper leurs loisirs à des travaux utiles et fructueux à leurs concitoyens.

M. du Villard a obtenu :

A l'Exposition universelle de Paris, en 1855, une mention honorable ; à Châlon-sur-Snône, en 1857, une médaille d'argent (1er prix) ; au Concours régional de Mâcon, en 1858, deux médailles de bronze, l'une pour ses chles-coconnières d'avril, l'autre pour ses éducations d'automne ; et enfin, à Dijon, une médaille d'argent de première classe est venue récompenser ses efforts et sa persévérance.

Ont exposé :

CHATELET, *serrurier à Seurre* : des outils de drainage ; — COMITÉ CENTRAL D'AGRICULTURE : importation d'objets fabriqués en Angleterre, des barrières et clôtures pour les champs et enfermer le bétail ; — COMMISSION VITICOLE DE L'ARRONDISSEMENT DE BEAUNE : statistique générale du vignoble de la Côte-d'Or, par la Commission permanente de l'Association commerciale viticole de l'arrondissement de Beaune, plans de la commune de Beaune et du clos Vougeot ; — FAURE, *à Paris* : pompe à purin (voir 14e classe). — GUILLER-DURUPT fils, *à Dijon* : des outils de drainage ; — JOLY fils, *propriétaire à Morey* : un râtelier mobile pour bergeries ; — JULLIEN (Ch.), *rue Dombry, 13, à Mâcon* : guano français et engrais économiques ; — LALEURE (Pierre), *à Dijon* : une fosse à purin ; — LANDOIS, *au Vallois (Seine)* : engrais dit guano de viande ; — LAUREAU, *à Paris* : engrais de poisson et de plantes marines ; —LEBRUN (A.), *ingénieur civil, rue du Gaz, 6, à Dijon* : un tableau d'assolement ; LEFRANC, *médecin, rue Proudhon, 16, à Dijon* : engrais chimique ; — PAILLOUX, *mécanicien à Huriel (Allier)* : Traité sur la maladie de la vigne ; — BERNIER (Claude), *à Lyon* : un trieur ; — BERNIER, *mécanicien à Dijon* : deux tarares ; — BORDOT père et fils, *mécaniciens à Venarey* : un nettoyage et un démouchoir ; — BOUCHARD, *à Villy-en-Auxois* : une charrue à double-oreilles pour les côtes ; — BOUKOTTE, *à Saint-Seine-l'Abbaye* : une machine à battre et vanner portative de la force de deux chevaux ; — BOUTET, *serrurier à Dijon* : une baratte (voir 8e classe) ; — CAIL et Cie, *à Paris* : un coupe-racines (voir 14e classe) ; — GAILLOT, *manouvrier à Izier* : une charrue à bras ; — GASEAU, *mécanicien à Genlis* : une charrue fonctionnant seule ; — CAVIN-GRAPIN, *mécanicien à Bèze* : un hache-paille et un coupé-racines ; — CHAMPONNOIS frères, *constructeurs à Chaumont (Haute-Marne)* : un coupé-racines ; — CHARLES et Cie, *quai de l'École, à Paris* : une baratte-Charles en grès, fer et bois (voir 8e classe) ; — COIRET, *place Saint-Nicolas, à Dijon* : un pressoir ; — CONVERSET-CADAS, *mécanicien à Châtillon-sur-Seine* : un scarificateur à socs mobiles, une houe à cheval, un coupe-racines diviseur à huit lames, un coupe-racines à quatre lames, un hache-paille ; — CREUZÉ DES ROCHES, *propriétaire-agriculteur à Ingrandes (Indre)* : un manège locomobile pour machine à battre le blé, et autres machines agricoles ; — DUCROT (Pierre), *à Charlieu (Loire)* : un tarare ; — GEVREY, *mécanicien à Longécourt* : un hache-paille et un coupe-racines ; — JAZEY (François), *à Voutenay* : un battoir locomobile et un coupe-racines ; — LÉGER, *mécanicien à Auxerre* : un pressoir ; — MEILLET, *pharmacien à Poitiers* : des pierres à faulx artificielles ; — MERCIER père et fils, *à Dijon* : un cribleur ; — MÉTRAS (Nicolas), *à Rouvray* : une charrue ; — MIGNOT, *maréchal à Poligny* : une charrue ; — MONTANDON, *à Nevers* : un battoir à bras ; — MOREAU, *mécanicien à Arc-sur-Tille* : un hache-paille ; — NEVEU, *à Saumur* : des barattes et des crèmeuses ; — NICOUD fils, *à*

Vienne : deux petits tonneaux d'arrosages ; — PASSEDOIT, à Saumur : une machine
à battre et un manège pour machines agricoles ; — PERNOLLET, rue Saint-Maur, 79,
à Paris : deux cribles-trieurs, un trieur ; — PERNOT, mécanicien au Maupas, canton
de Liernais : une herse à cylindre extirpateur ; — PERNET, propriétaire à Villersexel :
une charrue, une rigoleuse ; — PIERSON-PATURET, à Châtillon-sur-Seine : un tarare ;
— PIQUARD, à Vauchamps : une charrue à deux socs, dite charrue-Piquard ; —
RAGONNEAU, serrurier à Dijon : un tarare ; — RAILLARD, à Montigny-sur-Vingeanne :
un tarare ; — RANGOD, mécanicien à Valence (Drôme) : une charrue défonceuse,
l'enchapeleuse pour battre le taillant des faulx (voir 11e classe) ; — RICHARD (J.),
à Melun : des cylindres ventilateurs pour nettoyer le blé et toutes espèces de grains ; —
ROY et LAURENT, mécaniciens à Dijon : un moulin agricole portatif avec cuvette en
fonte, un trieur petit modèle à double effet ; — un hache-paille, un coupe-racines ; —
SEBILLOTTE (J.-B.), mécanicien à Grignon : une charrue ; — THEVENIN, à Recey-sur-
Ource : un tarare et un trieur ; — TROUTTET, à Dijon : un pressoir en tôle pour
sirops et conserves ; — VACHON : un trieur ; — VAET (de) : un trieur de ferme, un
trieur portatif ; — VERMOZEL, à Villefranche : un tarare cribleur ; — BORON-MILLORY,
à Châtillon-sur-Seine : du blé ; — GALENDRE, à Santenay : des échalas trempés dans
une solution de sulfate de cuivre ; — CHAIGNET, cultivateur à Épirey : du blé ; —
D'ESCLAIBES (comte), à Lantenay : blé de récolte 1858 ; — DUBOIS (Philippe), à
Ouges : pommes de terre prilanmières ; — DUBOIS frères, à Saulon-la-Rue : des
blés ; — FOUCHEROUGE (Jérôme), à Ouges : des betteraves et carottes ; — GUIBLIER-
DURUPT, pont du Canal, à Dijon : de l'orge noire de Guinée récolté à Dijon en 1857 ;
— JOBARD-BUSSY, propriétaire à Meursault : un appareil contre la grêle ; — JOLY
fils, à Morey : un râtelier mobile pour bergerie ; — LABREY, à Dijon : des tiges,
graines et moût de sorgho, récoltés de 1856 et 1857 ; — LEJEUNE, instituteur à Laignes : grains ; — LARCHÉ, propriétaire à Beire-le-Châtel : houblon de sa récolte 1857 ;
— MARIELLE, papetier à Dijon : un appareil servant à accélérer la maturité des raisins
de treille et à les préserver des insectes ; — MARSAL, à Montpellier : instrument
pour le soufrage de la vigne ; — REGNEAU, brasseur à Dijon : houblon et orge (voir
11e classe) ; — RENARD-BEDEL, à Rambervillers : des houblons ; — THUVA, à Lessy,
près Metz : un système d'échalassement pour la vigne ; — BONNET, à Champmoron-
lez-Daix : des laines ; — BOUVIER, à Corgoloin : des laines ; — DROUHAUT, à Selongey : une ruche ; — SIMÉON-JEANNIARD, chamoiseur : collection de laines en mèches,
— LÉGER-RAGONNEAU, à Verdun-sur-le-Doubs : des cocons de vers à soie ;
Mme LIÉGEARD, à Fixin : de la soie filée et dévidée à la filature de Fixey ; — MONT-
RICHARD (marquis de), au château de Rigny, près Gray : des cocons de vers à soie ;
— RABUTOT, à Pellerey : une ruche, un pressoir à miel ; — ROUSSELET-GONTARD,
à Coulmier-le-Sec : des laines en suint ; — ROZET (Mlle Joséphine), à Chalon-sur-
Saône : cocons de vers à soie ; — BERTEY, à Dreux : fumigateur insecticide ; —
LAFFÉE, à Fontainebleau : des soufflets projecteurs pour la vigne ; — GUYARD, à
Laignes : de la poudre insecticide ; — LEFRANC, rue Proudhon, à Dijon : solution
pour détruire les mouches des arbres et hâter la végétation ; — MUGNIER, meunier à
Corcelles-les-Monts : une machine à prendre les rats à l'usage des fermes ; — CON-
TOUR-RÉMOND, à Chalon-sur-Saône : chanvre écru et filé ; — CRETIN, à Chalon-sur-
Saône : tapis et paillassons en paille de maïs ; — LENOIR, rue du Bouloy, 26, Paris :
des étiquettes de jardins en verre et en zinc à l'épreuve de l'humidité ; — NORDIN,
près l'Helsinborg (Scanie) : laines, orge mondé, gruau d'avoine, et autres produits
du pays.

TREIZIÈME CLASSE.

CONSTRUCTIONS.

Matériaux de constructions — Arts divers se rattachant aux constructions.

NOMBRE DES EXPOSANTS 62

PRODUITS EXPOSÉS. 63

COMPOSITION DU JURY.

PRÉSIDENT : M. Toussaint, ingénieur en chef du département.

VICE-PRÉSIDENT : M. Belin, architecte.

SECRÉTAIRE : M. Bazin, ingénieur.

MEMBRES : MM. Bachey, agent voyer — Laurent, mécanicien — Liénard, agent voyer chef — Poiselet, ingénieur civil — Suisse, architecte du département.

BARRIÈRE-BILLIETTE, charpentier,

(DIJON.)

Mention honorable.

La composition de stéréotomie de M. Barrière-Billiette donne la solution des principales difficultés qui peuvent se présenter dans la construction des monuments en pierre de taille. Les objets qui représentent la coupe des pierres sont exécutés avec une précision qui mérite d'être appréciée.

BAUDOT, fabricant de Marbres artificiels, Charrecey
(Saône-et-Loire).

Médaille de quatrième classe.

Nous trouvons encore, dans cette classe, le nom de M. Baudot de Charrecey, habile industriel, dont nous avons déjà entretenu nos lecteurs en faisant le compte-rendu de la 10ᵉ classe. Ayant publié alors tous les renseignements nécessaires sur l'établissement de M. Baudot, nous nous contenterons de dire ici qu'il a obtenu une médaille de quatrième classe dans la section des matériaux de construction, spécialement pour ses stucs et marbres.

Dépôt à Dijon : chez M. BORNIER-LAMBELET, rue Guillaume.

BLUMER (Ch.), menuisier, fabricant de Parquets,

STRASBOURG.

Médaille de troisième classe.

M. Blumer est un fabricant de parquets; les modèles exposés par lui sont gracieux et variés. Mais sont-ils parfaitement solides? l'usage en est la seule garantie.

BOURGEOIS-GOUVERNE,

DIJON.

Médaille de deuxième classe.

M. Bourgeois-Gouverne présente une cheminée et une pendule. Le marbre de la pendule atteste une bonne exécution; la cheminée est faite dans de bonnes conditions. La médaille de seconde classe est la plus haute récompense décernée à l'industrie de marbres, et M. Bourgeois-Gouverne est le seul qui l'ait obtenue.

BRENOT, DÉRESSE et FÉNÉON, aux Laumes

(Côte-d'Or).

Médaille de deuxième classe.

Ces trois industriels livrent au commerce des ciments romains, des briques, des tuyaux de drainage, des tuiles.

A cause de la proximité du chemin de fer, ces deux industries ont pris aux Laumes un essor considérable.

MM. Brenot, Déresse et Fénéon ont exposé des constructions faites avec du ciment romain de premier choix. Leurs deux vasques, leurs conduits, leurs bétons témoignent hautement de l'utilité et des avantages nombreux que présentent leurs matériaux pour toutes espèces de constructions.

BRIBES dit l'ESPÉRANCE, stucateur,

DIJON.

Médaille de troisième classe.

M. Bribes présente des échantillons en stuc de plusieurs marbres et mosaïques de sa façon. Nous avons remarqué deux coupes en gypse qui sont d'une élégance recherchée.

CAZET, à Aisey

(Côte-d'Or.)

Médaille de quatrième classe.

M. Cazet expose des faîtières à recouvrement qui sont très bien réussies et en tous points dignes de la distinction accordée à leur inventeur.

CHAMSON fils, marbrier, place Saint-Pierre,

DIJON.

Mention honorable.

M. Chamson fils, marbrier d'un véritable mérite, expose une cheminée genre Louis XV en marbre noir de Dinan. Le foyer, qui a été composé et exécuté par M. Chamson lui-même, est excessivement riche; chaque pièce est ajustée à joint d'onglet ou en coupe cintrée et en incrustation. Le foyer, qui ne contient pas moins de

75 pièces, est assorti de huit sortes de marbres les plus riches, et parmi lesquels nous signalerons : la brèche d'Alept, le jaune de Sienne, le bleu Turquin, le vert de Mer. L'écusson, en marbre noir, est destiné à recevoir la gravure dorée des armoiries. — Nous avons également remarqué un échantillon de carrelage en pierres de Tonnerre, avec petits losanges marbre noir, d'un goût exquis ; enfin, une cheminée en marbre de Ladouée, très joli échantillon de pierre du département.

CHINARD, mouleur,
LYON.
Mention honorable.

M. Chinard expose des moulures à la mécanique de vingt-trois espèces différentes ; elles sont assez bien réussies.

Représentant à Dijon : VALLOT, propriétaire, cours du Parc.

CLAVEL, marbrier, rue Berbisey,
DIJON.
Médaille de quatrième classe.

M. Clavel expose des cheminées. — Nous avons surtout remarqué une cheminée noire d'un excellent modèle.

COMBETTE, à la Belle-Etoile,
DIJON.
Mention honorable.

M. Combette fils expose une grande cheminée en marbre qui atteste un travail sérieux. M. Combette, un de nos plus jeunes marbriers, soutient dignement la réputation qu'il s'est faite à l'école des Beaux-Arts.

CREUSOT, sculpteur, rue Saumaise, 61,
DIJON.
Médaille de troisième classe.

M. Creusot expose un autel en pierre sculpté d'un beau travail. Nous ne saurions donner trop d'encouragements à M. Creusot pour le soin qu'il a apporté à cet ouvrage, ainsi qu'à la statue en pierre qui complétait son exhibition.

DEBARD, mécanicien, Plombières-lez-Dijon.
Mention honorable.

M. Debard, qui mérite pour ses belles pièces une mention spéciale, expose des marteaux de moulins d'une solide fabrication et un broyeur à mortier.

DEBLED, rampiste,
DIJON.
Médaille de troisième classe.

Dans le fond de la salle de Flore, près des cuirs de Cordoue de M. Martella, nous avons remarqué une exhibition assez curieuse : c'est celle de M. Debled, rampiste. Cet ouvrier, aussi adroit qu'intelligent, exposait des mains-courantes qui, par les difficultés de travail heureusement surmontées, ont agréablement surpris les gens du métier. Nous ne pouvons que recommander à nos lecteurs l'établissement de M. Debled : il fait bien et bon marché.

DEMONGEOT, tailleur de Pierres,
DIJON.
Médaille de quatrième classe.

M. Demongeot expose deux petits monuments taillés en pierre, qui démontrent un bon travail d'architecture et une connaissance approfondie des coupes.

MM. DROUHIN père et fils et C*, à Pouilly-en-Auxois
(Côte-d'Or).
Médaille de deuxième classe.

La fabrique de ciment romain de MM. Drouhin père, et fils et C*, à Pouilly-en-Auxois, a été fondée en 1836. Elle est établie sur les bords mêmes du canal de Bourgogne, dans la position la plus avantageuse. Elle fonctionne avec une force de vingt-cinq chevaux ; sa production journalière est de 40,000 kilogrammes.

MM. Drouhin père et fils et C* exploitent deux espèces de ciment : le ciment romain couleur brune, dit ciment noir, découvert par M. l'ingénieur en chef Lacordaire ; le ciment romain couleur pierre, dit ciment blond.

Leurs carrières sont de la meilleure nature, et fournissent des produits d'une parfaite qualité. Le ciment brun est d'une nuance brun foncé, qui s'éclaircit en séchant après l'emploi ; il fait prise en 15 à 20 minutes, et donne ainsi à l'ouvrier tout le temps nécessaire de l'employer dans de bonnes conditions sans en perdre. Le ciment blond est beaucoup plus vif et demande à être employé rapidement ; sa teinte, qui paraît brune en le gâchant, ne tarde pas, après l'emploi, à devenir d'un gris clair qui s'allie très bien avec les matériaux de construction.

MM. Drouhin, qui ont exposé une vasque et blocs factices en ciment romain, entreprennent à garantie les travaux à exécuter avec leurs produits. De nombreux certificats délivrés par des ingénieurs des ponts et chaussées et des travaux hydrauliques attestent les excellentes qualités de ciment de la maison Drouhin.

FERRIER, menuisier, rue Buffon, 33,
DIJON.
Mention honorable.

L'ouvrage de menuiserie dont nous avons à parler ici est un modèle de cuve pour buanderie et vendange d'une extrême simplicité ; avec ce système, la cuve se monte au moyen de huit vis. Faculté de montage et de transport, construction peu coûteuse et simple, telles sont les qualités de cet appareil.

Nous signalerons encore dans l'exposition de M. Ferrier, un de nos plus habile menuisiers, un cadre d'assemblage fait par lui en 1843 ; un modèle de porte et de croisée à baguettes, enfin deux rabots à lumière toujours étroite, de son invention.

GASPARD, manufacturier à Avignon
(Vaucluse).
Médaille de troisième classe.

M. Gaspard expose divers produits en goudron pour parquets, pour plaques de rues, etc., etc. Cette application du goudron à divers usages est très ingénieuse.

GROSDEMANGE, BOYER, CORNU (de Nuits) et Eugène LANIER,
Hors classe.

Nous ne saurions passer sous silence le magnifique escalier qui conduit de l'aile orientale du Palais des Etats à l'annexe des machines. Que M. Belin, l'architecte habile qui a donné les plans et fait exécuter ces dernières années ce beau travail, reçoive ici les éloges qu'il mérite ; que les ouvriers qui ont travaillé sous sa direction, eux aussi reçoivent la part méritée d'éloges qui leur revient. MM. Boyer et Cornu étaient chargés de travaux de plâtrerie, M. Grosdemange de l'application du stuc, M. Eugène Lanier de peintures. Ces quatre entrepreneurs se sont dignement acquittés de la tâche qui leur avait été confiée, et l'ensemble de cet escalier, par ses heureuses proportions, par un style plein de grandeur et de noblesse, forme une œuvre d'art qui figure très honorablement à notre Exposition.

LOBEREAU J⁰ et MEURGEY, à Pouilly-en-Auxois
(Côte-d'Or).

Médaille de première classe.

Ces industriels ont exposé diverses constructions faites en ciment Lobereau-Meurgey. Nous avons remarqué : une vasque en maçonnerie de rocaillage avec mortier de ciment, du béton, du carrelage de ciment, une conduite d'eau pour fontaine, et enfin un spécimen d'égout.

Chacun de ces ouvrages attirait l'attention par leur solidité et leur parfaite exécution. La vasque construite en pierres cassées à la grosseur de 0m03 à 0m05 de diamètre et mortier de ciment, donnait un surplomb de 1m20, sans soutien ni armature en fer, et reposait sur un fût de 0m30 de diamètre seulement. Par cet ouvrage, les exposants ont heureusement démontré la force d'adhérence et de cohésion du ciment Lobereau-Meurgey, comme aussi sa résistance à l'écrasement.

Les bétons et carrelages étaient d'une homogénéité et d'une dureté telles qu'ils ont pu supporter le taillage au pic et à la boucharde comme la pierre de taille et arriver à un brillant poli.

La rondelle d'eau pour fontaine, de forme ovoïde, avait 0m50 à son grand diamètre, et 0m35 au petit. Construite d'une seule pièce sur une longueur de 1m00 avec mortier composé de moitié ciment, moitié sable calcaire, la dureté et la cohésion en étaient complètes à ce point que le tube, sous le choc d'une clef ou un fer quelconque, rendait un son clair comme celui de la pierre la plus compacte.

Le cuvelage pour muraillement de puits ainsi que le spécimen d'égouts, ouvrages construits en prismes de ciment moulé, étaient d'une bonne construction et d'une solidité parfaite.

Pour compléter leur exposition et démontrer mieux encore la force d'adhérence et de cohésion du ciment Lobereau-Meurgey, ces exposants ont établi deux appareils devant servir l'un à rompre le ciment, l'autre à séparer par la traction deux pierres soudées ensemble par ce même produit.

En présence du jury de la 13me classe, ces épreuves ont eu lieu et elles ont donné les résultats suivants :

Comme force de cohésion, une résistance de . . . . 10 kilog.

Et comme force d'adhérence, celle de. . . . . 9 kilog. par centimètre carré.

Ces résultats sont concluants et démontrent avec les autres ouvrages exposés par la maison Lobereau jeune et Meurgey, que ses produits sont d'excellente qualité.

Le jury l'a reconnu d'ailleurs ainsi, en lui décernant la seule médaille de 1re classe attribuée aux matériaux de construction.

MM. Lobereau jeune et Meurgey exploitent quatre fabriques : à Venarey, Seigny, Montbart et Pouilly, où ils occupent environ 250 ouvriers. Leur écoulement annuel est de 6 à 7 millions de kilogrammes sur des prix réglés de 30 à 35 fr. les mille kilog. en fabrique.

MERCIER et Cⁱᵉ, à Longeville-les-Metz
(Moselle).

Médaille de troisième classe.

Dans la salle où se trouvaient les splendides vitrines des fabricants de pains d'épices, bien des personnes ont pu passer sans remarquer que le carrelage de briques avait été remplacé par un carrelage historié dit Mosellan; mais les vrais connaisseurs, à qui rien n'échappe, n'ont pas manqué de s'arrêter devant ce curieux travail. Nous-même, nous avons observé avec la plus minutieuse attention l'exhibition de M. Mercier; nous croyons que pour lui assigner sa véritable place, on eût dû placer ce beau carrelage au milieu des produits se rattachant aux beaux-arts industriels. Cet ordre de classement était le plus rationnel. Ajoutons que la fabrique Mercier jouit d'une réputation qui ne fait que grandir tous les jours.

MUYARD, sculpteur, 5, rue Mably,
DIJON.

Médaille de troisième classe.

M. Muyard expose plusieurs fragments de sculpture et ornementation : c'est le fac-similé des travaux faits par ce sculpteur dans la salle à manger du château de Talmay. Ces bois sculptés et ces moulures attestent chez M. Muyard des connaissances et du goût, ce qui manque généralement à un grand nombre de nos ornemanistes de province.

PETITJEAN et Cⁱᵉ, à Mâcon, (Saône-et-Loire).

Mention honorable.

M. Petitjean, qui a pris quatre brevets d'invention, expose une persienne perfectionnée en fer à lames mobiles d'un système très commode ; c'est solide, élégant et bon marché. Le prix est de 15 fr. le mètre.
Représentant : M. Jules BONNET, à Dijon.

PERRIN, découpeur-mécanicien, 97, rue du Faubourg-Saint-Antoine,
PARIS.

Médaille de deuxième classe.

M. Perrin, qui s'occupe de la construction spéciale de scieries à lame sans fin brevetées s. g. d. g. et qui a un atelier de découpage de bois de toute espèce et à tous les usages, exposait des échantillons de sciage exécutés sur la scierie à lame sans fin appliquée au débitage et au chantournement des bois. Parmi ces échantillons, dédiés à la ville de Dijon, il en est un dont la délicatesse de détail est des plus remarquables ; il a été exécuté par M. Charles Beaux, ouvrier de M. Perrin. Notre ville, où nous avons d'habiles ouvriers ébénistes, ne possède qu'une seule scierie exécutant fort médiocrement. Ne pourrait-on faire venir de Paris une ou plusieurs scieries nouvelles ? Le travail des ébénistes, des menuisiers, des charrons, etc., etc., n'aurait qu'à y gagner. Il y a certainement là une branche d'industrie à exploiter sur une vaste échelle ; nous laissons à qui de droit le soin d'y aviser.

Cette invention a obtenu une médaille d'or de la Société d'encouragement, une médaille de première classe à l'Exposition de 1855, et une médaille d'or à l'Académie nationale agricole, manufacturière et commerciale de Paris ; ce sont là des titres qui la recommandent à tous les industriels.

PRUDENT (P.), menuisier,
DIJON.

Mention honorable.

Cet exposant présente des portes et croisées construites d'après le système Jamet, c'est-à-dire des portes et des croisées à cadre empêchant l'introduction de l'air et de l'eau dans les appartements. M. Prudent, qui occupe un personnel important, est un de nos menuisiers qui, par la réussite des entreprises qui lui ont été confiées, a su se créer la clientèle peut-être la plus belle de la ville.

RENAUDOT, menuisier, rue Verrerie, 52,
DIJON.

Mention honorable.

M. Renaudot expose un nouveau système de jalousie en bois qui permet de la faire mouvoir sans que l'on soit obligé d'ouvrir la croisée. Montée en fer, elle offre toutes les garanties de solidité désirable ; son mécanisme simple et élégant la feront rechercher de toutes les personnes qui désirent quelque chose de gracieux et de bon marché à la fois.

SOCIÉTÉ FRANCO-SUISSE.

Médaille de deuxième classe.

La Société Franco-Suisse, dont la réputation est faite, a la spécialité des bois de parquets. Sa fabrication élégante et soignée, ses dessins variés, ses prix peu élevés ont placé cette maison en première ligne; nous signalerons particulièrement des parquets marquetteries en bois massif; ces produits sont, par le travail, de vrais objets d'art.

Représentant à Dijon : M. POUCHETTY, rue Buffon.

SORLIN et DÉTANG, faubourg Saint-Bernard,
DIJON.

Médaille de deuxième classe.

MM. Sorlin et Détang, entrepreneurs à Dijon, exposent une construction en véritable ciment romain de Pouilly. Cette maison, fondée en 1830 par M. Lacordaire, ingénieur en chef, est la digne rivale des autres fabriques dont les produits ont été appréciés par nous plus haut.

SUDRE, marbrier, rue Saint-Martin,
DIJON.

Médaille de quatrième classe.

Un de nos plus habiles marbriers, M. Sudre, expose deux cheminées : l'une à consoles en marbre blanc, l'autre également en marbre blanc, mais à modillons. Ces cheminées, conçues dans d'heureuses proportions, se font remarquer par le fini du travail.

TARDY, serrurier, rue Muret, 11,
CHARTRES.

Mention honorable.

M. Tardy a obtenu une mention honorable pour un store-télégraphe de son invention.

THIÉBAULT, à Beaune
(Côte-d'Or).

Médaille de quatrième classe.

M. Thiébault a envoyé une jalousie dont le principal mérite à nos yeux est le bon marché. Cette jalousie est du prix de 20 fr.

VALLOT et BRULARD, plâtriers, rue Berbisey, 126,
DIJON.

Médaille de troisième classe.

Le système de cloison de MM. Vallot et Brulard présente aux constructeurs et propriétaires plusieurs avantages : la célérité dans l'exécution, un séchage rapide et qui permet immédiatement le collage des papiers, la peinture, etc., etc.

Cette cloison étant composée de matières essentiellement inaltérables, on peut y opérer des scellements aussi facilement que dans le bois, et, au moyen de la scie, faire des ouvertures de portes, de fenêtres, etc., sans occasionner aucune dégradation. Prix du mètre carré, 1 fr. 80.

Ont exposé :

..... Sa fabrication légère et soignée ...... ardoisine pour toiture; — MARTIN frères, à
PERTIN, à Consuena (Doubs), du carton-pierre; — PEYRAT, rue du Mail, à Paris,
du carton bitume; — TINSEAU (E.), à ... à Saint-Vit (Jura) : des pierres et marbres;
— ABEGG et KOLLER, à la Villette (Seine) : des parquets massifs et façonnés; — CARLET, rue des
BACHELLIER, rue ... 80 ... allées du jardin ...
Forges, 15, Dijon : un pavillon en treillage de bois; — CHAMPONNEAU, architecte à Beaune :
un tuyau en pierre; — DARD-VALLOT, quincaillier à Dijon : des chaînes et vitres; —
DENIZOT-MANETTA : sculpture en pierre de Tonnerre et une pendule; — GRADOS, à
Paris : grand habillage en zinc avec ses pinçons, etc. (voir 8ᵉ classe); — GUÉRIN,
menuisier à Semur : un échantillon de parquet à joints fixes; — GUYON frères, à Dole :
des mains courantes (voir 4ᵉ classe); — Veuve LAURENT et Cⁱᵉ, rue-Neuve-Popin-
court, 17 : des chassis de serre avec tissus imperméables; — MAILAND, rue Sainte-
Anne, Dijon : une toiture en plate-forme; — MILLE-BELORGEY, rue Condé, Dijon :
une couverture en zinc (voir 8ᵉ classe); — MINOT, ferblantier à Dijon : un modèle
de terrasse couverte en zinc; — PAIN, rue du Refuge, 5, Dijon : un échantillon de
peinture d'équipages; — THIRY (jeune), 9, rue Bergère, Paris : treillages et clôtures pour parc, etc. (voir 12ᵉ classe); — VITU, rue des Godrans, Dijon : plaque
mosaïque, application d'asphalte; — ARME, rue Grolier (Lyon) : échantillon de
parquet (voir 5ᵉ classe); — BANCAUD, peintre-vitrier à Limoges : des verres bombés
pour voitures, passages couverts, etc.; — FAUCHER, entrepreneur de maçonnerie à
Dijon : plans de constructions exécutés à Dijon; — BERTHIER, ferblantier, rue
du Morimont, Dijon : un modèle de couverture en zinc, losanges agrafés; —
COMPAROT, menuisier à Semur : un modèle d'escalier; — SIEUCLE-CHARROIN et Cⁱᵉ,
à Saint-Etienne : des espagnolettes.

Mention honorable.

M. Fanéry a obtenu une mention honorable pour un store-télégraphe de son invention.

THIÉBAULT, à Beaune
(Côte-d'Or).

Médaille de quatrième classe.

M. Thiébault a envoyé une jalousie dont le principal mérite à nos yeux est le bon
marché. Cette jalousie est du prix de 20 fr.

VALLOT et GRAULARD, peintres, rue Berbisey, 126,
Dijon.

Médaille de troisième classe.

Le système de cloison de MM. Vallot et Graulard présente aux constructeurs et ex-
ploitants plusieurs avantages : la célérité dans l'exécution, un séchage rapide et qui
permet immédiatement le collage des papiers, la peinture, etc., et ...
Cette cloison étant, comparée à d'autres essentiellement imputrescibles, on peut y
opérer des scellements aussi facilement que dans le bois, et, au moyen de la scie,
faire des ouvertures de portes, de fenêtres, etc., sans occasionner aucune dégradation. Prix du mètre carré, 1 fr. 30.

QUATORZIÈME CLASSE.

MÉCANIQUE.

Appareils de mesurage et de pesage employés dans l'industrie — Machines à vapeur — Machines hydrauliques et Ventilateurs — Carrosserie et Matériel de chemins de fer — Machines diverses.

NOMBRE DES EXPOSANTS.	114
PRODUITS EXPOSÉS.	139

COMPOSITION DU JURY.

PRÉSIDENT : M. Gaulin, propriétaire.

VICE-PRÉSIDENT : M. Lacroix, ingénieur en chef.

SECRÉTAIRES : MM. Bazin, ingénieur — Garet, ingénieur — Perrey, professeur.

MEMBRES : MM. d'Ambly, ingénieur — André, carrossier à Besançon—Bidermann, ingénieur en chef à Paris — Binder, carrossier à Paris — Coffin, ingénieur — Jobard de Bruxelles — Poiselet, ingénieur civil.

BARBET-BARY et BARY père et fils, carrossiers, rue Buffon, 36, DIJON.

Médaille de première classe.

MM. Barbet-Bary et Bary ont exposé deux voitures, la carcasse d'une calèche et les harnais. C'est d'abord une petite Victoria à ailes, avec avant-train à coulisses, d'une élégance parfaite, puis un petit coupé de ville avec avant-train à coulisses et charnières à pivot invisible. Cette charmante voiture est peinte en bleu et noir ; l'intérieur est des plus confortables. Ce qui fait l'admiration de tous les connaisseurs, c'est la calèche riche, à cols de cygne, sortie des ateliers de la même maison ; ce n'est qu'une carcasse, ni peinte, ni vernie, ni recouverte de drap, mais sa coupe pleine de grâce, le travail de construction mené à si bonne fin, en font un véritable chef-d'œuvre.

BARBIER aîné, porte Saint-Pierre,

DIJON,

Médaille de troisième classe.

Notre ville compte beaucoup de cordiers. M. Barbier aîné est le seul qui ait envoyé à l'Exposition ses produits. Les différents genres de cordages de cet industriel sont tous d'une fabrication soignée. Il a grandement soutenu l'ancienne réputation des cordiers dijonnais. Les produits qu'il expose sont au nombre de 34 ; parmi les plus dignes de fixer l'attention, citons les traits gros, moyens et petits, câblés en sept, les longes fines, les cordeaux câblés, les échantillons variés de ficelles à sacs, à paillassons, etc. etc. ; citons encore les cordages en fer ou en cuivre pour suspensions de lustres ou de flambeaux, les ficelles en fer et cuivre, le cordeau en cuivre contretors, les cordeaux de différentes couleurs pour cordons de sonnettes.

BARBIER, dessinateur-mécanicien,

DIJON.

Médaille de troisième classe.

M. Barbier dessinateur-mécanicien à Dijon, expose les dessins, lavis et plans de plusieurs machines mécaniques qui, en vue de leur utile application, lui ont valu une médaille de troisième classe.

BÉJOT-GANDEL, à Verdun-sur-Saône.

Médaille de quatrième classe.

M. Béjot-Gandel, dont nous avons déjà parlé, expose une machine à fabriquer de la chandelle de son invention, au moyen de laquelle un seul homme peut fabriquer 600 kil. de chandelles en deux jours. Cette machine a obtenu une médaille d'honneur de l'Académie nationale de Paris.

BEQUEMIE, 30, rue de la Douane,

PARIS.

Médaille de troisième classe.

Le système Dabbene, pour la construction des pompes hydrauliques, présente des avantages que n'offre aucun autre système.

Simplicité de construction, facilité de réparation, même pour l'ouvrier le moins familier avec le travail des pompes, amoindrissement considérable des frottements, et comme conséquence, rendement supérieur, tels sont en substance les avantages de ce système.

Le corps de la pompe Dabbene se compose de deux parties reliées entre elles par des boulons, lesquelles sont employées brutes de fonte et n'ont besoin d'aucun alaisage ni ajustage.

Un collet à disque en cuir ou en caoutchouc, placé entre la partie inférieure et supérieure du corps de pompe, comprime régulièrement le piston quand il monte pour produire le vide, et cesse complètement de le comprimer lorsqu'il descend.

La pression exercée par ce collet est proportionnelle au besoin, car c'est toujours la colonne d'eau qui gravite dessus qui règle cette pression; l'action de ce collet ne saurait être compromise par des eaux bourbeuses, car le liquide n'a aucun effet ni contre le collet, ni contre les parois du piston.

La résistance que rencontre la mise en mouvement des pompes de ce système est donc infiniment moindre que celle qu'il y a à vaincre avec les pompes des autres systèmes, le frottement du collet contre le piston n'étant pas constant d'abord, et variant ensuite selon le poids du liquide existant dans la partie supérieure du corps de la pompe.

Un guide très simple, dont le levier est pourvu et dont l'effet est de maintenir la tige du piston sur une ligne perpendiculaire constante, contribue puissamment à l'amoindrissement des frottements.

Des expériences renouvelées dans des conditions différentes ont prouvé que le rendement de la pompe Dabbene égale 84 p. % de la force dépensée, et dépasse ainsi de 30 p. % celui des autres pompes.

Le système Dabbene trouve une heureuse application dans la construction des pompes même d'un grand diamètre, à incendie, à irrigation et à épuisements; il permet l'établissement, dans les maisons particulières, des pompes propres à élever et à distribuer l'eau à tous les étages à la fois, même aux étages supérieurs.

Une fabrication courante permettra certainement, dans un avenir prochain, de livrer les pompes du système Dabbene à des prix inférieurs à ceux auxquels on obtient aujourd'hui les pompes des autres systèmes.

Le système Dabbene a pour lui la consécration d'une expérience de deux années en Piémont; son application en France ne date que d'un mois avant l'ouverture de l'Exposition de Dijon; aussi les pompes envoyées à cette Exposition n'étaient-elles que des ébauches faites à la hâte, ce qui n'a pas empêché que l'excellence du système ne soit appréciée et récompensée d'une médaille de troisième classe.

BLANDIN et PALLANT, à Frolois
(Côte-d'Or).

Médaille de deuxième classe.

La machine à faire les douves de tonneaux que présentent ces deux exposants mérite une attention sérieuse. Les douves se font avec une facilité et une exactitude surprenante, l'assemblage ne laisse rien à désirer. Nous avons vu fonctionner cette machine et nous avons pu nous convaincre par nous-même qu'elle est appelée à rendre de grands services. Une médaille de deuxième classe a été accordée à MM. Blandin et Pallant.

BOUHEY, constructeur-mécanicien à Montzeron
(Côte-d'Or).

Médaille de première classe.

L'exposition de M. Bouhey se signale par plusieurs belles pièces qui font honneur à l'établissement important que dirige cet industriel. A côté de trois machines à percer très bien réussies, nous signalerons un tour à filer, une limense, une cizaille avec poinçon. Tous ces modèles, qui sont forgés et façonnés à Montzeron, nous prouvent que l'on fait bien et solidement chez cet habile mécanicien.

BOUVEYRON, forgeron-mécanicien, rue Doudeauville, 42,
A LA CHAPELLE-SAINT-DENIS (Seine).

Médaille de quatrième classe.

La forge de M. Bouveyron est double, munie de deux tuyères, l'une verticale pour forge ordinaire, l'autre à 45 degrés pour grosse forge. Cet appareil, qui a certainement de la valeur, a été acheté par la fonderie Roy et Laurent.

BROCARD frères, à Bar-sur-Seine
(Aube).

Médaille de troisième classe.

MM. Brocard exposent un pétrin mécanique de leur invention, qui a déjà obtenu une médaille de bronze au Concours régional de Chaumont; on peut voir fonctionner ce pétrin chez M. David, boulanger, rue de Lamonnoye.

BRUSSAUT, boulevard de Strasbourg, 73.

PARIS.

Médaille de deuxième classe.

Le circonverteur est un appareil rotatoire composé de six petits cylindres roulant sur eux-mêmes de chaque côté, et conservant toujours leur distance respective, lorsqu'ils sont à l'intérieur, par deux bandes en caoutchouc vulcanisé. Ces inventions, plus ou moins modifiées, se reproduisent souvent ; elles restent toujours à l'état de pure étude théorique et ne peuvent supporter aucune épreuve de durée. L'expérience a mis à néant, pour les sérieuses applications mécaniques, tout système de galets employés soit en contact dans la paroi circulaire, soit distancés et maintenus par des lieus rigides. Aucun de ces systèmes n'a eu la prétention de faire disparaître entièrement les causes d'élévation de température des organes et de supprimer radicalement le graissage, dans les cas surtout de fortes pressions et de grandes vitesses. Le CIRCON-VERTEUR *seul* a le privilège de réaliser *en pratique*, ce *double* résultat complètement nouveau, grâce au *bindage harmonique en caoutchouc vulcanisé* qui solidarise ses rouleaux distanciés, mais libres et en quelque sorte abandonnés aux lois naturelles de la gravitation et de l'équilibre.

M. Brussaut expose également un *axe*, des paliers découverts et pièces détachées pour montrer les détails du système qui présente les avantages suivants : 30 p. % d'économie des forces motrices employées dans les machines à productions industrielles ; 90 p. % d'économie des efforts de traction ; suppression complète du graissage.

CAIL et Cie, constructeurs-mécaniciens, quai de Billy, 48.

PARIS.

Médaille de l'Empereur.

La maison Cail et Cie a été honorée à notre Exposition de la médaille de l'Empereur, pour la section de l'industrie ; c'est assez dire que la belle machine et les appareils qui ont mérité cette distinction spéciale se placent au premier rang dans notre Exposition. Citons tout d'abord la machine à vapeur montée sur chaudière de la force de quinze chevaux. On sait que le cheval-vapeur est l'unité qui sert à calculer la force d'une machine à vapeur. — C'est M. Charles Jullien, ajusteur très distingué de la maison, qui a monté cette belle machine qui, à l'aide de l'arbre de couche, met en mouvement toutes les autres machines. Les modifications apportées à cette locomobile sont celles-ci : une détente mobile ou variable, l'application d'un *réchauffeur* à la partie inférieure de la chaudière. — Nous avons encore à signaler une fort jolie locomobile de la force de quatre chevaux, un palier-graisseur et un appareil à distiller grand modèle d'une excellente fabrication.

CATENOT-BÉRANGER et Cie, fabricants de Balances,

LYON.

Médaille de première classe.

La maison Catenot-Béranger, qui a déjà obtenu plusieurs récompenses dans diverses Expositions, présente des bascules portatives et une bascule en l'air. Les balances Catenot-Béranger ont assez de renom pour que nous ne soyons pas obligé d'en faire ici l'éloge.

CHAMPONNOIS frères, constructeurs,

CHAUMONT.

Médaille de deuxième classe.

MM. Champonnois frères, qui fabriquent dans leur établissement des pompes à incendie, des tuyères pour forges et une foule d'objets ayant trait au matériel agricole, ont obtenu, pour l'ensemble de leur exposition, une médaille de deuxième classe.

CHARPIOT, mécanicien, rue Porte-d'Ouche, 92,
DIJON.
Médaille de quatrième classe.

M. Charpiot est l'inventeur d'une pompe à quadruple effet qui mérite, par les avantages marqués de sa disposition intérieure, une mention spéciale de notre part. Outre la forme réduite du mécanisme entier, nous avons à signaler la combinaison ingénieuse de deux pistons placés sur la même tige. Ces deux pistons produisent une augmentation d'effet, quant au volume d'eau fourni, sans que l'appareil ait besoin d'avoir des dimensions plus qu'ordinaires. Le nombre des pistons peut être augmenté indéfiniment, de sorte que, si, avec deux, on obtient un effet quadruple, avec trois on obtiendra un effet sextuple, et ainsi de suite. Le modèle que M. Charpiot avait placé à l'Exposition donne 2,166 litres d'eau à l'heure, avec des pistons de six centimètres de diamètre et n'ayant qu'une course de six centimètres.

Cette pompe, mécaniquement parlant, est parfaitement disposée pour réduire la force perdue par les articulations du mouvement, et malgré la réduction de la course des pistons, qui ramène à une très petite longueur le rayon de la manivelle qui forme l'arbre coudé, le volume de l'eau fourni est absolument le double de celui d'une pompe à double effet de même dimension et quadruple de celui que fournirait une simple pompe élévatoire.

Quel que soit le nombre des pistons, quatre clapets suffisent dans le corps de la pompe. Ajoutons encore que la facilité de la visiter ne se trouve en rien diminuée; que le montage et la réparation de la pompe sont de la plus grande commodité, ce qui est une condition essentielle et primordiale pour qu'une semblable machine soit regardée comme complète.

Le jury de la 14e classe, en n'accordant que la médaille de bronze à la pompe de M. Charpiot, dans la classification des machines hydrauliques du même genre, s'est montré d'une rigueur excessive. Des hommes compétents, des mécaniciens distingués, parmi lesquels il nous suffira de citer MM. Laurent, Dulché et L. Chaudié, n'ont pas craint de donner leur approbation à l'excellente pompe de M. Charpiot. Espérons donc que l'usage de cette utile machine, appréciée à sa juste valeur par les connaisseurs, se répandra de plus en plus et dédommagera son inventeur des essais faits par lui pour arriver à ce résultat, ainsi que de l'oubli dans lequel on semble l'avoir laissé.

CLERC, rue Vannerie, Dijon.
Médaille de quatrième classe.

M. Clerc présente une machine à couder les tuyaux de poêles, et des tuyaux obtenus au moyen de cette machine qui nous a semblé fort simple. Cette invention mérite des encouragements.

COLLIN-RIVOIRE, fabricant de Pompes,
CHALON-SUR-SAONE.
Médaille de première classe.

M. Collin-Rivoire, qui vient de recevoir une médaille de première classe pour le mérite des pompes qu'il présente, s'est surtout appliqué à réunir dans ses machines la simplicité à la solidité et à la puissance. Nous signalerons de préférence, dans cette courte nomenclature, sa belle pompe à épuisement, d'une énorme puissance et d'une fabrication irréprochable. Cette machine seule méritait à cet honorable industriel la haute récompense dont il a été l'objet.

CONVERS-MEURGEY, rue de l'Ecole-de-Droit,
DIJON.
Mention honorable.

M. Convers-Meurgey expose un charmant modèle de machine à vapeur en réduction, qui certainement mérite des éloges pour le fini et l'excellente exécution du travail.

COPEAUX-SCHUTZ, mécanicien,

METZ.

Médaille de deuxième classe.

Le moulin de M. Copeaux-Schutz est destiné à pulvériser le tan. Il se compose d'une série de lames de scies mi-sphériques placées en spirales sur un axe qui, entraîné par des cylindres en fonte, broie, déchire, met en poudre le tan qu'on y introduit. Le rendement de ce moulin, avec un cheval au manège, est, par heure, de 70 à 80 kilog. de tan pris en branche. Le prix de cette ingénieuse machine est de 800 fr. accompagnée des clés nécessaires au montage, et de 860 fr. avec une série de lames de rechange. Le moulin à tan de M. Copeaux-Schutz, dont on ne saurait dire trop de bien, a été honoré d'une médaille de deuxième classe.

CORDELIER, fondeur-mécanicien, rue du Châtelet, 9,

CHALON-SUR-SAÔNE.

Médaille de deuxième classe.

La pompe nouveau modèle exposée par M. Cordelier unit la simplicité à la puissance; ce sont ces deux qualités qui ont valu à cette belle machine une médaille de deuxième classe. Nous ne saurions en faire trop d'éloges.

DAMAS, chaudronnier à Montbard

(Côte-d'Or).

Médaille de troisième classe.

M. Damas expose une pompe avec chaîne à godets (Noria); cette machine donne 16 mètres cubes d'eau à l'heure. Sa construction est excellente et son usage doit être préféré partout où il ne faut pas aller puiser l'eau à de grandes profondeurs. Cette pompe, qui est du prix de 160 fr., a obtenu à notre Exposition une médaille de troisième classe.

DELEVAUX, rue du Gaz, 14,

DIJON.

Médaille de deuxième classe.

M. Delevaux, un de nos exposants les plus méritants, expose un compteur à eau et un crible triturateur. Ces deux machines ont l'avantage d'être nouvelles et de n'avoir jamais figuré dans aucune Exposition.

Le compteur à eau, cherché depuis longtemps par plusieurs ingénieurs, a été trouvé par M. Delevaux, dans les conditions nécessaires pour que cette ingénieuse machine obtienne le succès dont elle est digne : c'est-à-dire qu'elle est simple, solide et d'un prix à la portée de toutes les bourses. L'eau se trouve exactement mesurée, puisque, quelle que soit la quantité d'eau qui sorte, elle est comptée avant sa sortie sur un cadran destiné à cet usage. De cette façon, on peut se passer du robinet de jaugeage qui offrait le désavantage de débiter toujours la même quantité d'eau, et par suite de ne pas en donner autant que l'on en aurait voulu à un moment donné. On peut encore, au moyen du compteur Delevaux, construit plutôt d'après les lois de la physique que celles de la mécanique, régler chaque mois, avec le préposé de la municipalité, la quantité d'eau dépensée par le concessionnaire.

Le crible-triturateur de M. Delevaux est appelé à rendre les plus grands services à l'art céramique. Pour fabriquer des tuiles qui soient dans de bonnes conditions et qui ne s'exfolient pas, il est nécessaire, — tout le monde le sait — de débarrasser la terre des pierres calcaires vulgairement appelées pierres à carbonate de chaux. Jusqu'ici plusieurs cribles avaient été construits pour arriver à ce but, mais tous laissaient derrière eux des imperfections. M. Delevaux, lui, n'a pas de pierres dans sa pâte, qui s'échappe en rubans tout autour de son cylindre percé d'ouvertures allongées; les cailloux sortent par une ouverture située au fond de la machine. Ce crible d'essai, qui fonctionne à Larrey, broie, en enlevant les pierres et en n'exigeant que la force d'un cheval, un demi-mètre cube de terre par heure. Lorsque M. Delevaux doublera les dimensions du crible-triturateur, il fera dix fois plus d'ouvrage.

Le jury de la 14me classe a décerné une médaille de deuxième classe à M. Delévaux pour ses deux remarquables inventions.

DESBORDES et LIPMANN, rue des Filles-du-Calvaire, 14,

PARIS.

Médaille de troisième classe.

MM. Desbordes et Lipmann présentent des appareils de sûreté pour machines à vapeur fait dans de bonnes conditions de solidité et de prix.

DIARD (Albert), mécanicien-fondeur,

TONNERRE (Yonne).

Médaille de troisième classe.

La forge portative qu'expose M. Diard (Albert) est à ventilateur; c'est un excellent modèle, bien compris et bien exécuté, *qui peut remplacer avec avantage les forts soufflets et chauffer de grosses pièces.* Son prix est de 175 fr.

Ce constructeur établit aussi spécialement les moulins à blé, les scieries à pierre et les machines à ciment romain.

Fonderie de 2e fusion pour toutes espèces de machines. Cet établissement peut, par le développement donné à ses ateliers, établir ses machines promptement et à des prix modérés.

DULCHÉ, rue Porte-d'Ouche,

DIJON.

Médaille de deuxième classe.

Le mastic métallique qu'expose M. Dulché est préférable au mastic au minium généralement employé. L'application du mastic Dulché, pour les joints de chaudières à vapeur, a parfaitement réussi; aussi de nombreux certificats ont été délivrés à M. Dulché par MM. les ingénieurs du chemin de fer de Genève et de Lyon. Il y a économie réelle dans l'emploi de cette préparation, puisqu'elle peut être livrée à 90 fr. les 100 kil.

Nous ne saurions passer sous silence les inventions et perfectionnements apportés par M. Dulché pour divers organes de machines à vapeur, chemins de fer et marine. Citons un ressort à spirale à l'application des pistons et tiroirs des machines à vapeur; un piston moteur à plateau vissé l'un dans l'autre, un segment de machines fixes, un segment des pistons pour les machines de marine, un nouveau cintrage pour les pistons, un arrêt de vapeur remplaçant l'étoupe, etc., etc. Le jury, en décernant une médaille de deuxième classe à M. Dulché, a sanctionné l'utilité de ces perfectionnements, qui assurent à leur auteur un nom parmi nos plus habiles mécaniciens.

DUPONT, constructeur-mécanicien,

LILLE.

Médaille de troisième classe.

Les bascules exposées par M. Dupont ont le mérite d'être très justes et d'un bon marché incroyable.

DUVAL, serrurier-mécanicien, rue des Petites-Ecuries, 11,

PARIS.

Médaille de deuxième classe.

M. Duval, mécanicien, membre de plusieurs sociétés savantes, honoré dans nos Expositions de plusieurs médailles, et notamment à l'Exposition de 1855, nous a adressé plusieurs machines à percer les métaux. Ces machines sont de deux sortes:

avec les unes on perce à la main, avec les secondes on perce par courroies. Les magnifiques ateliers de construction de M. Duval sont situés à la Villette ; son dépôt et son magasin de vente est installé rue des Petites-Ecuries, 11, 13, outre les machines dont nous venons de parler, on trouve également de la fonte brute, sur modèles, et des pièces détachées.

FAUCILLON, mécanicien à Genlis (Côte-d'Or).

Médaille de deuxième classe.

La machine à vapeur de M. Faucillon, remarquable à plusieurs points de vues, est d'une bonne et solide construction ; le jury a accordé à M. Faucillon une médaille de deuxième classe pour cet excellent travail.

FAURE, rue des Marais-Saint-Martin, 45, PARIS.

Médaille de première classe.

L'exhibition de M. Faure est excessivement sérieuse et répond dignement à la réputation de cette importante fabrique. Nous signalerons ses belles pompes à incendie, ses pompes pour arrosage, une magnifique turbine achetée par le Comité d'agriculture de Dijon, enfin ses pompes pour élévation du purin. Cet industriel, qui a déjà obtenu quatre médailles de première classe dans diverses Expositions, est encore un des glorieux triomphateurs de notre Exposition ; le jury de la 14° classe lui a décerné une médaille de première classe.

FESSOL, mécanicien à Chalon-sur-Saône.

Médaille de quatrième classe.

Les tuyères de forges exposées par M. Fessol sont à ouverture mobile ; elles nous ont paru construites dans de bonnes conditions.

FRAÉTANIEL, rue d'Antin, 22, à Batignolles, PRÈS PARIS.

Médaille de troisième classe.

Les guides d'arrêt articulateur de M. Fraétaniel offrent des avantages très précieux. Par leur usage, on obtient l'arrêt instantané d'un cheval emporté ou fougueux, ils sont aussi fort utiles pour le dressage des chevaux neufs et vicieux.

Représentants : RIGUEUR, carrossier, rue du Chapeau-Rouge, à Dijon; SAFFERS, boulevard des Italiens, 38, à Paris, où se trouve le dépôt général.

FRÉMY, rue d'Auxonne, 14, DIJON.

Médaille de troisième classe.

L'établi-tour de M. Frémy (breveté et médaillé), ainsi que ses rabots, riflards et varlopes, ont beaucoup fixé l'attention des connaisseurs à l'Exposition de Dijon.

Le premier, par une très ingénieuse combinaison, se transformant en tour ou l'air, tour à pointe immobile ou tour à précision, tour torse, tour à faire toute espèce de vis, tour à faire les ovales, etc., offre l'immense avantage de mettre celui qui s'en sert à même d'effectuer, dans un espace fort restreint, toutes les opérations qui jusqu'ici exigeaient un local très spacieux. On comprend de quelle importance est un tel résultat pour des milliers de travailleurs habiles qui ne peuvent atteindre au prix de location d'appartements suffisamment spacieux pour y avoir un tour complet, d'après la méthode ordinaire ; c'est en quelque sorte leur mettre à la main un pain qui jusqu'ici n'était point à leur portée.

Comme établi, on y peut tout façonner, on perce le bois, les métaux, on y peut faire marcher une scie circulaire, une scie verticale ou scie à découper. Mais ce qui nous a frappé, c'est le système général appliqué tant au tour-établi qu'aux rabots, varlopes, etc., etc.; tout s'y fait sans bruit, sans coups de marteau ou de maillet; par une méthode vraiment lumineuse, tout s'effectue au moyen de vis de rappel, vis de pression, vis enfin qui évitent tout tâtonnement et amènent à l'épaisseur d'un cheveu avec une solidité parfaite la précision voulue. Rien de mieux travaillé, combiné, soigné que ces divers objets petits et grands qu'il faut voir pour en bien apprécier l'utilité jointe à l'élégance. — Mais envisageons les produits Frémy, en fait de grand et petit outillage, sous un autre aspect auquel nous attachons une haute importance. Tous ont pour but de faciliter le travail en épargnant les forces de l'homme pour lequel il y a économie de quatre heures par jour, en expédiant la même quantité de besogne, sans martelage incessant, de rabots, varlopes, etc.; avec absence totale de ce contre-coup qui affecte si péniblement et rend à la longue poitrinaires un si grand nombre d'ouvriers menuisiers, ébénistes et autres. Si, comme nous l'espérons, l'usage de ces nouveaux outils devient général, on s'apercevra peu à peu d'une grande diminution dans les maladies et la mortalité de cette nombreuse et estimable classe de travailleurs. — Ceux qui se qualifient exclusivement d'utilitaires pratiques, réduisant l'homme à l'état de machine, laquelle s'use dans un temps donné, en produisant le plus de travail au meilleur marché et dans le moindre temps possible, épuisant en peu d'années ses forces, sa santé et sa vie, ceux-là s'amuseront et riront peut-être d'une considération si sérieuse et puissante aux yeux des hommes dont le cœur conserve des sentiments d'humanité et de profonde sympathie pour ces masses laborieuses; mais les penseurs qui estiment leurs semblables et s'intéressent vivement à leur bien-être, diront à M. Frémy : « Continuez, brave industriel, à combiner la précision, la perfection, la rapidité du » travail avec la santé et l'économie des forces vitales du travailleur qui a recours à » vos ingénieux outils, en gagnant le pain de votre famille, vous en faites gagner » aux autres que vous mettez à même de confectionner mieux et avec bien moins de » temps et de fatigue qu'auparavant; laissez rire les moqueurs, sachant bien que ceux » qui se moquent le plus des choses utiles sont habituellement ceux qui en produisent » le moins; quant à vous, vous méritez mention honorable de l'industrie, ce qui est » déjà très bien, et de l'humanité, ce qui est encore mieux. Votre affaire a tous les » éléments d'un brillant succès; nous vous le souhaitons de grand cœur ! »

GÉRARD (veuve) et fils, 62, faubourg Saint-Antoine,

PARIS.

Médaille de troisième classe.

La maison Gérard, qui a obtenu des médailles à toutes les Expositions, présente un outillage complet pour la menuiserie, l'ébénisterie, les facteurs de pianos, etc. Nous citerons parmi ces instruments les petites scieries circulaires qui fonctionnent avec grande précision et font toutes les coupes nécessaires au travail du bois. Cette maison s'occupe aussi de fabriquer les machines à moulures, les machines à découper de tous genres, etc. Étant fabriqués par des procédés mécaniques que meut la vapeur, tous ces objets, qui ne laissent rien à désirer par leur bonne fabrication, sont vendus à garantie. Nous ne saurions trop recommander les estimables produits de cette maison si appréciés de tous les travailleurs de bois.

GRAILLET, fabricant, Dijon.

Médaille de quatrième classe.

M. Graillet présente trois meules anglaises de différentes grandeurs, qui nous ont paru bien réussies.

GUYON frères, maîtres de Forges,
DOLE.
Médaille d'honneur.

L'exposition de MM. Guyon frères se divisait en deux catégories de produits bien distincts : dans la première, nous classerons les fourneaux économiques, dans la seconde, la plus importante, les pompes.

Les fourneaux construits dans l'usine de MM. Guyon se signalent par trois qualités fort appréciées des ménagères : commodité, élégance et solidité. Certainement ces produits eussent obtenu une distinction de premier ordre dans le classement des récompenses, si la Commission ne s'était fait une loi de ne décerner qu'une médaille unique, mais de l'ordre le plus élevé, lorsque le jury accordait au même exposant, pour des produits à peu près analogues, deux récompenses.

La médaille d'honneur a été décernée à MM. Guyon frères spécialement pour leurs pompes.

L'essai de toutes les pompes exposées a eu lieu sur le port du Canal et en présence du jury de la quatorzième classe.

La pompe n° 3 de MM. Guyon, du débit de 300 litres à la minute, manœuvrée par dix hommes, dépassa l'obélisque du Port de 5 à 6 mètres. Les pompes nᵒˢ 4, 5, 2 et 1, donnèrent d'excellents résultats. Le jury, après ces essais répétés, ayant voulu examiner le mécanisme de ces pompes et apprécier le temps nécessaire pour les démonter et remonter, il a été reconnu que moins de deux minutes suffisait pour cette double opération.

Nous ne pouvons que féliciter MM. Guyon frères de leur travail et applaudir à leur succès. Jamais nous n'avons rien vu de pareil. Simplicité, solidité, puissance : telles sont les qualités qui distinguent cette précieuse et nouvelle invention. Nous demeurons convaincus que les plus violents incendies, et en peu de temps, doivent céder à une si grande force. Nous ne formons qu'un vœu, c'est que l'usage de ces pompes se réalise. Ce sera le moyen de paralyser des sinistres qui malheureusement se produisent trop fréquemment.

HERDEVIN, rue Saint-Michel, 11,
PARIS.
Médaille de première classe.

Outre sa collection de robinets en cuivre, M. Herdevin nous présente un nouveau flotteur à niveau d'eau, qui réunit sur un seul point unique du générateur l'indicateur du niveau d'eau, le sifflet d'alarme et les soupapes de sûreté. Au moyen de cette disposition, on peut se rendre compte à tout instant de la disposition de la chaudière. Nous ne saurions trop recommander cet appareil perfectionné qui se place, pour plus de sûreté, en dehors de la chaudière.

JEANNIN frères, constructeurs-mécaniciens à Pontarlier
(Doubs).
Médaille de quatrième classe.

La pompe circulaire, brevetée s. g. d. g., de MM. Jeannin frères, est un appareil de bonne construction ; elle est tout à la fois aspirante et foulante ; elle projette par un jet continu 1,000 à 1,200 litres d'eau à la minute, soit de 60 à 72,000 litres d'eau en une heure.

Cette pompe, malgré sa grande force, est d'un très petit volume ; sa solidité et sa simplicité procurent de grandes facilités pour l'entretenir et permettent aussi aux constructeurs de livrer des pompes à des prix très minimes comparativement à ceux des pompes connues jusqu'aujourd'hui.

Ce système peut s'appliquer à tout usage de pompe : pour épuisement, pour puits, pour arrosages et pour incendies.

Par son emploi, comme pompe d'épuisement, l'on peut déplacer une grande quantité d'eau avec peu de force ; comme pompe de puits, son modèle si petit et si gracieux lui permet d'être logée dans quel du appartement que ce soit. De même, en cas de besoin, elle peut, sans aucune difficulté, quitter sa place et servir de pompe d'incendie.

JOURD'HUI, mécanicien, rue Montigny,

DIJON.

Médaille de troisième classe.

M. Jourd'hui, qui a obtenu une médaille de troisième classe, présente un appareil à distiller les marcs, plusieurs petites pompes ménagères et une pompe à ménage et à irrigations. Ce qui signale les machines de M. Jourd'hui, c'est la solidité de construction jointe à un prix de vente relativement peu élevé.

LACHAUME, propriétaire, rue Lamartine,

MACON.

Mention honorable.

M. Lachaume exposait une nouvelle clef de mantelet, dite clef-jumelle, avec ressort en caoutchouc et en acier, pour faciliter la conduite des chevaux de voiture et de selle.

LAMBERT père et fils, et PERRIN, à Vuillafans

(Doubs).

Médaille de troisième classe.

Les pompes présentées par ces mécaniciens sont d'un excellent modèle et se recommandent par leur bon marché. Nous trouvons trois belles pompes des prix suivants : 252, 250 50 et 89 fr. 50 c. Le jury a décerné une médaille de troisième classe à ces honorables industriels.

LAMUGNIÈRE, serrurier-mécanicien, Is-sur-Tille

(Côte-d'Or).

Mention honorable.

M. Lamugnière, breveté s. g. d. g., expose un essieu de voiture dont il est l'inventeur, et qui lui coûte 20 années de recherche. Au moyen de cet essieu, la force de traction du cheval se trouve doublée. Le brancard repose sur un corps d'essieu ou barre, de fer soudé, à chacune des extrémités, pour recevoir au-dessous du second coude des galets en fonte ou en fer roulant sur un tourillon fixé au premier coude de l'essieu ; par ce nouveau système, les obstacles du frottement sont diminués et la force de traction se trouve augmentée. L'inventeur se charge de disposer les corps d'essieu à recevoir toutes espèces de brancards.

LANDA, imprimeur-lithographe,

CHALON-SUR-SAONE.

Médaille de deuxième classe.

M. Landa, qui a obtenu pour ses impressions lithographiques une médaille de deuxième classe, présente aussi une doreuse mécanique pour imprimeurs et fabricants de papiers peints, et une autre machine de son invention, à papiers peints, peignant, glaçant et satinant 500 mètres à l'heure. Ces deux machines, de l'invention de M. Landa, lui ont valu, dans la classe de la mécanique, une seconde médaille de deuxième classe.

LEMOINE (Auguste), mécanicien à Collonges
(Côte-d'Or).
Médaille de troisième classe.

M. Lemoine présente une machine à vapeur petit modèle qui n'est pas sans valeur. Une médaille de troisième classe lui a été décernée pour le soin apporté à la machine qu'il expose.

LERBER (Maurice de), Romainmotier
(Suisse).
Médaille de première classe.

M. Maurice de Lerber, dont nous avons déjà parlé, expose une pompe à incendie d'une grande puissance. Cet industriel a obtenu à l'Exposition de 1855 une médaille de première classe pour la bonne construction de ses pompes dont les prix varient suivant le n° du calibre : de 2750 à 1350 fr. avec tous les accessoires. Ces pompes, qui sont garanties pendant 5 ans, sont construites en bronze cuivre, laiton en fer forgé ; les trains sont en bois de bonne qualité.

LERENARD, mécanicien,
CAEN.
Mention honorable.

M. Lerenard expose du mastic métallique qui aurait besoin d'être appliqué, pour mériter une appréciation complète.

LETHUILLIER-PINEL, ingénieur-mécanicien, rue d'Elbeuf, 50,
ROUEN.
Médaille de troisième classe.

M. Lethuillier-Pinel, fournisseur de la Marine impériale, expose de nouveaux appareils de sûreté pour machines à vapeur : ce sont des indicateurs magnétiques et des flotteurs à sifflet. — Ces appareils indiquent le niveau d'eau avec 15 ou 30 centimètres de course, et un sifflet d'alarme pour prévenir lorsque l'eau manque. Un de ces appareils possède deux sifflets et un manomètre. Le flotteur de cet habile ingénieur est certainement bien proche de la perfection.

MARCESCHEAU, rue de Clichy, 80,
PARIS.
Médaille de troisième classe.

La courroie métallique d'engrenage de M. Marcescheau est une des plus remarquables inventions de notre Exposition. Dans le spécimen où elle remplace la chaîne Vaucanson ou Galle, pour la transmission du mouvement entre deux poulies dentées, elle consiste en un ruban de tôle percé d'une rangée d'ouvertures égales et équidistantes, dans lesquelles les dents saillantes s'engagent en appuyant leurs flancs contre des échelons cylindriques solides. Ceux-ci sont des tubes de fer étirés sur mandrin, qui, outre la barrette de tôle laissée par le perforage, renferment deux cales de remplissage entre lesquelles cette barrette est pressée. Quant aux deux plates-bandes qui bordent cette rangée d'ouvertures, elles reposent sur les parties cylindriques des poulies. La ligne de contact de chaque dent avec les échelons de la courroie reste toujours la même. Toutes ces lignes sont à la même distance de l'axe de rotation, et appartiennent à une surface géométrique, ayant le même rayon et conséquemment la même vitesse que les surfaces cylindriques sur lesquelles les plates-bandes reposent. Pour prévenir le désengrènement en maintenant le contact des axes embrassés avec ces plates-bandes, on fait passer celles-ci sous un guide concentrique qui les effleure et qui pourrait être remplacé par de petits rouleaux attachés à un ressort.

Au lieu de tôle flexible, comme celle de Berry, on peut, selon les applications, employer du cuivre, de l'acier ou tout autre métal approprié.

Les principaux avantages qui résultent de l'ensemble de ces dispositions sont : 1° la transmission exacte du mouvement, chaque tambour denté (nom choisi par l'inventeur à cause de la grande largeur qu'on peut donner aux surfaces cylindriques) faisant le nombre de tours déterminé par son diamètre; 2° il n'y a ni glissement, ni déviement, ni frottement soit des dentures avec les échelons, soit des surfaces des tambours avec la courroie; 3° ainsi, l'épaisseur de celle-ci, non plus que le diamètre extérieur des échelons, ne peuvent être altérés par l'usure; 4° si le diamètre du plus petit des tambours contournés par la courroie est convenablement choisi par rapport à l'épaisseur du métal, les alternatives de ploiement et de redressement de la courroie ne peuvent en altérer l'élasticité et la ténacité; 5° on peut donner aux axes de rotation des tambours telle inclinaison que l'on veut, pourvu qu'elle soit la même pour tous; 6° le mouvement peut être transmis à des tambours intermédiaires pouvant servir à la fois d'appui et de moteurs; 7° la force disponible d'une courroie se mesure sur le nombre de millimètres carrés contenus dans la section transversale des deux plates-bandes, multipliés par le nombre de kilogrammes (résultant d'expériences faites) qu'une bande de métal employé peut porter sans perdre son élasticité. La force de chaque échelon est égale au produit de ce même nombre de kilogrammes par le nombre de millimètres carrés contenus dans les deux bouts de la barrette. L'effort total se répartit entre les échelons engagés en même temps. En thèse générale, pour augmenter la force de la courroie sans accroître la résistance au ploiement et au redressement, il suffit d'augmenter sa largeur et de rapprocher les échelons.

En donnant aux plates-bandes des courroies d'engrenage une largeur convenable, et moyennant quelques dispositions secondaires, on peut la faire servir à transporter des fardeaux d'un point à l'autre de leur parcours, les uns marchant dans un sens, les autres en sens inverse. Dans ce cas, il pourra quelquefois convenir de charger d'autres courroies ou d'autres organes de transmission, de communiquer le mouvement aux tambours dentés de la courroie-porteuse. On peut tirer parti de celle-ci pour transporter des fardeaux qui ont à franchir des murs, des points de partage, des cours d'eau, des fossés, en un mot certains espaces qu'il serait difficile ou dispendieux de faire traverser à ces fardeaux sur des ponts ou sur des routes ordinaires ou ferrées.

La courroie métallique d'engrenage de M. Marcescheau paraît destinée à rendre de grands services à l'industrie, car ses applications peuvent s'étendre de l'horlogerie à l'extraction des minerais et à quelques autres services de transport.

MARINONI et BOURLIER, mécaniciens-constructeurs,

RUE DE VAUGIRARD, PARIS.
Médaille de deuxième classe.

MM. Marinoni et Bourlier ont envoyé à l'Exposition une presse mécanique d'un nouveau modèle, qui peut marcher au moyen d'un seul tourneur et d'une margeuse. Un receveur mécanique reçoit les feuilles. Cette presse est faite surtout en vue des petites localités; à ce point de vue, elle mérite donc des éloges à ses habiles constructeurs. La vitesse n'est pas ce que nous pouvions en attendre; mais comme cette machine n'a fonctionné que deux fois pendant la durée de l'Exposition, nous faisons toute réserve à cet égard. Le jury a décerné une médaille de deuxième classe à MM. Marinoni et Bourlier.

MICHELOT, sellier, Porte-d'Ouche,

DIJON.
Mention honorable.

M. Michelot fabrique de la carrosserie à la portée de toutes les bourses; homme pratique avant tout, il vend du solide et du bon marché, laissant au second plan la carrosserie de luxe. Le tilbury qu'il expose est du prix de 380 fr. Nous préférons de beaucoup ses harnais du prix de 90 fr. Du reste, M. Michelot est, avant tout, sellier : c'est là sa partie.

MURE père et fils, quai de l'Hôpital, 39,
LYON.

Mention honorable.

Le récipient pour liquides de M. Mure est un hectolitre en étain recouvert de cuivre rouge. Les mesures de capacité pour liquides sont appelées à un grand succès depuis que le vin, au lieu de s'acheter en fûts, s'achète à l'hectolitre. C'est donc une heureuse innovation que celle que viennent d'entreprendre ces deux industriels.

PENSUETTE, directeur des Travaux d'approfondissement,
RUE DE BEAUMONT, 16, DUNKERQUE.

Médaille de troisième classe.

Une des machines qui ont, sans contredit, attiré le plus l'attention des visiteurs est le petit bateau dragueur exposé par M. Pensuette, de Dunkerque. A ce bateau, qui est construit d'une façon très ingénieuse, se trouvent joints divers appareils qui méritent d'être signalés. Nous citerons une machine à draguer, des pompes à épuisement donnant cinq litres d'eau à la minute avec le petit modèle exposé, une scie circulaire, un mouvement propulseur, enfin une machine à battre et à arracher les pieux. M. Pensuette présente encore une machine oscillante pour enfoncer les pieux. Nous ne saurions donner trop d'éloges à cette charmante machine aussi élégante que bien construite. Du reste, le jury de l'Exposition a accordé à cette sérieuse exhibition, qui est appelée, croyons-nous, à un succès durable et sérieux, une médaille de troisième classe.

PICARD fils, Fontenay-le-Chateau
(Vosges).

Mention honorable.

M. Picard expose des meules évidées, dites inexplosibles, qui viennent d'obtenir à notre Exposition une mention honorable. M. Picard est chargé en ce moment, par S. E. le ministre de la marine, d'appliquer ce système de meules à tous les chantiers de constructions navales des ports de la marine. La meule destinée à l'affûtage des outils, dont le centre évidé est garni d'un croisillon en bois de chêne, ferré à chaque extrémité des bras de deux plaques embrassant la pierre à sa circonférence intérieure, et muni à son centre d'une double rosace en fonte au passage de l'arbre, présente une légèreté qui ne nuit en rien à la solidité. Dès que le croisillon, qui peut avoir une durée indéfinie, est installé, il ne s'agit plus que d'y adapter des meules vides au fur et à mesure des besoins nécessités par l'usage journalier.

M. Picard est, de même, breveté pour l'invention d'une grande meule à roue en fonte évidée, garnie à sa circonférence extérieure d'une couronne en pierre de grès, composée de plusieurs morceaux ou voussoirs, maintenus avec la plus grande solidité dans des mâchoires réservées dans la roue en fonte.

RAVIOT, bourrelier, faubourg d'Ouche,
DIJON.

Mention honorable.

M. Raviot, de Dijon, présente des courroies pour machines de divers modèles en cuir sec, demi-façon et autres. Ces courroies nous ont paru travaillées et confectionnées avec soin.

RIGUEUR fils, carrossier, rue du Chapeau-Rouge, 10,
DIJON.

Médaille de première classe.

M. Rigueur, l'un des plus brillants exposants dijonnais, a adressé à l'Exposition deux magnifiques voitures qui peuvent soutenir toute comparaison avec les plus beaux véhicules parisiens.

La première, qui se trouve sur la place d'Armes, est un petit coupé-chaise monté sur ressorts à pincettes devant et cinq ressorts derrière, essieux patentés. Sa peinture est bleu outre-mer avec garniture en reps de soie de même couleur. Cette voiture, construite depuis plus d'un an, atteste la solidité de construction de la maison Rigueur.

La riche et splendide voiture qui décore si bien le bas de l'escalier de la salle de la Société Philharmonique, est une calèche montée à ressorts à pincettes, essieux patentés, avec garantie de grippage. La caisse, d'une coupe charmante et commode, est supportée par deux beaux cols de cygne en fer à deux embases plaquées, sur un train à armons en bois sculpté. Les marche-pieds à mécanique n'étant point apparents ne désignent en rien les formes de la caisse. L'ornementation de la voiture, en cuivre ciselé, s'harmonise parfaitement avec la peinture vert russe et amaranthe et aussi avec la garniture en étoffe de soie verte. Sur les portières, on a eu l'heureuse idée de placer les armes de la ville de Dijon. Cette voiture a été entièrement fabriquée dans les ateliers de M. Rigueur fils. C'est aujourd'hui la seule maison qui fabrique la carrosserie d'une façon complète, ayant réuni en un seul atelier la forge, le charronnage, la peinture et la sellerie.

ROGIER frères, carrossiers,

BEAUNE.

Médaille de troisième classe.

L'omnibus de ville, peint en laque carminée et sorti des ateliers de MM. Rogier frères, de Beaune, est d'une construction fort remarquable. L'intérieur, garni en drap gris avec stores en soie, est des plus confortables.

ROHÉE (Andoche), rue de Bondy, 72,

PARIS.

Médaille de troisième classe.

M. Rohée, un de nos bons constructeurs de pompes, expose des pompes à incendie et des pompes d'arrosement. Parmi les pompes à incendie, nous signalerons celle avec avant-train à ressort pour six ou huit hommes, avec l'instrument agraffé sur le derrière, à l'instar de l'artillerie. Ce genre de pompe est d'une utilité incontestable pour les incendies du dehors. Nous signalerons encore une jolie pompe à incendie du prix de 275 fr.; des pompes à jardin à 144 et 233 fr.; une pompe à purin à 203 fr. Toutes ces machines hydrauliques ont été construites avec un soin excessif. Une médaille de troisième classe obtenue à notre Exposition est venue récompenser les heureux efforts de cet industriel.

ROSAT, fondeur, rue Dauphine,

DIJON.

Mention honorable.

La pompe de M. Rosat est à double effet; sa construction est bonne et son prix peu élevé. Le jury a décerné à M. Rosat une mention honorable.

ROY et LAURENT, constructeurs-mécaniciens, au Canal,

DIJON.

Médaille d'honneur.

La maison Roy et Laurent présente plusieurs pièces que nous croyons devoir signaler d'une façon spéciale aux personnes aptes et compétentes à juger ces beaux modèles. Nous trouvons d'abord un moulin à deux paires de meules mues par une turbine à conduite d'eau libre, système à pointe dans le haut, distributeur avec tringles et clapets, mécanisme à quatre colonnes avec basses carrées et traverses poilettes avec mouvement à régler les meules, cuvettes en fonte formant entablement avec vis de nivellement, axes de meules et arbre vertical en fer, engrenages cylindriques marchant bois sur fonte, indicateur de vitesse, planche et garniture de meules avec engrenoirs en cuivre; ensuite nous citerons un moulin portatif nouveau système; cette machine pouvant se placer au rez-de-chaussée comme aux étages supérieurs, même à une distance très éloignée du moteur, convient à toutes les usines à régime variable dont la force motrice ne peut pas toujours être utilisée complètement, ou dont la disposition du mécanisme et l'emplacement ne permettent pas de grouper plusieurs moulins sur le même point. Ce moulin est applicable aussi dans toutes les grandes exploitations agricoles où il existe des manèges; sa construction en fonte, simple, solide et à bon marché, le met à la portée de tous.

Nous signalerons également une turbine à conduite d'eau forcée et à attaque directe de la force de vingt chevaux, avec cabinet d'eau en tôle; tube aducteur de la force de vingt chevaux, valve pour la mise en train et clapets servant à régler sa marche et engrenages moteurs à denture de bois; une autre turbine à conduite libre et son distributeur de la force de cent-vingt chevaux, une turbine à conduite libre et son distributeur de la force d'un cheval. Ces moteurs conviennent à toutes les usines et peuvent s'appliquer avantageusement sous toutes chutes. On peut, du reste, en voir fonctionner plusieurs aux environs de Dijon.

MM. Roy et Laurent présentent encore des instruments appartenant au matériel agricole, qui méritent une mention particulière. Citons un trieur à double effet, nouveau système breveté s. g. d. g., petit modèle pour la meunerie et l'agriculture. Cette machine se recommande par sa simplicité, sa solidité et ses bons effets. Citons encore un coupe-racines, avec boîte et capote en bois, engrenages en fonte et disque à quatre lames dentées, pour la division des racines, et un hache-paille nouveau système, avec bâti en bois, table et capote, engrenages, cylindres alimentaires et disque à trois lames. Un seul homme peut faire la même besogne que deux avec les haches-paille ordinaires.

SANGNIER, ingénieur-mécanicien,

DIJON.

Médaille d'honneur.

En sortant de la salle consacrée aux Beaux-Arts industriels pour se rendre sur l'escalier qui conduit à l'annexe des machines, on trouve à gauche une petite salle qui n'est, certes, ni la moins intéressante ni la moins visitée de l'Exposition : c'est le cabinet de M. L.-C. Sangnier, chef des ateliers du chemin de fer de Paris à Lyon. — Ce cabinet, dont la clarté est assombrie par quatre rideaux d'un rouge foncé, renferme des objets fort curieux et qui attirent une foule considérable. Contre les parois du mur, on voit des machines en carton, dessinées et découpées par M. Sangnier. Le bon public se contente de les admirer, et il s'extasie volontiers sur la correction du dessin ; les connaisseurs les étudient avec soin, et plus d'un savant y a trouvé son profit..

Tout autour du cabinet on voit des machines non plus dessinées, mais confectionnées avec soin et prêtes à fonctionner : ce sont des modèles..

La première que nous apercevons est une machine locomotive à grande vitesse, dont les cylindres, la boîte à vapeur et le mouvement sont à l'extérieur; la seconde est un électro-aimant composé et exécuté par M. Sangnier.

Plus loin, j'aperçois un modèle dont le but est de rendre visible l'intérieur d'une machine, à l'aide d'enveloppes en cristal.

Sous le n° 4, je trouve la coupe longitudinale d'une machine-locomotive avec sa chaudière à vapeur. Cette pièce est exécutée avec un talent remarquable, et, pour les connaisseurs, elle a un mérite réel.

Voici encore un modèle d'une machine à grande vitesse, étudié et exécuté par M. Sangnier. — A côté, on voit une locomotive à quatre cylindres, destinée à gravir les fortes rampes. C'est un projet à l'étude, mais il est permis de croire que M. Sangnier finira par le réaliser avec succès.

La machine exposée sous le n° 7 a pour but d'empêcher la détérioration des machines dont les *pistons* présentent, on le sait, de grands inconvénients.

Enfin, voici une dernière machine construite d'après le système Stéphenson et destinée aux trains de marchandises. Comme les précédentes, elle est d'une exécution parfaite et d'un travail qui annonce une main habile et sûre d'elle-même.

Parmi les autres objets de cette salle, je trouve un stéréoscope représentant une vue de Rochefort, des collections géologiques et minéralogiques, des médailles, des statuettes, et, en un mot, tout ce qui peut servir à compléter le cabinet d'un artiste.

Ce cabinet, je le répète, est une des plus belles parties de notre Exposition.

Le salon de Tagini représente très bien la chambre d'un de ces seigneurs de Louis XIV, dont la race se perd chaque jour; le cabinet Sangnier est le véritable salon du XIXe siècle, industriel et artistique; aussi est-il généralement visité avec intérêt. Ce ne sont pas seulement les savants qui y passent avec plaisir de longs instants, les gens du monde, les dames et même les demoiselles vont visiter ce cabinet et l'examinent avec soin.

SIMMONET, maréchal à Fleurey
(Côte-d'Or).
Médaille de troisième classe.

M. Simmonet, déjà honoré d'une médaille de première classe pour ses excellentes charrues dans la section de l'agriculture, a obtenu, pour l'ensemble de son exposition dans la 14e classe, une médaille de bronze grand module.

TAVERDON (Ludovic), ingénieur, Clermont-Ferrand.
Mention honorable.

M. Taverdon exposait une machine rotative. M. Taverdon est un ingénieur excessivement jeune, occupant une place importante dans la fabrique de MM. Barbier et Daubrée qui, à la construction des machines, ont joint, dans leurs vastes ateliers, le travail du caoutchouc. Avec sa chaudière tubulaire, M. Taverdon, qui n'emploie que la vapeur condensée, fait tenir une machine de dix chevaux dans l'espace d'un mètre cube. Avec quelques nouveaux perfectionnements, cette machine est appelée à un grand succès.

THIRION père et fils, à Mirecourt
(Vosges).
Médaille de troisième classe.

L'Empereur a accordé, l'an dernier, une médaille d'or à MM. Thirion père et fils, pour la machine soufflante, dont nous voyons un modèle à notre Exposition. C'est la juste récompense des longues recherches et des travaux considérables que la construction de cette machine, la première qui ait encore paru dans une exposition, a nécessités. Espérons que ce ne sera pas la seule récompense qu'obtiendront ces deux habiles mécaniciens.

THOMAS, mécanicien, à Collonges
(Côte-d'Or.)
Médaille de deuxième classe.

M. Thomas expose une machine à vapeur verticale et directrice d'un bon modèle. Il y a encore peu d'années, M. Thomas était un simple taillandier qui, avec l'aide de ses propres ressources et d'un travail constant, s'est élevé au rang de mécanicien. Le jury a encouragé ce talent naissant en lui décernant une médaille de deuxième classe.

VACHET, fabricant de Cordages,

DOLE.

Médaille de deuxième classe.

La place d'Armes avait été affectée aux fabricants de cordages. — M. Vachet a eu l'heureuse idée de placer un petit écriteau sur chacun de ses produits, de sorte que les personnes peu au fait des dénominations usuelles des cordiers, comprenaient de suite l'usage des produits placés devant elles. M. Vachet a exposé des cordages de marine, des haubans de fils de fer et chanvre, des suspensions de lustre en cuivre, des cordages de moufles pour monte-sacs, des câbles de mines en chanvre et fils de fer inoxydables, des ficelles, des câbles à nouvelle torsion, etc., etc. Tous ces produits nous ont paru travaillés avec soin.

VAUTHIER et GIBOURG, mécaniciens,

DIJON.

Médaille de deuxième classe.

MM. Vauthier et Gibourg, mécaniciens fort habiles, présentent une machine soufflante à vapeur applicable à un feu d'affinerie construite dans leurs ateliers. Cette maison très importante doit être placée en première ligne pour le soin consciencieux apporté à la fabrication et à la construction des machines qu'elle fournit journellement. En accordant une médaille de deuxième classe à MM. Vauthier et Gibourg, le jury n'a fait qu'acte de justice.

VENOT (François), entrepreneur,

DIJON.

Médaille de troisième classe.

M. Venot (François), entrepreneur, qui a obtenu une médaille de troisième classe, expose une conduite d'eau avec tout ce qui se rattache à ce genre de construction. Nous ne saurions mentionner trop honorablement cet habile entrepreneur.

VIENNOT, bourrelier-sellier, rue de l'Arquebuse,

DIJON.

Mention honorable.

M. Viennot ne se trouve pas au Catalogue ; toutefois, nous devons signaler sa voiture à capote d'un bon modèle, ainsi que ses harnais d'une fabrication élégante et solide.

VINCENT et Cⁱᵉ, rue des Écluses-Saint-Martin, 12,

PARIS.

Médaille de première classe.

Cet exposant a reçu, pour ses belles machines à vapeur dites locomobiles, une médaille de 1ʳᵉ classe. L'exhibition de M. Vincent est digne du renom de son établissement, et si elle ne marche pas sur la même ligne que celle de M. Cail, elle s'en approche de bien près. Nous ne saurions dire trop de bien des belles productions de cet honorable industriel.

VIVIEN-PEIGNÉ, ferblantier, rue des Clayers, 34,

CHARTRES.

Mention honorable.

M. Vivien-Peigné expose six arrosoirs-pompes, au moyen desquels l'arrosage au loin peut se produire. Toutefois, comme ces arrosoirs sont fort petits, il en résulte qu'ils ne contiendront jamais beaucoup d'eau, et, par suite, ne pourront être que d'un usage restreint.

Ont exposé :

COLNEL (Aug.), *rue de l'Orillon, 18, Paris* : des plateaux et mains en cornes pour balances ; — SIGNORET, *rue du Temple, 71, Paris* : des mesures métriques ; — BRULÉ, *directeur des Usines des Epares, près Bourgoin* (Isère) : un manchon universel pour machines à vapeur ; — CHEVRON et SEYVON, *cours Lafayette, 61, Lyon* : une machine à piston rotatif ; — CREUZOT (Usines du) : des cylindres de machine, bielle et arbre de distribution de vapeur pour machines de la force de quatre chevaux, etc., etc. (voir 8e classe) ; — FAUCONNET et HEURET, *à Mâcon* : capuchon de sûreté pour machines à vapeur ; — ROUSSET, *aîné, rue Saint-Ambroise-Popincourt, 33, Paris* : une machine à vapeur locomobile de la force de cinq chevaux ; — BLAVOT, *épinglier, place du Palais* : un ventilateur pour forges ; — ESPINASSE (J.-B.), *ingénieur-mécanicien, rue Pétrelle, 9, Paris* : une pompe portative ; — HOTELLIER, *visiteur des douanes à Houtand* : une pompe circulaire ; — MANIQUET aîné et Cie, *Grande-rue-de-la-Guillotière, 8, à Lyon* : forges portatives et ventilateurs ; — NICOUD fils, *à Vienne* : des tonneaux d'arrosages ; — PERNOLLET, *rue Saint-Maur, 79, à Paris* : une arroseuse roulante pour prairies ; — PIDANCET, *rue Vauban, à Dijon* : deux paires d'arrosoirs en fer-blanc ; — THOUREAU, *maître de forges à Dijon* : deux machines à fabriquer les pointes (voir 8e classe) ; — ULHER aîné, *rue de l'Embarcadère, à Dijon* : plan d'une turbine de la force de cinquante chevaux ; — VERNET (F.), *à Vaison* (Vaucluse) : une pompe ; — CHATELAIN, *rue des Dominicains, 20, à Nancy* : frein pour les wagons et locomotives, un régulateur pour les moteurs hydrauliques ; — DAUBOURG, *carrossier, rue Piron, 11, à Dijon* : une voiture à quatre roues ; — DÉCOMBLES et GRIVEL jeune, *quai de la Charité, 38, à Lyon* : appareil pour éviter les rencontres de deux trains ; — FOCILLON, *carrossier à Dijon, rue Saumaise, 55* : voiture-cabriolet à quatre roues et à deux sièges avec frein pour enrayer ; — GERMAIN (J.), *bijoutier, ouvrier chez M. Cretin, Dijon* : un petit chemin de fer, modèle réduit, en cuivre ; — GUÉRIN, *ingénieur, boulevard de Strasbourg, 64, Paris* : un frein automoteur ; — MERCIER (Ch.), *charron, cour de l'Ancien-Evêché, Dijon* : une roue à jante d'une seule pièce, châssis cintré pour sacs et autres, une voiture dite char-suisse ; — MOREAU, *sellier-carrossier, rue Brulard, 2, Dijon* : une voiture mécanique à quatre roues ; — ROUX (Louis), *mécanicien, rue Saint-Paul, 16, Troyes* : appareils pour remplacer les signaux à disque sur les voies ferrées pendant les brouillards, système de frein-Roux pour enrayer les wagons d'un train par le mécanisme (voir 12e classe) ; — LOISEAU, *à Paris* : nouveau système d'engrenage ; — BARDEY, *à Besançon* : un kurtomètre ; — BOUROTTE aîné, *à Saint-Seine-l'Abbaye* : une machine ; — CHATELET, *serrurier à Seurre* : des régulateurs ; — CONSTANCE, *mécanicien, rue du chemin de fer, 115, Paris* : machine à fondre les caractères d'imprimerie, machine à raboter les métaux ; — DEBARD, *mécanicien à Plombières-les-Dijon* : des marteaux de moulins (voir 13e classe) ; — ENFER, *rue de Malte, Paris* : des forges portatives et soufflets, système Enfer (voir 10e classe) ; — LALOGE, *à Gevrey-Chambertin* : un vaisseau à trois ponts ; — LAMBERT (Alex.), MALLET et Cie, *rue Paradis-Poissonnière, 10, à Paris* : sillométrographe pour mesurer la vitesse de la marche des navires ; — LATOUCHE, *rue de Provence, 65, à Paris* : un système de navire pour toute navigation, plan d'un type unique de navigation ; — LOMBARD (Ch.), *place Saint-Nicolas, à Dijon* : une machine ; — MADION (Ch.), *à Nantes* : une machine ; — MARONDIER, *capitaine au 54e ligne à Clermont* : une brouette à deux roues ; — NAUDIN fils, *à Dijon* : une brouette ; — PASSEDOIT, *constructeur à Saumur* : une machine à manège à triple engrenage ; — SOULIÉ-JARRON, *à Saint-Jean-de-Losne* : une brouette. — TRUILLOT et ROUGET, *au Canal, à Dijon* : articles de meunerie ; — POLLET-JOILLOT, *mécanicien à Beaune* : quatre bascules de différents modules ; — MÉAN fils, *peintre à Dijon* : armoiries pour voitures et calèches ; — AUDRAND, *d'Ornach* (Haut-Rhin) : une machine à filtrer.

ADDITIONS.

SIXIÈME CLASSE.

Huet et Cⁱᵉ, fabricants, rue des Ursins, 9,

ROUEN.

Médaille de deuxième classe.

M. Huet, qui avait été oublié lors de la distribution des récompenses, ayant adressé des réclamations à la Commission, il a été reconnu que le jury avait porté cet industriel pour une médaille de deuxième classe.

Cette maison, qui occupe près de 300 ouvriers et livre beaucoup à l'exportation, a obtenu des récompenses à toutes nos Expositions. Elle fabrique spécialement les articles pour bretelles et bottines de toutes nuances et tous genres; elle exposait aussi des bretelles et jarretières de modèles variés.

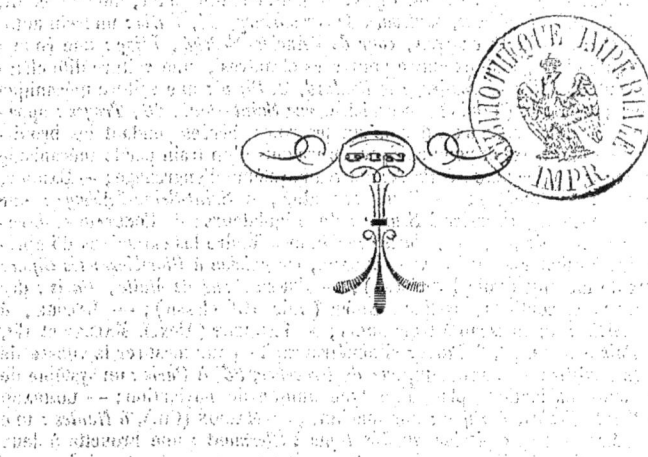

INDEX

Deuxième Classe.

Troisième Classe.

Quatrième Classe.

Cinquième Classe.

Sixième Classe.

Douzième Classe.

TABLE

—

FIN DE LA TABLE.

www.ingramcontent.com/pod-product-compliance
Lightning Source LLC
Chambersburg PA
CBHW061435030726

47503CB00005B/1424